KNAUR

*Über die Autorin:*
Heike Denzau, Jahrgang 1963, lebt mit Ehemann und zwei Töchtern in dem kleinen Wewelsfleth in Schleswig-Holstein. Viele ihrer Kurzgeschichten wurden in Anthologien veröffentlicht, und sie hat mehrere Kriminalromane geschrieben, die in Norddeutschland spielen. Ihr Krimi »Die Tote am Deich« war nominiert für den Friedrich-Glauser-Preis 2012 in der Sparte Debüt. Beim KrimiNordica Award 2015 erlangte sie den zweiten Platz in der Kategorie »Story«.

HEIKE DENZAU

# *Opa will zum Nordkap*

ROMAN

KNAUR

**Besuchen Sie uns im Internet:**
**www.knaur.de**

FSC
www.fsc.org
MIX
Papier aus verantwortungsvollen Quellen
FSC® C083411

Originalausgabe März 2016

Ein Imprint der Verlagsgruppe
Droemer Knaur GmbH & Co. KG, München.
Redaktion: Dr. Gisela Menza

Umschlaggestaltung: ZERO Werbeagentur, München
Umschlagabbildung: Michaela Spatz durch ZERO Werbeagentur GmbH
Satz: Adobe InDesign im Verlag
Druck und Bindung: CPI books GmbH, Leck
ISBN 978-3-426-51698-0

2 4 5 3 1

*Für Laura*

# 1

Mama, was soll ich sagen? Ich habe mich mal wieder festgefahren. Nein, dieses Mal nicht mit dem Auto, falls du das denkst. Im Leben allgemein, meine ich. Obwohl ich mit einer guten Nachricht anfangen kann: Ich … habe …«, ich mache nach jedem Wort eine kleine Pause, um die Spannung zu erhöhen, »… meinen … Bachelor! Ist das nicht klasse? Nach sechs abgebrochenen Studiengängen habe ich tatsächlich einen Abschluss in BWL. Ich kann es selbst noch gar nicht glauben. Was ich mir zur Belohnung gegönnt habe, kannst du dir denken, oder? Sie sind dunkelblau und glänzend und fühlen sich an wie eine zweite Haut. Ich zeige sie dir beim nächsten Mal.«

Ich höre ein Räuspern neben mir und drehe mich zur Seite. Der Friedhofsgärtner steht auf dem Sandweg und sieht mich an, die Hände übereinandergefaltet auf das Ende des Harkenstiels gestützt. »Also, ich komm nicht drauf, was ist es denn?«

Mir klappt der Mund auf. »Sie belauschen mein Gespräch mit meiner Mutter? Das ist unverschämt.«

Er deutet auf den Grabstein, ohne auf meinen Vorwurf einzugehen. »Da waren Sie ja noch ziemlich klein, als Ihre Mutter gestorben ist, was?«

Wir starren beide auf den polierten rotbraunen Marmorstein, mit dem Unterschied, dass er nur etwas sieht. Aufgesetzte goldfarbene Buchstaben, die den Namen Gunda Tannheim ergeben, und kleine Zahlen, die ihr Geburts- und Sterbedatum verraten. Ich dagegen fühle – warme Arme, die mich umfangen, feingliedrige Finger mit rosalackierten Nägeln, die meinen Bauch hinaufkrabbeln und mich kitzeln, ein dunkles, wunderbares Lachen, das in mir niemals vergehen wird, und der Duft nach Rosen und Jasmin. Es sind unvergängliche Pfeiler im Haus meiner Erinnerungen, das die Zeit seit zwanzig Jahren unbarmherzig zu zerstören sucht.

»Zwölf«, sage ich, »ich war zwölf.«

Wir sehen uns wieder an. Er muss Mitte fünfzig sein, hat freundliche Augen, ein gebräuntes Gesicht und ausgeblichene blonde Haare. Der Riss am Ärmel seines karierten Hemdes könnte von einem Rosendorn stammen. Auch auf seinen Unterarmen gibt es schorfige Kratzer.

Nun, ich denke, er ist gar nicht unverschämt. Er arbeitet jeden Tag hier auf dem Friedhof. Vermutlich hat er schon Hunderte, wenn nicht Tausende dieser einseitigen Gespräche gehört, während er seinen Job macht. Er nimmt Tag für Tag teil am Leben anderer Menschen, hört ihre Geschichten, harkt den Sand, auf den ihre Tränen fallen.

»Es sind nagelneue Louboutins«, beantworte ich seine anfängliche Frage, womit ich mich selbst belohnt habe.

»Ah.«

»Sie haben keine Ahnung, wovon ich spreche, richtig?«, deute ich seinen leeren Blick. »Louboutins sind Schuhe.« Im Stillen entschuldige ich mich bei Christian Louboutin, denn natürlich sind Louboutins *keine* Schuhe. Sie sind ein Lebensgefühl. Wer einmal einen Aston Martin gefahren ist, will auch niemals wieder zu einem Mittelklassewagen zurück. Sollte ich eines fernen Tages einen lukrativen Job haben, würde ich mich vielleicht von meinem Mini Cooper trennen und mir den Aston Martin aussuchen. Okay, es müsste schon ein sehr, sehr lukrativer Job sein.

»Aaah.« Das Fragezeichen ist aus seinem Gesicht verschwunden. »Na, dann will ich Sie jetzt auch nicht weiter stören. Schließlich müssen Sie Ihrer Mutter noch die schlechten Nachrichten mitteilen.« Er dreht sich um und geht zwei Gräber weiter.

Obwohl ich mir nicht sicher bin, ob er nicht doch zuhört, verzichte ich auf Flüstern. »Jetzt kommt der erste Wermutstropfen, Mama. Mein Notendurchschnitt ist unterirdisch. Ich hab den Bachelor grad mal so eben geschafft. Ich musste mich am Ende zu jeder Vorlesung hinschleppen – Unternehmenssteuerung, Finanzwirtschaft, Marketing, Controlling … Mama, das hat nicht mal ein winziges Flämmchen in mir entzündet! Ich hab das nur Papa zuliebe beendet, damit er endlich einmal stolz auf mich sein kann. Und jetzt erwartet er, dass ich mit dem Masterstudium beginne. Aber … Mir graust davor! Ich schlafe schlecht, ich mag nicht mehr essen, weil mir ständig übel wird. Nicht einmal deine Apfelpfannkuchen würden mir im Moment schmecken.«

Ich seufze. Spätestens jetzt muss Mama wissen, dass es mir wirklich dreckig geht, denn niemals wieder habe ich in den vergangenen zwanzig Jahren einen Pfannkuchen gegessen, der so lecker schmeckte wie ihrer. Und dann wühlt seit Wochen dieses hässliche Monster, das ich nicht anders benennen kann, in meinem Bauch. Es kratzt an meinen Magenwänden, es zerrt an meinen Eingeweiden, und an manchen Tagen wandert es meine Kehle hoch und schnürt mir die Luft ab.

»Wenn ich noch ein Kilo verliere, muss ich mein Brautkleid ändern lassen. Ich habe mich jetzt übrigens doch für die elfenbeinfarbene Seide entschieden. Hoffentlich gefällt es Jasper. Habe ich dir schon erzählt, dass er zu einer Fortbildung in die USA gefahren ist? Wieder einer dieser langweiligen Chirurgenkongresse. Darum bin ich auch nicht mitgefahren.«

Ich klemme mir eine meiner kastanienbraunen Kate-Middleton-Strähnen hinter das Ohr, weil Wind aufkommt, und zupfe eine vertrocknete Margeritenblüte aus dem bunten Sommerblumenstrauß auf Mamas Grab. Papa bringt jede Woche einen neuen Strauß. Jede Woche. Obwohl er seit achtzehn Jahren wieder verheiratet ist. Ich liebe ihn dafür. Und für so vieles mehr. Wenn er spricht, könnte ich ihm stundenlang zuhören. Seine Stimme ist tief und warm, und mit seinen silbergrauen Haaren und der stattlichen Figur könnte er in jedem Pilcher-Film den Earl mimen. Ich mag es, wenn er mich ansieht, als ob er mich noch nie gesehen hätte, obgleich er manchmal verzweifelt dabei aussieht. Ich glaube, ich erinnere ihn an Mama. Jedenfalls äußerlich.

Und natürlich liebe ich ihn für seine Großzügigkeit – immerhin hat er mir bis heute ein Leben ermöglicht, das von Arbeit so weit entfernt ist wie Veronica Ferres von einem Oscar.

»Ich fühle mich miserabel, Mama. Und dann habe ich auch noch Moritz für die nächsten drei Wochen an der Backe. Papa hat mich gebeten, ihn nach Sylt zu begleiten, damit er dort seine angebliche Lungenentzündung auskurieren kann.« Dass es noch einen weiteren Grund gibt, warum mein Vater Moritz für ein paar Wochen aus Frankfurt weghaben möchte, verschweige ich Mama. Es reicht, dass sie sich mein Elend anhören muss.

Ich blinzle eine Träne weg. Neuerdings weine ich andauernd, und das ist für meine Verhältnisse höchst ungewöhnlich.

Und jetzt klappt es mit dem Wegblinzeln auch nicht mehr. »Ach, Mama«, sage ich laut weinend und gehe in die Knie. »Ich bin … ich bin so leer innen drin.«

»So«, höre ich die energische Stimme des Friedhofsgärtners neben mir, »nun kommen Sie mal mit, Fräulein Tannheim!« Seine kräftigen Hände legen sich um meine Oberarme und ziehen mich hoch.

*Fräulein Tannheim.* Es schüttelt mich. »Audrey«, stoße ich zwischen zwei Schluchzern heraus, »ich heiße Audrey.«

»Ah … Ich bin Günter. Ohne h.« Er bugsiert mich zu einer Bank, ungeachtet der Tatsache, dass eine alte schwarzgekleidete Frau von mindestens neunzig Jahren darauf sitzt. Auf ihrem Schoß liegt eine Plastikdose mit Butterkeksen, die sie an drei Tauben vor sich verfüttert. »Wenn Sie ein Stückchen rücken, Frau Engel, können Audrey und ich uns noch dazusetzen«, sagt er, als wir vor der Bank stehen bleiben. Die Tauben lassen sich bei ihrem Picknick nicht stören.

»Ordri? Komischer Name.« Hellblaue Augen mustern mich kritisch durch eine Woody-Allen-Brille, aber meine Tränen scheinen schwerer zu wiegen als mein ihr nicht genehmer Name. Sie nimmt ihre Tasche von der Bank, stellt sie daneben und rückt zur Seite. »Mögen Sie Pfefferminztee, Ordri?«

Fünf Minuten später sind meine Tränen versiegt. Ich sitze zwischen Frau Engel und Günter ohne h und trinke aus einem Thermosflaschenbecher heißen Tee. Ein Zeichen, dass ich nicht bei mir bin. Ich trinke *nur* Kaffee. Ich bin kaffeesüchtig.

»Und was ist das nun für ein Gefallen, den Sie Ihrem Vater tun sollen?«, fragt Günter ohne h mich, nachdem er Frau Engel in allen Einzelheiten über mein Gespräch mit Mama aufgeklärt hat. Auch zwei Gräber entfernt hat er alles mitgehört.

»Papa ist Hotelier. Zwei Hotels sind hier in Frankfurt, drei weitere besitzt er in Köln und Düsseldorf. Alle topmodern. Fünf Sterne. Aber jetzt hat er die einmalige Möglichkeit, das kleine altmodische Nordsee-Hotel zu kaufen, in dem er seinerzeit seine Ausbildung absolviert hat. Es liegt ihm wahnsinnig am Herzen. Der ehemalige Besitzer ist verstorben und hat es seiner Schwester vermacht. Und jetzt hat Papa mich gebeten, an die Nordseeküste zu fahren, um der Erbin einen Kaufvertragsentwurf und einen persönlichen Brief zu überreichen, nachdem er mit ihr telefoniert hat. Denn bis mein Masterstudium beginnt, habe ich noch ein paar Wochen Zeit.«

Frau Engel nickt. »Und Ihr Kasper ist ja auch nicht da.«

»Jasper, Frau Engel«, korrigiert Günter sie, bevor ich es tun kann. »Er heißt Jasper.« Dann ziehen sich seine hellen Augenbrauen zusammen. »Das Masterstudium wollen Sie doch eigentlich gar nicht machen, Audrey!«

Ich nicke und starre in den Thermosbecher. Enthält Pfefferminze Opiate, oder warum erzähle ich gerade wildfremden Menschen höchst persönliche Angelegenheiten?

»Wir sind ja nie wieder an die Nordsee gefahren, seit mein Berthold 1978 die Muschelpfanne gegessen hat«, sinniert Frau Engel an meiner linken Seite.

Günter und ich sehen sie an.

»Vergiftung«, sagt sie. »Fast wär er damals schon von mir gegangen. Aber zweiunddreißig Jahre hat er noch durchgehalten. Wenn er nicht in den Fischteich gefallen wär, würd er wohl heute noch leben.«

»Ihr Mann ist im Fischteich ertrunken?« Ich tätschle die faltige Hand von Frau Engel. Falten fühlen sich nicht so schrecklich an, wie sie aussehen.

»Nee.« Sie schüttelt den Kopf. »Da ist er wieder rausgekrabbelt. Aber die Lungenentzündung anschließend, die hat ihn weggerafft.« Sie hält uns die Dose hin. Ohne-h-Günter und ich nehmen jeder einen Butterkeks. »Also, Ordri, passen Sie gut auf, wenn Sie an die Nordsee fahren. Essen Sie keine Muscheln, und ziehen Sie schnell die nassen Sachen aus, wenn Sie gebadet haben, sonst …« Sie deutet mit ihrem Butterkeks auf die Gräber, bevor sie ihn in meinem Becher, der ja eigentlich ihrer ist, auf und ab tunkt. Genüsslich kaut sie schließlich das durchmatschte Stück.

»Ich muss dann mal wieder an die Arbeit«, sagt Günter und steht auf. »Und Sie werden bestimmt einen tollen Urlaub haben, Audrey. Sie müssen sich entspannen. Wie lange bleiben Sie da oben im Norden?«

Jetzt ziehen meine Augenbrauen sich zusammen. »Nachdem ich die Dokumente in …«, ich überlege, weil ich mir den Namen des Nordseedörfchens schlecht merken kann, »… in Dagebüll abgegeben habe, sind es noch drei Wochen. Drei verdammte Wochen auf Sylt.«

Er sieht mich mit großen Augen an. »Ja, das klingt wirklich schrecklich.«

»Wenn Sie meinen Zwillingsbruder Moritz mitnehmen müssten, würden Sie genauso denken wie ich.«

»Ah.«

Sein leerer Blick sagt alles, aber ich habe keine Lust, Günter und Frau Engel noch weitere Details aus meinem Familienleben zu berichten. Ich trinke den letzten lauwarmen Schluck Tee inklusive eines Stückchens Matschkeks, gebe Frau Engel den Becher zurück und stehe auf. »Vielen Dank.«

»Und wenn Sie das nächste Mal mit Ihrer Mutter sprechen, Ordri«, sagt sie lächelnd, »dann bitten Sie sie um ein Zeichen. Das tröstet.«

An Mamas Grab gehe ich erneut in die Knie und rücke den Stein, den ich vor ein paar Tagen gefunden und ihr mitgebracht habe, noch einmal zurecht. Er hat eine Kerbe und sieht wie ein Herz aus.

Ein Zeichen. Seit zwanzig Jahren traue ich mich nicht, Mama um ein Zeichen zu bitten, dass sie mich hört, dass sie noch da ist. Irgendwo in meiner Nähe. Zu tief sitzt die Angst, dass das Zeichen nicht kommt, dass meine Erzählungen, meine Wünsche und Träume und Tränen niemals bei ihr angekommen sind.

Hm, ich muss es ja nicht bei Mama ausprobieren. Ich streichle über den Herzstein. »Tschüs, Mama. Ich hab dich lieb. Für immer.«

Am Grab von Oberstudienrat Quecke bleibe ich stehen. Seit er vor drei Jahren dahingeschieden ist, komme ich bei jedem Friedhofsbesuch an seinem Grab vorbei.

Erst einmal schiele ich über meine Schultern, ob auch niemand in der Nähe ist, aber außer ein paar gurrenden Tauben herrscht hier kein Leben.

»Hallo, Herr Quecke. Ich weiß nicht, ob Sie sich an mich erinnern, ich bin Audrey Tannheim. Ich hatte drei Jahre Bio bei Ihnen. Ich bin die Quintanerin, die während der Sommerferien nicht dokumentieren konnte, wie aus Mehlwürmern Mehlkäfer werden, weil mein Zwillingsbruder meine Mehlwürmer zum Angeln genommen hat. Nicht, dass ich Ihnen das jetzt, wo Sie tot sind, vorwerfen möchte, aber das war damals schon ziemlich ungerecht, als Sie mir eine Sechs gegeben haben. Wenn ich es recht überlege, war es sogar regelrecht fies von Ihnen. Wenn Sie also nun die einmalige Gelegenheit nutzen möchten, um sich bei mir zu entschuldigen, dann haben Sie jetzt die Chance, indem Sie mir ein Zeichen schicken.«

Eine Minute lang starre ich auf den Grabstein, auf die karge Bepflanzung. Nichts. Allerdings weiß ich auch nicht, worauf ich genau achten soll. Vielleicht hätte ich das Zeichen definieren sollen.

»Wie wäre es mit einer Hummel, Herr Quecke. Nein, nein, besser doch nicht!«, winke ich hektisch ab. Schließlich will ich ein Zeichen. Und Hummeln sind selten. Vielleicht eine Fliege? »Auf keinen Fall einen Schmetterling«, murmle ich. »Den würde ich mir von Mama wünschen, sollte ich mich jemals trauen, sie um ein Zeichen zu bitten. Also, letzte Chance für Sie, Herr Quecke. Wenn Sie mich hören, schicken Sie irgendetwas Fliegendes außer einem Schmetterling vorbei.«

Ich schließe die Augen, spüre den warmen Septembersonnenstrahl auf meinem Gesicht und höre das Gurren einer Taube. Dann macht es flatsch!

Ich fasse mir ins Haar und starre auf die feuchte Masse an meinen Fingern. Ich bin verwirrt. Fällt Taubenscheiße unter etwas Fliegendes?

Nein, beschließe ich, sie fällt einfach nur unter persönliches Pech. Und da ist die Vogelkacke mein geringstes Problem.

# 2

»Wann kommt die nächste Raststätte, Audrey? Oder Tankstelle?«

Obwohl mein Bruder einen Mundschutz trägt, höre ich das leise Wimmern, das er der Frage hinterherschickt.

Ich atme genervt tief aus und bremse Papas Porsche Cayenne stark ab, weil vor mir ein Lkw-Fahrer sein Gefährt mit fünfundachtzig km/h auf die linke Autobahnspur zieht, um einen Kollegen zu überholen, der die vorgeschriebenen achtzig fährt. »Meine Güte, Moritz, du warst gerade an der letzten Raststätte pinkeln. Du kannst doch unmöglich schon wieder müssen.«

»Ich will ja gar nicht aufs Klo. Ich …«, seine Stimme trägt das Leid der Welt, »… ich muss etwas Süßes kaufen. Mein Blutzuckerspiegel ist viel zu niedrig. Mir ist schwummerig.«

»Schau im Handschuhfach nach. Papa hat doch immer Bonbons herumliegen«, blaffe ich ihn an, weil nicht nur er, sondern vor allem die Schnecke vor mir meine Nerven strapaziert. Ich klebe an der Stoßstange des Lkw und hupe. Als er nach einer gefühlten Ewigkeit endlich an dem anderen Laster vorbei ist und wieder einschert, drücke ich das Gaspedal durch.

Moritz hat unterdessen eine Tüte Gummibärchen gefunden und hält sie vor das rechte Auge. Das linke ist so geschwollen, dass er damit nicht sehen kann. »Die ist offen, Audrey. Wer weiß, wie lange die schon hier rumliegt. Fahr bitte an der nächsten Tanke ran.«

»Nein, tu ich nicht. Ich will schließlich heute noch mal ankommen. Zwei Wochen alte Gummibärchen werden schon keinen Morbus Crohn auslösen. Und älter wird keine Nascherei in Papas Wagen.« Da unser Vater den Porsche allein nutzt, ist er hier vor den Süßigkeiten-Verboten meiner Stiefmutter sicher. Ich halte Moritz die rechte Hand hin. »Such mir mal die grünen und die orangen raus.«

Mit spitzen Fingern wühlt er in der Tüte. »Da sind keine grünen und orangen. Die hast du also schon mal rausgefischt.«

Okay, dann liegt diese Tüte definitiv länger als zwei Wochen hier herum. Als ich das letzte Mal mit Papa gefahren bin, lag noch Schnee. Jetzt haben wir September.

»Du fährst gleich irgendwo ran!« Moritz' Stimme klingt scharf. »Ich kann schließlich nichts dafür, dass wir den Wagen genommen haben. Mit der Cessna wären wir schneller und bequemer gereist. Du hättest Papa wenigstens fragen können.« Er dreht sich nach links – natürlich nicht, ohne zu stöhnen – und wirft mit seinem funktionsfähigen Auge einen vorwurfsvollen Blick über seine Schulter nach hinten Richtung Kofferraum. »Ich hasse das arrogante Viech. Und ich kann nicht glauben, dass du sie mitnimmst, wo du genau weißt, wie allergisch ich reagiere.«

Ich wende meinen Blick kurz von der Fahrbahn und sehe ihn an. Er hat Biskuit beleidigt, und darum kann ich nicht anders. Ich ziehe an seinem Mundschutz und lasse ihn zurückflutschen.

»Aua! Spinnst du?« Moritz ist jetzt richtig sauer. Eiligst zieht er die verrutschte Maske wieder über seine Nase. Mit verschränkten Armen starrt er aus dem Seitenfenster auf die vorbeiziehenden Felder und hustet. Ich enthalte mich jedes weiteren Kommentars. Papa hätte uns seine Cessna sowieso nicht überlassen. Nicht ganz unbegründet, schließlich hat Moritz vor vier Jahren beim Landen auf dem Egelsbacher Flughafen eine satte Bruchlandung hingelegt. Beim Einsteigen muss eine Biene ins Cockpit gelangt sein, die ausgerechnet beim Landeanflug um seinen Kopf schwirrte. Aus Angst vor einem eventuellen Stich – ein anaphylaktischer Schock gehört zu Moritz' täglichen Horrorvorstellungen – hat er panisch um sich geschlagen. Er kam glücklicherweise mit einem gebrochenen Bein, Prellungen und einer Gehirnerschütterung davon. Und mit einem Bienenstich. Ohne Schock. Die Cessna hätte man, wäre sie ein Pferd gewesen, an Ort und Stelle erschossen.

Wir sind jetzt kurz hinter Hannover, und die Landschaft ist nur noch platt und öde. Weil Moritz beleidigt schweigt, lege ich Papas John-Lennon-CD in den Player und singe »Give peace a chance« lautstark mit. Ich ignoriere, dass Moritz beginnt seine Schläfen zu massieren.

Als irgendwann die nächste Tankstelle auftaucht, hat John Lennon mich überzeugt. Ich setze den Blinker, halte hinter den Zapfsäulen und stupse Moritz an. »Nun hol dir schon deinen Traubenzucker. Und, Moritz«, sage ich, als er aussteigt, »nimm die Maske ab. Der Tankwart denkt sonst, du willst ihn überfallen.«

Ohne die Maske sieht mein Bruder nur noch halb so beschädigt aus. Und das kräftige Blau um sein geschwollenes Auge harmoniert perfekt mit seinem dunkelblauen Leinenhemd. Dazu trägt er eine Jeans und Sneaker. Er ist schlaksig und zu seinem Leidwesen nur zehn Zentimeter größer als ich. Ich bin mit meinen eins fünfundsechzig durchaus zufrieden, schließlich gibt es High Heels. Dass sich meine Brust kaum von der meines Bruders unterscheidet, ist schon erheblich schlimmer. Doch zum Glück hat die Menschheit immer wieder große Geister hervorgebracht. Wo wären wir ohne die Erfindung des Rads, der Elektrizität, des Push-ups?

Ich sehe ihm nach, als er Richtung Shop geht, mit seinem typischen Moritz-Gang, ein wenig steif, als läge Eis um seine Hüften, Eis, das bei längerem Gehen allerdings schmilzt.

Mir entschlüpft ein Seufzer. Irgendwann, irgendwo haben Moritz und ich uns verloren. Wobei ich das irgendwann schon besser einschätzen kann. Als Papa uns ein halbes Jahr nach Mamas Tod in das Internat im Schwarzwald brachte, waren wir noch eins. Das Lösen voneinander begann, als unsere Stiefmutter anderthalb Jahre später dafür sorgte, dass ich das verhasste Internat verlassen durfte – dafür werde ich ihr ewig dankbar sein. Moritz durfte auch, aber er wollte nicht. Seit dem Zeitpunkt trennten uns nicht nur zweihundert räumliche Kilometer. Bei jedem seiner Besuche in den Ferien bekam die Mauer zwischen uns eine neue Schicht, ließ sie höher und höher werden. Hatten wir uns am Anfang noch die Hände über die steinerne Wand reichen können, so mussten wir uns Jahr für Jahr mehr recken, um uns wahrhaft zu spüren. Irgendwann haben wir losgelassen.

Moritz steht jetzt in der kleinen Schlange vor dem Verkaufstresen. Also kann ich ruhig noch einmal nach Biskuit schauen. Ich steige aus und öffne den Kofferraum. Eingequetscht neben Moritz' Arzneimittelkoffer und meiner mittelgroßen Louis-Vuitton-Reisetasche – die große und die kleine Tasche liegen mit Moritz' Staffelei auf dem Rücksitz –, sieht sie mich aus hellblauen Augen durch die Gitterstäbe des Reisekorbs an. Als ich das Gittertürchen öffne, signalisieren mir das Fauchen und die angelegten Ohren, dass meine Katzenprinzessin ziemlich angepisst ist.

Ich streichle ihr langes seidiges Fell und säusle: »Ist doch gutti. Wir sind doch bald da. Du kannst nun mal nicht vorn bei mir sitzen. Da sitzt der böse Moritz. Der ist sauer, dass wir nicht geflogen sind. Aber dass geht ja gar nicht, nicht wahr? Dann muss Biskuitchen spucken. Jaaaa. Da fahren wir doch mit dem Auto. Jaaaa.«

Ich zucke zusammen, als plötzlich ein weiterer Arm in den Korb greift, um meine Katze zu streicheln. Und der gehört definitiv nicht Moritz, denn mein Bruder würde sich seinen Arm lieber abhacken, als meine Katze anzufassen. Und es ist auch nicht seine Stimme.

»Ui! Tolles Miezchen. Du bist so 'ne echte Rassekatze, was?«

Ich wende meinen Kopf und blicke in zwei strahlend grüne Augen, die zu einem schmalen Mädchengesicht gehören und mich jetzt mustern. Sie trägt eine baumwollene kunterbunte Häkelmütze, unter der dunkelblonde Haarsträhnen herausragen. »Äh ...« Gleichzeitig richten wir uns auf, und mein Blick wandert sofort weiter zu dem Mann, den sie an der Hand hält.

Um seinen schmächtigen Körper schlackert ein blauer Trainingsanzug, und seine Füße stecken in klobigen Sportschuhen. Die vollgepfropfte Discountertüte in seiner anderen Hand könnte natürlich vermuten lassen, dass sich darin seine Bowlingkugeln befinden, aber sein Alter und seine Körperhaltung sprechen dagegen. Er ist bestimmt achtzig Jahre alt, und sein weißes Haarkränzchen besteht nur noch aus Fusseln.

Das Mädchen ist ein Stückchen größer als der Alte, zierlich wie ich und um die zwanzig. Sie trägt Jeans und Chucks. Ein graues Kapuzenshirt ist um ihren Bauch geschlungen, und ihr weißes T-Shirt mit dem Blind-Guardian-Aufdruck spannt sich um zwei Brüste, die mich neidisch werden lassen.

Ich stammle noch einmal »Äh ...«. Mehr will mir einfach nicht einfallen. Die beiden Gestalten irritieren mich, insbesondere, weil der Alte, obwohl er mich ansieht, durch mich hindurchzugucken scheint. Die Augen hinter der Brille aus haselnussbraunem Kunststoff blicken durch die riesigen Gläser, ohne etwas zu sehen.

»Guck mal, Frido, 'n Kätzchen!«, sagt das Mädchen und versucht mit ihrer Hand seinen Kopf Richtung Kofferraum zu lenken, aber der alte Mann reagiert nicht. Stattdessen beginnt er im Stehen zu trippeln. Eine Marionette, deren einziger Faden die Hand des Mädchens ist.

»Fahren Sie noch weiter Richtung Norden?«, fragt sie mich im selben Moment.

»Bis an die Nordseeküste.«

Bin ich blöd? Warum sage ich das? Gedankennotiz Audrey: Wenn zwei Freaks an einer Tankstelle fragen, wie weit du noch fährst, immer sagen: An der nächsten Abfahrt muss ich raus.

Erwartungsgemäß leuchten die Augen des Mädchens auf wie grüne Ampellichter, die die Weiterfahrt signalisieren. »Cool! Ob du wohl noch Platz hast für meinen Opa und mich?« Sie linst durch die Seitenscheibe auf die hintere Sitzbank. »Ich könnte deine Tasche und das Holzding auf den Schoß nehmen.«

Zum ersten Mal bin ich froh, dass ich Moritz an der Backe habe. Ich lächle das Mädchen an und deute zum Tankstellenshop. »Sorry, aber ich reise nicht allein. Mein Bruder kauft nur schnell ein. Und du siehst ja, wie viel Gepäck noch auf der Rückbank liegt. Für zwei weitere Personen ist kein Platz mehr. Tut mir leid.« Ich finde, dass das »Tut mir leid« sehr authentisch rüberkam.

Die grünen Signalfeuer erlöschen. Tränen bilden sich stattdessen in den Augen des Mädchens. »Bitte! Opa und ich könnten euer Gepäck auf den Schoß nehmen. Bitte! Wir … wir müssen dringend weiter.« Sie schwingt ihren pinkfarbenen Rucksack von der Schulter und kramt ein angegrautes, wohl ehemals schwarzes Portemonnaie heraus. »Zehn Euro kann ich dir geben, wenn du uns mitnimmst. Bitte. Wir sind auch ganz ruhig und stören euch nicht.«

Ich wende meinen Blick ab. Die Kleine guckt so flehentlich, dass ich mich einfach nur mies fühle. Darum bin ich mehr als froh, als Moritz neben dem Wagen auftaucht.

Ich fühle mich ihm zwillingsschwesterlich sehr verbunden – und das passiert nur noch höchst selten –, weil er auch nur ein »Äh …« herausbringt und die beiden anstarrt.

»Ho!« Das Mädchen lacht auf. »Wer hat dir denn die Fresse poliert?«

Als hätte ihm jemand einen Haken in den Nacken gerammt und zöge daran, richtet Moritz seine eins fünfundsiebzig noch mehr als üblicherweise auf. »Bitte? Ich bin beim Sport gestürzt.«

»Na dann.« Das Mädchen streckt die Hand aus. »Ich bin Esther. Das ist mein Opa Frido. Ich hab deine Schwester gerade gefragt, ob ihr uns wohl mitnehmen könnt.« Der flehentliche Blick gilt jetzt Moritz.

»Äh … wir müssen an der nächsten Abfahrt leider raus.«

Ich starre meinen Bruder an. Respekt, Moritz! Ist nur leider zu spät.

»Deine Schwester sagt, dass ihr an die Nordseeküste fahrt. Bitte! Frido kann nicht mehr laufen und stehen. Und wir sind auch mucksmäuschenstill.«

Moritz' Auge wirft mir einen mörderischen Blick zu.

»Ach«, stößt der Opa plötzlich aus und hört auf zu trippeln. Er schaut auf den Katzenkorb. »Ach, was für ein feines Kätzchen haben wir denn da?« Seine altersfleckgespickte Hand gleitet durch die Öffnung des Korbs und streichelt Biskuits Kopf und Rücken. Seine leise Stimme ist Nuancen höher geworden, klingt aber rauh, als würde ihr ein Tröpfchen Öl fehlen. Er scheint lange nicht gesprochen zu haben. »Jaaa, feines Kätzchen. Jaaa.«

Ich nicke anerkennend. Der Mann weiß, wie man mit Tieren spricht.

»Ach, Frido.« Das Mädchen streicht freudig über seinen Arm. »Schön, dass du mal wieder da bist.«

Hä? Ich bin leicht irritiert. Frido war doch die ganze Zeit da.

»Würden Sie den Parasitenteppich jetzt bitte loslassen?«, presst Moritz raus. »Wir … wir müssen weiter. Ihnen beiden noch einen schönen Tag. Komm, Audrey, wir müssen.«

Für einen Moment ist es still. Man hört nur das Vorbeirauschen der Wagen auf der Autobahn. Und … ein Schnurren. Ich starre auf meine Katze und die sie weiterhin streichelnde Hand. Biskuit ist eine Katze, die nicht bei jedermann schnurrt. Sie mag Frido. Und Frido mag sie. Also ist es vielleicht an der Zeit, dem Menschen, der meine Prinzessin Parasitenteppich nennt, mal zu zeigen, wo der Hammer hängt.

»Wisst ihr was?«, rufe ich munter und strahle Esther an. »Die große Tasche vom Rücksitz und die Staffelei passen noch locker hier hinten mit hinein. Also, willkommen an Bord! Mein Name ist Audrey, und ich bin Ihr Kapitän.« Ich reiße die hintere Tür von Papas Schlachtschiff einladend auf.

Frido entpuppt sich tatsächlich als schweigsamer Mitfahrer. Er hat, nachdem er ins Auto gestiegen ist, jede Kommunikation eingestellt. Esther dagegen hat eine merkwürdige Vorstellung von mucksmäuschenstill. Sie quatscht ununterbrochen. Wir kennen jetzt ihr Lieblingsgericht, -kleidungsstück, -buch, -geschäft, ihren Lieblingsurlaubsort, -lehrer, -drink und allerlei mehr. Dem Bericht über ihr Lieblingshobby Pilzsammeln habe ich ja noch gern gelauscht, insbesondere, weil Moritz – der kein Wort mit uns spricht, sondern nur theatralisch in seinen Mundschutz atmet – sich mehrfach schütteln musste. Niemals würde Moritz einen selbstgesammelten Pilz essen. Als Esther irgendwo zwischen Hannover und Hamburg allerdings die Probleme ihrer Lieblingsfreundin Maxi, die eigentlich Max heißt, aber gern ein Mädchen wäre, immer weiter auswälzt, spreche ich ein Machtwort, denn Moritz fängt an zu würgen.

Die Vorstellung, dass Max-Maxi sich seinen Penis abschnippeln lassen will, bekommt seinem Magen augenscheinlich nicht.

Ich sehe in den Rückspiegel. »Esther, können wir mal fünf Minuten alle nichts sagen?«

Sie nickt. »Klar.«

Zehn Sekunden später beginnt sie zu summen. Zweifellos einen Song ihres Lieblingssängers Cro, dem sie gerne mal die Pandabärenmaske, die er bei jedem Auftritt trägt, vom Gesicht reißen würde.

»Audrey.« Moritz' Stimme klingt erstickt unter seinem Mundschutz. »An der nächsten Raststätte fährst du ran! Ich ruf mir ein Taxi, mit dem ich nach Sylt fahren kann.«

»Ein Stopp ist 'ne gute Idee, Motz«, gibt Esther ihm recht. »Ich glaub, Frido muss mal.«

Moritz stößt ein grimmig-weinerliches Lachen aus. Ich bin nicht sicher, ob es an Esthers Verstümmelung seines Namens liegt, die ich für genial passend halte, oder an seiner Vorstellung, wie Frido in Papas Wagen pullert.

Fünfzehn Minuten später parke ich an der Autobahnraststätte Harburger Berge.

»WC-Besuch, Latte mac und einen Happen essen«, sage ich, als wir aussteigen. »Und zwar in *der* Reihenfolge.« Schließlich trippelt Frido wieder auf der Stelle.

Esther greift nach seiner Hand. »Ich bring Opa zur Toilette. Wir … wollen nichts essen. Und ich hab noch Wasser im Rucksack.«

Moritz und ich blicken den beiden hinterher.

»Los, lass uns abhauen«, sagt mein Bruder.

»Ich habe ihnen mein Wort gegeben«, erwidere ich und gehe zum Kofferraum. »Ich werde die beiden hier nicht zurücklassen.«

Moritz' Antwort ist ein Grunzen.

Weil Biskuit schläft, beschließe ich, sie im Wagen zu lassen. Aber ich muss meine Schuhe wechseln. Ich ziehe die Ledersneaker aus und schlüpfe in die griffbereit liegenden schwarzen Pumps. Hach, jetzt sind meine Füße zu Hause und die Röhrenjeans und die schwarze Stretchbluse in angenehmerer Gesellschaft.

»Was?«, fauche ich Moritz an, der das Auge verdreht. »Flache Treter sind zum Autofahren gut, aber nicht, um zwei Frauenbeine in ein Restaurant zu begleiten.« Selbst wenn es sich um eine Autobahnraststätte handelt. Da bin ich konsequent.

Drinnen reihe ich mich in die kurze Schlange am Tresen ein und schaue auf die Tafeln mit den Speisen. »Was willst du essen, *Motz?*« Ich schaue ihn grinsend an. Dank der Louboutins bin ich jetzt genauso groß wie er.

»Nichts davon«, murmelt er mit Blick auf die Speisekarte. »Ich stelle mir einen Salat zusammen.«

Ich ordere das Tagesgericht Rindergulasch dreimal und beobachte Moritz. Ich weiß, dass er keine Tomaten nimmt, weil die ihm Sodbrennen verursachen, keine Radieschen, weil davon seine Zunge brennt, und keine Paprika, weil die von Pestiziden verseucht sind. Entsprechend übersichtlich ist sein Salat, als er neben mir an der Kasse steht. Gurke auf Blattsalat. Aber er hat sich an das Essig-Öl-Dressing getraut und nimmt sogar noch ein Brötchen, obwohl es nicht eingeschweißt ist.

Da mein Tablett mit den drei Tellern schon übervoll ist, habe ich Moritz drei Latte macchiato und einen Kamillentee für Frido auf seines gestellt.

»Die wollen doch nichts essen und trinken«, mault er.

»Die wollen schon, die haben nur kein Geld, und darum lade ich sie ein«, belehre ich ihn.

Und ich behalte recht, denn fünf Minuten später sitzt ihm Esther, mit vollem Mund genüsslich kauend, gegenüber. Nach jedem Bissen legt sie ihre Gabel ab, um ihrem Großvater zu helfen, seine Gabel zum Mund zu führen. »Schön essen, Frido. Wer weiß, wann wir wieder etwas so Leckeres kriegen.«

»Das ist wirklich lecker«, bestätige ich und grinse Moritz an, der lustlos in seinem kargen Mahl stochert.

Eine Weile essen wir schweigend. Da Frido mir gegenübersitzt, bleibt es nicht aus, dass ich ihn beobachte. Und es sieht nicht so aus, als würde er sich daran stören. Im Gegenteil, ich weiß nun, was Esther meinte, als sie vorhin sagte: »Schön, dass du mal wieder da bist.« Jetzt ist Frido eindeutig nicht da. Ich habe keine Ahnung, in welchen Sphären sich sein Geist aufhält, auf jeden Fall nicht im Hier und Jetzt.

Er kaut und schluckt, aber … weiß er, dass er isst? Schmeckt er etwas? Woran denkt er gerade? Denkt er überhaupt?

Seine Gesichtshaut ist faltig, aber nicht so vollkommen von Altersflecken übersät wie seine Hände, die sehr zierlich sind und deren Finger viele kleine Narben aufweisen. Er hat buschige weiße Augenbrauen, die ihm etwas Künstlerhaftes verleihen. Viele Kreative haben solche buschigen Augenbrauen. Oder haben die nur keinen Sinn für Kosmetik?

Fridos knuffige Nase könnte einem Kobold gehören. Ich wünsche mir plötzlich, dass er mich wahrnimmt und einmal anschaut. Mir war bis jetzt nicht bewusst, dass einzig die Augen dem Gesicht das Leben geben.

Ich schrecke zusammen, als Esther mich anspricht. Sie muss mich beobachtet haben. »Frido zieht sich immer öfter in sich selbst zurück«, sagt sie. »Und wenn er aus der Feenwelt – ich wünsche mir, dass er in der Feenwelt ist, weil er mir als Kind immer Geschichten daraus erzählt hat – in unsere Welt zu Besuch kommt, erinnert er sich nicht mehr an die letzten dreißig

Jahre. Er glaubt dann, dass er immer noch seine kleine Schuhmacherwerkstatt hat.« Sie legt ihre Gabel auf den noch halbvollen Teller und sieht Frido an. »Er erkennt mich nicht mehr, auch wenn er da ist. Er weiß gar nicht, dass er eine Enkelin hat, weiß nicht, dass er mir das Schwimmen beigebracht hat, dass er mir ein Megabaumhaus gebaut hat.« Sie lächelt. »So richtig mit Gardinen und Teppich. Wir haben da drin stundenlang Mensch ärgere dich nicht gespielt. Nichts mehr da bei ihm. Alles weg. Ich bin weg.«

Ich schlucke.

Frido kaut. Bedauern scheint es in der Feenwelt nicht zu geben.

Meine Hand macht sich selbständig und streichelt über den Unterarm des Mädchens. »Deine Erinnerungen kann dir niemand nehmen, Esther. Die Zeit versucht es zwar, aber an die Essenz kommt sie nicht heran.«

Esther sieht mich nachdenklich an. »Was mich betrifft, hast du recht. Aber an Opas Erinnerung knabbert nicht die Zeit. Er hatte vor fünf Jahren eine Gehirnblutung«, erklärt sie den Gedächtnisverlust und nimmt die Gabel wieder auf. »Und seitdem geht's immer weiter bergab.« Sie lächelt wieder. »Ich hab ja noch Glück«, sagt sie mit vollem Mund. »Ich sehe meiner Oma sehr ähnlich. Und wenn Frido da ist, glaubt er, dass ich sie bin. So liebt er mich wenigstens weiter – als Aurora. So hieß nämlich meine Oma. Sie ist schon zwanzig Jahre tot, aber ich weiß jetzt, wie er mit ihr gesprochen hat. Ist auch cool.«

Moritz, der nach dem Wort Gehirnblutung das Essen eingestellt hat, fragt: »Wo fährst du eigentlich mit ihm hin?«

Eine berechtigte Frage. Wieso habe ich die noch nicht gestellt, insbesondere, weil Esthers Hals hektische Flecken kriegt?

»Wir wollen … äh … ziemlich nach Norden. Wir … machen Urlaub.«

Moritz' Augenbrauen bilden eine Linie. »Und woher kommt ihr genau?«

Esther zerquetscht hochkonzentriert eine Kartoffel in der Gulaschsauce. »Aus … ziemlich aus dem Süden.«

Hm, ziemlich vage Auskünfte.

Bevor Moritz oder ich eine weitere Frage stellen können, deutet sie mit der Gabel auf Moritz' Matschauge. »Bei welchem Sport ist das passiert?«

Moritz beißt in das Brötchen. »Äh … also … äh …«

»Seine acht Jahre ältere Freundin hat ihn vermöbelt«, antworte ich.

Moritz verschluckt sich am Brötchenstück und fängt an zu würgen.

»Was?«, fauche ich ihn an. »Ist doch wahr! Ich kann dieses Äh-Gestammele nicht mehr hören. Und diese Lügereien und Vertuschungen.« Ich rede mich immer mehr in Rage. »Seit Jahren nimmt Miriam dich aus wie einen Thanksgiving-Truthahn, und du rennst immer wieder zu ihr zurück.«

Jetzt bilden sich auch auf Moritz' Hals rote Flecken. Sein intaktes Auge sprüht Funken. »Meine Beziehung besteht wenigstens nicht nur aus Langeweile. Im Gegensatz zu dir und Jasper führen wir eine *leb*hafte Beziehung. Wir *leben!* Wir vegetieren nicht in Gewohnheit nebeneinander dahin.«

»Jasper ist leidenschaftlich. Er … er kann es nur nicht so zeigen.« Meine Stimme klingt leider unangenehm hoch.

»Wenn Selbstbetrug olympische Disziplin wäre, Schwesterchen, wärst du krumm wie Quasimodo vom Tragen all der Medaillen.« Er schüttelt verächtlich den Kopf.

Mein Hals wird heiß. Jetzt ist nur noch Frido halsfleckenfrei.

»Cool, ihr seid so ehrlich«, sagt Esther in die Sekunden währende Stille. »Darum gesteh ich euch jetzt auch die Wahrheit. Ich hab Frido entführt. Aus dem Pflegeheim, direkt nach der Krankengymnastik. Dem Pfleger hab ich gesagt, wir machen einen Spaziergang. Frühestens beim Mittagessen werden sie stutzig werden. So haben wir ein bisschen Vorsprung. Ich vermute, nach einer ausgedehnten Suchaktion wird das Heim meine Eltern benachrichtigen. In meinem Zimmer werden sie dann hoffentlich auf dem Schreibtisch den Brief finden, den ich ihnen geschrieben hab. Dann wissen sie, dass ich mit Frido unterwegs bin, und sie müssen sich keine Sorgen mehr machen.«

Mein Mund ist trocken. Ich möchte, aber ich kann kein Wort herausbringen. Keine Sorgen machen? Ich bezweifle stark, dass das so ist, aber bevor ich es aussprechen kann, plappert Esther bereits weiter.

»Weil ich letzte Woche gerade erst achtzehn geworden bin und Frido dement ist, wird die Polizei vielleicht mit der Suche nach uns beginnen. Und darum müssen wir so schnell wie möglich weiter nach Norden reisen. Das passt super, dass ihr nach Sylt fahrt. Von dort kann ich dann mit Frido eine Fähre nach Dänemark nehmen.«

»Entführt? Polizei?« Moritz starrt entsetzt von Esther zu Frido, dem inzwischen das halbe Gulasch an der Trainingsjacke hängt.

Ich genehmige mir einen kräftigen Schluck Latte, um wieder verbal einsteigen zu können. »Aber warum hast du ihn entführt? Haben die ihn im Heim misshandelt? Kommen daher die Narben an seinen Fingern?«

»Quatsch«, erwidert Esther auflachend. »Die Narben hat er von seiner Arbeit. Als Schuhmacher hat er doch dauernd mit Werkzeugen an Sohlen und Absätzen rumhantiert. Da ist wohl das eine oder andere Werkzeug mal abgerutscht. Nee …«, ihre Augen füllen sich mit Tränen, »Frido … also Opa hat es einfach verdient, dass ihm sein einziger großer Traum, den er im Leben hatte, erfüllt wird. Und weil meine Eltern das nicht für nötig halten, muss ich das tun. Und ich kann nicht länger warten, sonst kommt Frido vielleicht irgendwann gar nicht mehr aus dem Feenland zurück. Die Abstände werden immer kürzer.«

»Und sein großer Traum ist was?«, nimmt Moritz mir die nächste Frage vorweg.

Esther greift nach Fridos Hand, in der er immer noch die Gabel hält, obwohl der Teller leer ist. »Opa will zum Nordkap. Und genau dorthin bringe ich ihn. Er hat immer davon geträumt, Oma die Aurora Borealis zu zeigen. Weil Oma doch auch Aurora hieß.«

»Aurora Borealis?«, wiederholt Moritz. »Das Polarlicht?« Er klingt enttäuscht. Offensichtlich hat er etwas Spektakuläreres erwartet. »Warum sind sie dann nicht einfach hingeflogen?«

Esther blickt ihn an. In ihrer Ernsthaftigkeit sieht sie einmal mehr sehr erwachsen aus. »Einfach hin? Das kann nur jemand sagen, der 'nen dicken Porsche unterm Arsch hat und Schickimicki-Klamotten trägt. Für dich ist es vielleicht einfach, Motz, *einfach* irgendwohin zu reisen. Opa und Oma haben ihr Leben lang auf diese Reise gespart. Als die Reisekosten angespart waren, hat Omas Herz ihnen einen Strich durch die Rechnung gemacht.« Sie nimmt eine Serviette und tupft die Saucentropfen von Fridos Kinn. »Von eurem Reisegeld hast du Oma den schönsten Sarg gekauft, nicht wahr, Opa?«

Es kommt keine Antwort aus dem Feenland.

Und nun? Ich traue mich nicht, Moritz anzusehen, weil ich weiß, was er denkt. Und er hat recht. Wir müssen die Polizei anrufen. Wir können unmöglich mit einer gerade so eben Volljährigen weiterfahren, die ihren hilfsbedürftigen Großvater aus dem Pflegeheim entführt hat, um mit ihm durch drei Länder zu trampen. Nicht mehr jetzt, wo wir es wissen.

Ich sehe zu Frido, und mir läuft eine Gänsehaut über die Arme. Er schaut mich an, intensiv. Er ist da.

»Wer sind Sie?«, fragt er, und sein Blick wird unruhig, wechselt zu Moritz.

»Hallo, Herr … Frido.« Mir wird gerade klar, dass Esther uns ihren Familiennamen ebenfalls verschwiegen hat. »Ich bin Audrey Tannheim.« Ich deute nach links. »Und das ist mein Bruder Moritz.«

Fridos Blick bereitet mir Unbehagen. Weil er Angst ausdrückt. Er schaut zu Esther. Sekundenlang mustert er sie, dann kommt ein unsicheres »Aurora?«. Seine Augen lassen das Mädchen los, und er sieht sich um.

»Es ist alles in Ordnung, Frido«, sagt Esther und streichelt seine Wange. »Wir sind in einem Restaurant.«

Frido fummelt an seiner Armbanduhr herum und murmelt: »Welcher Tag ist heute? Welches Datum?« Er räuspert sich. Anscheinend fällt ihm selbst auf, wie belegt seine Stimme klingt.

Esther nennt ihm das Datum, die Jahreszahl lässt sie weg.

Frido nickt unsicher. »Kennen wir uns?« Er guckt mich wieder an.

»Nein, aber es ist schön, Sie kennenzulernen, Frido«, erwidere ich betont munter und verzichte auf das Herr.

»Ja, sehr schön«, sagt Moritz, doch es klingt nicht so. »Leider müssen meine Schwester und ich uns jetzt auch schon wieder verabschieden.« Er steht auf. »Komm, Audrey.«

Unsicher quäle ich mich aus der Sitzbank und schaue Esther an.

Ihre Mundwinkel sind heruntergezogen. »War ja klar. Jetzt habt ihr keinen Bock mehr auf uns. Hätt ich mal schön meinen Mund gehalten.« Sie steht auch auf. »Komm, Frido, wir gehen raus. Wir müssen uns ein Auto suchen. Wir wollen doch zum Nordkap.« Esther schultert ihren Rucksack. »Wir müssen unsere Sachen noch aus dem Auto holen.«

Ich fühle mich mies, als ich mit Moritz schweigend vorangehe. Ich öffne den Wagen und hole die Discountertüte aus dem hinteren Fußraum.

»Vielen Dank fürs Mitnehmen bis hierher«, sagt Esther. »Und für das Essen.« Es liegt keine Wärme in ihrer Stimme. »Ich hoffe, ihr seid wenigstens so fair und informiert nicht die Polizei. Das wär megagrottig von euch.«

In dem Moment stößt Frido ein bewunderndes »Oh!« aus und geht vor mir in die Knie. »Schöne Schuhe! Sehr, sehr schön.« Seine Finger streichen über das schwarze Kalbsleder und berühren dabei meine nackten Füße.

Ich bin so überrascht, dass mir die Worte fehlen.

Frido rappelt sich unterdessen mit Esthers Hilfe wieder auf. »Darf ich ihn in die Hand nehmen?« Er sieht mich mit großen Augen an.

Wortlos schlüpfe ich aus dem linken Schuh und gebe ihn Frido in die Hand.

»Das ist ein sehr schöner Schuh.« Er dreht und wendet ihn und streicht über das Leder. Dann wird sein Blick unsicher. Er sieht mich an. »Hab ich den gemacht?«

»Wenn Sie Louboutin sind, erschießt sich Audrey.« Moritz grinst mich an.

Mir war nicht bewusst, wie eklig mein Bruder sein kann. Ich nehme Frido den Schuh vorsichtig aus der Hand und ziehe ihn wieder an. »Nein, Frido, der ist nicht von Ihnen. Aber Sie haben bestimmt auch wunderschöne Modelle geschaffen. Und weil Sie ein Mann mit erlesenem Geschmack sind und dazu ein sehr netter Mann«, mein Blick wandert mit einem genüsslichen Grinsen zu Moritz, »ist es eine Freude für mich, Sie und Esther noch ein Stück mitzunehmen.«

»Esther?« Fridos Blick ist verständnislos, und er beginnt zu tippeln.

Verabschiedet er sich jetzt wieder ins Feenreich?

Ich ignoriere Moritz' entsetztes »Spinnst du, Audrey?« und sehe Esther an.

Die strahlt über beide Backen. »Ui, toll, Audrey! Danke!« An Frido gewandt, sagt sie: »Audrey hat sich versprochen, Frido. Sie meint mich, Aurora. Wir wollen doch zusammen das Nordlicht anschauen.« Sie reißt die Autotür für Frido auf, und der klettert in den Wagen. Meinem Bruder schenkt sie ein reizendes Lächeln. »Sei nicht böse, Motz. Heute Abend sind wir für immer aus deinem Leben verschwunden.«

# 3

Bei einem Ort mit dem hübschen Namen Heide endet die A23. Das bedeutet, wir haben die nordfriesische Pampa fast erreicht. Wir folgen den Schildern Richtung Husum, weil Dingsbumsbüll nördlich davon liegt. Ich bin guter Dinge, dass wir das Kaff ohne Navi finden werden, das ich ausgestellt habe, nachdem Frido bei jeder Anweisung der emotionslosen Stimme gefragt hat: »Und wer ist das?«

Frido ist noch eine Weile bei uns. Er sieht aus dem Fenster und kommentiert das, was ihm gefällt – das gigantische Containerschiff, als wir bei Schafstedt den Nord-Ostsee-Kanal überqueren, die Kühe auf den Weiden, die weiten Kohlanbauflächen und die kleinen Dörfer mit den Läden, die Windmühlen und Leuchttürme für den Garten anbieten. Mit den riesigen Windparkflächen kann er sich nicht anfreunden. Diese Art der Stromerzeugung ist ihm eindeutig zu futuristisch. Und zu umweltfreundlich. »Da hätten sie lieber ein schönes Kohlekraftwerk bauen sollen.«

Kurz vor Tönning ist Frido eingeschlafen, so dass ihm der malerische kleine Fischereihafen an der Eider entgeht.

Esther lächelt mich im Rückspiegel glücklich an. »So lange war er ewig nicht da. Ich sag euch, das liegt eindeutig an unserer Tour. Die regt sein Hirn an.«

»Ja, mein Hirn arbeitet auch auf Hochtouren«, murmle ich. Kilometer reiht sich an Kilometer. Als wir in einen Ort namens Bredstedt hineinfahren, wird mir klar, dass wir gleich unsere Zwischenstation Wasweißichbüll erreicht haben und ich somit die Tannheim'schen Staatspapiere an die Erbin Frau Morgenroth zu übergeben habe.

Ich sehe Moritz an. »Wir müssen uns überlegen, wie wir gleich vorgehen. Du kannst nicht mit zu dieser Morgenroth reinkommen. Wir können keinesfalls«, ich senke meine Stimme, »Frido und Esther allein im Auto lassen. Ich denke, es ist am besten, wir wechseln kurz vorher die Plätze. Dann steige ich vor Ort aus, um die Dokumente zu überreichen, betreibe ein wenig nette Konversation mit der Dame, und ihr fahrt in der Zwischenzeit durch die Gegend oder trinkt irgendwo einen Kaffee. Ich ruf dich an, wenn du mich wieder abholen kannst. Dann steig ich ein, mach noch mal winke, winke und muss Frau Morgenroth nicht erklären, wer die beiden sind.«

Moritz starrt mich an. »Du bildest dir doch nicht ernsthaft ein, dass ich diese beiden Irren durch die Gegend kutschiere? Zwei Gestalten, die von der Polizei gesucht werden?« Er zieht an seinem Mundschutz, als brauchte er mehr Luft.

Ich verdrehe die Augen. »Es weiß doch niemand, dass die beiden bei uns im Auto sitzen. Wieso also sollte die …«

»Polizei!«, nimmt Esther mir das Wort aus dem Mund. Allerdings panisch und in beachtlicher Lautstärke. »Halt an, Audrey! Stopp, du musst anhalten!«

Vor Schreck bin ich sowieso schon auf die Bremse getreten. Glücklicherweise hält mein Hintermann genügend Abstand. Ich blinke rechts und stoppe an der Einfahrt zu einem riesigen Gartenmarkt.

»Scheiße!« Esther hat sich abgeschnallt. Ihr Kopf taucht zwischen den Kopfstützen auf. »Die suchen uns! Die suchen Frido und mich!«

Schweigend und mit Herzklopfen starren wir zu dritt auf die Straße vor uns. In dreihundert Metern Entfernung befindet sich eine Straßensperre. Die Beamten winken die Fahrzeuge langsam durch die rot-weißen Abgrenzungen. Im Schritttempo fahren die sich stauenden Wagen hindurch.

Als Moritz erleichtert durchatmet, spüre ich Esthers Hand auf meiner Schulter. »Bitte, Audrey«, flüstert sie, den Blick weiter auf die Polizisten gerichtet. »Das kann es jetzt nicht gewesen sein. Es ist Opas letzte Chance auf seinen Traum.«

»Puh!« Für mich ist das eine wahrhaft schwere Entscheidung. So einfach wie Moritz kann ich es mir nicht machen, obwohl ein Teil von mir – der, der mit Problemen so seine Probleme hat und darum froh ist, wenn er sie so schnell wie möglich loswird – ebenfalls danach schreit, einfach an die Sperre zu fahren und zu sagen: Bitte schön, da sind die beiden Ausreißer. Bitte sorgen Sie dafür, dass das Mädchen wieder zur Schule kommt und der Opa in sein gemütliches, behütendes Heim. Aber der andere Teil, und ich spüre, wie er von Sekunde zu Sekunde stärker wird, möchte etwas anderes. Er möchte, dass Frido, eingehüllt in eine kuschelige Daunenjacke und mollige Pelzstiefel, im weißen Nordkap-Schnee seinen Traum erfüllt bekommt. Unter der riesigen warmen Kapuze sollen nur seine knubbelige Koboldnase und seine Augen zu sehen sein. Und diese Augen sollen wach in einen leuchtenden Zauberlichthimmel blicken, und dieses Licht soll ihn begleiten, wenn er für immer in die Feenwelt zieht.

Ich schlucke. Ich wusste nicht, dass ich diesen pathetischen Teil in mir habe. Frido muss ihn hervorgelockt haben. Und Esther. Dieses mutige Mädchen hat es verdient, dass man ihm hilft.

»Steig aus, Esther!« Meine Worte klingen bestimmt, und ihr schießen die Tränen in die Augen. »Nein, keine Angst«, beruhige ich sie, »ich werde dafür sorgen, dass Frido zu seinem Licht kommt. Folgender Plan: Du suchst dir hier die nächste Bushaltestelle, und dann nimmst du den Bus bis Niebüll. Von dort fährst du mit dem Zug rüber nach Sylt. Moritz und ich nehmen Frido mit durch die Absperrung, ich erledige schnell meinen Job in Dingsbumsbüll, und dann treffen wir uns gegen dreiundzwanzig Uhr im Hotel Walter's Hof auf Sylt. Eher werden wir es nicht schaffen. Alles klar?«

Esther hat mit großen Augen zugehört. Genau wie Moritz, der allerdings mit nur einem aufgerissenen Auge. Im Gegensatz zu Moritz strahlt Esther anschließend pures Glück aus.

»Danke! Ihr seid so toll! Megatoll.« Esther drückt mir einen Kuss auf die rechte, Moritz einen auf die linke Wange, indem sie seinen Mundschutz einfach nach unten zieht. Dann nimmt sie ihren Rucksack, knutscht die Wange des schlafenden Fridos und huscht aus dem Auto. Schnell, aber nicht zu schnell, um verdächtig zu erscheinen – sie guckt offenbar die richtigen Filme –, verschwindet sie auf dem Bürgersteig in die entgegengesetzte Richtung.

Moritz durchbricht das Schweigen mit unnatürlich ruhiger Stimme: »Haben sie dir ins Gehirn geschissen?«

Ein leichtes Stöhnen lässt uns beide nach hinten blicken. Frido wacht auf. Mit Augen, die verraten, dass er nicht im Hier und Jetzt ist, stiert er aus dem Fenster.

»Ein bisschen vielleicht«, beantworte ich Moritz' eigentlich rhetorische Frage, weil mir gerade klarwird, was ich gleich tun werde. Ich werde einen verwirrten, nicht mündigen Greis durch eine Polizeisperre schmuggeln, die aufgestellt wurde, um ihn aufzuspüren. Einen Achtzigjährigen, dessen Familienname mir unbekannt ist, der vielleicht lebenswichtige Medikamente einnehmen muss.

Vor meinem geistigen Auge beginnt Frido zu röcheln und läuft blau an, während wir durch die Sperre fahren. Ich spüre den kalten Stahl der Handschellen, mit denen die Polizisten Moritz und mich zusammenketten, während zwei schwarzgekleidete Männer mit Sonnenbrillen Frido in einen Metallsarg legen. Und ich spüre den Schmerz, als mein Arm auskugelt, weil Moritz neben mir in Ohnmacht fällt.

Gedankennotiz Audrey: Aufkeimende Helfersymptome, und seien sie noch so edel, immer sofort im Keim ersticken, wenn die Gefahr besteht, im Knast zu landen.

Moritz deutet nach vorn. »Fahr da jetzt hin, Audrey Tannheim, und dann übergeben wir ihn«, sein Kopf ruckt Richtung Fond, »der Polizei. Und dann können die losfahren und die andere Irre einsacken.«

Ich weiß, dass er recht hat, doch nicht allein diese Tatsache bewirkt, dass ich genau das nicht tun werde, sondern vor allem dieses Gefühl, das mich beherrscht, seit Frido da war. Es ist warm und durchdringend und fühlt sich gut und damit richtig an. Und ich werde ja wohl noch unauffällig und entspannt im Schritttempo eine Polizeisperre passieren können.

»Wir müssen uns vorbereiten«, sage ich zu Moritz, während ich wieder anfahre und den Porsche auf dem Kundenparkplatz des Gartenmarkts parke. »Du musst auf jeden Fall deinen Mundschutz abnehmen, wenn wir an ihnen vorbeifahren. Damit erweckst du zu viel Aufmerksamkeit. Ich werde ihren Blick außerdem anderweitig von Frido ablenken.« Ich öffne einen weiteren Knopf meiner Bluse und zupfe an meinem Push-up.

»Da brauchte die Seitenscheibe Vergrößerungsglas, wenn die da was finden sollen, worauf es sich zu gucken lohnt«, teilt sich Moritz erbarmungslos, wie nur Brüder sein können, mit.

Ich bedenke ihn mit einem Blick, der einen Diamanten bröseln lassen würde. Und dann steige ich aus dem Wagen, weil er leider wieder recht hat, und ich darum noch für eine weitere Sicherheit sorgen muss, um nicht aufzufliegen. Als ich den Kofferraum öffne, faucht Biskuit mir ihr Missfallen über den stundenlangen Aufenthalt in dem Transportkorb entgegen. Oder liegt es an den ungewohnten Geräuschen und Gerüchen? Immerhin ist Biskuit eine Wohnungskatze. Alles, was sich davor abspielt, wie vielbefahrene Straßen oder Natur, ist ihr fremd und macht ihr Angst. Sie ist verwöhnt und verhätschelt, schläft auf einer Heizdecke in meiner Küche oder zwischen den Kissen meines Wohnzimmersofas und frisst nur Nassfutter de Luxe, bevorzugt die Varianten Lachs oder Wild. Niemals würde sie eine Maus oder einen Vogel fangen, geschweige denn fressen, sondern an einer Panikattacke sterben, sollte sie auf eines davon treffen. Sie ist quasi der Moritz unter den Katzen.

Ich öffne das Gitter und streichle sie. »Jaaa, mein Prinzesschen. Ein bisschen musst du noch aushalten. Dafür wartet dann ein kuscheliges Bettchen im Hotel auf uns.« Wenn wir unterwegs sind, darf sie am Fußende meines Bettes schlafen.

Ich streue ihr ein paar Leckerlis vor die beleidigte Nase und schließe das Gitter. In meiner mittelgroßen Reisetasche finde ich, was ich brauche. Seidenpapier knistert, als ich mich bis zum Boden der Tasche durchwühle. Meine Perücken sind darin eingehüllt.

Hm, in Frage kommt nur die Kleopatra-Perücke. Die kann ich mit einem Haarband, das ich meiner Kosmetiktasche entnehme, zu einem Pferdeschwanz binden.

Moritz ist ausgestiegen. Mit Abstand zu Biskuit deutet er auf die Perücke in meiner Hand. »Du willst dir eine Perücke aufsetzen? Was soll das bringen? Und überhaupt, seit wann hast du eine Perücke?«

»Seit ich weiß, dass ich drei Wochen mit meinem Bruder auf Alcatraz verbringen muss. Ich möchte diese Zeit nutzen, um ein ehemaliges Hobby zu pflegen. Ich habe auch jede Menge Texte dabei. Ich …«

»Du willst wieder Theater spielen?«, fällt Moritz mir ins Wort. Er sieht mich erstaunt und, wie es scheint, erfreut an. »Klasse, Audrey! Ich habe deine szenischen Darstellungen und Interpretationen unserer Oberstufenlektüre immer genossen. Und beim Schultheater hast du die anderen an die Wand gespielt. Es war und ist unglaublich schade, dass du nach dem Abi nicht weitergemacht hast, wo du doch so eine begnadete Schauspielerin bist.«

Ich mustere ihn mit zusammengezogenen Augenbrauen. Sein letzter Satz hatte eine andere Klangfärbung, eine Färbung, die mein Bauchmonster auf den Plan ruft. Warum sieht er mich so herausfordernd an? Was will er mir sagen? Nun, ich habe nicht vor, darüber nachzudenken.

»Diese Perücke …«, der Pferdeschwanz ist fertig, und ich schließe die Kofferraumtür, »ist natürlich nicht für mich.« Ich öffne die hintere Beifahrertür und stülpe die Perücke mit einem fröhlichen »So, da haben wir eine schöne Mütze für Sie!« Frido über den Kopf.

Er starrt durch mich hindurch und scheint nicht einmal bemerkt zu haben, dass ich ihm die Perücke aufgesetzt habe. Und darum traue ich mich, sie zurechtzuzupfen. Meine Hoffnung, er würde damit ein bisschen wie Karl Lagerfeld in jungen Jahren, sprich, noch nicht silberergraut aussehen, zerfällt wie die Kartoffelklöße meiner Stiefmutter. Niemand war jemals weiter davon entfernt, auszusehen wie Karl Lagerfeld, als Frido in diesem Moment. Er sieht aus wie ein uralter Indianer, den man aus dem Reservat vertrieben hat.

Moritz hat sich neben mich gestellt. Einmal mehr macht er klar, dass er mein Zwilling ist, mit einem mageren Auflachen und den Worten: »So hätte Winnetou als Rentner ausgesehen, wenn er nicht in Kroatien abgenippelt wäre.«

Ich schließe die Augen und zähle leise vor mich hin, um zu verhindern, dass ich Moritz das andere Auge auch zu Brei schlage. Schon als Kind liebte ich die alten Winnetou-Filme, und ich tue es heute noch. Pierre Brice war die erste Liebe meines Lebens. Wenn ich den dritten Teil gucke, kriege ich jedes Mal einen Weinkrampf, wenn Winnetou sich von seinem Pferd

Iltschi und seiner Silberbüchse verabschiedet, bevor er in den Armen seines geliebten Blutsbruders Old Shatterhand in die ewigen Jagdgründe einzieht. Und ich will glauben, dass das im amerikanischen Wilden Westen passiert und nicht, wie Moritz' Dreharbeiten-Recherche ergeben hat, in einem kroatischen Gebirge.

Ich beschließe, die Perücke trotzdem auf Fridos Kopf zu lassen. Dann hat er es zumindest warm, wenn die Polizei ihn erkennt und in sein Heim zurückverfrachtet.

»Wenigstens wirst du ewig an deinen Schuldgefühlen nagen, wenn ich an einem Asthmaanfall krepiere«, lässt Moritz mundschutzlos verlauten, als ich den Wagen starte und wieder auf die Bundesstraße einfädle, um den Weg durch die Gefahr zu wagen. Mein Herz rast, als wir uns hinter einem Milchtankwagen der Sperre langsam nähern. Die Beamten blicken tatsächlich in jedes Auto, bevor sie es durchwinken. Sie sind definitiv auf der Suche nach bestimmten Personen.

»Bleib ruhig«, flüstere ich, als ich sehe, dass Moritz seine schweißnassen Hände fortwährend an seinen Hosenbeinen reibt. »Es wird alles gut. Frido ist im Feenland und kann kein verräterisches Zeug plappern, und in einer Minute sind wir da durch und fahren lustig nach Bullerbüll.«

Moritz' Augen sind starr auf den Beamten gerichtet, der jetzt in sein Blickfeld kommt. »In einer Minute werde ich verhaftet werden. Ich werde wegen Beihilfe zur Entführung oder so was im Knast landen.« Er wimmert. »Und da ... da werde ich ... Ich sehe sie vor mir, die wegen Totschlags einsitzenden fetten, glatzköpfigen Skinheads, die tätowierten puerto-ricanischen Drogendealer, die Serienkiller. Sie alle werden mit mir duschen und ... O Gott, ich kann das nicht zu Ende denken. Ich ...«

»Ist ja gut«, sage ich in der Stimmlage, in der ich mit Biskuit spreche, und tätschle seine fahrige Hand. Moritz braucht jetzt mütterlichen Zuspruch. Schließlich weiß niemand besser als ich, wie es ist, mit einer überbordenden Fantasie ausgestattet zu sein.

Ich lasse die Seitenscheibe herunter, als der Milchwagen vor uns weiterfährt und Gas gibt, und stoppe den Porsche direkt neben dem Polizisten, der sich als sehr gutaussehend entpuppt. »Hallöchen!«, begrüße ich ihn fröhlich. »Ist ja wie im Film hier bei Ihnen. Haben sich ein paar Schwerverbrecher verdünnisiert?«

Die Antwort ist nur ein »Guten Tag«. Der Polizist leuchtet mit einer Taschenlampe in den Fond, während der andere Beamte an Moritz' Seitenscheibe klopft, damit er sie herunterfährt. Das Blut rauscht in meinen Ohren, als das Licht der Taschenlampe auf Frido verharrt. Moritz versucht seine Schnappatmung unter Kontrolle zu kriegen.

»Alles in Ordnung.« Der Polizist nickt seinem Kollegen auf Moritz' Seite zu und klopft auf das Autodach. »Bitte fahren Sie weiter.«

Moritz fängt fast zu weinen an, als ich langsam anfahre und dann Gas gebe. »Wir haben's geschafft! Wir haben es tatsächlich geschafft.« Er dreht sich um und guckt zurück zur Sperre.

Ich bin immer noch sprachlos. Wieso war das so einfach? Meine Erleichterung ist so groß, dass ich dem hübschen Polizisten sogar verzeihe, dass er nicht einmal ansatzweise in meinen Ausschnitt geguckt hat. Bestimmt ist er schwul, sonst hätte er geguckt.

Ich schaue in den Rückspiegel zu Frido und bin mir in diesem Moment ziemlich sicher, dass die Fahndung nicht ihm und Esther galt. Ich seufze. Ein Riesenaufwand für nichts!

»Wir fahren zurück und holen Esther, und dann …« Ich komme nicht dazu, den Satz zu beenden.

»Wenn du glaubst, dass ich noch mal durch die Polizeisperre fahre, geschweige denn noch ein drittes Mal mit dem Mädchen«, fällt mir Moritz giftig ins Wort, »dann hast du dich geschnitten. Dann sag ich den Bullen, was Sache ist. Punkt.«

Moritz' Mimik und Klangfärbung der Stimme lassen darauf schließen, dass er genau das tun würde. Ich seufze. Es bleibt also bei Plan A. Hoffentlich kommt Esther wenigstens gut auf Sylt an. Und hoffentlich nimmt sie tatsächlich einen Bus und trampt nicht. Mir läuft es heiß durch den ganzen Körper. Wir haben nicht einmal ihre Handynummer!

Direkt hinter Bredstedt weist ein Schild auf die Inseln Föhr und Amrum und die Halligen hin. Ich biege links ab. Die nächsten Kilometer bringen wir schweigend hinter uns. Moritz hängt wie ich seinen Gedanken nach, und Frido ist eingeschlummert. Wir passieren kleine Orte, die sich direkt aneinanderreihen und nur durch die Ortsschilder getrennt sind. Hinter Ost-Bordelum, in dem ein paar hübsche Reetdachhäuser ins Auge fallen, folgt West-Bordelum. Nord- und Süd-Bordelum scheint es nicht zu geben. Stattdessen folgen Uphusum und Ebüll, und ich frage mich, ob der Erfinder der Ortsnamen an chronischem Schluckauf litt. Hinter Sterdebüll ist erst mal Schluss mit Ortschaften. Weites Land liegt vor uns. Die Straße scheint auf einem Damm zu verlaufen, denn sie liegt ein wenig höher als die sattgrünen Weiden um uns herum. Jetzt verstehe ich, warum Papa gesagt hat, dass man hier schon am Morgen sieht, wer am Abend zu Besuch kommt. Wären nicht die unzähligen Windräder da, könnte man meinen, hier endet die Welt.

Es kann nicht mehr weit sein, bis wir unseren Zielort erreichen.

»Ich verstehe nicht, warum Papa die Fahrt hierher nicht selbst unternimmt, wenn ihm das Hotel so wichtig ist«, sagt Moritz irgendwann in die Stille. »Wieso müssen wir das machen? Sonst traut er uns beiden doch auch nichts zu.«

Mit seinen letzten Worten hat Moritz nicht ganz unrecht. Im Gegensatz zu unseren älteren Geschwistern haben wir beide noch nichts Nennenswertes zustande gebracht. Unser zweiundvierzigjähriger Bruder Markus ist Wirtschaftsanwalt in einer der besten Kanzleien Berlins. Unsere Schwester Pamela ist mit ihren vierzig Jahren Topmanagerin in Papas Kölner Nobelhotel und hat ganz nebenbei noch zwei entzückende Kinder in die Welt gehustet.

Allerdings mussten sich Pamela und Markus auch keine Plazenta teilen. Die beiden haben alles für sich selbst haben können, was da so durch die Nabelschnur geflossen ist: Intelligenz, Durchsetzungsvermögen, Fleiß, Ausdauer. Moritz und ich haben von alldem jeder nur fünfzig Prozent abbekommen. Mir ist im Gegensatz zu Moritz allerdings bewusst, dass wir beide die Loser der Familie sind.

»Er hat uns mit der Übergabe der Papiere beauftragt, weil Linda ihn erschlagen hätte, wenn er die Fahrt mit der Queen Mary noch einmal abgeblasen hätte«, beantworte ich seine Frage. »Und wir sind ja wohl in der Lage, eine Mappe mit Papieren zu übergeben.«

»Ockholm«, liest Moritz gelangweilt den Namen auf dem nächsten Ortsschild. Kaum hat er den Namen ausgesprochen, sind wir auch schon durch den Ort hindurch. »Sind wir nicht bald mal da?«

»Wir wechseln jetzt die Plätze, Moritz.« Ich halte hinter einem Schild, das darauf hinweist, dass wir jetzt den Hauke-Haien-Koog durchqueren. Das gefällt mir, denn ich habe Theodor Storms *Schimmelreiter* schon als Zwölfjährige geliebt.

Mein Bruder scheint sich mit meinem Plan, dass er mich bei Frau Morgenroth absetzt und mit Frido durch die Gegend kutschiert, bis er mich wieder abholen kann, abgefunden zu haben. Es kommt kein Widerwort. Er zupft an seinem Mundschutz, den er wieder angelegt hat, obwohl er ohne ihn nicht ein einziges Mal niesen musste. Ich habe aus meiner Reisetasche im Kofferraum den Papphefter genommen, in den ich vorsorglich Papas Brief und den Entwurf des Kaufvertrags gelegt habe, damit die Papiere unzerknittert in Frau Morgenroths Hände übergehen können.

Vorher habe ich Biskuit die Leine angelegt und sie auf den Grünstreifen gesetzt, damit sie ein eventuelles Geschäft verrichten kann. Was sie natürlich nicht getan hat. Prinzesschen kackt nur in die Premium-Katzenstreu in ihrer Katzentoilette. Zumindest hat sie sich dazu herabgelassen, ein paar Lachshäppchen aus dem Schälchen zu naschen, ohne dass ich sie in ihren Futternapf umfüllen musste.

»Hoffentlich hat die Morgenroth einen anständigen Kaffee für mich«, sage ich, als wir das letzte Stück Weg in Angriff nehmen. »Ich brauche dringend Koffein.«

»Mein Mitleid hält sich in Grenzen«, murrt Moritz. »Ich hab so lange den Alten an der Backe.« Mit zusammengezogenen Augenbrauen mustert er Frido, der in den Schnarchmodus gewechselt ist, im Rückspiegel.

Die letzten Kilometer fahren wir über plattestes Land. Links trennt uns irgendwann nur noch ein Deich von der Nordsee, rechts gibt es Wiesen und riesige Wasserflächen mit allerlei Flugviechzeugs. Schwäne und Möwen erkenne ich ja noch gerade, bei den verschiedenen Gänse- und Entenarten und dem anderen Gefieder hört es dann allerdings auf. Auf jeden Fall ist das Ganze wunderschön anzugucken. Weite und Frieden liegen in dem Anblick, und ich bedaure, dass Frido die Landschaft nicht sieht, aber ich traue mich nicht, ihn zu wecken. Nicht jetzt, wo das Ortsschild Dagebüll jeden Moment vor uns auftauchen kann. Kurz hinter einem Fähranleger in Schlüttsiel ist es dann endlich so weit. Dagebüll liegt vor uns, kleiner, als ich erwartet habe. Vor einem Kreisel, auf dem ein Schiffsmast und Bojen einen maritimen Eindruck erwecken sollen, stehen ein paar rostige Autos neben einer verlassenen Tankstelle. Hannos Werkstatt, steht auf einem Schild an einem schäbigen Container daneben.

Moritz folgt dem Navi, das er beim Umsteigen wieder aktiviert hat, und nimmt im Kreisel die Ausfahrt Dagebüll-Hafen. »Hier muss es gleich sein«, sagt er. Angestrengt blicken wir die lange Straße entlang. Linker Hand reihen sich hübsche Holzhäuser in den Farben Weinrot, Taubenblau und Creme aneinander – bunte Monopolyhäuschen zum Vermieten an die Feriengäste. Kleine Läden wechseln sich ab. Rechts von uns ist es grün. Unbebautes Weideland, wie es scheint, bis auf eine alte Scheune und ein großes Gebäude aus cremefarbenem Holz. Das muss das Seeblick sein, unser Ziel. Eine hölzerne blaugestrichene Veranda läuft um das dreistöckige Haus herum.

Moritz drosselt das Tempo. »Ist das 'ne Nonne?«, fragt er und geht mit dem Oberkörper nach vorn, um die Frau besser sehen zu können, die gerade auf die Veranda getreten und auf den Stufen einer Treppe stehen geblieben ist.

Es ist eine alte Frau, klein und zierlich, gekleidet mit einem knöchellangen dunkelgrauen Kleid mit einem weißen Kragen. Auf ihrem grauen Haar thront ein weißes Häubchen.

Hm, *Die Nonne von Dagebüll* wäre ein hübscher Name für ein TV-Rührstück im ZDF. Vor meinem geistigen Auge sehe ich mich dort auf der Treppe stehen, als junge Frau, die sich für das karge, enthaltsame Leben als Braut Christi entscheidet, nachdem ihr Herz brach, weil ihr Verlobter durch den Brand eines Kinderheims, bei dem er zweihundert Kindern das Leben rettete, in den Flammen starb.

Ich bin gerade dabei, mir vorzustellen, wie ich das winzige Häubchen in meinem Haar befestigen kann, als Moritz aufschreit. Aus dem Augenwinkel sehe ich einen Schatten von links kommen. Ich kann nicht einmal sagen, ob er läuft, fährt oder fliegt, auf jeden Fall ist er plötzlich da. Etwas kracht gegen den vorderen linken Kotflügel. Gleichzeitig knallt etwas auf die Frontscheibe. Federn stieben, und Blut spritzt auf das Glas, während Moritz das Steuer nach rechts verreißt. Ich schreie, Moritz schreit und bremst, und dann rucken wir in unseren Gurten nach vorn, weil der Schuppen vor dem Hotel im Wege steht. Die Airbags vor, neben und hinter uns sprengen los, während der Wagen absäuft. Im Wagen ist es still, aber von draußen sind laute Rufe und Hundegebell zu hören. Aufgeregte Stimmen kommen näher.

Ich starre auf die Scheibe. Das Glas auf Moritz' Seite hat ein Loch, wohl verursacht durch die geborstenen Holzlatten. Auf meiner Seite rutscht langsam ein weißer Flügel die Scheibe herunter, und mir kommt der unsinnige Gedanke, dass wir einen Engel im Flug erwischt haben.

Als eine weitere Holzlatte auf die Scheibe fällt, bin ich wieder voll da. Ich sehe zu Moritz, der stumm und zu Eis erstarrt zwischen den erschlaffenden Airbags sitzt. Er ist quarkweiß im Gesicht, macht aber physisch einen stabilen Eindruck. Draußen sind die Stimmen jetzt ganz nah. Das Hundegekläff hört endlich auf, weil eine dunkle Stimme »Still, Buster!« ruft.

Aber das ist mir im Moment ziemlich egal, ich habe nur eine Scheißangst um Frido. Mit zitternden Händen pfriemle ich meinen Gurt los und drehe mich zu ihm um, als die hintere Tür von außen aufgerissen wird. »Herrje!«, stößt die dunkle Stimme aus, die zuvor den Hund ruhig gestellt hat. »Geht es Ihnen gut?« Ein Männeroberkörper in kariertem Hemd beugt sich über Frido, von dem nur der Mund zu sehen ist, weil die Perücke auf halb acht hängt.

Ich atme erleichtert aus, weil ich mir sicher bin, dass es Frido einigermaßen gutgeht, denn er beantwortet die Frage.

»Aurora? Es ist dunkel.«

Der Mann nimmt die Perücke, wirft sie zur Seite und schiebt Fridos verrutschte Brille mit dem Finger an Ort und Stelle. Dann wendet er sich um und wirft auch Moritz und mir einen schnellen Blick zu. »Alles klar bei Ihnen?«

»Sieht es aus, als wäre hier alles klar?«, fauche ich ihn an. Wir mustern uns gegenseitig. Ein wenig blass um die Nase sieht er auch aus. Er hat ein schmales Gesicht, in dem die hellblauen Augen auffallen, weil sie besser zu einem blonden Mann passen würden und nicht zu einem dunkelhaarigen wie ihm. Ich habe diese tolle Kombi bisher nur bei dem Ristorantemann aus der Pizzawerbung gesehen.

Er sieht von mir zu Moritz. »Ihr Auge!«

Weil Moritz nicht antwortet, übernehme ich das. »Das sah schon vorher so aus.«

Sein Blick verharrt kurz auf Moritz' Mundschutz, bevor er sagt: »Kommen Sie. Sie beide müssen nach hinten auf den Rücksitz klettern, um rauszukommen. Die Vordertüren kriegen wir nicht auf. Der Wagen steckt quasi mitten in einer Schuppenwand.« Er löst Fridos Gurt, nimmt dessen Arm und hilft ihm vorsichtig aus dem Fond. Froh, dass es Frido so weit gutgeht, krabble ich durch die Vordersitze hindurch nach hinten. Den Papphefter mit Papas Papieren halte ich an meine Brust gepresst. Wenigstens die Dokumente sind unversehrt.

Moritz folgt mir. Er scheint langsam aufzutauen. »Audrey!«, stößt er hinter mir aus. »Verdammte Scheiße, Audrey! Wir haben einen Unfall!«

»Ach!«, fauche ich. »Ist mir noch gar nicht aufgefallen.«

Als ich endlich draußen stehe, will ich am liebsten sofort zurückkrabbeln, denn hier herrscht das Chaos! Mein Gehirn ist mit den Geräuschen und dem Bild, das sich mir bietet, überfordert.

Frido tippelt ein Stückchen von mir entfernt auf der Stelle und starrt die Nonne an, die ihn an der Hand hat und leise auf ihn einredet. Mitten auf der Straße kniet ein Mann in grüner Latzhose neben einem schwarzborstigen Schwein, das sehr blutig und sehr tot aussieht, und krault es weinend hinter den Ohren. Zwei Meter weiter liegt ein Huhn mit blutigem Gefieder und stößt schreckliche Geräusche aus, während es zuckt. Fast bin ich dem kastanienbraunen Irish Setter dankbar, der um das Huhn herumtobt und lautstark kläfft, so dass er das Huhn zeitweise übertönt.

Moritz steht mit Schnappatmung neben mir. Er stiert ebenfalls zu dem Huhn.

Der Mann, der uns aus dem Wagen geholfen hat, nimmt den Hund am Halsband, zieht ihn mit einem erneuten »Still, Buster!« zum Bürgersteig und sagt etwas zu einem der Umstehenden, der den Hund schließlich nimmt und wegführt. Dann kommt der Schwarzhaarige zurück und kniet neben dem Huhn nieder.

Moritz atmet erleichtert durch. »Hoffentlich haben die hier einen Tierarzt, zu dem er das Viech bringen kann. Das kann man ja nicht mit anhören!«

Anscheinend gibt es keinen Tierarzt. Aber das Huhn ist ruhig, denn der Schwarzhaarige hat ihm kurzerhand das Genick umgedreht.

Mir ist das gerade ziemlich egal, ich bin einfach dankbar, dass es aufgehört hat, diese schrecklichen Geräusche auszustoßen.

Bei Moritz sieht das anders aus. Er würgt und erbricht sich lautstark. Dabei erweist sich allerdings der Mundschutz als wenig hilfreich. Es ist ein grässlicher Anblick, als die Kotze den Schutz aufbläht und gleichzeitig an den Seiten herausquillt. Meine rechte Hand zuckt vor, als Moritz erneut würgt. In schwesterlicher Fürsorge schaffe ich es gerade noch, den Mundschutz herunterzureißen, bevor der nächste Schwall kommt.

Und nie, niemals, habe ich etwas mehr bereut.

Mein Mund ist schlagartig so trocken, dass ich husten muss, obwohl ich schreien möchte.

»Oh, oh!«, ertönt die dunkle Stimme des Hühnerhalsumdrehers neben mir. »In der Mappe ist hoffentlich nichts Wichtiges?«

Ich öffne den Ordner und starre auf die Papiere. Der Kaufvertrag saugt sich am Rand gerade mit Moritz' Magensaft voll. Unverdaute Gurken- und Brotstückchen und etwas, das in einem früheren Leben knackiger Salat war, dekorieren Papas Brief an Frau Morgenroth.

Und dann kann ich doch schreien.

# 4

Frau Tannheim? Beruhigen Sie sich, es wird alles gut.« Die Nonne steht plötzlich neben mir und streichelt über meinen Arm. An ihrer anderen Hand hängt Frido.

Ich reiße meine Augen auf. »Woher kennen Sie meinen Namen?«

»Nun, ich erwarte heute keine weiteren Gäste aus Frankfurt.« Sie lächelt und deutet auf das Nummernschild des Porsches. »Ich bin Henrike Morgenroth. Aber nennen Sie mich bitte Schwester Henni. Das tut hier jeder.«

Die Nonne ist Frau Morgenroth!

Rosige Wangen und ein Lachfältchenkranz um die wachen Augen verleihen ihrem Gesicht etwas Grundfreundliches. Ich starre sie an, dann die stinkend nassen Dokumente in meiner Hand. Ein felsiger Klumpen bildet sich in meinem Bauch. Es gibt jetzt nur zwei Möglichkeiten, damit ich nicht als absolute Hypermegavollversagerin vor Papa stehe: Ich bringe den zweiten Kaufinteressenten um die Ecke oder die Queen Mary zum Sinken.

»Frau Morgenroth, ich … Mein Vater hat nicht erwähnt, dass Sie … eine Nonne sind!«

Sie lacht herzlich auf. »Ich bin keine Nonne, sondern Diakonisse. Das ist schon ein Unterschied. Und bitte sagen Sie Schwester Henni.« Ihre Hand wandert von meinem Arm zu dem Schwarzhaarigen, der sich neben mir um meinen immer noch gekrümmt stehenden Bruder kümmert und ihm Papiertaschentücher reicht. »Mark, glaubst du, dass ich meine Gäste ins Haus bringen kann? Ich glaube, im Moment ist das alles zu viel für sie. Und verletzt ist ja Gott sei Dank niemand. Vielleicht kannst du dieses Chaos hier lichten?« Ihr Blick wandert dabei von mir und Moritz zu Frido, der erneut ein unsicheres »Aurora?« flüstert und sich verschreckt und suchend umblickt.

Der schwarzhaarige Mark nickt und sieht sich um. Weitere Schaulustige sind dazugekommen. »Am besten, ich beseitige erst einmal die Opfer.« Seine Stimme klingt ernst. »Immerhin gibt es drei Tote, zwei Hühner und Dixie Petersen.« Seine blauen Augen blitzen mich dabei an.

Moritz' eingefallener Oberkörper schießt in die Höhe. »Was? Tot? Wer ist Dixie Petersen?«

»Das war jetzt nicht witzig«, sagt Schwester Henni mit tadelndem Blick zu Mark Wieauchimmererweiterheißt. An Moritz gewandt, sagt sie: »Dixie ist … war die Sau von Bauer Petersen. Sie war sein Haustier.« Sie deutet auf die Straße, wo der Mann in der Latzhose gerade mit einem weiteren Mann das tote Schwein Richtung Bürgersteig zieht.

Mark zeigt auf Papas Porsche. »Ich werde mir ein paar von den Schaulustigen schnappen und die Holzlatten entfernen, so dass wir den Wagen zurücksetzen können. Dann kann sich Hanno den Schaden ansehen und schauen, ob er was tun kann.«

»Hanno? Der Hanno von Hannos Rostwerkstatt vor dem Ortsschild? Nein! Nein, auf keinen Fall.« Moritz schüttelt den Kopf. »Der Porsche geht in eine Vertragswerkstatt. Und ich werde jetzt die Polizei und unsere Versicherung anrufen, damit hier keine Missverständnisse aufkommen. Denn *ich* bin nicht an diesem …«, er wedelt verzweifelt mit den Armen, »… diesem Scheiß schuld. Und …«, er lässt seinen Kopf stöhnend kreisen, »ich brauche einen Arzt. Ich habe ein Schleudertrauma. Eine Halskrause, ich brauche eine Halskrause!«

»Moritz!« Ich bohre meine Augen in die meines dämlichen Bruders. »Ich denke, wir können das bestimmt ohne *die Polizei* regeln.« Mein Kopf zuckt minimal Richtung Frido.

»Oh!« Zum Glück hat er den Wink mit dem Zaunpfahl verstanden. »Ja, vielleicht kriegen wir das ohne die Polizei gebacken.« Moritz deutet auf die Straße. »Irgendein Schwachkopf muss dafür schließlich verantwortlich sein. Wieso laufen die Viecher hier frei auf der Straße herum?«

»Eine Verkettung unglücklicher Umstände.« Der Schwarzhaarige deutet zu Bauer Petersen, der sich neben dem Schwein gerade aufrappelt. »Bennos Dixie ist durchgegangen, als er sie vom Hänger geführt hat. Quasi wie eine Wildsau ist sie durch den Zaun meines Hühnergeheges gebrochen und dann auf die Straße. Sie hätten sie eigentlich sehen müssen.« Er mustert Moritz. »Aber da Ihr linkes Auge zugeschwollen ist, haben Sie natürlich ein eingeschränktes Blickfeld.«

»Ach, jetzt ist auch noch mein Bruder schuld, oder was?«, rege ich mich auf. Was bildet sich dieser Schnösel ein? Wir sehen uns länger als nötig an, und ich frage mich, ob wir es aus den gleichen Gründen tun. Zu meinem Ärger gefällt mir nämlich sein Gesicht. Er hat eine perfekte Nase, schmale Lippen und diese tollen Augen. Die dunklen, nicht wirklich glatten Haare sind kurzgeschnitten.

»Was ist mit einem Arzt? Gibt es hier einen Arzt?«, holt Moritz mich mit einem erneuten Stöhnen aus der Betrachtung.

»Du brauchst keinen Arzt, Moritz«, zische ich. Schließlich habe ich meinen Bruder oft genug stöhnen hören. Und dieses Stöhnen ist eindeutig sein Allzweckstöhnen. Aber vielleicht braucht Frido einen. Ich nehme seine Hand. »Frido, geht es Ih… dir gut?« Die Entscheidung, ihn nicht mehr zu siezen, treffe ich aus dem Bauch heraus. Das könnte zu Fragen führen, die ich keinesfalls beantworten möchte. »Hast du irgendwo Schmerzen, Frido? Tut dir etwas weh?«

Er schüttelt den Kopf und schaut mich an. Er scheint wirklich in Ordnung zu sein. Für einen Moment sieht er klarer aus denn je. Seine Augenbrauen ziehen sich zusammen. »Wer sind Sie?«

»Demenz«, flüstere ich Schwester Henni schnell zu. »Frido ist dement. Er … äh … erkennt mich manchmal nicht.«

Sie nickt verständnisvoll. »Ich habe viel mit demenzkranken Menschen gearbeitet«, sagt sie leise. »Wenn Sie mit ihm vorsorglich einen Arzt aufsuchen wollen, werde ich Sie fahren. In allernächster Nähe haben wir nur den Tierarzt.«

»Tierarzt!«, stoße ich aus. Mir läuft es heiß den Rücken hinab, während ich Fridos Hand loslasse und zum Auto stürze. »Biskuit!« Wie konnte ich mein Prinzesschen vergessen? Mit zittrigen Fingern öffne ich den Kofferraum. Der Aufprall ist dem Innenleben kaum anzusehen, und ich bin Esther und Frido unendlich dankbar, dass ich ihretwegen die Taschen vom Rücksitz in den Kofferraum stapeln musste. Die dicht an dicht stehenden Koffer und Taschen haben meiner Katze das Leben gerettet.

Biskuit liegt zusammengerollt in der linken Hälfte des Transportkorbs. Mir fällt ein Stein vom Herzen. Aber ihr Maunzen gefällt mir nicht. Es klingt leidend. Mit tröstenden Worten nehme ich sie so sanft wie möglich aus dem Korb.

»Sie sagten, es gibt einen Tierarzt.« Ich drehe mich zu Schwester Henni um. »Er muss sich meine Katze ansehen. Sie maunzt so merkwürdig. Vielleicht hat sie innere Verletzungen.«

Schwester Henni nickt Mark zu. »Dann schau das Kätzchen doch einmal an, Mark.« Sie lächelt mir zu. »Mark ist unser Tierarzt. Mark Nommsen.«

Ich starre ihn an. »Sie sind der Tierarzt?« Vor Schreck presse ich Biskuit so stark an mich, dass sie faucht. »Sie haben gerade einem Huhn das Genick umgedreht! Sie glauben doch wohl nicht, dass Sie auch nur einen Finger an meine Katze legen dürfen?«

Mit einem spöttischen Lächeln dreht der Kerl sich einfach um und sagt im Weggehen: »Ich glaube, es ist wirklich das

Beste, Schwester Henni, wenn Sie die Großstadtpflanzen erst mal mit ins Haus nehmen, bis hier draußen alles geregelt ist.«

Minuten später folgen wir der Erbin Morgenroth alias Schwester Henni die Stufen zum Hotel empor. Seeblick prangt in dunkelblauen verschnörkelten Buchstaben auf einem cremefarbenen Schild über einer Eingangstür im Friesenstil. Dem Schild hat die rauhe, salzhaltige Nordseeluft offensichtlich arg zugesetzt, genau wie dem Rest des Gebäudes, das ich mir größer vorgestellt habe. Überall blättert die ehemals weiße Farbe ab. Cremefarben wirkt sie nur aus der Ferne. Wenn man direkt davorsteht, sieht man, dass das Hotel einmal weiß gestrichen war und das Holz jetzt vergilbt.

Neben Schwester Henni geht Moritz langsam die wenigen Stufen hinauf. Jede Stufe begleitet ein Stöhnen.

Ich folge den beiden mit dem Katzenkorb in der linken Hand. Unter der Achsel klemmt der notdürftig gesäuberte, säuerlich riechende Ordner mit den Briefen.

Hinter uns beginnt lautstark das große Aufräumen und Säubern. Aber ich denke nicht an die verdreckten Dokumente, nicht an das tote Schwein und den demolierten Wagen, ich spüre nur die kalte Hand in meiner Rechten. Langsam tippelt Frido neben mir die Treppe hinauf. Ganz fest umfasst seine Hand die meine. »Nicht loslassen«, flüstert er neben mir, Stufe für Stufe. »Nicht loslassen.«

»Nein, Frido«, flüstere ich zurück, und mein Daumen streichelt über die faltige Haut. »Ich lass dich nicht los. Ganz bestimmt nicht.«

Schwester Henni hält die Eingangstür, von der die taubenblaue Farbe sich ablöst, für uns offen. Moritz ist bereits im Inneren des Hotels verschwunden und lässt sich auf ein zierliches geblümtes Sofa in der kleinen Eingangshalle fallen.

»Ich denke, wir nehmen erst einmal ein heißes Getränk zu uns«, erklärt sie mit einem Lächeln und streicht dabei liebevoll über Fridos Unterarm. Mit flinken Schritten ist sie am Tresen und drückt auf die Klingel, die dort neben einem Porzellanleuchtturm steht. »Lambert, das ist unsere gute Seele im Seeblick, kann uns im Hummersalon einen kräftigen Friesentee servieren. Der verscheucht den Schrecken aus den Gliedern.« Sie deutet nach links. »Gehen Sie gern schon rein, und nehmen Sie Platz. Ich gebe nur die Bestellung auf.«

»Komm, Frido, wir setzen uns«, sage ich, als wir den Raum betreten. Es kommt keine Regung, und ein Blick in sein Gesicht verrät, dass er wieder im Feenland verschwunden ist. Ich kann es ihm nicht verübeln. Der Hummersalon macht seinem Namen keine Ehre. Einzig an der Tür hängt ein blasser Plastikhummer, und an zwei Wandseiten findet sich in Netzen Dekoration aus Südseemuscheln, kleinen Kunststoffankern und Seerosen. Lambert mag die gute Seele des Hauses sein, eine Raumausstatterlehre hat er aber nicht absolviert.

Ich stelle den Katzenkorb vor dem ersten Tisch an der Fensterseite ab, drücke Frido sanft auf einen Stuhl und setze mich ihm gegenüber. Eine himmelblaue Decke mit Bügelfalten liegt auf dem Tisch, genau wie auf den übrigen. Die Dekoration besteht aus kleinen weißen Porzellanvasen, in denen eine frische weiße Tulpe steckt. Ländlich, nett, sauber. Vielleicht ist Lambert verheiratet.

Im ersten Moment wundere ich mich, dass mein Bruder sich nicht neben mich, sondern an Fridos Seite setzt, doch mir wird schnell klar, warum. So ist er nicht gezwungen, Frido anzuschauen, denn es ist ein Blick aus Gebrechlichkeit, Krankheit und Alter. Drei Zustände, die Moritz zu einem einzigen Begriff zusammenfassen würde – Hölle.

Ich hatte bisher auch keinen Umgang mit senilen Menschen, aber ich kann erstaunlicherweise gut mit Fridos Hilflosigkeit umgehen. Okay, ich vermeide den Blick auf das eingetrocknete Gulasch auf seiner Trainingsjacke, aber ansonsten … Das alte Gesicht berührt mich einfach. Es erzählt eine Geschichte, und die Furchen und Flecken darin stammen aus den verschiedenen Kapiteln seines Lebens. Schöne Zeiten und harte Zeiten haben sich in sein Gesicht geschrieben.

Meine Finger gleiten automatisch zu den Krähenfüßen, die um meine Augen herum auf Eroberungsfeldzug sind. Ich bekämpfe sie mit völlig überteuerten Cremes, Ampullen und Massagen. Ich war sogar schon in Versuchung, sie mit der Cruise Missile der Kosmetik zu bombardieren, aber dann habe ich die Botox-Behandlung doch geschwänzt, weil mir beim Botoxgesichter-Googeln Donatella Versace erschien. Und mein Gesicht soll definitiv keine Horrorgeschichte erzählen.

»Wie kommen wir jetzt nach Sylt?«, holt Moritz mich aus meinen Gedanken. »Mietwagen? Taxi?«

»Das klären wir gleich«, sage ich unfreundlich, weil er den Ernst der Lage nicht erkennt. Ich wedle mit der Mappe, die ich auf dem Stuhl neben mir abgelegt habe. »Erst mal müssen wir dieses Desaster für Papa ausbügeln.«

»Herrje, wir geben ihr das Zeug, und dann weg hier«, schnauzt Moritz.

»Ich werde Henrike Morgenroth nicht diesen stinkenden Brief übergeben. Ich werde ihn abschreiben, handschriftlich, damit sie sieht, dass sie der Familie Tannheim wichtig ist. Und *dann* können wir fahren.«

»Nicht *sie* ist Papa und dir wichtig«, stellt Moritz klar, »sondern dieser …«, sein Blick wandert abfällig durch den Raum, »… Schuppen.«

»Ja, genau«, fauche ich. »Und ich werde nicht zulassen, dass dieser Schuppen an den anderen Interessenten geht und wir beide vor Papa mal wieder als die Deppen der Nation dastehen, nur weil Schwester Henni dein saurer Mageninhalt in die Nase zieht.« Ich lege die Papiere auf der Fensterbank ab und füge mit Bestimmtheit noch eine eiligst erfundene Behauptung hinzu. »Gerüche spielen bei wichtigen Geschäftsentscheidungen eine maßgebliche Rolle.«

»So, der Tee kommt gleich«, erklingt Schwester Hennis freundliche Stimme in der Salontür. Ich überlege, ob es unhöflich ist, um einen Kaffee zu bitten – extrastark, weil meine Nerven am Ende sind –, aber ich entscheide mich dagegen, als sie sich neben mich setzt. Ich will sie nicht noch mal aufscheuchen. »Geht es Ihnen allen gut?« Ihr Blick wandert zu Frido, der starr vor sich hinschaut.

»Ja, danke«, antworte ich. »Uns ist nichts passiert. Es ist uns nur alles so schrecklich unangenehm.« Ich deute auf die Papiere und sehe ihr in die Augen. »Unserem Vater ist es ein so wichtiges Anliegen, dieses …«, ich lasse meine Hand durch die Luft fahren, »… wunderschöne Kleinod zu erwerben. Es ist mit so wertvollen Erinnerungen für ihn behaftet. Und jetzt ist sein Brief so verunstaltet. Ich möchte ihn gern abschreiben und Ihnen dann übergeben. Dafür haben Sie bestimmt Verständnis?«

»Aber natürlich. Es scheint Ihnen wichtig zu sein.« Ihre Hand streichelt meinen Unterarm. Dann wechselt ihr Blick wieder zu Frido. Sie mustert ihn intensiv, was mich beunruhigt. Ich möchte keine Fragen zu ihm beantworten.

Wunschdenken, denn sie fragt: »Frido ist Ihr Großvater?«

Mein schnelles »Ja« prallt mit Moritz' genauso eiligem »Nein!« zusammen.

*Scheiße.* Da Moritz nur ein »Äh …« stammelt, muss ich die Kohlen aus dem verbalen Feuer holen. »Äh … Frido ist der Großvater von Moritz' Verlobter.« Ich lächle zuckersüß. »Und als Moritz' Zwillingsschwester ist er dann ja auch praktisch mein Großvater in spe, also, so gefühlsmäßig«, fasle ich drauflos. »Obwohl mein Bruder natürlich recht hat. Noch ist Frido ja nicht sein Großvater.«

»Ach, Sie sind verlobt, Herr Tannheim. Wie nett.« Schwester Henni strahlt Moritz an. »Ich dachte, das sei heutzutage unmodern.«

Das intakte Moritz-Auge erdolcht mich, bevor er antwortet: »Ja, aber meine … äh … Verlobte wollte es gern.«

Die Schwester scannt sein Gesicht. »Hoffentlich ist bis zur Hochzeit Ihr Auge verheilt.«

»Mit Sicherheit«, erklärt Moritz mit Grabesstimme.

»Der Tee, Schwester Henni«, erklingt eine weitere Stimme an der Tür dunkel und kratzig.

»Danke schön, Lambert.« Sie deutet auf die Tischmitte. »Stell das Tablett einfach ab, ich schenke ein.«

Mit offenem Mund verfolge ich, wie ein mit schwarzer Hose, weißem Sakko und schwarz-weiß gepunkteter Fliege bekleideter Riese mit langsamen Schritten näher kommt, das Tablett balancierend. Wenn ich es nicht besser wüsste, wähnte ich mich jetzt in einer Folge der *Addams Family*. Und er ist Lurch, der Butler der Horrorfamilie. Ein blonder, braungebrannter Lurch allerdings.

Ich kann mein Gesicht nicht von der guten Seele des Hauses abwenden. Lurch-Lambert hat ein riesiges eckiges Gesicht mit tiefliegenden Augen. Zu Frankensteins Monster fehlen ihm nur die Schrauben im Hals.

Auch Moritz sieht ihn fasziniert an. Denkt er ebenfalls an die Serie unserer Kindheit?

Lurch-Lambert stellt das Tablett ab, allerdings nicht, ohne uns neugierig zu mustern.

»Guten Tag«, sage ich höflich und lächle.

Sein »Moin, Moin, die Herrschaften« holt mich endgültig aus der *Addams Family* zurück.

Schwester Henni stellt das Milchkännchen und ein Schälchen mit Kluntjes auf den Tisch und beginnt den Tee einzuschenken. Sie stellt eine Tasse vor Frido ab. Ihre Stimme wird höher und lauter, als sie ihn anspricht. »Hier steht ein heißer Tee für Sie, Herr …« Sie hält inne und sieht Moritz an. »Sagen Sie mir doch bitte den Nachnamen Ihres Großvaters in spe.«

Mir wird heiß. Auch in Moritz' Auge erkenne ich Panik. Sag einen Namen, Moritz, irgendeinen!

Und das tut er. »Äh … Lurch. Sein Nachname ist Lurch.«

Ich verschlucke mich an meiner eigenen Spucke und huste. Moritz tickt eindeutig noch wie ich, auch nach Jahren der Trennung. Mir zieht die Hitze in die Wangen, und ich buchstabiere schnell: »L-ö-r-t-sch. Frido Lörtsch.«

Doch Schwester Henni scheint nicht fernzusehen oder zumindest keine amerikanischen Horror-Comedy-Filme, denn sie sieht mich verwundert an, weil ich den Namen buchstabiert habe. Freundlich sagt sie zu Frido: »Ein heißer Tee für Sie, Herr …«

Sie kommt nicht dazu, den Satz zu beenden, weil der schwarzhaarige Huhnerlöser mit einem »Alles klar, hier drinnen? Draußen ist das gröbste Durcheinander geregelt!« den Hummersalon betritt. Vor dem Tisch geht er in die Knie und steckt einen Finger durch die Türgitterstäbe von Biskuits Katzenkorb. »Na, hübsche Lady? Soll ich dich noch mal untersuchen?« Sein Kopf hebt sich dabei, und sein Blick gleitet über mich, und für eine Sekunde finde ich seine Frage sehr doppeldeutig. Aber so unverschämt würde er doch wohl nicht sein?

Meine Stimme klingt steif wie eine Brise aus Nordost. »Nein danke, Biskuit geht es gut. Als ich sie in ihr Körbchen zurückgesetzt habe, hat sie geschnurrt. Und das hätte sie nicht, wenn ihr etwas fehlen würde. Wir sind alle unverletzt.« Ich blicke schnell zu Frido, der stur aus dem Fenster schaut. Ich bin mehr als dankbar, dass ihm nichts passiert ist.

»Biskuit. Der Name passt zu ihr.« Mit einem Lächeln kommt Mark Nommsen hoch, schiebt den Korb ein Stück beiseite und setzt sich an das Tischende. »Genau wie Audrey zu Ihnen passt. Mrs. Hepburn hätte keine würdigere Namensnachfolgerin finden können.«

Ich öffne den Mund, aber weil ich sprachlos bin, schließe ich ihn sofort wieder. Meinen Nachnamen könnte er bei meinem Gespräch mit Schwester Henni gehört haben, aber woher kennt er meinen Vornamen?

»Mark ist übrigens der zweite Kaufinteressent«, höre ich Schwester Henni sagen. »Er möchte eine Großtierklinik aus dem Seeblick machen.«

Ich vergesse einen Moment zu atmen und starre sie an. Sie hat diese Information im Plauderton preisgegeben, so als spräche sie über das Wetter.

»Er wusste, dass Sie kommen. Ich habe mit ihm darüber gesprochen«, fährt sie fort.

»Aber …« Ich schlucke und spüre, wie Wut in mir hochkommt. »Dann hätten wir uns den Weg hierher ja sparen können. Sie hätten meinem Vater gleich am Telefon sagen können, dass Sie das Hotel an einen Freund oder Bekannten oder was weiß ich, was er für Sie ist, verkaufen werden.« Mein ärgerlicher Blick wandert von ihr zu Mark Nommsen, der aufgehört hat zu lächeln.

Schwester Henni bleibt freundlich. Sie tätschelt meinen Arm erneut. »Meine Liebe, so einfach ist das nicht. Ich will ehrlich sein. *Ich* würde das Hotel an Mark geben, weil ich seine Idee ganz wunderbar finde, aber …«

»Dann tun Sie's doch«, kommt von Moritz, der definitiv Hoffnung schöpft, das Ganze abkürzen zu können. »Sie sind doch die Erbin. Sie können doch tun und lassen, was Sie wollen.«

»Da haben Sie recht, Herr Tannheim«, pflichtet Schwester Henni ihm bei. »Aber ich bin dennoch im Zwiespalt.«

Ein Hauch Hoffnung, Papas Herzenswunsch doch noch erfüllen zu können, kehrt zurück. Ich setze mich gerade auf. Was auch immer ich tun kann, um die Waagschale zu Papas Gunsten zu beeinflussen, ich werde es tun.

»Weil«, fährt Schwester Henni fort, »mein Bruder Johann es einfach wunderbar gefunden hätte, wenn das Seeblick ein Hotel bleibt. Es wäre sein Herzenswunsch gewesen. Noch dazu, weil Ihr Vater einst sein Lehrling war. Ich bin hin- und hergerissen zwischen meiner Freundschaft zu Mark und dem, was Johann gewollt hätte. Glauben Sie mir, ich mache mir die Entscheidung nicht leicht. Und momentan bin ich einfach noch nicht in der Lage, eine Entscheidung zu treffen. Ich brauche noch ein paar Tage.«

Mark Nommsens und mein Blick treffen sich durch das Gesagte, das wie gallegrüner Nebel zwischen uns wabert.

Ich lächle. Er auch.

Der Kampf ist eröffnet.

Er löst den Blick als Erster. »Ich könnte jetzt einen schönen starken Kaffee gebrauchen.«

Ich hasse ihn, aber meine Sucht lässt ihn in diesem Moment mehr als sympathisch erscheinen. Meine Stimmung hebt sich weiter. Kaffee! »Oh, den könnte ich jetzt …«

Ich breche ab, weil Schwester Henni sagt: »Kaffee ist widerlich. Was du an diesem Zeug nur findest, Mark.«

»… ja gar nicht trinken«, beende ich meinen Satz. Zusätzlich schüttle ich mich, um meine Kaffeeabneigung zu verdeutlichen. »Ob Lambert mir wohl ein Wasser mitbringen könnte, wenn er den Kaffee für Herrn Nommsen bringt?«

»Natürlich, meine Liebe. Mögen Sie es auch genauso wie ich ohne diese Blubberblasen oder lieber mit?«

»Oh, bitte keine Kohlensäure. Mir würde schon ein Glas Leitungswasser genügen.«

Als Schwester Henni nickend aufsteht, sehe ich Mark an. Eins zu null.

Ein herzhaftes Gähnen holt mich aus meiner Kämpferlaune. Frido sieht erschöpft aus.

»Oh, Schwester Henni«, sage ich erschrocken und beuge mich über den Tisch, um Fridos Arm zu streicheln. »Vielleicht haben Sie eine Möglichkeit, dass Frido sich einen Moment hinlegen kann? Die Aufregung war wohl doch zu viel für ihn.«

»Natürlich. Kommen Sie mit. Zimmer sind genug frei. Außer wenigen älteren Stammgästen kommt hier niemand mehr. Das Seeblick entspricht nicht mehr dem, was die jungen Familien wollen.«

Dass dem Hotel eigentlich nur eine Abrissbirne guttun würde, habe ich auf den ersten Blick gesehen, aber das ist momentan zweitrangig. Ich gehe zu Frido und ziehe ihn sachte am Arm hoch. »Komm, Frido, du kannst jetzt eine schöne verspätete Mittagsstunde machen.« Und ich werde den Brief abschreiben. In meiner schönsten Handschrift.

Lambert – ich verbiete mir, ein Lurch davorzuhängen – führt Frido und mich in den ersten Stock. An den Zimmertüren stehen keine Nummern, sondern Namen auf bunten Keramikschildern. Wir kommen am Bernstein-, Strandkorb- und Austernzimmer vorbei, bevor Lambert stehen bleibt und eine Tür öffnet. »Das Muschelfischerzimmer. Bitte.« Er drückt mir einen Schlüssel mit einem haarigen Seehundanhänger in die Hand.

Ich bin fasziniert. Wann war ich zuletzt in einem Hotel, das statt Keycard noch Schlüssel benutzt? Vermutlich in meiner Kindheit.

»Danke, Lambert.« Ich sehe mich kurz um. »Ein … äh … hübsches Zimmer.«

Netze scheint es im Haus reichlich zu geben. Hier hängt eines über dem Bett. Plastikfische und echte getrocknete Seesterne sind darin verteilt. Ein Doppelbett, zwei Nachttische, ein klappriger Kleiderschrank – allesamt aus Buchenholz – bilden mit zwei Stühlen, einem Tisch mit Fernseher und einem Garderobenständer das Mobiliar. Auf der Fensterbank steht ein hölzerner Fischreiher, dessen Schnabelspitze abgebrochen ist. Die Vorhänge sind hell- und dunkelblau gestreift, die Bettwäsche erstrahlt in reinstem Weiß.

»Ich bringe Ihnen dann noch das Wasser«, sagt Lambert und geht wieder nach unten.

Ich trete mit Frido an das Fenster, öffne es und deute hinaus. »Guck, Frido, wie … schön.« Eine Lüge. Der Blick geht nicht auf die See hinaus, wie der Hotelname vermuten lassen könnte, sondern Richtung Inselparkplatz. Dicht an dicht drängen sich die Autos der Urlauber zu bunten Mosaiken zusammen. Blechblick wäre der passendere Hotelname.

Ich bedaure, dass die Feen Frido noch in ihren Flügeln haben, denn zumindest der Ausblick in den Himmel entschädigt die Augen für das, was die Zimmerdeko ihnen antut. Er ist fast wolkenfrei. In der Ferne kreischen ein paar Möwen, und mit viel Fantasie hört man das Meeresrauschen. Ich atme tief ein – Nordseeluft. So riecht Entspannung.

»Wir schauen wieder raus, wenn du da bist, Frido«, sage ich zu ihm und schließe das Fenster, um es dann zu kippen. Ich drücke ihn sanft auf das Bett und ziehe ihm seine klobigen Sportschuhe aus. Erstaunt stelle ich fest, dass er allein seine Beine hebt und sich hinlegt. Mit einem tiefen Seufzer schließt er die Augen.

Ich schlucke. Er muss völlig erledigt sein. Und mit dieser Erkenntnis meldet sich mein schlechtes Gewissen zurück. Was tue ich hier eigentlich? Dieser alte Mann gehört in *sein* Bett. In sein Heim. Ich muss das unbedingt klären, wenn wir Esther heute Abend auf Sylt treffen. Sie muss ihre Eltern anrufen.

Ich decke Frido zu, nehme ihm vorsichtshalber die Brille ab und lege sie auf den Nachttisch. Die Decke hebt sich sanft unter seinen Atemzügen, aber ich warte, bis ich sicher bin, dass er tief und fest schläft. Da ich kein Briefpapier habe und hier im Zimmer kein Schreibblock liegt, muss ich wieder nach unten gehen, um Schwester Henni darum zu bitten. Auf dem Weg nach unten fällt mir ein, dass Moritz mit der gegnerischen Partei im Hummersalon zurückgeblieben ist. Hoffentlich hat er nichts Blödsinniges oder Verräterisches von sich gegeben.

Meine Vermutung scheint sich zu bewahrheiten, denn Schwester Henni hat Tränen in den Augen, als ich den Salon betrete.

»Was … ist passiert?« Ich starre ängstlich von einem zum anderen. Sind wir aufgeflogen?

Schwester Henni räuspert sich. »Mark hat mir gerade etwas Schreckliches berichtet.«

Mir fällt ein Stein vom Herzen. Mark, nicht Moritz.

»Kann ich irgendwie helfen?«, versuche ich Pluspunkte zu sammeln.

»Wohl kaum«, erwidert sie. »Oder sind Sie Bühnenbildnerin?«

»Äh … nein. Wieso?«

»Der Unfall hat nicht nur Ihren Wagen beschädigt, sondern auch die Schuppenwand und das, was dahinter stand«, sagt Mark Nommsen.

Ich hebe fragend die Augenbrauen.

»Wir lagern dort die Bühnenbilder für unsere jährliche Theateraufführung. Die sind nun Schrott. Und die Premierenaufführung findet in acht Tagen statt.«

Schwester Henni schüttelt traurig den Kopf. »Dieses Jahr steckt der Wurm drin.« Sie sieht Mark an. »Gestern erfahren wir, dass Nicki ausfällt, heute die Kulisse. Wir werden die Premiere in den Oktober oder November verschieben müssen, je nachdem, wann die neuen Bühnenbilder fertig sind.«

»Aber dann sind kaum noch Touristen da«, sagt Mark. »Wir werden sie wohl oder übel ins nächste Jahr verlegen müssen.« Er nimmt Schwester Hennis rechte Hand in seine Hände. »Ich weiß, dass Ihr Herzblut daran hängt, aber selbst wenn wir auf die Schnelle eine neue Kulisse zurechtzimmern, müsste sie noch bemalt werden. Und auch dafür brauchen wir Nicki.« Er tätschelt ihre Wange und fragt liebevoll: »Oder können Sie eine Strandleben- oder Hotelzimmerkulisse malen, Schwester Henni?«

Mein Hirn hat drei Wörter aus dem mir ansonsten nicht ganz klaren Dialog gefiltert: Herzblut, malen, Kulisse. Mein Kopf ruckt zu Moritz herum. Anscheinend deutet er meinen Blick richtig, ohne dass ich ein Wort sagen muss.

»O nein! Nein, nein, nein!«, stößt er mit weit aufgerissenem Auge aus. Er schüttelt den Kopf so vehement, dass eine Halskrause doch in den Bereich der Möglichkeiten rückt.

»O doch!«, sage ich und strahle Schwester Henni an. »Mein Bruder ist Maler. Was auch immer und worauf auch immer Sie etwas gemalt haben möchten, Moritz wird es tun.«

Ihre Augen weiten sich. »Wie bitte? Was …?«

In ihrem Gesicht lese ich Verwirrung und – zu meiner Freude – Hoffnung.

Sie starrt Moritz an. »Sie sind Maler? Ein Künstler? Sie könnten Bühnenbilder bemalen?«

Moritz sieht mehr als erschrocken aus. »Ja, aber …«

»Das … das wäre ja wundervoll«, fällt Schwester Henni ihm ins Wort. Ihre Stimme klingt freudig und aufgeregt. »Mark!«

Sie wendet sich dem Tierarzt zu. »Ist das nicht wunderbar? Damit wäre das Problem gelöst.«

Mark Nommsen fängt meinen triumphierenden Blick auf. Seine Augen funkeln, als er Moritz anspricht: »Herr Tannheim, Ihre Schwester scheint vergessen zu haben, dass Sie auf dem Weg nach Sylt sind. Für eine derartige Arbeit wären Sie gezwungen, hierzubleiben. Selbst wenn wir die Wände in ein, zwei Tagen gezimmert hätten, würde das Bemalen noch etliche weitere Tage in Anspruch nehmen. Und wir können von Ihnen unmöglich verlangen, Ihren Urlaub dafür zu opfern.«

»Malen ist für meinen Bruder Urlaub. Nicht wahr, Moritz?« Der Blick, mit dem ich ihn visuell bearbeite, könnte die Sahara einfrieren. »Für uns spielt es doch keine Rolle, ob wir ein paar Tage früher oder später auf Sylt eintreffen.«

Er wird doch wohl geschnallt haben, dass wir mit dieser Hilfeleistung unendlich viele Pluspunkte für Papa einheimsen können?

»Ich würde es ja machen«, sagt Moritz gedehnt, nachdem ich ihm einen letzten Ich-ziehe-dich-durch-eine-bakterienverseuchte-Pfütze-Blick zugeworfen habe.

Ich atme auf, laure allerdings auf das Aber, das in der Luft hängt.

»Aber wir werden auf Sylt erwartet, Audrey.« Jetzt ist er es, der mit den Augen Eis versprüht. »Oder hast du Opa vergessen?«

Frido! Herrje, an ihn habe ich wirklich nicht gedacht. »Esther kann ihn abholen«, sage ich in meiner Euphorie. »Fridos Enkelin«, füge ich für Schwester Henni erklärend hinzu und merke im selben Moment, dass es von Vorteil gewesen wäre, vor dem Reden zu denken.

Schwester Henni sieht Moritz mit einem Lächeln an. »Ach, Ihre Verlobte! Wie nett. Ich freue mich darauf, sie kennenzulernen.« Dann bilden sich auf ihrer Stirn Denkerfalten.

Und ich weiß, wieso. Sie fragt sich natürlich, warum Esther auf Sylt ist und wir mit ihrem in einem vollgekleckerten Trainingsanzug steckenden Großvater unterwegs sind.

»Moritz' Verlobte musste aus … äh … beruflichen Gründen nach Sylt vorfahren«, webe ich an meinem Lügengespinst weiter. »Darum konnte sie ihren Großvater nicht am Hamburger Flughafen in Empfang nehmen. Das haben wir dann erledigt.« Wenn ich schon dabei bin, sollte ich vielleicht noch Fridos Gammellook möglichst glaubhaft erklären. »Leider ist Fridos Koffer verlorengegangen. Wir … äh … müssen ihn noch neu einkleiden.«

Schwester Henni nickt, aber die Denkerfalten sind noch da. »Herr Lörtsch ist geflogen? Allein?«

Puh. Jetzt verstehe ich, warum es heißt, dass eine Lüge viele weitere nach sich zieht. Ich lache albern. »Nein, natürlich nicht. Seine Tochter hat ihn bis Hamburg begleitet. Sie fährt mit ihrem Mann in Urlaub, und da hat Esther sich angeboten, Fridos Betreuung zu übernehmen. Auf Sylt. Gemeinsam mit uns.«

Die Falten auf Schwester Hennis Stirn sind verschwunden. Sie sieht von mir zu Moritz. »Ich finde bemerkenswert, was Sie tun. Familiensinn ist selten geworden.«

Mein Gesicht wird heiß. Es ist, als würde die Scham ein fettes »Lügnerin!« in meine linke und ein »Egoistin!« in meine rechte Wange gravieren. Darum bin ich geneigt, Mark Nommsen ein bisschen weniger zu hassen, weil er das Wort ergreift und damit von Frido ablenkt.

»Das ist ja alles schön und gut, aber unser zweites Problem ist damit nicht behoben. Nicki liegt im Krankenhaus und kann nicht spielen.« Er sieht zufrieden aus, während er das sagt.

Natürlich. Er sieht seine Felle in Sachen Tierklinik davonschwimmen und wäre froh, uns los zu sein, bevor wir noch mehr in Schwester Hennis Gunst steigen.

»Sie müssen eine Rolle besetzen?« Moritz grinst blöde und deutet auf mich. »Nehmen Sie meine Schwester. Sie ist eine brillante Schauspielerin.« Seine Augen blitzen mich an.

Er will sich für das Bühnenbild an mir rächen. Aber der Schuss geht nach hinten los. Wieso bin ich nicht selbst darauf gekommen? Das ist auf der Entscheidungswaage ein neues Pfund für Papa.

»Natürlich.« Ich strahle Schwester Henni an. »Ich liebe Film, Fernsehen und Theater. Auf dem Gymnasium war ich vier Jahre lang Mitglied des Schultheaters.«

»Das ist ja wohl auch schon 'ne Ecke her«, kommt es aus Marks Mund. Gepresst fügt er hinterher: »Wir sind über die Jahre sehr professionell geworden und haben einen hohen Anspruch an uns selbst. Sie werden nicht in der Lage sein, Rolle und Text in acht Tagen zu verinnerlichen. Wir verschieben die Aufführung. Basta.«

Mark Nommsen hat sagenhaftes Glück, dass ich nach dem Unfall noch nicht dazu gekommen bin, meine Sneaker gegen meine Louboutins auszutauschen, denn im umgekehrten Fall hätte ich jetzt einen ausgezogen und ihm mit dem Absatz seine Arroganz aus dem Schädel geklopft.

Doch Schwester Henni findet ein adäquates Beruhigungsmittel für mich. Ihr entsetztes »Mark!« und den dazu passenden Blick sauge ich genüsslich auf.

Kopfschüttelnd sieht sie ihn an. »So uncharmant kenne ich dich gar nicht. Da Frau Tannheim sich bereit erklärt hat, werden wir es auf jeden Fall versuchen. Mit passendem Make-up und Perücke. Du weißt, ich glaube nicht an Zufälle. Dieser Unfall … Es hat alles so sein sollen.« Für einen kurzen Augenblick schließt sie die Augen und faltet die Hände.

Ein Dankgebet? Und Moritz und ich sind der Grund dafür? Ich seufze hoffnungsvoll. Vielleicht absorbiert es ein paar der himmlischen Minuspunkte, die ich durch meine Lügerei angehäuft habe.

Zwei Stunden später versuche ich Frido zu wecken, weil Lambert uns auf meinen Wunsch hin das Abendessen in das Muschelfischerzimmer gebracht hat. Eine kleine Platte mit herzhaft belegten Broten, Kamillentee für Frido und zwei Gin Tonic für mich. Vielleicht mildert der Gin den Kaffee-Entzug. Falls nicht, wird der Alkohol zumindest mein strapaziertes Nervensystem einlullen. Mit einem genüsslichen »Ahh« trinke ich den ersten großen Schluck des eisgekühlten Getränks. Als Barkeeper ist Lurch-Lambert durchaus zu gebrauchen.

Während ich genüsslich Drink Nummer eins aussüffle, kreisen meine Gedanken um die vergangenen zwei Stunden. Ich habe mich fürchterlich von Moritz beschimpfen lassen, mit dem Ergebnis, dass wir heute Abend kein Wort mehr miteinander wechseln werden. Dann habe ich in unserem Hotel auf Sylt, in dem Esther sich mit uns treffen sollte, angerufen und für sie eine Nachricht und die Handynummern von Moritz und mir hinterlassen, mit der Bitte, dass sie uns umgehend anrufen soll.

Die Arme. Sie wird einen fürchterlichen Schreck bekommen und denken, dass etwas mit Frido passiert ist. Oder dass wir enttarnt wurden. Oder dass wir mit ihm zur Polizei gefahren sind.

»Frido«, sage ich noch einmal leise und streichle über seine Hand, damit er langsam wach wird. Bevor Lambert das Abendessen brachte, habe ich eine entspannende Weile lang das gelöste Gesicht des friedlich schlummernden Frido betrachtet und bin zu einem Entschluss gelangt. Ich kann nicht dulden, dass Esther mit ihm weiter durch die Gegend vagabundiert. Er ist ein alter Mann und hat Ruhe verdient. Er braucht warme Mahlzeiten in ruhiger Atmosphäre, täglich eine schöne Mittagsstunde, allerhöchstens einen kleinen Spaziergang und keine Gewalttouren per Anhalter auf Autobahnraststätten.

Frido schlägt die Augen auf, als mein Handy klingelt.

Esther! Ich stürze zur Fensterbank, auf der ich mein Smartphone abgelegt habe, um überhaupt Empfang zu haben. WLAN ist für Schwester Henni und Lambert vermutlich eine chinesische Provinz oder eine asiatische Echse.

Mein Blick auf das Display verrät allerdings einen anderen Anrufer. Einen Moment lang schäme ich mich, weil ich seit Stunden keinen Gedanken an meinen Verlobten verschwendet habe, aber andererseits … Er wollte mich gestern anrufen, und das hat er nicht getan.

»Hallo, Jasper«, melde ich mich und lächle. Nicht, weil mir zum Lächeln ist, sondern weil ich mal gelesen habe, dass man ein Lächeln durch das Telefon hören kann. Und ich möchte nicht, dass Jasper merkt, dass die Dinge hier nicht so laufen, wie sie sollten. »Wie war das Dinner bei den Obamas gestern Abend?«

Natürlich kommt prompt die Frage: »Welches Dinner? Wieso Obamas?«

»Nun, du hast mich gestern Abend nicht angerufen, obwohl du es wolltest«, sage ich. »Und etwas Geringeres als ein Essen mit dem Präsidenten wird doch wohl nicht daran schuld sein, dass du die Frau, die du in vier Wochen heiratest, vernachlässigst?«

Jasper lacht nicht, weil er eine andere Art von Humor hat. Wir lachen selten über dieselben Dinge. Aber ich denke, das belebt unser gemeinsames Leben. Ja, ganz sicher.

Seine Stimme klingt zumindest reuig, als er mit mir spricht und von dem wichtigen gestrigen Arbeitsessen, von den hochinteressanten Vorträgen und Rednern und vom miesen Wetter in Florida, das dort eigentlich niemals mies ist, berichtet.

Ich lausche ihm und schreie im selben Moment auf, weil mir ein Finger auf die Schulter tippt und eine unsichere Stimme erklingt. »Wer sind Sie? Wo … wo ist Aurora?«

»Frido!«, stoße ich erschrocken aus.

Ich drehe mich zu ihm um, während Jasper am anderen Ende irritiert fragt: »Frido? Wer ist Frido?«

»Der … äh … Zimmerkellner«, sage ich schnell und wende mich wieder von Frido ab, der mich misstrauisch unter seinen buschigen Augenbrauen mustert. »Er hat mich erschreckt.« Ich entferne mich ein paar Schritte von Frido und gebe Jasper einen kurzen Einblick in meine heutigen Erlebnisse. Ohne Frido und Esther zu erwähnen. Auch die vollgekotzten Papiere lasse ich weg – falls er mit Papa telefoniert, was durchaus sein kann, denn die beiden sind dicke miteinander. Und da er von den Papieren nichts weiß, besteht auch keine Notwendigkeit, ihm von dem Theaterstück zu erzählen, in das Moritz und ich nun mehr oder weniger unfreiwillig involviert sind. Also fällt die Zusammenfassung meines Tages sehr kurz aus. Er weiß jetzt nur, dass wir eine kleine Autopanne hatten und darum noch nicht auf Sylt sind.

Ich bin mehr als froh, als er mir sagt, dass er gerade einem Kollegen die Tür öffnet, mit dem er sich zum Abendessen verabredet hat. Mit einem auf den Hörer geschmatzten Kuss verabschiede ich ihn und drehe mich um.

»Hallo, Frido.« Ich lächle ihn an. Er ist eindeutig da. Sein unsicherer Blick berührt mich. Wie verloren muss er sich fühlen zusammen mit mir, einem ihm völlig fremden Menschen, in einem fremden Zimmer? Ich nehme seine Brille vom Nachttisch und bin unsicher, ob ich sie ihm aufsetzen soll oder ob er das selbst schafft. Die Frage beantwortet sich, als ich ihm die Brille hinhalte. Mit geübtem Griff klappt er sie auseinander, und Sekunden später schaut er mich durch den haselnussbraunen Rahmen intensiv an.

Er löst seinen Blick und lässt ihn suchend durch das Zimmer wandern. »Wo ist das Kätzchen?«

Ich bin platt. Sein Kurzzeitgedächtnis funktioniert also. »Frido, Sie … du erinnerst dich an Biskuit? An meine Katze? Sie ist in meinem Zimmer. Dies ist dein Zimmer.« Als er nichts erwidert, füge ich hinzu: »Ich bin Audrey. Erinnerst du dich?«

Er legt den Kopf ein wenig schief und mustert mich. »Ordri? Komischer Name.«

Ich denke an Frau Engel auf dem Friedhof und seufze. Für Ü-Achtziger scheint mein Name eine Herausforderung zu sein. »Meine Mutter hat mich nach Audrey Hepburn benannt, Frido. Du kennst doch bestimmt Audrey Hepburn aus dem Fernsehen?«

Er ignoriert meine Bemerkung und sieht sich unsicher um. »Ist das hier mein Haus?« Seine Stimme klingt eingerostet.

»Nein, Frido. Wir sind doch mit dem Auto gefahren. Mit Esth… Aurora.«

Er geht zum Fenster. »Sind wir am Nordkap? Können wir das Nordlicht sehen? Wo ist Aurora?«

Ich weiß nicht, ob ich mich für ihn freuen oder ihn bedauern soll, dass er einen sehr lichten Moment hat. Wenn doch nur Esther da wäre!

»Ich … äh …« Hilflos hebe ich die Schultern und stelle mich neben ihn. Gemeinsam blicken wir in die Dämmerung. Ich öffne das Fenster, damit er die Möwen hören kann. »Wir sind noch nicht beim Nordlicht, Frido. Wir sind an der Nord*see*. Und Aurora ist morgen früh wieder bei dir.« Hoffentlich! »Hast du Hunger?«, frage ich und deute auf die Schnittchen, in der Hoffnung, dass er keine weiteren bohrenden Fragen stellt, auf die ich keine Antworten weiß.

Ein durchaus erfreutes »Ja!« kommt über Fridos Lippen, und er bewegt sich Richtung Stuhl.

Das Essen scheint ihm zum Glück wichtiger zu sein, als Fragen zu stellen. Ich schenke ihm Tee ein, während er sich mit

Appetit über die deftigen Landwurst- und Käsehäppchen hermacht. Vorsichtshalber nehme ich den letzten Gin Tonic vom Tablett.

»Audrey?«, ertönt nach einem kurzen Klopfen Moritz' gedämpfte Stimme vor der Zimmertür. »Bist du da drinnen?«

Ich hätte nicht gedacht, heute noch etwas von ihm zu hören. Ich ziehe die Tür auf. »Was gibt es?«

Er hat den dämlichen Mundschutz abgenommen. Vermutlich hat der frische Duft der Bettwäsche und der nicht vorhandene Staub in seinem Zimmer ihn zu dieser Heldentat bewogen.

»Die Irre hat mich angerufen«, zischt er mit Blick zu Frido. »Ich hab ihr gesagt, dass wir eine Panne hatten und hier festhängen und dass sie morgen früh mit dem Zug nach Dagebüll kommen soll, wo wir sie in Empfang nehmen.«

Ich bin erstaunt, dass Esther nicht mich, sondern Moritz angerufen hat.

»Du hast ihr hoffentlich auch gesagt, dass sie heute Abend unser Zimmer im Hotel nutzen soll, so wie ich es mit der Rezeption dort besprochen habe?«

»Nein, ich habe ihr gesagt, dass sie im Strandkorb pennen soll«, faucht er mich an.

»Ist ja gut«, motze ich zurück. »Hier!« Ich drücke ihm den Gin Tonic in die Hand. »Vielleicht beruhigt dich das. Den kannst du hier trinken, während Frido isst. Ich hole noch ein paar Sachen für ihn.«

»Muss ich ihn füttern?«, fragt Moritz entsetzt mit Blick zum Tisch.

»Nein, er ist da«, antworte ich. »Dann braucht er keine Hilfe.«

»Wenn der da ist, bin ich im Taka-Tuka-Land.«

Ich schaue zu Frido und seufze. Die Feen fangen an mir auf den Geist zu gehen.

»Die Sachen sind frisch gewaschen.« Schwester Henni drückt mir einen kleinen Stapel Kleidung in die Hand – einen Pulli, der wohl ein Lieblingspulli war, denn er ist von Noppen übersät, eine schwere Wolljacke, einen blau-grau karierten Pyjama, Socken und Unterwäsche. Die Sachen haben Johann Morgenroth gehört, und sie hat sie für Frido herausgesucht, damit er für die Nacht und den nächsten Tag versorgt ist, denn die Discountertüte mit seinen Sachen hat Esther. Auf jeden Fall werden wir morgen erst einmal für ihn einkaufen, denn viel kann in der Tüte nicht sein.

Wir stehen im Wohnzimmer der kleinen Wohnung im Dachgeschoss des Hotels, die sie gemeinsam mit ihrem Bruder bewohnt hat. Die beigefarbene, in sich blumengemusterte Tapete klebt bestimmt schon dreißig Jahre an den Wänden und hält wahrscheinlich den Putz zusammen. Auf einem dunklen Büfett, für das ein Antiquitätenhändler morden würde, stehen Porzellannippes und zwei angelaufene silberne Kerzenleuchter. Durch die Scheiben des kleinen Büfettaufbaus erkennt man fein ziselierte Sherry- und Weingläser. Ich mag ja diese alten kitschigen Dinge, aber Jasper bevorzugt einen schlichten modernen Stil.

Schwester Hennis Hand streicht über die auf dem Kleidungsstapel oben liegende Unterhose. »Ich wasche auch jetzt manchmal noch – zehn Wochen nach seinem Tod – Kleidungsstücke von Johann mit meiner Wäsche, obwohl sie alle sauber sind. Aber es ist so schön, einen seiner bunten Pullunder oder seine Cordhosen an der Leine flattern zu sehen. So wie früher.« Ihr Blick verliert sich in Erinnerungen. »Er ist noch so allgegenwärtig.« Lächelnd deutet sie auf einen Sessel mit verschlissenen Armlehnen. »Johann ist jeden Abend darin eingeschlafen, immer bevor die *Tagesthemen* begannen, die er eigentlich sehen wollte.« Sie blickt mich an. »Manchmal dachte ich allerdings, er hat die Augen mit Absicht geschlossen, weil er das Elend der Welt nicht ertragen konnte und wohl auch nicht verstanden hat. Sein Dagebüll, sein Hotel und seine Gäste waren sein Leben.«

Ich nicke, weil ich weiß, wie sie sich mit ihren Erinnerungen fühlt. »Meine Mutter konnte wunderbar backen. Ihre Kuchen waren so lecker. Nachdem sie gestorben war – ich war zwölf –, habe ich in der Küche manchmal alles bereitgestellt, was sie zum Backen gebraucht und benutzt hat – Eier, Milch, Zucker … Ich habe ein bisschen Mehl über die Arbeitsfläche in der Küche gestreut, weil sie immer etwas verschüttet und mit sich selbst geschimpft hat. Und dann bin ich rausgegangen, habe einen Moment gewartet und bin wieder in die Küche hineingegangen, immer in der Hoffnung, einen Augenblick glauben zu können, dass sie noch da ist, dass sie gleich reinkommt und weiterbackt.« Ich schlucke. »Es war so schwer, loszulassen.«

»Sie mussten früh erfahren, dass Gottes Wege für uns Menschen manchmal nicht zu begreifen sind.« Ihre Hand streichelt meine Wange. »Ich bin dankbar, dass Johann ein so schönes und erfülltes Leben hatte und dass unser Herrgott ihn so sanft zu sich genommen hat. Sein Herz hat einfach aufgehört zu schlagen, während er schlief.« Sie schließt die Augen. »Ein Uhrwerk, das aufhört zu arbeiten, und die Zeiger stehen still.«

Fast bedaure ich, dass sie mit einem »Und, gefällt Ihrem Bruder das Seeräuberzimmer?« das Thema wechselt. Ich hätte ihre warmen Finger gern noch eine Weile auf meiner Haut gespürt.

»Ja, danke«, lüge ich, senke meinen Blick auf die Feinrippunterhose und schüttle mich innerlich. Wobei ich nicht ausmachen kann, ob das Schütteln durch die Lüge bedingt ist oder durch das Bild eines imaginären Johann Morgenroth in dieser Unterhose. »Es ist ein sehr … äh … besonders ausgestattetes

Zimmer.« Sie muss ja nicht wissen, dass Moritz sofort, nachdem er das Zimmer betreten hat, stöhnend einen Mundschutz aus seinem Arzneimittelkoffer gezerrt und aufgesetzt hat.

Dabei lag kein Körnchen Staub auf der Kommode mit dem Intarsienbild eines Segelschiffs. Und die als Seeräuber verkleidete Schaufensterpuppe neben dem Fenster guckt eher treudoof als gefährlich aus der Wäsche. Irritiert haben ihn wohl eher die billardtischgroße Piratenflagge über dem Bett und die beiden gekreuzten rostigen Säbel über dem Nachttisch. Gut, den Plastiktotenschädel, der neben dem Fernseher steht, empfand ich auch als too much, insbesondere, weil er als Stiftehalter dient. Wenigstens gibt es in Moritz' Zimmer einen Papierblock. Das habe ich, zusammen mit einem Kugelschreiber aus einem Schädelauge, eingesackt. Schließlich muss ich noch Papas Brief abschreiben.

»Wo werden Sie denn eigentlich wohnen, wenn das Seeblick den Besitzer wechselt?«, stelle ich die Frage, die mich beschäftigt, seit ich diese Wohnung betreten habe.

»Oh, ich gehe in mein Mutterhaus zurück«, kommt die fröhliche Antwort. »Dort lebe ich seit meinem Ruhestand. Dagebüll besuche ich immer nur für einige Wochen zur Zeit der Theaterpremiere. Mein … äh … Mutterhaus duldet meine Leidenschaft.« Eine feine Röte bedeckt jetzt ihre Wangen. »Hat sich denn die Verlobte Ihres Bruders gemeldet?«, wechselt Schwester Henni das Thema. »Wann kommt sie an? Kann ich sie zu einem späten Frühstück einplanen?«

»Machen Sie sich bitte keine Umstände. Esther kommt morgen Vormittag mit dem Zug in Dagebüll an und dann … äh … sehen wir weiter. Erst einmal vielen Dank, Schwester Henni. Schlafen Sie gut.«

Sie strahlt mich an. »Das werde ich, nachdem unser Stück nun gerettet ist. Ich bin Ihnen und Ihrem Bruder wirklich sehr dankbar, Frau Tannheim. Es hat mich viel Mühe gekostet, den Inhalt bühnentauglich umzuschreiben.«

»Wir freuen uns darauf, weil das, was wir tun werden, unsere Leidenschaft ist.« Um allerdings unseren vermeintlich selbstlosen Einsatz noch einmal zu betonen, füge ich hinzu: »Und darum verzichten wir gern auf eine unserer Urlaubswochen auf Sylt. Und, Schwester Henni, bitte nennen Sie mich Audrey.«

»Gern. Gute Nacht, Audrey.« Sie gähnt herzhaft.

Während ich zur Tür gehe, wabern ihre Worte durch mein Hirn. Was meinte sie mit Inhalt bühnentauglich umschreiben? Ich war von einem Dorftheaterstück ausgegangen. Ein Ein-, allerhöchstens Dreiakter mit ländlich derbem Schenkelklopferhumor. Aber da muss man nichts umschreiben. Die Stücke bekommt man fertig geschrieben hundertfach angeboten. Darum drehe ich mich auf dem Flur noch einmal zu Schwester Henni um. Sie gähnt wieder, aber eine letzte Frage muss sie mir beantworten.

»Um welches Stück handelt es sich denn eigentlich?« Ich ahne schon die Antwort. Es ist bestimmt eines der in dieser Gegend beliebten plattdeutschen Stücke. Und damit wäre ich raus, denn ich kann dieses Kauderwelsch weder verstehen noch sprechen. »Etwa in Plattdeutsch?«

Schwester Henni lacht herzhaft. »Das wäre mal eine Herausforderung. Aber Plattdeutsch würden die meisten Touristen nicht verstehen, und das wollen wir ja nicht. Freuen Sie sich auf ein herrliches Stück, meine Liebe. Es ist *Manche mögen's heiß*.«

Ich nicke, obwohl ich damit nichts anfangen kann. Mit dem Titel natürlich schon, aber die Diakonie-Schwester wird wohl kaum den Hollywood-Klassiker mit dem coolen Tony Curtis und dem genialen Jack Lemmon meinen und mit der legendären Marilyn Monroe. Sie taucht vor meinem geistigen Auge auf, wie sie als Sugar in diesem sündhaften, fast obszönen

Kleid ihr »I wanna be loved by you« mit himbeerrotem Schmollmund ins Mikrofon haucht. Ich bilde mir ein, dass er himbeerrot ist, obwohl ich es nicht wissen kann, weil es ein Schwarzweißfilm ist.

»Über Ihre Rolle sprechen wir morgen«, sagt Schwester Henni. »Ich möchte früh ins Bett. Der Tag war doch sehr aufregend.« Bevor sie die Tür schließt, wirft sie mir hinterher: »Mark spielt übrigens Joe und Josephine, Sie wissen schon, die Doppelrolle von Tony Curtis.«

# 5

Wenn man früh, frühmorgens auf einem Deich steht und schreit, weil einem eine Maus über die Stiefelette läuft, dann ist das durchaus legitim. Während ich riverdancemäßig durch das noch feuchte Gras springe, schreie ich gleich noch einmal. Der zweite Schrei gilt allerdings nicht der Maus, sondern der Erkenntnis, dass es vielleicht gar keine Maus gibt, die mir über den Fuß gelaufen ist. Vielleicht habe ich sie mir eingebildet. Ja, wahrscheinlich befinde ich mich im Delirium, in einem Kaffeeentzugsdelirium. Alkoholsüchtige sehen doch weiße Mäuse. Und bei mir ist es vielleicht andersrum. Mein Hirn sendet Mäusebilder aus, weil es koffeinunterversorgt ist.

Mit einem Seufzer drehe ich mich um und blicke auf das Strandhotel am Dagebüller Fährhafen. Meine Hoffnung, hier einen Liter Kaffee trinken zu können, bevor ich zum Frühstück ins Seeblick am anderen Ende des kleinen Ortes zurückkehre, hat sich zerschlagen. Es ist noch so früh, dass das Strandhotel nicht geöffnet hat. Mein Blick wandert an der schicken weißen Fassade entlang. Hier blättert keine Farbe ab. Und hier hätte ich bestimmt auch nicht im Friesenzimmer geschlafen. Nicht, dass mir die Idee mit den Zimmernamen nicht gefällt. Im Gegenteil, ich finde sie für das altertümliche Seeblick ganz entzückend, aber ich hätte auf die in eine düstere Tracht gekleidete Schaufensterpuppe neben dem Kleiderschrank gut verzichten können. Ich fühlte mich beim Einschlafen beobachtet. Zweimal habe ich das Nachttischlicht angeknipst, um zu schauen, ob die Puppe guckt. Um nicht noch ein drittes Mal schauen zu müssen, habe ich ihr einen Namen gegeben – Gertrud. Vor einer Gertrud muss man sich nicht fürchten.

Ein weiterer Seufzer kommt aus meinem tiefsten Inneren. Vermutlich war das schon der Beginn des Deliriums. Ich werfe einen letzten Blick auf das Wattenmeer, das sich mit graubraunem Schlick vor mir ausbreitet. Es ist Ebbe. Eine schicke weiße Fähre mit dem Namen Uthlande – von Föhr oder Amrum kommend – hat gerade angelegt. Trotz der frühen Morgenstunde spuckt sie eine beachtliche Anzahl an Fahrzeugen aus, vermutlich Touristen, die noch eine lange Heimfahrt vor sich haben.

Ein Blick auf die Armbanduhr verrät, dass es sieben Uhr ist. Ich muss zurück, denn ich habe keine Ahnung, wie lange Frido schläft. Hoffentlich haben die Feen ein Einsehen und geben ihm die Gelegenheit, sich ohne meine Hilfe anzuziehen. Ich bin auf jeden Fall mehr als dankbar, dass Esther in ein paar Stunden hier sein wird.

Der Rückweg zum Seeblick erscheint mir kürzer, weil jetzt ein wenig mehr auf der Straße los ist. Das linker Hand liegende Nordsee-Hotel hat natürlich auch noch nicht geöffnet. Ebenso wenig das Hotel Neuwarft. Kaffee kann ich mir getrost abschminken. Zwei junge Mütter mit Buggys kommen mir entgegen, und ein Mann in einem ölverschmierten Overall mit dem Aufdruck Hannos Werkstatt ruft mir radelnd ein fröhliches »Moin!« zu.

Ich grüße den blonden Lockenkopf halb fröhlich zurück und betrachte die Schaufenster der kleinen Läden, an denen ich vorbeikomme. Ich mag die zum Teil in Plattdeutsch gehaltenen Bezeichnungen auf den Schildern, obwohl mir die Sprache so fremd ist wie einem Beduinen ein Iglu. *Tabakstuuv* erschließt sich mir ja noch durch das vorangestellte Wort Tabak, bei *de Molen Koopmann* handelt es sich um einen Supermarkt. Und bei *Wettertüch* kann man sich in allen Farben wetterfest einkleiden.

Ich will gerade die Straßenseite wechseln, weil ich nicht mehr weit vom Seeblick entfernt bin, als mir mein Geruchssinn etwas Göttliches offenbart. Ich bleibe stehen, schlucke trocken und ziehe die Luft wie ein Ertrinkender durch die Nase.

»Kaffee«, wimmere ich leise und bleibe stehen. Auf dem Grundstück neben mir blicke ich auf ein eingezäuntes Areal, in dem zwei Hühner auf dem Boden herumpicken. Daneben fällt ein sonnengelbes Schild auf einem kleinen Rasenstück ins Auge, auf dem ein lächelnder Hund und fette schwarze Lettern verkünden: Tierarztpraxis Mark Nommsen. Ich schau noch mal zu den beiden Hühnern zurück. Gestern waren sie noch zu viert. Ob sie ihre beiden Gehegemitbewohner wohl vermissen? Ihrem Appetit nach zu urteilen, hält sich die Trauer in Grenzen.

Auf der anderen Straßenseite liegt das Seeblick ruhig da. Auf dem kleinen Hotelparkplatz steht nur ein Wagen. Erheblich mehr Leben herrscht um den hölzernen Schuppen herum, den Moritz gestern mit Papas Porsche zerlegt hat. Zwei Männer sind dabei, Bretter herauszureißen. Zwei weitere stehen mit den Rücken zu mir neben dem Schuppen und diskutieren mit Händen und Füßen. Einer von ihnen ist Mark Nommsen.

Mein Kopf ruckt wieder zu seinem Haus. Ich vermute, dass er dort nicht nur arbeitet, sondern auch wohnt, obwohl das Haus nicht besonders groß ist. Aber es ist hübsch, weiß verputzt, mit blaugestrichenen Sprossenfenstern und einem Reetdach, das schon etliche Jahre auf dem Buckel haben muss, denn die Seite des Daches, an der ich stehe, ist völlig vermoost.

Ich gehe schnell weiter, weil ich nicht möchte, dass Mark Nommsen mich sieht oder anspricht. Seine Arroganz ist schon mit gefülltem Magen kaum zu ertragen, und ohne Frühstück überhaupt nicht. Der Gedanke an das Frühstück lässt mich erneut den Kaffeeduft tief einsaugen. Nach wenigen Schritten bleibe ich wieder stehen. Aus zwei Gründen. Zum einen, er kann mich hier vom Schuppen aus nicht sehen, denn er ist hineingegangen. Zum anderen, an dieser Seite des Hauses steht ein Fenster weit geöffnet. Daher ist der Duft so präsent. Ich schlucke. Und dann machen meine Beine sich selbständig. Während sie einen Schritt vor den anderen setzen, blicke ich mich nach allen Seiten um. Ich kann nicht aufhören zu gehen, selbst wenn ich es wollte. Meine Beine tragen mich an einem schwarzen VW Touareg vorbei direkt vor das Fenster mit den weit offenstehenden blauen Flügeln.

Ich atme tief ein. Herrlich, flüssiges Manna.

Und dann ist mir alles egal. Wie ein Dieb in der Nacht tappe ich zu der zum Haus gehörenden Garage und greife nach der Schubkarre, die an die Garagenwand gelehnt ist. Ich schiebe sie unter das Fenster, steige hinein und stemme mich mit den Armen auf der Fensterbank hoch, so dass ich erst ein Knie, dann das zweite auf die Fensterbank heben kann. Ein schneller Rundumblick in das Innere des Hauses verrät, dass ich soeben dabei bin, in Mark Nommsens Küche einzusteigen.

Ich bin eine Einbrecherin. Eine Kriminelle. Diese Erkenntnis will mich gerade umdrehen lassen, als ich den Kaffeeautomaten entdecke. Eine silbern glänzende Maschine, eines Barista würdig. Davor stehen zwei Tassen mit dampfendem Inhalt. Cappuccino! Und ein Glas steht bereit, um mit Latte macchiato gefüllt zu werden.

Vielleicht hat Mark Nommsen vor, die Arbeiter beim Schuppen damit zu versorgen, wurde aber unterbrochen, weil es etwas zu klären gab. Er wird vermutlich jeden Moment zurück sein, wenn er keinen kalten Kaffee abliefern will.

Ich schlucke. Eigentlich ist es gar kein Einbruch, schließlich steht das Fenster offen. Und das ist gleichbedeutend mit einer Einladung. Quasi.

Ohne weiter zu überlegen, springe ich in die Küche. Mit drei Schritten bin ich am Ziel meiner Träume. Ich greife nach der ersten Tasse, auf der der Milchschaum zusammenzufallen beginnt. Ich kann nur einen kleinen Schluck trinken, weil ich so viel Spucke im Mund habe, dass kein Platz mehr ist.

»Ahhh!« Ich schließe die Augen und nehme den nächsten, dieses Mal großen Schluck. Fast kommen mir die Tränen. Es ist ein Cappuccino scuro – weniger Milch, dafür mehr Espresso. Für wen auch immer dieser Cappuccino bestimmt war, er trinkt ihn genau so, wie ich ihn liebe. Ich lege beide Hände um die Tasse und – ich schäme mich nicht dafür – *schütte* den Inhalt in mich hinein.

Mein erneutes »Ahhh!« nach dem letzten Schluck trifft auf ein ungläubiges »Ich fasse es nicht!«.

Vor Schreck fällt mir die leere Tasse aus den Händen und zerspringt dumpf klirrend auf den dunklen Dielenbrettern. Ich starre in Mark Nommsens sommerhimmelblaue Augen, in denen der Ausdruck von Überraschung verschwindet und etwas anderem Platz macht, das ich nicht benennen kann.

»Sie steigen *durch das Fenster* in *mein* Haus ein, um …«, sein Blick wandert vom Kaffeeautomaten zu den Scherben, »… um meinen Kaffee zu stehlen?«

Meine Wangen sind so heiß, dass ich damit die Temperatur im Raum um ein Grad erhöhe.

Seine Stimme trieft vor Spott, als er hinzufügt: »Kaffee, den Sie doch angeblich verabscheuen? So wie Schwester Henni?«

Die Raumtemperatur nimmt um ein weiteres Grad zu. Ich richte mich auf. Angriff ist immer noch die beste Verteidigung. »Ich … ich bin nicht durch das Fenster, sondern durch die Tür gekommen. Ich … ich wollte gucken, ob Sie heute nicht doch ein paar Minuten Zeit haben, um Biskuit anzuschauen. Sie … äh … maunzt merkwürdig. Aber Sie … äh … waren nicht da, und der Cappuccino roch so lecker, dass ich dachte, ich könnte mal wieder einen probieren. Nach langer, langer Zeit. Dafür muss ich mich natürlich entschuldigen. Also, Entschuldigung.« Ich lächle ein XXL-Lächeln.

Ich weiß nicht, ob ich mich freuen oder maßlos ärgern soll, als er schallend zu lachen beginnt. Er wirft dabei sogar den Kopf in den Nacken.

»Du bist so eine schamlose Lügnerin«, sagt er schließlich, nicht ohne einen Hauch Bewunderung.

»Ich lüge nicht.« Die Empörung in meiner Stimme überzeugt mich fast selbst von meiner Unschuld. »Und ich kann mich nicht erinnern, Ihnen das Du angeboten zu haben, Herr Nommsen.«

Er verschränkt die Arme vor der Brust – grinsend. »Erstens, wir sind jetzt Kollegen in der Theatergruppe. Und wir duzen uns alle, bis auf Schwester Henni. Und da möchtest du doch bestimmt nicht unangenehm auffallen, indem du mich siezt? Das würde Schwester Henni nicht gefallen. Und das willst du doch unter allen Umständen vermeiden. Das Nichtgefallen.«

Dieses Ekel! Am liebsten würde ich ihm sein Grinsen aus dem Gesicht meißeln.

»Und zweitens«, fährt er fort, »du *bist* eine Lügnerin. Ich habe dich gesehen. In der Schubkarre.«

Shit! Peinlicher geht es kaum noch. Vor Wut über mich selbst schießen mir die Tränen in die Augen. »Na, dann viel Spaß, wenn Sie jetzt zu Schwester Henni gehen und ihr sagen, dass ich sie angeschwindelt habe und Kaffee nicht verabscheue, sondern süchtig danach bin. Dann kriegen Sie Ihre dämliche Tierklinik, und mein Vater muss sich von seinem Traum verabschieden. Und Lambert wird schon irgendwo eine neue Stellung finden. Er ist ja erst Ende fünfzig. Da werden einem die Jobs hinterhergeschmissen.«

Er schüttelt den Kopf. »Du spielst doch besser, als ich dachte.« Er macht zwei Schritte auf mich zu. Sein lächelndes Gesicht ist so nah, dass ich sein Aftershave riechen kann, als er hinzufügt: »Ich glaube, es könnte doch was werden mit uns.«

Mir klappt der Mund auf. »Was … werden … mit uns?«

»Theatermäßig, Mrs. Hepburn, rein theatermäßig.«

»Theater…« Ich bin verwirrt. »Sie wollen tatsächlich, dass ich mitspiele? Sie werden mich nicht bei Schwester Henni verpetzen?« Ich fahre mit der Zunge über meine Lippen, weil er darauf starrt.

Er schluckt, dann geht er einen Schritt zurück. Das Grinsen ist wieder da. »Du glaubst doch nicht ernsthaft, dass ich mich damit lächerlich mache? Nach dem Motto: Ätschbätsch, Schwester Henni, ich weiß was. Die Stadtpflanze trinkt heimlich Kaffee. Das habe ich nicht nötig.« Er dreht sich um, öffnet eine Schranktür, nimmt einen Handfeger plus Schaufel heraus und fängt an die Scherben zusammenzufegen.

Das hat er nicht nötig? Das klingt nicht gut. Es klingt nach einem Trumpf, den ich nicht habe. Nun, ich werde nicht nachfragen. Stattdessen bücke ich mich zu ihm hinunter. »Das kann ich doch machen. Ist ja meine Schuld.«

Er hält beim Zusammenkehren inne und sieht mich an. »Zum Schuldbegleichen fällt mir bestimmt noch etwas Besseres ein.«

Die Farbe seiner Augen erinnert an das glitzernde Mittelmeer an einem Sommernachmittag. Ich bin einen Moment so vertieft darin, dass mir der Sinn seiner Worte erst Sekunden später dämmert. »Das ist Erpressung«, fauche ich und stehe auf. »Ich begleiche meine Schuld bei Ihnen sofort oder gar nicht.«

»Na, dann …« Er kommt hoch und macht wieder einen Schritt auf mich zu. Sein Kopf neigt sich zu meinem.

Ich schlucke, denn er starrt erneut auf meine Lippen. Wehe!

»… möchte ich«, er flüstert, »dass du sagst: Danke, lieber Mark.« Er zieht den Kopf zurück, verschränkt die Arme vor der Brust und grinst mich an.

Mir wird heiß, zum einen vor Wut auf ihn, weil er diesen saublöden Satz von mir hören will, und zum anderen vor Wut auf mich, weil ich tatsächlich einen Moment geglaubt habe, er würde mich küssen. Und das noch viel Erschreckendere daran ist, dass ich etwas spüre, das Enttäuschung sehr nahekommt.

Bin ich nicht ganz dicht? Er ist ein Ekelpaket. Allerdings ein Ekelpaket, das im Moment am längeren Hebel sitzt. Er könnte mich auffliegen lassen.

Ich atme tief durch. »Danke … Mark.«

Er klappt sein Ohr mit seiner rechten Hand zu mir. »Wie war das? Fehlte da nicht etwas?«

Tu's für Papa, Audrey. Tu's für Papa.

»Danke, *lieber* Mark.«

Weiterhin grinsend deutet er auf die zweite gefüllte Tasse neben dem Kaffeeautomaten. »Darf ich dir noch einen Cappuccino anbieten, Audrey?«

»Eher verrecke ich.« Erhobenen Hauptes marschiere ich aus der Küche.

»Die Eingangstür ist gerade durch«, schallt es hinter mir. »Und mach dir draußen keine Umstände, die Schubkarre räume ich weg.«

»Darf man in einem Pflegeheim eigentlich eine Katze halten?«, frage ich Moritz. Meine Augen sind auf Frido gerichtet, der neben mir auf dem kleinen geblümten Sofa im Foyer des Seeblick sitzt, nachdem wir im Hummersalon nett gefrühstückt haben. Biskuit hat sich auf dem kleinen Platz, den sein Schoß bietet, zusammengerollt und schläft. Bis vor zehn Minuten hat sie dauergeschnurrt, weil Frido sie gestreichelt hat. Dabei hat er ihr erzählt, dass er mit Aurora zum Nordlicht reisen will. Ich hätte weinen können. Jetzt ist Frido wieder im Unerreichbarland verschwunden.

»Natürlich nicht«, ist Moritz' Antwort, während sein Blick im Sekundentakt von Frido zu dem Zeichenblock auf seinem übergeschlagenen Bein wechselt. Der Kohlestift in seiner rechten Hand gleitet großzügig über die DIN-A3-Seiten. Wenn ich mich nicht täusche, hat er in der kurzen Zeit, in der wir hier sitzen, vier Skizzen angefertigt. »Die kacken doch überall hin. Und Katzenallergiker gibt es dort bestimmt auch zuhauf.« Er nimmt den Stift vom Papier, weil er sich schütteln muss.

»Blödsinn«, sage ich. »Katzen sind sehr saubere Tiere. Esthers Familie könnte ein Katzenklo in Fridos Zimmer aufstellen.«

Moritz schaut nicht auf, sondern zeichnet wie besessen. Ich liebe es, ihm dabei zuzusehen. So selbstvergessen, so ganz in sein Werk vertieft. Weniger gefällt mir seine Antwort. »Und wer soll das sauber machen, wenn der Feenfanatiker geistig durch Abwesenheit glänzt?«

»Er brauchte natürlich Hilfe. Wenn die Familie das nicht leisten kann, muss man eine Hilfe bezahlen.«

Moritz sieht auf. Er lächelt milde. »Nimm die rosarote Brille ab, Audrey. Unsere Familie könnte sich das vielleicht leisten, aber Otto Normalverbraucher nicht. Vermutlich gibt es sogar irgendwo Heime, wo das erlaubt ist, aber die kann man bestimmt an einer Hand abzählen. An der Hand eines Tischlers, der sich zwei Finger abgesägt hat.«

»Ja, ich hab's verstanden«, murmle ich und fasse nach Fridos Hand. So einfach, wie ich es mir vorstelle, ist es wahrscheinlich wirklich nicht. Nicht jeder Heimbewohner mag Tiere. Und Katzen sind schnell einmal durch die Tür entwischt. Und sie müssen gefüttert und zum Tierarzt gebracht werden. Einkäufe müssen getätigt werden: Futter, Katzenstreu, Bälle, Spielmäuse, Laserpointer. Gut, auf den Laserpointer kann man natürlich verzichten – Jasper liebt es, Biskuit damit durch die Wohnung zu jagen. »Wir müssen gleich los«, sage ich mit Blick auf die Wanduhr. Ich greife nach Biskuit, um sie in mein Zimmer zu bringen. Frido lässt es teilnahmslos geschehen. »Soll ich deinen Block auch mit raufnehmen?«

Er drückt ihn mir mitsamt dem Stift in die freie Hand. Oben angekommen, hocke ich mich auf das Bett und blättere durch die zum Teil unfertigen Skizzen. Zärtlich gleiten meine Finger über eine Zeichnung von Fridos Gesicht, auf der er eindeutig da ist. Auf den Punkt genau hat Moritz das stille Lächeln eingefangen. Und das Licht der Lebendigkeit in Fridos graublauen Augen.

Moritz ist ein so wahnsinnig guter Porträtzeichner. Warum nutzt er diese Gabe nur so selten? Warum müssen es immer diese düsteren surrealistischen Bilder sein? Eines seiner letzten Werke, das ich gesehen habe, stellte mich dar – als Braut. Ich trug ein schwarzes Kleid mit Fransen, die sich als Würmer um mich herum in den Boden gruben. Mein Kopf war ein Kochtopf, in dem eine ominöse Suppe am Überkochen war. In der erhobenen rechten Hand hielt ich einen viel zu kleinen Deckel, den ich im Begriff war darüberzustülpen. Neben mir kläffte ein hässlicher Bullterrier, der einen Äskulapstab in Knochenform in seinem Maul hatte. Ich kann nur hoffen, dass er uns das Bild nicht zur Hochzeit schenkt.

Ich blättere weiter und sehe mich. Ich bin ja schon dankbar, dass mein Kopf kein Suppentopf ist, aber trotzdem hat Moritz sich völlig vertan. Ich werde wohl kaum so verträumt aus der Wäsche geguckt haben, schließlich galten meine Gedanken, wenn ich nicht gerade mit Frido gesprochen habe, dem scheußlichen Mark Nommsen. Schnell blättere ich um und sehe noch einmal Frido ohne das Licht in seinen Augen. Moritz hat die Stille in Frido gekonnt eingefangen. Es sieht aus, als hätten die Feen in Fridos Kopf den Lichtschalter gedrückt und alles verdunkelt.

Seufzend springe ich auf. Es wird Zeit zu gehen, um Esther in Empfang zu nehmen. Frido ist zwar ein recht flotter Läufer, aber es ist doch ein gutes Stück Weg zurückzulegen.

»Der Zug hat Verspätung«, murrt Moritz und schaut auf seine Armbanduhr.

Wir stehen am Fähranleger und warten auf Esther, die in Niebüll den Zug nach Dagebüll genommen hat und jeden Moment ankommen muss. Frido hat nach dem Marsch noch genug Energie, um neben mir auf und ab zu tippeln. Er hat ja auch ausgiebig gefrühstückt.

»Der Zug wird jeden Moment eintreffen, schließlich bringt er die Urlauber, die mit der Fähre auf die Insel fahren wollen.« Ich deute auf die *Nordfriesland,* eine weiße Fähre der Wyker Dampfschiffsreederei, die vor zehn Minuten angelegt hat und gleich wieder ablegen wird.

Moritz grunzt nur. Er hat genug damit zu tun, dem Touristenstrom auszuweichen, der die Fähre verlässt. Pärchen, Rucksacktouristen mit und ohne Fahrrad, Senioren mit Sommerhütchen und junge Familien mit nicht schulpflichtigen Kindern kommen schwatzend vom Schiff. Das Rattern und Rasseln der hinterhergezogenen Reisetaschen und Koffer liegt in der Luft.

»Komm, Frido.« Ich schnappe mir seine Hand und ziehe ihn zu einer der Bänke, weil das Gedränge stärker wird. Eine Unmenge von Menschen, denen die Urlaubsfreude in den Gesichtern geschrieben steht, warten darauf, die Fähre entern zu dürfen, um die Insel Föhr für zwei, drei Wochen zu erobern. Sie lauern darauf, dass die letzten abreisenden Passagiere die Gangway zum Schiff frei machen. »Setz dich dahin. Da kannst du dir das schöne Schiff anschauen.« Ich drücke Frido sacht auf die hölzerne Sitzfläche. Er nickt, obwohl ich nicht sicher bin, ob er verstanden hat, was ich sage.

Moritz hustet am Bahnsteig. »Hast du ein Papiertaschentuch?«, ruft er mir zu.

Ich durchwühle meine Handtasche und drücke ihm ein Päckchen in die Hand. Er fummelt ein Tuch heraus und presst es auf seinen Mund. Ich habe ihm verboten, den Mundschutz anzulegen, weil er damit zu sehr auffällt. Und Aufmerksamkeit ist das Letzte, was wir momentan gebrauchen können. Ich deute auf die Urlauber. »Die kommen von einer Urlaubsinsel und nicht aus einer Leprakolonie.«

»Der Porsche wurde von der Vertragswerkstatt abgeholt«, sagt Moritz zusammenhanglos, während er sich den Hals verrenkt, um durch die Stöpe im Deich zu gucken, in der der Zug gleich auftauchen muss. »Hoffentlich reparieren die den Schaden zügig.«

Ich antworte nicht, weil meine Gedanken mit Wichtigerem beschäftigt sind. Welche Rolle in *Manche mögen's heiß* werde ich spielen? Ich hatte gehofft, dass Schwester Henni mir diese Frage beim Frühstück beantworten würde, doch laut Lambert war sie bereits zu einem Krankenbesuch aufgebrochen.

War sie bei dieser Nicki? Die, deren Rolle ich übernehmen soll? In mir breitet sich ein Kribbeln aus. Hatte sie die Rolle der Sugar? Werde ich in Marilyn Monroes sündige Haut schlüpfen dürfen? Eine andere Möglichkeit ist natürlich, dass Nicki die Dirigentin der Damenband gespielt hat, was sehr langweilig wäre, weil sie kaum Text hat. Aber damit erschöpfen sich die weiblichen Rollen im Film bereits, von der Band mal abgesehen, in der vielleicht zehn, zwölf Frauen spielen.

Aber wenn ich die Rolle der Dirigentin oder eines der Mädchen übernehmen müsste, hätte Mark Nommsen nicht so große Zweifel gehabt, ob ich es schaffen würde, meinen Text zu lernen. Nur Marilyn hat viel Text. Meine Hand legt sich automatisch auf meine Brust, die unter der Jacke nicht auszumachen ist. Ich muss mir, wenn wir heute Nachmittag für Frido shoppen gehen, unbedingt einen neuen Push-up kaufen. Einen … einen … Ich seufze. Es müsste schon ein Zauber-Push-up sein, denn kein Push-up der Welt macht aus einer Gerade-mal-so-eben-mit-Auge-zukneifen-Körbchengröße B einen Marilyn-Monroe-Busen.

Meine Seufzer animieren auch Moritz, als ob *er* meine Probleme hätte.

Ich bin froh, als der Zug einfährt, und noch froher, als Esther als eine der Letzten aussteigt. Aus Dagebüll Abreisende steigen bereits wieder ein. Ich winke ihr zu, damit sie mich in dem Menschenpulk sieht.

»Hi ihr!«, ruft sie und kommt strahlend auf uns zu. Sie lässt die Discountertüte mit Fridos Sachen einfach fallen, umarmt mich und drückt mir ein Küsschen auf die Wange. Vor Moritz bleibt sie stehen und mustert ihn kurz. »Wow, ohne deinen megapeinlichen Mundschutz siehst du richtig gut aus, Mo. Und dein Matschauge schwillt ab, und es wird immer bunter. Hübsch. Kannst du schon besser gucken?« Sie wartet die Antwort nicht ab, sondern schlingt ihre Arme um seinen Hals und drückt ihm ebenfalls einen Kuss auf die Wange. »Danke noch mal für alles. Das war ja ein endgeiles Hotel auf Sylt. Ich konnte beim Frühstücksbüfett gar nicht aufhören zu futtern. Das hätte Opa auch gefallen.« Ihr Blick gleitet suchend über unsere Schultern. »Wo ist er?«

Moritz wischt mit dem Taschentuch über die geküsste Wange. »Ich heiße Moritz. Ist das so schwer zu kapieren?«

»Mo ist doch schon mal besser als Motz«, tröste ich ihn grinsend und deute mit dem Finger zu den Bänken. »Frido sitzt dort …«, mein Kopf ruckt hektisch hin und her, »… nicht! Frido?« Er ist nicht zu sehen. »Frido!« Laut rufend drängle ich mich durch eine Schulklasse, die auf die Fähre will.

Neben mir ruft Esther hektisch: »Opa? Frido! Frido!«

Ich laufe zum Shuttlebus, in den gerade die Urlauber einsteigen, die zu ihren auf dem riesigen Inselparkplatz abgestellten Wagen wollen. Ist er hier eingestiegen? Ich laufe von Fenster zu Fenster, aber von Frido keine Spur.

Esther rennt zum Zug und steigt in den ersten Waggon ein.

»Sag dem Schaffner Bescheid, dass er noch warten muss«, fauche ich Moritz an, der tatenlos rumsteht. »Esther muss schnell die Waggons nach Frido abgrasen.«

»Was Besseres könnte uns doch gar nicht passieren.« Sein hoffnungsvoller Blick liegt auf dem Zugbegleiter, der die Pfeife bereits im Mund hat und jede Sekunde zur Abfahrt pfeifen wird. »So sind wir beide auf unkomplizierte Weise los.« Aber zu seinem Glück setzt er sich dann doch in Bewegung. Ich drehe mich wieder um und lasse meinen Blick über den Anleger schweifen. Die Autos sind mittlerweile den Fußgängern auf die Fähre gefolgt. Der Shuttlebus ist abgefahren und der Platz übersichtlich geworden. Frido bleibt verschwunden.

»Audrey!« Esthers Stimme erklingt hinter mir.

Hoffnungsvoll drehe ich mich um. Hat sie Frido im Zug entdeckt? Doch sie kommt allein auf mich zu. Allerdings sieht sie nicht mich an, sondern starrt auf die Fähre. Ihr Finger zeigt auf die *Nordfriesland*.

»Audrey, sieh doch nur! Das … das ist doch Opa da oben! Scheiße!« Sie rennt schreiend Richtung Fähre. »Opa! Fridooo!«

Mir wird schlecht. Frido steht an der Reling auf dem Oberdeck. Wie um alles in der Welt ist er dahin gekommen? Ich beantworte mir die Frage gleich selbst. In dem Pulk der auf die Fähre strömenden Familien ist er wahrscheinlich als ein vermeintlich Angehöriger mit durchgewunken worden.

Esther diskutiert bereits mit dem Fahrkartenkontrolleur, der skeptisch guckt.

»Wir müssen an Bord«, mache ich die Angelegenheit mit Flehblick dringend, als ich dazukomme. »Unser Opa ist versehentlich mit an Bord gelaufen. Wir holen ihn nur schnell runter.«

Esther verdreht die Augen. Und ich erfahre auch sofort, warum, denn die Augenbrauen des Kontrolleurs ziehen sich wie Gewitterwolken zusammen. »Ja, was denn nun? Sie sagt«, er deutet auf Esther, »sie hat ihren Koffer vergessen und will ihn noch von Bord holen, und Sie behaupten jetzt, Sie wollen Ihren Opa holen?«

Shit! Gedankennotiz Audrey: Wenn mehrere Menschen etwas zu verbergen haben, sollten sie sich bei ihrer Lügerei zumindest untereinander absprechen.

Ich strahle den Kontrolleur an. »Ja … äh … unser Opa ist ja am Koffer dran. Quasi. Wir haben *beide* vergessen, quasi.«

Die Gewitterwolkenaugenbrauen entspannen sich nicht. »Wir legen in einer Minute ab. Wenn Sie also mit nach Föhr rüberwollen, sollten Sie sich da drüben«, er deutet zu einem Fahrkartenautomaten am Anleger, »umgehend ein Fahrticket kaufen wie alle anderen auch. Und die faulen Ausreden zum Schwarzfahren sollten Sie beide noch üben. *Quasi.*«

»Was ist los?«, fragt Moritz, der uns in aller Ruhe gefolgt ist.

»Ach, noch einer«, sagt der Kontrolleur, Moritz' lädiertes Gesicht skeptisch musternd. »Haben Sie auch noch was vergessen? Ihren Hund vielleicht?«

Ich zerre mein Portemonnaie aus meiner Tasche und drücke Esther ein paar Geldscheine in die Hand. »Du holst jetzt drei

Fahrscheine«, sage ich im Befehlston, voller Angst, dass Frido jeden Moment mit der Fähre davonschippert.

Nickend stürmt sie los.

»Und du«, ich ändere meinen Ton, weil ich befürchte, dass Moritz sonst auf stur schaltet, »du gehst bitte zurück und sagst Schwester Henni, dass ich pünktlich zur Probe da sein werde. Ich fahre mit Esther und Frido mit der Fähre rüber nach Föhr.«

»Was?« Moritz sieht mich entgeistert an. »Wieso das denn?«

»Wir müssen Frido doch sowieso einkleiden. Das können wir auch auf der Insel erledigen. Mit einer der nächsten Fähren kommen wir zurück. Und, bitte, bitte, Moritz, geh zu Mark Nommsen und lass dir die kaputten Bühnenbilder zeigen, damit du weißt, was du zu machen hast. Ich möchte wirklich nicht, dass Papa unseretwegen das Hotel nicht bekommt. Wir haben ihm so viel zu verdanken. Ich möchte einmal etwas zurückgeben.«

»Pff.« Moritz tippt sich mit dem Finger an die Stirn. »Ich hab ihm gar nichts zu verdanken.«

Ich schlucke hinunter, was mir auf der Zunge liegt, um die Situation nicht eskalieren zu lassen. Moritz darf niemals erfahren, dass sein vermeintlicher Erfolg als Künstler größtenteils auf einer Lüge basiert.

Für Papa sind alle Künstler Spinner. Zumindest alle Maler. Er hat keinen Blick für die Dramaturgie eines Rubens oder die wundervollen Farben der Bilder Monets. Einzig Spitzwegs *Armer Poet* findet Gnade in seinen Augen, weil es sein Künstler-Weltbild widerspiegelt. Es tut ihm weh, dass ausgerechnet sein Fleisch und Blut so ein Spinner ist.

Gut, ich kann mich für Moritz' Werke auch nicht begeistern, aber ich bewundere ihn für seine Ausdauer, sich im Malen seiner düsteren Bilder zu verlieren. Über Beziehungen unseres Vaters zustande kommende Vernissagen locken zwar immer einige Interessierte an, aber zu Käufen kommt es höchst selten. Was ich verstehen kann. Nicht mal Satan persönlich würde sich Moritz' Apokalypse-Pinseleien in die Hölle hängen.

Da Moritz sich seit Jahren konstant weigert, Geld von Papa anzunehmen – diese Tatsache lässt mich immer wieder zweifeln, dass Moritz wirklich mein Zwilling ist –, sieht dieser sich gezwungen, ihm auf anderem Wege zu einem in seinen Augen annehmbaren Lebensstil zu verhelfen. Er kauft Moritz' Bilder über Mittelsmänner. Und so glaubt mein lieber Bruder, dass er sich das tolle Loft im Frankfurter Szeneviertel Monat für Monat ermalt. Und seine Freundin Miriam, die sich mit einer mehr schlecht als recht laufenden Galerie über Wasser hält, aalt sich zu gleichen Teilen in seinem vermeintlichen Erfolg und Papas Bildergeld.

»Moritz, bitte.« Ich greife nach seiner Hand. »Bitte.«

Wir sehen uns in die Augen, und dann sagt er: »Okay, ich mach es für dich, Audrey.« Anschließend dreht er sich um und geht.

Ich schlucke. Moritz hat mir gerade einen Ball zugeworfen, der sehr lange verschwunden war.

»Komm, Audrey!« Esther ist zurück und drückt mir das Restgeld in die Hand. Die Tickets hält sie dem Kontrolleur hin, der uns kopfschüttelnd durchwinkt.

Wir sind noch nicht einmal auf dem Oberdeck, als die *Nordfriesland* ablegt. Esther rennt vor mir die stählerne Treppe hinauf. »Frido!« Pure Erleichterung klingt durch ihre Stimme, als wir ihn an der Reling erspähen.

»Aurora?« Er mustert Esther unsicher, als wir durchatmend neben ihm stehen.

Sie umarmt ihn. »Es ist alles gut, Frido. Wir machen jetzt eine kleine Schiffstour. Das magst du doch?«

Er nickt, hört aber nicht auf, sie zu mustern. »Wo sind die Kinder?«

Esthers Unwohlsein ist ihr an der Nasenspitze anzusehen. »Anke und Jochen sind zu Hause.«

Er nickt. »In Göttingen.« Dann wird er wieder unsicher. »Wir wohnen doch in Göttingen?« Als Esther »Ja, Frido« sagt, ist er zufrieden. »Anke und Jochen sind in Göttingen«, murmelt er vor sich hin.

»Und wir machen jetzt diese schöne Schiffsfahrt, Frido.« Sie küsst ihn auf die Wange.

»Zum Nordkap«, sagt Frido noch zufriedener und lässt seinen Blick schweifen. »Schön ist es hier am Nordkap.«

Esther verzichtet darauf, ihn zu korrigieren. Ich nicke ihr lächelnd zu. Warum ihn noch mehr verunsichern? Frido gefällt es im Hier und Jetzt, und das ist wunderbar.

»Möwen!«, ruft Frido aus und deutet auf die schreienden Vögel, die die Fähre, die abgelegt hat, begleiten. »Schöne Vögel.« Mit wachen Augen und einem glücklichen Lächeln verfolgt er die Bahnen der Möwen am Himmel und ihre Manöver, bevor sie sich auf den Aufbauten niederlassen.

»Ja«, erwidert Esther leise und legt ihren Arm um Fridos schmächtige Schultern, die in Johann Morgenroths Wolljacke versinken. Ich musste ihm die Ärmel heute Morgen aufkrempeln, doch wenigstens ist Frido jetzt sauber gekleidet. Aber nicht warm genug. Hier oben ist der Wind deutlich spürbar. Ich bitte Esther, ihm die Jacke aus seiner Tüte anzuziehen. Als er sie schließlich trägt, beschließe ich, ihm als Erstes eine dick gefütterte Jacke zu kaufen, damit er auch für die Nordkap-Kälte gerüstet ist. Die Jacke, die er jetzt trägt, würde meine Stiefmutter »Übergangsjacke« nennen. Ein Wort, bei dem es mich immer schüttelt. Ich habe einige Schüttelwörter: Schlüpfer, Brotaufstrich, Badeanstalt und Arbeitsmoral, Papas Lieblingswort.

Wir lehnen alle drei an der Reling, lassen uns schweigend den Wind um die Nase wehen und lauschen den Vögeln. Trotz der vielen Menschen an Deck ist es ruhig. Nur zwei Kinder toben durch die Sitzbänke. Alle anderen haben sich wie wir bereits verzaubern lassen – von dem Blick auf die Warften der Hallig Langeneß und die noch entfernte Insel Föhr, von den Schreien der Möwen, vom Rauschen des Wassers, das am Bug der Fähre bricht und sich fächerartig ausbreitet.

Frido schließt die Augen und lächelt. Esther und ich schauen ihn an, und ich glaube, sie denkt das Gleiche wie ich – dass er in diesem Moment wunschlos glücklich ist. Und seine nächsten Worte bestätigen das.

»Ist das schön. Der Wind auf der Haut … so schön …« Er öffnet die Augen und sieht Esther an. Fast erstaunt sagt er mit seiner kratzigen Stimme: »Ich bin lebendig.«

Ich sehe, dass sie Tränen hinunterschlucken muss, aber gleichzeitig strahlen ihre Augen. »Wenn du das spürst, Frido, dann hat sich unsere Reise jetzt schon gelohnt.«

Eine Erkenntnis, die einmal mehr von Esthers Reife zeugt, bei aller Flapsigkeit, die sie sonst an den Tag legt.

»Seehunde!«, ruft ein Mann ein Stück entfernt von mir. Er deutet auf eine Sandbank und drückt seinem Sohn ein Fernglas in die Hand.

Wir starren zu dem länglichen, ebenen Fleck in der Ferne, aber außer zwei eher eingebildeten dunklen Punkten ist darauf mit bloßem Auge nichts zu erkennen. Nach ein paar Minuten bittet Esther das Kind um das Fernglas und stößt begeisterte Fieplaute aus, als sie die Sandbank im Visier hat.

»Guck mal, Op… Frido«, verbessert sie sich schnell und will Frido das Fernglas an die Augen halten, aber sie stoppt in der Bewegung. »Ach, Opa.« Traurig nimmt sie Fridos Hand. Ein Blick auf ihn verrät, dass die Feen ihn mal wieder unter ihre Fittiche genommen haben. Er stiert auf das Wasser.

»Komm.« Esther gibt dem Jungen das Fernglas zurück und

führt Frido zu den mittleren Sitzbänken auf dem Deck. Sie streicht über seine Wange und stellt sich wieder neben mich an die Reling. »Er tut mir so leid. Hast du gemerkt, wie er mich angeguckt hat, als wir auf die Fähre kamen? Manchmal, in besonders lichten Momenten, glaubt er nicht, dass ich Aurora bin. Er kann dann nicht begreifen, dass ich so jung bin.« Esther sieht mich an. »Er hinterfragt es aber auch nicht, weil es ihm wohl Angst macht. Wir haben ihm natürlich erklärt, was mit ihm passiert ist, wieder und wieder, aber er will diese Antworten nicht hören. Meine Eltern hatten ihm ein Fotoalbum über die Jahrzehnte, die ihm in der Erinnerung fehlen, gemacht, mit ganz viel Text und Erklärungen. Aber immer, wenn sie es gemeinsam mit ihm angeschaut haben, hat er geweint. Allein hat er es wohl nie durchgeblättert. Meine Mutter hat es entweder im Schrank unter seinen Klamotten oder unter dem Bett gefunden. Es waren auch viele Fotos von mir und ihm dabei: Wie ich auf seinem Rücken durch das Wohnzimmer reite, wie wir zusammen Bilderbücher ansehen oder Memory spielen. Und …«, ihre Stimme bricht, »von dem Baumhaus, das er mir gebaut hat.«

Ich lege meinen Arm um sie und küsse sie sanft auf die Wange, wo sich zwei Tränen auf den Weg gemacht haben. Ich schmecke ihr Salz auf meinen Lippen. »Wein ruhig«, sage ich leise. Wenn jemand weinen darf, dann sie.

Doch sie wischt energisch mit den Handrücken über ihre Wangen. »Geht schon.«

»Hat Frido denn Erinnerungen an die Zeit nach der Gehirnblutung?«, frage ich vorsichtig.

»Ja, schon, er spricht auch manchmal von dem Heim und Angela, seiner Lieblingspflegerin, und so, aber immer, wenn er aus der Feenwelt zurückkommt, hält er sich für den fünfzigjährigen Frido. Die dreißig Jahre danach sind schwarz in seinem Kopf.«

Ich starre auf die Wellen. Mehr als ein Drittel seines Lebens sind ausgelöscht. Dreißig Jahre buntes, pralles Leben mit Lachen und Weinen, Glück und Kummer. Weg. Einfach weg. Esther hat das Wort schwarz richtig gewählt.

Was wäre, wenn ich morgen aufwache, und mir fehlt das letzte Drittel meines Lebens? Statt sechs gäbe es nur einen abgebrochenen Studiengang. Okay, das wäre nicht wirklich tragisch. Doch Jasper wäre ein Fremder für mich. Ein fremder Mann würde mich besuchen, vielleicht streicheln oder sogar küssen wollen. Unsere Hochzeit würde abgeblasen werden. Ich müsste ihn neu kennenlernen. Und natürlich würde ich mich wieder in ihn verlieben. Oder nicht? Ich würde mich schließlich wie zweiundzwanzig fühlen und nicht wie zweiunddreißig. Vielleicht könnte ich den – zumindest eingebildet – so viel älteren Jasper gar nicht mehr lieben. Und wie würde ich mich selbst im Spiegel betrachten? Die zehn Jahre Hautunterschied könnte ich nicht leugnen. Wie muss es da erst Frido gehen, wenn er sich im Spiegel betrachtet? Jeder Tag, jeder Blick in den Spiegel konfrontiert ihn mit seiner Vergangenheit, mit einem Schwarz, das ihn zerreißt, wenn er sich ihm hingibt und zu ergründen versucht. Ich kann verstehen, dass sein Geist das verhindern will und er sich gegen gutgemeinte Erklärungen wehrt. Das ist wahrscheinlich die einzige Möglichkeit, das Leben zu ertragen.

Esther räuspert sich und macht ihre Schultern gerade. Sie möchte einen Themenwechsel, das spüre ich. Und ihre nächsten Worte bestätigen das.

»Cool, hier kann man ja noch richtig braun werden.« Sie greift ihren Kapuzenpulli und zieht ihn über den Kopf und legt dabei ein Schlangen-Tattoo an ihrem linken Oberarm frei. »Ein mega September. Und für Opa und mich geiles Reisewetter.« Sie sieht in den Himmel. »Vielleicht sorgt Oma ja dafür, dass die Sonne scheint, weil sie es toll findet, dass Frido auf dem Weg zum Nordkap ist.«

Ich habe erhebliche Zweifel, dass Petrus Esthers Oma eine Praktikantenstelle angeboten hat, aber das werde ich Esther nicht sagen. Schließlich hat mir selbst die Vorstellung, dass Mama vom Himmel aus meine Geschicke lenken kann, über unendlich viel Traurigkeit und etliche Tiefpunkte hinweggeholfen.

»Du bist ein ganz wunderbares Mädchen«, sage ich stattdessen, »aber …« Ich lasse das Aber in der Luft hängen, bis sie ihr Gesicht, das sie in die Sonne hält, mir wieder zuwendet. »… ich kann nicht zulassen, dass du mit Frido weiter durch die Länder trampst. Er hat nicht deine Kraft, Esther. Er ist ein alter Mann und ist diesem Stress nicht gewachsen. Und du möchtest doch nicht, dass er auf eurer Tour zusammenbricht?«

Esthers Gesichtsausdruck hat sich bei meinen Worten verändert. Ihre Augen funkeln, während sie einen Schritt von mir zurücktritt. »Ich weiß selbst, dass er alt und nicht fit ist. Aber ich zieh das jetzt durch. Mit ihm! Weil ich nämlich eins noch besser weiß …« Tränen ersticken ihre Stimme erneut, »dass er lieber im Nordkap-Schnee sterben soll, in meinen Armen, als irgendwann im Heim, völlig weggetreten und an irgendwelche mistigen Maschinen angeschlossen.«

»Mal abgesehen davon, Esther, das zwischen diesen beiden Extremen für Frido noch andere, durchaus friedliche Möglichkeiten bestehen, wenn er einmal seine Augen schließt, habe ich ja nicht gesagt, dass ihr nicht zum Nordkap reisen sollt.« Ich lächle ein Lächeln, das vermutlich mütterlich ausfällt, weil ich mich gerade so fühle. Es wäre schön, wenn ich einmal eine so toughe Tochter hätte. Allerdings würde sich bei Jaspers und meiner Tochter keine schwarze Natter um den Oberarm schlängeln. Jasper hasst Tätowierungen und würde unser Kind betäuben und eine Hauttransplantation vornehmen, sollte es sich jemals ungefragt tätowieren lassen. Ich würde ja einen Schmetterling gestatten. Oder vielleicht ein Herz mit einem A und einem P? Ja, das wäre schön. Audrey und Paula. Paula ist momentan mein Favorit bei den Mädchennamen. Hauptsache, es wird kein Junge, denn Jasper möchte, dass unser Sohn Robert heißt wie sein Großvater, den er sehr verehrt hat. Aber ich habe leider nicht Jaspers Bild eines Robert vor Augen, sondern das von RTL II. Carmen Geiss plärrt durch mein Hirn: Robärrrt!

»Nicht?«, reißt Esther mich aus meinen Hirngespinsten. Sie sieht mich mit weit aufgerissenen Augen an. »Wie meinst du das?«

»Ich möchte dein Vorhaben weiter unterstützen, weil ich dich für deinen Mut bewundere.« Mein Blick wandert zu Frido, der starr auf der Bank sitzt. »Und weil ich – jetzt, wo ich Frido kennengelernt habe – auch unbedingt möchte, dass er zu seinem Nordlicht kommt. Und darum werde ich eine Möglichkeit finden, euch dorthin zu bringen. Unkompliziert und stressfrei.«

»Echt?« Esther strahlt mich an. »Das ist endkrass.« Sie fällt mir um den Hals und schmatzt mir dicke Küsse auf die Wangen.

Ich greife nach ihren Oberarmen. »Allerdings ist eine Bedingung daran gebunden. Wir müssen noch eine Woche hier in Dagebüll bleiben. Und erst dann geht es zum Nordkap.«

»Was?« Ihre Freude erlischt abrupt. »Aber … aber das geht doch nicht.«

»Diese Woche würdet ihr auch brauchen, wenn ihr per Autostopp weiterreist. Und die Wahrscheinlichkeit, dass die Polizei euch dabei auflesen würde, ist nicht gering.«

»Aber hier schnappen die uns auch. Wir können nicht so lange an einem Ort bleiben.«

»Und ob ihr das könnt«, sage ich bestimmt. Schließlich habe ich mir die halbe Nacht den Kopf darüber zerbrochen und einen fast genialen Plan entwickelt. »Zuallererst müssen wir deine Eltern beruhigen, die vor Angst bestimmt schon wahnsinnig werden«, fahre ich mit meiner Ich-dulde-keine-Widerworte-Stimme fort.

Esthers Gesichtsausdruck verändert sich. Jetzt sieht sie aus wie eine trotzige Dreizehnjährige. »Ich hab hundertmal vorgeschlagen, dass wir alle zusammen nach Norwegen fliegen, aber das wollten Mama und Papa ja nicht. Weil das für Opa zu anstrengend ist. Dann können die jetzt ruhig mal ein paar Tage sauer sein. Selbst schuld. Und mein Handy hab ich sowieso zu Hause gelassen, weil die Polizei mich damit orten kann. Kenn ich aus dem Fernsehen.«

»Damit ist eines der größten Probleme gelöst«, sage ich fröhlich. Esther guckt die richtigen Filme. »Denn ansonsten hätte ich es dir aus genau dem Grund weggenommen. Aber ich möchte, dass du heute sieben Postkarten schreibst. Und die werden deine Eltern dann bekommen. Jeden Tag eine.«

»Aber der Poststempel wird verraten, dass wir hier irgendwo sind.«

Ich bin richtig stolz auf Esther.

»Sie werden die Karten aus Norwegen bekommen, weil wir diese Karten, wenn du sie geschrieben hast, einem Freund von Moritz in Norwegen schicken. Per Express-Versand, damit es keine unnötigen Verzögerungen gibt. Und der steckt sie da Tag für Tag in den Postkasten. Und so wird die Polizei ihren Fokus nicht mehr auf Deutschland lenken. Alle werden denken, dass ihr schon in Norwegen seid.« Ich frage mich, wie intergalaktisch genial sich 007 bei seinen Aktionen fühlen muss, wenn ich mich bei diesem kleinen Trick schon meisterhaft fühle.

»Krass.« Esther nickt anerkennend. »Und cool von Mos Kumpel, dass der das mitmacht.«

Durch diesen Punkt ist mein Plan eben nur *fast* genial. »Sander hat damit kein Problem«, sage ich im Brustton der Überzeugung, weil es wirklich so sein wird. Sander Endersson ist ein durchgeknallter Künstler, der keine Fragen stellen wird, wenn Moritz ihn um diesen Gefallen bittet. Die Frage ist, ob Moritz ihn darum bitten wird, denn der weiß noch nichts von seinem Glück.

»Und wie kommen wir dann nach dieser Woche zum Nordkap?« Esther ist schon einen Schritt weiter. »Fliegen kommt nicht in Frage. Die würden uns gleich einkassieren. Wie stellst du dir das also vor? Fährst du uns mit dem Porsche?«

Ich schlucke. *Fast* genial eben nur. »Da gibt es nur noch eine Kleinigkeit zu klären«, sage ich leichthin, als wäre nur eine Kleinigkeit zu klären. Dabei habe ich noch keine Ahnung, wie ich die beiden an das Ziel ihrer Träume schaffe, ohne durch Polizei oder Passkontrollen aufzufliegen. Aber da wird mir schon etwas einfallen.

Fridos herzhaftes Lachen ist so ansteckend, dass Esther und ich mitlachen, vor Freude über das Glück, das er gerade empfindet. Hervorgerufen durch zwei Jungen, die auf der Wyker Seebrücke Wollhandkrabben aus der Nordsee fischen, mit einer einfachen Schnur, an die sie eine zuvor mitleidlos plattgetretene Miesmuschel binden und ins Wasser halten. Im Dreiminutentakt ziehen sie eine der Krabben aus dem Meer, und ihre Begeisterungsrufe über jeden Fang, der in ihren bunten Plastikeimern landet, erfreuen Frido. Er hat ihnen sogar gesagt, dass sie sich nicht in die Nase beißen lassen sollen.

In Esthers Gesicht erkenne ich neben der Freude über Fridos Lebhaftigkeit auch eine stille Trauer, die sich in ihren Augen widerspiegelt. Sie vermisst es, als Enkelin wahrgenommen zu werden, ein Schmerz, den ihr niemand nehmen kann.

Ich räuspere mich und schaue auf meine Armbanduhr. »Eine halbe Stunde haben wir noch, bevor die Fähre zurückfährt. Genießen wir sie.« Ich trinke den letzten Schluck Kaffee aus dem Coffee-to-go-Becher, stopfe ihn in die Tüte zu den leer gefutterten Pizzapappen des Pizza King und greife nach meinem zweiten Becher, der seinen aromatischen Duft neben mir verströmt. Wir sitzen auf einer der Holzbänke auf der Seebrücke, genau wie ein Dutzend weitere Touristen, und lassen uns die Sonne ins Gesicht scheinen. Der Blick nach rechts auf den Strand mit seinen bunten Strandkörben und der bevölkerten Wyker Promenade lässt entspannte Urlaubsstimmung aufkommen, während das schimmernde Meer in sanften Wellen neben und unter uns rauscht. Die Flut ist so hoch, dass das Wasser der Wellen zeitweise durch die Brückenbohlen spritzt.

Wir schauen einem Motorschiff mit dem Namen Rüm-Hart nach. Soweit es von hier aus zu erkennen ist, ist es mit großen und kleinen Piraten bevölkert. Jetzt erklingt das Signalhorn der Rüm-Hart, und sie gehen auf Enterkurs auf eine von Amrum kommende weiße Fähre. Eine schöne Touri-Aktion für Kinder, auch wenn die Enteraktion an dem erheblichen Sicherheitsabstand, der zur Fähre gehalten werden muss, scheitert. Es scheint die Fähre zu sein, mit der wir gleich zurück nach Dagebüll fahren, bepackt mit Tüten, in denen sich Fridos Kleidung befindet, die wir in den Geschäften am Wyker Sandwall gekauft haben. Einen Strickpullover, ein Hemd, Schal und Mütze, eine senfgelbe Winterjacke mit Fellkragen – künstliches Fell, wie mir die Verkäuferin auf meine Nachfrage versichert hat. Meinetwegen sollen schließlich in Asien keine Katze und kein Hund sterben. Allein die Vorstellung, Biskuit würde als Kragen enden …

Ein Paar mollig warme Winterstiefel habe ich Frido auch spendiert, denn am Nordkap wird es kalt sein, auch wenn noch kein Schnee liegt. Für die Stiefelsuche haben wir am längsten gebraucht, weil Frido im Schuhgeschäft geistig da war. Er hat jeden Stiefel, den der junge Verkäufer ihm reichte, genauestens begutachtet und sein Urteil rücksichtslos kundgetan. Von »Mit dem Ding kann man höchstens Nägel in Bretter schlagen!« bis zu »Da drin sterben einem ja die Füße ab!« war alles dabei. Gnade vor seinen fachmännischen Augen fand schließlich ein weicher brauner Lederstiefel zum Binden, der nicht einmal zu den teuersten Exemplaren gehörte. »Das ist ein feiner Stiefel. Der mag mich.« Und auch für ein Paar graue Hauspuschen konnte er sich erwärmen.

Esthers Blick ruht ebenfalls auf den Tüten neben der Bank, als sie ihren Colabecher abstellt. Ihre Stirn ist gekraust. Ich wappne mich, denn noch einmal – wie während des Shoppens – kann ich ihre erstaunten Fragen, warum ich Frido die Klamotten kaufe, nicht abwürgen.

»Warum war es dir so wichtig, Frido neu einzukleiden?«, fragt sie auch schon. Sie hat Frido die Brille abgenommen und putzt die Gläser mit ihrem Shirt. »Die Sachen in seiner Tüte hätten gereicht. Wir hätten zwischendurch waschen können. Hätte ich im Hostel ja auch machen müssen.«

Jetzt muss ich wohl oder übel mit der Wahrheit raus. »Weil ich den Großvater von Moritz' Verlobter nicht in einem vollgekleckerten Trainingsanzug herumlaufen lassen möchte.«

Sie stiert mich an. »Verstehe ich nicht. Was hat Mos Verlobte mit Opa zu tun? Frido ist *mein* Großvater, und ich bin wohl kaum Mos Verlobte.«

»Doch.«

»Wie *doch?*« Ihre Augenbrauen sehen jetzt aus wie die von Sesamstraßen-Bert. Sie bilden eine Linie, während sie Frido die Brille wieder aufsetzt.

»Nur für diese eine Woche, Esther. Ich weiß, dass es für dich gruselig sein muss, so zu tun, als wärst du Moritz' Verlobte, aber ich bitte dich inständig darum.« Und dann berichte ich ihr in allen Einzelheiten, was sich zugetragen hat und worum es mir geht.

Sie unterbricht mich dabei nicht, sondern hört zu, lacht, als ich bei der Stelle mit dem vollgekotzten Mundschutz ankomme, hört weiter zu und schweigt schließlich, als ich, erschöpft vom Reden, innehalte und sie visuell um Zustimmung bettelnd anschaue.

»Kotz-Motz hat mich als Irre bezeichnet«, sagt sie schließlich, ohne eine Miene zu verziehen, »aber ganz ehrlich, du bist genauso irre, Audrey.« Und dann lacht sie auf. »Das wird krass. Da mach ich mit. Dein Papa wird dieses Hotel kriegen.«

Mir fällt eine Geröllllawine vom Herzen. Diese Hürde wäre genommen. Ich habe Esthers Reaktion absolut nicht einschätzen können.

Ihre nächste Frage kehrt meine Befürchtungen sogar ins Gegenteil. Mit viel zu viel Begeisterung fragt sie: »Soll ich Mo auch küssen, damit es auch richtig echt wirkt? Diese Schwester Henni und die anderen merken sonst vielleicht was.«

»Nein!« Ich reiße die Hände hoch, so dass Kaffee überschwappt und auf meiner Jeans landet. »Ich glaube, wir kriegen das auch ohne … äh … Körpereinsatz hin.« Mal ganz abgesehen davon, dass Moritz Esther erwürgen würde, wenn sie ihm zu nahe käme. Vor dem Würgen würde er natürlich ihren Hals desinfizieren.

»Wenn du meinst.« Esther klingt ein bisschen enttäuscht. »Aber ich behalte es als Plan B im Hinterkopf.« Vermutlich, weil sich jetzt meine Augenbrauen zusammenziehen, fügt sie hinzu: »Wäre ja nur gespielt. Als Schauspieler muss man sich ganz einbringen, um glaubwürdig zu sein. Also, da muss man auch Matschaugen küssen.«

Ich seufze. Jetzt muss ich auch noch Esther im Auge behalten, denn Moritz scheint nicht ohne Wirkung auf sie zu sein. Und im nicht lädierten Zustand, dem er von Tag zu Tag näher kommt, sieht er noch besser aus als jetzt bereits.

# 6

Mein Herzschlag ist deutlich erhöht, als ich den Weg vom Seeblick zum Hof von Bauer Dunkel laufe, der am anderen Ende des Dorfes liegt und laut Lambert nicht zu verfehlen sein soll. Dort finden die Proben für das Theaterstück statt. Und gleich wird sich entscheiden, ob die Proben weitergehen werden oder nicht. Sie stehen und fallen mit mir. Werde ich in der Kürze der Zeit Text und Rolle lernen können? Werde ich den Vorstellungen der Theatergruppe entsprechen? Immerhin proben sie seit Monaten, und jeder beherrscht seine Rolle perfekt.

Ich seufze. Mir ist bewusst, dass sie nicht begeistert sein werden. Sie sind ein eingespieltes Team. Dass diese Nicki jetzt ausfällt und von einer völlig Fremden ersetzt wird, ist naturgemäß problematisch. Ich werde die Sugar mit Herzblut spielen, aber ich werde sie natürlich anders verkörpern als Nicki. Und die Frage ist: Werden die anderen damit klarkommen? Oder zerstöre ich als Fremdkörper die Harmonie des eingespielten Teams?

Mein Herz klopft nicht nur so stark, weil ich mich beeilen muss, sondern vor allem, weil mir Esthers Aussage bezüglich des Küssens im Kopf herumspukt. Mark Nommsen spielt die Rolle von Tony Curtis, und wenn ich die Sugar spiele, werde ich ihn küssen müssen. Mehr als einmal. Ich *muss* es tun. Die Rolle verlangt es. Ich werde alles geben, auch wenn es mir widerstrebt. Ich werde so tun, als würde ich in seinen blauen Augen versinken, wenn sein Blick meine Lippen sucht, weil er darauf brennt, sie mit seinen schmalen, sinnlichen Lippen zu berühren. Ich werde so tun, als könnte ich es nicht abwarten, dass er mich endlich küsst, voller Begierde, leidenschaftlich. Ich werde meine Arme um ihn schlingen, meine Hand wird seinen Hals im Nacken packen, um ihn noch mehr an mich heranzupressen. Ich werde seinen sehnigen warmen Körper an meiner Haut spüren, an meinen Brüsten, und seine Hände werden sich auf meinen Rücken und um meine Hüfte legen und darüberstreichen, während unsere gierigen Münder und Zungen nicht voneinander lassen können und …

»Moin!«

Ich zucke zusammen und bleibe stehen, als ein Fahrradfahrer neben mir hält. Mein Herz rast. Ich muss erst mal wieder in der Realität ankommen. Mark Nommsens Augen verschwinden. »Hallo.« Ich erwidere das Lächeln des blonden Lockenkopfs, den ich heute Morgen bereits in einem Blaumann mit dem Aufdruck Hannos Werkstatt gesehen habe. Jetzt trägt er Jeans, Sneaker und einen Kapuzenpulli.

Fröhlich streckt er mir seine Hand entgegen. »Ich bin Hanno Thiel. Und du musst der Nicki-Ersatz sein, wie ich gehört habe.«

Ich nicke, während ich seinen kräftigen Handschlag erwidere. »Ja, ich bin auf dem Weg zur Probe.«

Er deutet mit seinem Zeigefinger hinter mich. »Du stehst direkt vor Hinnerk Dunkels Hof. Da müssen wir hin. Wir proben und spielen in seiner Scheune.«

Ich drehe mich um. Verfangen in meinen Fantastereien, wäre ich vermutlich an dem Gehöft, das riesig und eigentlich nicht zu verfehlen ist, vorbeigelaufen und irgendwann in der Pampa zu mir gekommen. Die Auffahrt zum Hof führt an einem Hofgraben vorbei, der von Wasserlinsen übersät ist. Eine ausgeblichene Plastikente dümpelt darin vor sich hin. Links vom Bauernhaus gibt es einen gepflegten Garten mit verschiedenen Obstbäumen. In einem abgetrennten Bereich picken ein paar Hühner in Gemüseresten herum. Rechter Hand befinden sich Stallungen, eine Scheune und ein sauberer Hofplatz, auf dem ein Trecker und ein Pferdeanhänger stehen.

»Ich spiele Jerry.« Hanno lacht. »Beziehungsweise Daphne. Es macht wahnsinnig Spaß, in die Frauenklamotten zu schlüpfen.«

Mir stockt einen Moment der Atem, weil sein Blick kurz mein Dekolleté unter dem offenen Mustermix-Cardigan streift. Ich bin so spät dran, weil ich mich dreimal umgezogen habe. Ich wollte ein sexy Outfit. Schließlich muss ich sie überzeugen, Sugar spielen zu können. Letztendlich habe ich mich für ein tief ausgeschnittenes weißes Shirt entschieden. Dazu knallenge Röhrenjeans mit einem genarbten schwarzen Gürtel mit Skorpionschnalle und schwarze Louboutins. Meine dunkle Mähne fällt – frisch gestylt – über meine Schultern.

Dass meine gepushten Brüste im Ausschnitt des enganliegenden Shirts anscheinend einen Hingucker wert sind, hat mir sein Blick gerade verraten. Gut so. So soll es schließlich sein.

Er bemerkt, dass ich seinen Blick registriert habe, und wirkt verlegen. »Entschuldige. Ich … ich finde es ja toll, dass du versuchen willst, uns aus der Patsche zu helfen, indem du in Nickis Rolle schlüpfst, aber …« Sein Blick streift noch einmal mein Dekolleté und dann mein Haar. »Mal schauen, was die anderen meinen. Komm.« Er nickt Richtung Hofauffahrt und schiebt sein Fahrrad neben mir her.

Meine Laune ist mit Karacho in den Keller gerauscht. »Ich spiele natürlich mit blonder Perücke«, presse ich so freundlich wie noch möglich heraus. »Und wir sind hier nicht in Hollywood. Für Dagedingsbumsbüll wird der Rest meines Körpers auch reichen.«

Er kommt nicht dazu, etwas zu erwidern, weil Schwester Henni aus einer Seitentür des Hofes tritt und uns mit den Worten begrüßt: »Wie schön, jetzt sind wir fast vollständig. Kommt rein, ihr Lieben.« Sie krault freundschaftlich Hannos Rücken, nachdem er sein Rad an der Hauswand abgestellt hat, und nimmt meine Hand. »Ihr Bruder ist schon da.« Sie zwinkert mir zu. »Er ist ja nicht ganz einfach. Ich musste all meine Überzeugungskraft aufbieten, damit er sich unserer Bühnenbilder annimmt. Ich hatte den Eindruck, die Arbeit erschien ihm zu profan. Aber er hat sich letztlich bereit erklärt, die neuen Wände zu bemalen, mit seiner persönlichen Note. Ich bin ihm so dankbar, Ihnen beiden.«

»Kein Problem.« Ich strahle sie an, während ich schon überlege, wie ich Moritz daran hindern kann, mit seiner persönlichen Note eine Hollywood-Komödie bühnengestalterisch zur *Rocky Horror Picture Show* avancieren zu lassen.

»Kusch, kusch, verschwinde, Fiete.« Schwester Henni stupst den Hofhund – eine drollige Promenadenmischung – zusätzlich mit der Fußspitze an, weil er direkt vor der Scheunentür liegt und sich nicht bewegt. Fiete knurrt einmal kurz, erhebt sich aber und trollt sich. Ich habe Verständnis für seine miese Laune. Schwester Henni kann ziemlich energisch auftreten.

Stimmengemurmel füllt die leicht stickige Scheune. Ich sehe eine Menge fremde Menschen. Eine aus Frauen bestehende Band stimmt ihre Instrumente mit so viel Hingabe, dass die disharmonischen Töne schon fast wieder eine Melodie ergeben. An der Längsseite des Raums ist eine riesige, durch einen Vorhang zweigeteilte Bühne aufgebaut, die auf der linken Seite mit einem Strandkorb und einer Art aufgeschnittenem Schiffsrumpf ein Strandszenario darstellt. Auf der anderen Seite des Vorhangs soll es sich wohl um zwei Hotelschlafzimmer handeln. Zumindest lassen das die Betten, die durch eine dünne tapezierte Holzwand voneinander getrennt sind, vermuten. Alles in allem wirkt die Ausstattung karg und durch die Dielenwand hinter der Bühne, an der Sensen und alte Werkzeuge aufgehängt sind, völlig lächerlich.

Was, bitte, soll hier einen Anspruch haben? Das ist peinliches, popeliges Dorftheater. Ich bin erleichtert. Das sollte ich ja wohl gerade noch hinkriegen.

Schwester Henni scheint mir meine Skepsis angesehen zu haben. Sie lacht. »Lassen Sie sich nicht täuschen, meine Liebe, die Bühne wird ja noch professionell hergerichtet.« Sie zieht mich in die Mitte des Raums und klatscht laut in die Hände. Jetzt hat sie die volle Aufmerksamkeit der Anwesenden. Die Instrumente verstummen.

»Meine Lieben! Ich möchte euch Audrey Tannheim vorstellen, unseren Nicki-Ersatz.«

Alle starren mich an. Jetzt weiß ich, wie sich die Affen im Zoo fühlen. Mit Affen kenne ich mich ein wenig aus, schließlich habe ich mal drei Semester Primatenarchäologie studiert. Papa hat damals eine ziemlich große Menge Geld in eine Expedition nach Uganda investiert, an der ich eigentlich teilnehmen sollte. Allerdings konnte ich die Berggorillas letztendlich doch nicht erforschen, weil ich mir nach der After-Show-Party einer Modenschau in Rom den Knöchel gebrochen hatte. Mega High Heels und Cosmopolitan-Cocktails sind einfach nicht kompatibel.

»Hallo.« Ich winke in die Runde. »Ich … äh … bin sehr gespannt, was mich erwartet, und freue mich darauf.«

Eine Frau in meinem Alter kommt auf mich zugestürmt. »Tolles Haar, Audrey.« Bevor ich es verhindern kann, greift sie mit beiden Händen hinein und presst es auf meinem Kopf zusammen. Sie sieht Schwester Henni an. »Das wird nicht einfach werden mit der Perücke. Wir müssen eine Menge Haar verstecken.«

»Nicht nur Haar«, höre ich die genervte Stimme von Mark Nommsen neben mir. Er deutet auf meinen Busen. »Das nimmt uns doch keiner ab. Wir machen uns lächerlich.«

Mir verschlägt es vor Wut die Sprache. Natürlich wollte ich die Aufmerksamkeit auf mein Dekolleté lenken, aber nicht die von Mark Nommsen, der unverschämterweise seinen Blick noch einmal langsam über meinen Körper gleiten lässt, bevor er auf meinem Gesicht verharrt. Seine Augen blitzen mich an. Von einem Lächeln ist er so weit entfernt wie Frido vom Nordkap. Er will mich hier weghaben, das steht fest.

Ich mache einen Schritt auf ihn zu. Unsere Gesichter sind nur Zentimeter voneinander entfernt, während ich süßlich sage: »Wenn ein ländlicher Kleintierdoktor, der einen lächelnden Hund auf seinem Praxisschild hat, die Rolle des smarten, charmanten, attraktiven Tony Curtis zu spielen versucht, kann ich allemal Marilyn Monroe spielen.«

Einen Moment lang wirkt Mark Nommsen irritiert. Er guckt von mir zu Schwester Henni und beginnt zu grinsen. »Sie denkt, *sie* spielt die Sugar? Nicki wird sich gesund lachen, wenn wir ihm das erzählen.«

Gelächter erklingt, und ich sehe kopfschüttelnde Gesichter, während meine Wangen zu glühen beginnen. *Ihm?* Nicki ist ein Mann? Wütend auf mich selbst und auf Schwester Henni, wende ich mich ihr zu. »Ich wäre für eine Aufklärung dankbar.«

»Entschuldigen Sie, meine Liebe.« Schwester Henni tätschelt meinen Arm. »Mir war nicht bewusst, dass Sie annehmen … Wie dumm von mir. Natürlich hätte Nicki auch die Abkürzung eines Frauennamens sein können.« Schuldbewusst bricht sie ab. »Sie werden in eine Männerrolle schlüpfen müssen, Audrey. Ich hoffe, das ist kein Problem für Sie? Wir werden Sie natürlich perfekt herrichten.« Sie sieht zu Mark. »Und das kriegen wir auf jeden Fall hin. Eine graue Kurzhaarperücke befindet sich im Theaterfundus, und mit Hemd und Anzug werden wir ihre«, sie räuspert sich, »weiblichen Attribute schon verstecken.«

Wie Nebel in der Sonne löst sich mein Bild von mir als *Sugar* im sexy Glitzerkleid auf. Graue Kurzhaarperücke? Ich könnte heulen.

»Was … wen … soll ich denn spielen?«, presse ich heraus.

Schwester Henni strahlt mich fröhlich an. »Sie sind Gamaschen-Colombo, Audrey-Schatz.«

*Gamaschen-Colombo?* Ich soll den kleinen, fiesen Chicago-Mafioso Gamasche spielen? Nur Moritz' schmutziges Lachen aus irgendeiner Ecke des Raums hält mich davon ab, wirklich loszuweinen.

Ich schlucke den Kloß in meinem Hals hinunter und lächle krampfhaft. »Na, dann … bin ich eben Gamasche.« Ich richte mich auf, meine Stimme wird fester. »Ein guter Schauspieler kann jede Rolle spielen. Man muss sich nur reinfühlen.«

»Prima, meine Liebe!« Schwester Henni strahlt in die Runde. »Habt ihr das gehört? Audrey wird das meistern. Und wir können unser Stück aufführen.«

Niemand widerspricht ihr, aber die Gesichter sprechen Bände.

Mark Nommsen beugt sich mit seinem Grinsen zu mir. »Ich freue mich schon darauf, wenn du Jagd auf mich machst.«

Meine Stimme erinnert an die Zischlaute einer Schlange. »Bete, dass ich kein echtes Maschinengewehr in die Finger kriege.«

»Hier ist das Manuskript«, sagt der blonde Hanno neben mir und drückt mir einen dicken DIN-A4-Plastikhefter in die Hand. »Viel Spaß damit. Schwester Henni hat natürlich viele Filmszenen weggelassen oder umgewandelt. Deine Textpassagen sind gelb markiert.«

»Danke«, erwidere ich ernüchtert. Gamaschen-Colombo kommt nur am Anfang des Films und am Ende vor. Das wird bei dem Bühnenstück nicht anders sein. Also habe ich nicht viel Text zu lernen. Auf der ersten Seite des Manuskripts fällt mir der Titel ins Auge, der doch eigentlich *Manche mögen's heiß* lauten sollte.

Schwester Henni scheint mein Stutzen bemerkt zu haben. Mit dem Finger auf die Seite tippend, sagt sie: »Aus urheberrechtlichen Gründen haben wir das Stück vorsichtshalber umbenannt. Sie finden den Titel doch nicht anstößig, oder?« Ihr Blick ist jetzt flehend. »Wir wollten ihn nicht zu sehr verändern, aber wenn das Mutterhaus erfährt, welches Stück ich in diesem Jahr ausgesucht habe …« Sie lässt offen, was dann passieren würde. Ich kenne mich mit den Gepflogenheiten in der Diakonieschwesternschaft nicht aus, aber ich bin mir nicht sicher, ob der Titel *Friesen mögen's heiß* dort mit größerem Wohlwollen aufgenommen werden würde als der ursprüngliche Titel.

Warum hat ihr niemand gesagt, dass er nach regionalem Porno klingt?

»Auf den Werbeplakaten sieht man unsere Marilyn und Mark und Hanno in ihrer Frauenverkleidung. Da versteht dann jeder den Zusammenhang«, erklärt sie weiter.

»Ich bin sicher, Ihr Mutterhaus teilt Ihren wunderbaren Humor.«

Schwester Henni sieht nicht überzeugt aus. »Ihr Wort in Gottes Ohr«, murmelt sie, bevor sie mehrmals laut in die Hände klatscht. »Wir üben heute nur die Szenen, in denen Gamasche vorkommt, damit Audrey sieht, was sie erwartet.« Sie nimmt meinen Arm und führt mich zur Bühne. »Sie lesen jetzt einfach nur Ihren Text aus dem Manuskript ab, Audrey, wenn Sie dran sind. Wir werden Ihnen alle helfen, schnell in das Stück reinzukommen.«

Als der Police Detective, der – wie ich bei der Vorstellung erfahren habe – im wahren Leben Bäcker ist, zu mir sagt: »Gamaschen-Colombo, die Trauerfeier ist zu Ende. Gehen wir!«, darf ich meinen ersten Satz sprechen. Wobei Satz die Übertreibung des Jahrtausends ist. Ich lege all meine Schauspielkunst hinein. Meine Stimme klingt dunkel. »Wohin?«

Der Bäcker-Detective verzieht keine Miene. »In einen Club für pensionierte Alkoholschmuggler.« Er fasst meinen Arm und zieht mich von der Bühne.

»In der nächsten Szene spielen Sie gemeinsam mit Lambert«, flüstert Schwester Henni mir hinter der Bühne zu. »Er spielt Ihren Helfershelfer.«

Ich blicke zu dem Riesen auf, der gerade angekommen ist. Lambert ist außer Puste und nickt mir zu. Seine Miene verrät, dass er alles dafür gegeben hätte, wenn Nicki hier stehen würde.

Lambert mit dieser Rolle zu besetzen, passt wie Miriams Faust auf Moritz' Auge. Wenn einer einen fiesen Mafioso spielen kann, dann Lurch-Lambert. Zu zweit ballern wir schließlich mit täuschend echt aussehenden Maschinenpistolen auf einen Dagebüller Abiturienten mit Namen Jan-Ole, der Zahnstocher-Charlie spielt und gekonnt zu Boden fällt. Anschließend kommt das, worauf ich mich am meisten gefreut habe. Ich darf auf Mark und Hanno schießen, die die Musiker Joe und Jerry spielen und mit ihren Instrumenten – einem Saxofon und einem Sperrholzcello – über die Bühne und durch den Zuschauerraum vor Gamasche und seinem Gangsterkumpel fliehen. Es ist eine lebhafte, kuriose Szene.

Schwester Henni applaudiert an deren Ende, und, was mich sehr freut, auch meine Mitspieler. Sogar Mark Nommsen lässt sich zu einem lahmen Klatscher hinreißen.

Wir üben die Chicago-Szene dreimal hintereinander, dann noch eine weitere, die in einem Hotel in Miami spielt. Gerade als ich wieder meinen Platz einnehmen will, um die Szene noch einmal zu beginnen, sagt Schwester Henni: »Wir müssen für heute Feierabend machen. Lambert und ich müssen ins Seeblick zurück. Wir erwarten heute Abend noch eine kleine Reisegruppe. Und du hattest doch auch noch einen Termin bei Bauer Sötje, Mark?«

Der sieht auf seine Armbanduhr. »Herrje, so spät schon. Wie die Zeit verfliegt, wenn man sich amüsiert.« Bei seinem letzten Satz hat er mich angesehen. Dann fällt sein Blick vor die Bühne. »Hallo, Imke.«

Ich drehe mich um. Eine hübsche Blondine hockt auf einem der Klappstühle vor der Bühne und sieht zu uns hoch. Sie muss während der Szene die Diele betreten haben, denn sie ist mir vorher nicht aufgefallen. Wir schauen uns in die Augen, und ich weiß in diesem Moment, dass sie Sugar ist.

»Ach, Imke«, ruft Schwester Henni ihr zu, »schön, dass du da bist. Wie gefiel dir unsere Retterin in der Not?« Sie deutet von mir zu ihr. »Audrey Tannheim – Imke Heinrich. Komm rauf zu uns, meine Liebe.«

Als Imke auf der Bühne ist, legt Schwester Henni einen Arm um ihre Taille. »Imke ist meine Patentochter. Sie spielt die Sugar.«

War mir ja klar. Sugar-Imke trägt einen kniekurzen braunkarierten Rock und eine dunkelbraune Stretchbluse, die ihr Körbchengröße-E-Busen voll ausfüllt. Fast möchte ich in Deckung gehen, um dem Knopf auszuweichen, der jeden Moment abspringen muss. Neidvoll muss ich ihr zugestehen, dass es ein perfekter Marilyn-Busen ist. Aber ihre Lippen sind viel zu schmal. Nie und nimmer kriegt sie damit einen perfekten Schmollmund hin. Jedenfalls nicht so perfekt, wie ich es hinbekommen hätte.

»Das war gut«, sagt sie mit einem Lächeln zu mir. »Vielleicht kannst du stimmlich noch eine Nuance dunkler werden, Audrey? Es klingt schon sehr nach Frau.«

Ich verkneife mir die Erwiderung: Ich bin ja auch eine Frau. Stattdessen sage ich: »Ich werde dran arbeiten.«

Sie legt einen Finger an ihre Lippen. »Vielleicht ein kleiner Schnauzer, damit das Gesicht herber wirkt? Was meinst du, Inga?« Sie dreht sich zu der Frau um, die in meinen Haaren rumgefummelt hat.

Anscheinend ist Inga die Maskenbildnerin der Truppe. Sie nickt begeistert.

In der Zwischenzeit verlassen die anderen Mitspieler die Bühne. Einige klatschen Imke ab, Lockenkopf Hanno umarmt sie freundschaftlich. Mark bleibt entgegen meiner Erwartung neben ihr stehen. Sein Termin scheint nicht eilig zu sein.

Und dann schlucke ich, weil etwas passiert, mit dem ich nicht gerechnet habe.

Er küsst Imke. Und für einen Freundschaftskuss ist er eindeutig zu lang. Seine Lippen verziehen sich zu einem triumphierenden Lächeln, als er den Arm um ihre Schultern legt und mir seine Augen signalisieren: Sieh her, das ist mein Ass im Ärmel.

Mir wird der Hals eng. Schwester Hennis Patentochter ist seine Freundin! Wie soll ich da mithalten können? Natürlich wird sich Schwester Henni für ihn als Käufer entscheiden. Oder könnte das Andenken an Johann Morgenroth doch noch siegen? Ich straffe meine Schultern. Aufgegeben wird erst, wenn die letzte Schlacht verloren ist.

»Euch wird man überhaupt nicht mehr hören! Nicht mal mehr atmen«, spreche ich meinen Text mit dunkler, bedrohlicher Stimme und nicke meinem kurz- und grauhaarigen Spiegelbild zu, dabei minimal eine Augenbraue hebend. Dann hebe ich sie noch einmal, sehr viel stärker, weil ein leichtes Zucken für das Publikum nicht wahrnehmbar wäre. Auf einer Bühne gilt das Motto *Weniger ist mehr* nicht unbedingt. Meine Hand wandert zur Krawatte, um sie noch ein wenig fester zu ziehen. Ich muss mir auf jeden Fall noch ein weißes Männerhemd in der kleinsten Größe kaufen. Nicki scheint nicht der Größte und Kräftigste zu sein, aber so zierlich wie ich ist er dann doch nicht.

Heute Morgen hing eine riesige Plastiktüte an meiner Zimmertür, mit einem Berg Männerkleidung plus Hut und einer Nachricht von Inga, der Masken- und Kostümbildnerin. »Moin, liebe Audrey! Nickis Kostüm für dich. Bitte umgehend anprobieren. Bei der nächsten Probe besprechen wir eventuelle Änderungen. Gruß und Kuss, Inga. PS: Schnauzer folgt.«

Ich lüpfe die Perücke ein wenig, zupfe eine eigene Haarsträhne darunter hervor und lege das Ende der langen Strähne unter meine Nase. Hm, so sehe ich also mit Schnauzer aus. Frau Fischer fällt mir ein, eine sechzigjährige Dozentin an der Uni, bei der ich während meines Jurastudiums Vorlesungen hatte. Ich konnte sie immer nur anstarren und daran denken, sie zu narkotisieren, um ihr ein Wachsplättchen unter die Nase zu pressen, um mit einem Ruck sie und mich von ihren Barthaaren zu erlösen. Frau Fischers Schnurrbart war eindeutig schuld daran, dass ich von ihren Ausführungen nichts mitbekommen und darum das Studium nach vier Semestern abgebrochen habe.

»Audrey?« Moritz klopft an meine Zimmertür. »Warst du schon frühstücken?«

»Nein«, rufe ich durch die offene Badtür und setze den Hut auf. »Komm rein, die Tür ist offen.« Vor meiner Verkleide-Aktion war ich schon draußen, um Biskuits Katzenstreu zu wechseln.

Mein Prinzesschen ist die Einzige, die mich bisher in meinem Gamaschen-Colombo-Kostüm gesehen hat, und ihre Reaktion darauf, als ich in voller Montur und Perücke aus dem Bad kam, war selbst für sie speziell. Sie hatte etwas von einer Comic-Katze, als sie mich mit Buckel, gesträubtem Fell und aufgerichtetem Schwanz vom Bett aus anfauchte, als wäre ich der Leibhaftige. Natürlich habe ich gleich beruhigend auf sie eingeredet. Und mich ein bisschen geschämt, weil mir ihre Reaktion gefiel, denn das lässt doch darauf schließen, dass die Verkleidung gelungen ist.

Moritz ist in diesem Moment Biskuits Meinung, nur dass er nicht faucht, sondern sich mit einem »Ach du Scheiße!« auf mein Bett fallen lässt, während er mich von oben bis unten, vom Hut bis zu den weißen Gamaschen über meinen nackten Füßen mustert. Sein anschließendes Lachen nehme ich ihm nicht übel. Im Gegenteil, ich genieße es, weil es sein selten gewordenes herzliches Moritzlachen ist, frei und unbeschwert.

Ich lache mit ihm und drehe mich dabei um meine eigene Achse. »Was? Bin ich nicht perfekt als Gamasche?« Mit einer imaginären Maschinenpistole ballere ich durch das Schlafzimmer. »Wäre ja wohl gelacht, wenn wir das Hotel nicht für Papa klarmachen«, sage ich zwischen den verbalen Schussgeräuschen.

Wir lachen weiter, bis er ernster wird und fragt: »Bist du sicher, dass du das nur für Papa tust? Du hast das Schauspielern immer geliebt, Audrey. Vielleicht ist es an der Zeit, endlich zu erkennen, dass deine Fähigkeiten nicht im mathematisch-kaufmännischen Bereich liegen?« Er springt auf, packt mich an den Schultern und schiebt mich vor den Spiegel. »Sieh dich an. Nimm dich mal richtig wahr, Audrey Tannheim. Dich selbst und nicht die Frau, die du für die anderen gern sein möchtest, aber nicht bist.« Seine Stimme ist klar und ruhig. »Wir sind nicht wie unser Vater und unsere Geschwister. Wir sind anders. Und du solltest endlich zu deiner künstlerischen Ader stehen, Schwesterherz.«

Unsere Blicke treffen sich im Spiegel, während das Monster in meinem Bauch zu wühlen beginnt und Wut in mir entfacht.

»Hast du vergessen, dass ich ein Musikstudium begonnen hatte? Ich habe es wie alle anderen Studiengänge außer BWL nicht beendet.«

»Ja«, er schüttelt den Kopf, »aber doch nur, weil es zu theoretisch wurde und weil du, um unserer Stiefmutter zu gefallen, deinen Fokus auf Klavier und Orgel gelegt hast anstatt auf Saxofon und Gesang, wie es deinem Naturell entsprochen hätte.«

»Linda hat mich nur beraten, letztendlich war es meine Entscheidung. Und ich kann nichts Schlimmes daran finden, dass es ein kleines Dankeschön war für die schöne Jugendzeit, die sie mir ermöglicht hat. Wir hätten durchaus eine schlimmere Stiefmutter als Linda erwischen können.«

Moritz' Stimme klingt emotionslos, doch seine Worte spiegeln wider, dass er den Tod unserer Mutter nie ganz verwunden hat. »Mama war unersetzbar.«

»Das hast du Linda oft genug spüren lassen. Du hast ihr keine Chance gegeben, dir nahezukommen, sondern hast dich in diesem … diesem Scheißinternat verkrochen, anstatt mit mir nach Hause zu gehen.« Das Monster in mir gräbt sich in meine Brust hinein. Tränen steigen in mir auf. »Du hast mich alleingelassen.«

Moritz löst seine Hände von meinen Oberarmen, an denen er mich immer noch hielt, und lacht traurig. »Nein, Audrey, es war genau andersrum. Du hast mich alleingelassen in dem Scheißinternat.«

Unsere Blicke halten sich im Spiegel. Und mir wird bewusst: Auch er kennt dieses Gefühl, von dem ich dachte, ich hätte es gepachtet – sich zutiefst einsam zu fühlen, obwohl man von vielen Menschen umgeben ist.

»Lass uns frühstücken gehen.« Moritz dreht sich einfach um und verlässt das kleine Bad.

Gut, vielleicht gibt es auch nichts mehr zu sagen.

Oder doch. »Kannst du bitte Biskuit ein Schälchen Katzenfutter öffnen? Es steht auf der Kommode. Dann kann ich mich schnell umziehen. Esther wollte mit Frido um halb neun frühstücken gehen, und ich möchte die beiden keinesfalls allein auf Schwester Henni treffen lassen.« Ich nehme die Perücke ab und fahre mit den Händen durch mein Haar.

»Wo steckt das Viech denn?«, fragt Moritz, während ich aus der Anzugjacke schlüpfe. Er hat tatsächlich – entgegen meiner Erwartung – das Katzenfutterschälchen geöffnet, denn ich höre ein angewidertes »Boah, das stinkt widerlich. Toter Fisch!«.

»Lachs ist Biskuits Lieblingsfrühstück«, entgegne ich fröhlich, rolle die Krawatte auf und stopfe sie in die Tasche der Jacke, die ich an einem Bügel an die Badtür gehängt habe. »Vielleicht hat sie sich unter dem Bett verkrochen, als du reingekommen bist. Sie mag dich schließlich genauso wenig wie du sie.«

Es dauert ein paar Sekunden, dann sagt Moritz: »Nein, da ist sie nicht. Vielleicht ist sie rausgelaufen.«

»Wie soll sie denn rausgelaufen sein?«, frage ich.

»Na, durch die Tür. Ich habe sie wohl ein Stückchen offen stehen lassen, als ich reinkam. Ich dachte, wir gehen gleich runter.«

Mir läuft eine Gänsehaut über die Arme, während ich beim Aufknöpfen des Hemds innehalte und ins Schlafzimmer stürze. »Was?« Mein Blick geht irre hin und her, bleibt kurz an der Tür hängen, die tatsächlich im Spalt offen steht, dann falle ich auf die Knie und scanne den Platz unter dem Bett. Nichts. Kein Prinzesschen. »Biskuit«, locke ich mit zittriger Stimme, nicht zu laut, um sie nicht zu erschrecken, falls sie sich doch irgendwo im Zimmer verkrochen hat. Ich reiße die Schranktüren auf und schaue hinter die Fenstervorhänge. »Biskuit, komm zu Audrey, komm.«

Moritz steht mit dem Katzenfutterschälchen in der Hand herum und tut nichts, außer sich die Nase zuzuhalten. »Ich sag doch, die ist raus«, näselt er.

»Ich bring dich um, wenn ihr was passiert!« Ich meine, was ich sage, und stürze aus dem Zimmer. Die arme Biskuit. Moritz hat sie verschreckt, und jetzt irrt sie durch das Hotel. Den Gedanken, dass meine Verkleidung eine Rolle gespielt haben könnte, verdränge ich in den Raum meines Hirns mit dem Schild *Das kläre ich später*. Ein Raum, der übervoll ist. Irgendwann wird mir der ganze Krempel entgegenkommen. »Biskuit?« Eilig laufe ich die Treppen hinunter und renne im Erdgeschoss in einen dicken Mann mit Walrossbart hinein. Er muss zu der Reisegruppe gehören, die gestern Abend angekommen ist und die jetzt den Eingangsbereich bevölkert. Ein Dutzend gutgelaunte Senioren in blauen und beigefarbenen Windjacken sehen zu uns herüber.

»Einen Biskuit?« Er streicht sich über seine Wampe, während er mich von oben bis unten mustert. »Mit Ihnen ess ich gern noch einen Keks, auch wenn ich grad gefrühstückt hab.«

Ich dränge mich wortlos an ihm vorbei und betrete, weiter nach Biskuit rufend, den Hummersalon. Benutztes Frühstücksgeschirr steht auf mehreren Tischen. Die Reisegruppe war anscheinend schon früh auf. Lambert und ein junges Mädchen in schwarzer Hose und weißer Bluse sind dabei, das Geschirr abzuräumen. Als Lambert mich sieht, deutet er auf einen eingedeckten Vierertisch und sagt mit seiner tiefen Frankensteinstimme: »Moin, Moin. Hier ist für S… Hier ist eingedeckt.«

Er scheint ein Problem damit zu haben, mich zu duzen. Ein Hotelgast, der mit ihm in der Theatergruppe spielt, passt nicht in seine Welt. Aber das ist mir im Moment ziemlich egal. »Lambert, hast du meine Katze gesehen? Oder Sie?« Ich sehe das Mädchen an. »Es ist eine langhaarige beigefarbene Birma Colorpoint. Ohren und Schwanz sind dunkel.«

Mit dem ganzen Temperament der Nordfriesen schütteln beide stumm die Köpfe.

Hinter mir erklingt ein fröhliches »Guten Morgen!«.

Esther hält Frido an der Hand und strahlt mich an. »Cooles Outfit, Audrey. Eighties-Style, oder? Wollen wir frühstücken? Ich hab einen Bärenhunger. Und Frido auch.« Sie trägt eine meiner Jeans, die ich ihr gestern herausgesucht habe, damit sie als Moritz' Verlobte nicht nur in einer ihrer beiden ausgebeulten Cargohosen, die sie anscheinend als einzige Hosen dabeihat, herumläuft. Da ich ein wenig kleiner bin als sie, ist die Jeans ein Stückchen zu kurz. Ich werde ihr auf jeden Fall noch ein, zwei Hosen und Oberteile spendieren.

»Ihr müsst ohne mich frühstücken.« Meine Stimme klingt panisch. »Biskuit ist weggelaufen. Ich muss sie suchen.«

Frido ist unbeeindruckt und offenbar wirklich hungrig, denn er steuert den eingedeckten Tisch an. Allerdings scheint doch etwas von meinen Worten bei ihm angekommen zu sein, denn er murmelt »das Kätzchen«, während er sich ohne Esthers Hilfe setzt.

»Die kommt schon wieder«, sagt Esther. »Die guckt sich nur ein bisschen die Gegend an.«

Ich schüttle den Kopf. »Nein, sie muss hier irgendwo im Hotel sein. Nach draußen würde sie sich niemals wagen.« Oder doch? Mein Blick fällt in den Empfangsraum, in dem die Senioren sich weiter lautstark unterhalten. Die Außentür steht offen. Einige sind nach draußen gegangen, um dort zu rauchen oder frische Luft zu schnappen. Ich greife nach Esthers Arm. »Denk dran, was du sagst, wenn Schwester Henni sich zu euch gesellt. Vergiss nicht, dass du Moritz' Verlobte bist. Wir sehen uns später.« Ich stürze aus dem Hotel auf die Straße. »Biskuiiit!« Meine Ängste bezüglich dessen, was Esther mit falschen oder merkwürdigen Antworten verbocken könnte, trete ich mit Schmackes in den vollgemüllten Hirnraum. »Biskuiiit!«

Der Linienbus kommt Richtung Seeblick gefahren, und mir wird eiskalt. Wenn meine Prinzessin auf die Straße läuft, während der Bus oder ein Auto … Ich renne los, ohne zu wissen, wohin, einfach nur nach meiner Katze schreiend.

»Kann ich dir helfen?«

Mark Nommsens Stimme würde ich unter Tausenden erkennen. Ich bleibe neben seinem Grundstück stehen, auf dem er gerade einen Arm voll abgeschnittener Staudenstengel in eine Schubkarre wirft. In *die* Schubkarre. Mir wird noch schlechter. »Hast du meine Katze gesehen?« Ich gehe über seine Auffahrt zu ihm und spüre erst jetzt, als ich den morgentaufeuchten Rasen betrete, dass ich barfuß bin.

Mein Blick gleitet nach unten.

Seiner auch. »Hübsche kleine Füße. Nur trägt man die Gamaschen normalerweise über Schuhen.« Jetzt wandert er hoch über die Anzughose und bleibt auf dem Hemd haften, genauer gesagt, auf meinen Brüsten. »Hübsche kleine …«, sein freches Lächeln erreicht seine Augen, »… Knöpfe. Du solltest allerdings noch einen oder zwei schließen, wenn du hier weiter spazieren gehen willst. So viel Offenherzigkeit könnten die Dagebüller dir übelnehmen. Obgleich …«, sein Lächeln vertieft sich, so wie sein Blick in mein Hemd, »… wohl eher nur die Dagebüller Damenwelt. Den Männern wird zweifellos gefallen, was sie da sehen.«

Wütend raffe ich das halb aufgeknöpfte Hemd über meine rechte Schulter zurück, über die es beim Rennen gerutscht ist und einen Teil meines Busens und des weißen Spitzen-BHs freigelegt hat. »Die Dagebüller Damenwelt tut mir einfach nur leid«, sage ich, während ich zwei Knöpfe schließe, »weil sie sich mit einem so unverschämten, machohaften Proleten wie dir herumschlagen muss. Ich werde Imke Heinrich eine Beileidskarte schicken.«

Seine rechte Augenbraue hat sich während meines Statements minimal nach oben gezogen. Sein Lächeln ist verflogen. »Du bist doch nur sauer, weil du deine Chancen, das Hotel für deinen Vater zu gewinnen, schwinden siehst.« Er macht einen Schritt auf mich zu. »Aber ich kann dich beruhigen, Schwester Henni macht es sich nicht leicht. Vielleicht hast du sogar die besseren Chancen. Johann mag tot sein, aber ihre Liebe zu ihm nicht. Und er hätte das Hotel deinem Vater gegeben.«

Ich schlucke – einfach nur, weil er mich anguckt, weil seine Augen wunderschön sind. Wie kann ein so ekelhafter Mensch so ausdrucksstarke Augen haben? Verschwendung pur. Ich beiße bei dieser Überlegung auf meine Unterlippe und lenke seinen Blick damit – wieder einmal – auf meinen Mund. Er starrt andauernd darauf. Vielleicht sind meine Lippen für ihn das, was seine Augen für mich sind? Vielleicht fragt er sich, wie eine hysterische, verlogene Großstadtzicke – für die er mich zweifellos hält – so volle, wunderschön geschwungene Lippen haben kann?

Abrupt tritt er einen Schritt zurück. »Du suchst deine Katze?« Er deutet von seinem Garten auf die Straße und die Wiese mit der kaputten Scheune gegenüber. »Sie kann überall sein. Mach dir keine Sorgen. Spätestens, wenn sie hungrig ist, kehrt sie in deinen Schoß zurück.« Er lächelt wieder. »Aber ich helfe dir gern suchen.«

»Nein danke! Wenn ich etwas nicht benötige, dann deine Hilfe.« Ich drehe mich um und gehe zurück auf den Bürgersteig. Ein Reisebus fährt vom Hotelparkplatz herunter. Aus einem der Fenster wirft mir der Walrossbart-Senior eine Kusshand zu. Ich seufze. Bin ich so etwas wie ein Idiotenmagnet?

Nein, beantworte ich mir selbst die Frage, schließlich habe ich Jasper. Ich werde in nicht einmal vier Wochen einen gutaussehenden, ehrgeizigen, pflichtbewussten Mann heiraten, der mich liebt und den ich liebe. Jasper hat mich dazu gebracht, ein Studium zu beenden. Allein dafür gebühren ihm ewiger Dank und Ehre. Seine Drohung, meine Louboutins allesamt im Main zu versenken, war dabei nicht das ausschlaggebende Argument, sondern zwei Sätze, die mir noch in den Ohren klingen. »Ich kann keine Frau heiraten, die so fern von Verantwortung für ihr eigenes Leben lebt. So eine Frau wünsche ich mir nicht als Mutter meiner Kinder.« Und diese Aussage hatte ich gebraucht. Kein Verständnis, so wie Papa es mir bei meinen Eskapaden immer wieder entgegenbrachte, sondern eine klare Ansage. Das war es, was mir gefehlt hatte.

Ich versuche gerade mir Jaspers Augen vorzustellen, als mich ein panischer Ruf erreicht.

»Audrey! Audrey!«

Esther kommt schreiend die Treppe des Seeblick heruntergestürzt und läuft über die Straße auf mich zu. »Hast du Opa gesehen? Er ist weg!«

Ich mache zwei staksige Schritte, nicht glauben wollend, was sie da gesagt hat. Wie kann er weg sein? Gerade saß er doch noch am Frühstückstisch.

»Eben saß er noch beim Frühstück«, stößt Esther meine Gedanken aus, als sie vor mir steht, »und im nächsten Moment … weg. Einfach weg. In unser Zimmer ist er nicht zurück. Lambert hat ihn unten gesucht und auch nicht gefunden.«

»Hast du ihn denn allein gelassen?«

Schuldbewusst blickt sie auf ihre Hände. »Ich war nur kurz raus, um die Ohrstöpsel für meinen iPod aus meinem Rucksack zu holen.« Sie sieht sich panisch um. »Und hier ist er nicht vorbeigekommen?«

Ich schüttle den Kopf. »Hier ist nur der Reisebus mit den Senioren vor…«, mir schwant Fürchterliches, »…beigekommen.« Ich schaue die Straße hinunter. Der Bus ist lange weg.

»Was?« Esther sieht blass um die Nase aus.

Sie mit mir ziehend, schlage ich die Richtung zum Hotel ein. »Er ist vielleicht in den Bus der Reisegruppe eingestiegen. Wir werden Lambert fragen, wohin sie fahren. Oder«, mir fällt gerade noch etwas ein, »er könnte in den Linienbus eingestiegen sein. Der ist auch gerade abgefahren.« Dann würde Frido in eine andere Richtung unterwegs sein.

Esthers Stimme klingt weinerlich. »Opa liebt Busfahren. Er ist aus dem Heim auch schon zweimal abgehauen und in einen Bus eingestiegen.«

»Aber er hat doch bestimmt kein Geld bei sich. Damit würde der Linienbus schon mal rausfallen.« Wir sind beim Seeblick und nehmen nur jede zweite Stufe beim Hinaufrennen der Treppe.

»Doch.« Esther hechelt im Gegensatz zu mir kein bisschen. Ich muss meine Kondition unbedingt verbessern und nicht jedes Mal, wenn mich der Gedanke anfliegt, mal wieder joggen zu gehen, andere wichtige Dinge vorschieben, Schminkkästchen aufräumen, Biskuits Katzenkorb aussaugen und solche Sachen.

»Er hat sein kleines abgegriffenes Portemonnaie bei sich. Es sind immer zwei Zehneuroscheine und vier Euro in Kleingeld darin. Im Heim braucht er ja eigentlich kein Geld, aber er hatte sein Leben lang sein Portemonnaie in der Hosentasche, und Papa sagt, dass es für Opa wichtig ist, dass er es auch jetzt immer bei sich trägt.«

»Ich verstehe.« Leider macht es die Sache nicht einfacher. Ich laufe in den Hummersalon. Der einzige Gast, der dort zum Frühstücken sitzt, ist mein Bruder. In aller Seelenruhe löffelt er gerade ein Ei.

»Moritz!«

Er zuckt zusammen. »Das ist lecker«, sagt er zu mir, als ich neben ihm stehe. »Frisch und garantiert von freilaufenden Hühnern. Das schmecke ich sofort.«

Moritz lobt selten Nahrungsmittel, und ich sollte es eigentlich gebührend kommentieren, aber dazu steht mir momentan wirklich nicht der Sinn. »Was sitzt du hier rum? Hast du nicht mitbekommen, dass Frido weg ist? Und Biskuit habe ich auch nicht gefunden.« Ich schlage ihm den meerblauen Plastiklöffel aus der Hand, als er unbeeindruckt den letzten Bissen aus dem Eierbecher löffeln will.

»Spinnst du?« Beide Moritzaugen blitzen mich an. Die Schwellung ist abgeklungen.

Das Erscheinen von Schwester Henni und Lambert erspart ihm meine wütende Antwort.

»Lambert hat mir gesagt, was passiert ist. Wir haben alles abgesucht. Hier im Haus ist er nicht.« Schwester Henni strahlt völlige Ruhe aus, während sie spricht. »Lambert und ich werden jetzt draußen das Hotelgelände absuchen, und Sie können meinen Wagen nehmen und die Straßen abfahren. Alte Menschen legen beim Gehen gern eine Geschwindigkeit vor, die man unterschätzt.« Ihr Augenmerk liegt, während sie spricht, auf Esther.

Ich erkenne darin Überraschung. Mit Sicherheit hat sie sich Moritz' Verlobte anders vorgestellt. Genau wie er.

»Schwester Henni, das ist Esther. Esther, das ist Henrike Morgenroth«, stelle ich die beiden auf dem kürzestmöglichen Weg einander vor. Für ein Vertiefen ist momentan keine Zeit, und eigentlich bin ich auch ganz dankbar dafür. Ich kläre alle Anwesenden über meine Vermutung bezüglich der Busse auf. »Wir müssen uns aufteilen«, sage ich.

Schwester Henni nickt Moritz zu. »Sie und Ihre Verlobte können meinen Wagen nehmen und den Linienbus verfolgen.

Er fährt Richtung Niebüll. Die Seniorengruppe wird bei uns gegen Abend zurückerwartet. Sie machen einen Tagesausflug nach Friedrichstadt. Das ist rund sechzig Kilometer entfernt.«

»Diesen Bus werde ich übernehmen«, sage ich, mir im selben Moment bewusst werdend, dass ich kein Auto habe. »Rufen Sie mir bitte ein Taxi?«, wende ich mich an Lambert.

»Das machen wir«, sagt Schwester Henni. »In der Zwischenzeit können Sie sich umziehen, Audrey.« Kopfschüttelnd gleitet ihr Blick über mich. »Ihr jungen Leute! Schon vor dem Frühstück so voller Elan. Wunderbar, dass Sie schon geübt haben. Aber Sie wissen schon, dass man Schuhe zu den Gamaschen trägt?«

# 7

In null Komma nichts bin ich in eine graue Jeans, ein rotes Shirt und meine Sneaker geschlüpft. Da ich vielleicht viel laufen muss, habe ich mich gegen Pumps entschieden. Während ich meine kurze Lederjacke, deren Rotton einen Tick dunkler ist als das Shirt, aus dem Schrank reiße, versuche ich mich zu beruhigen. Schlimmstenfalls fällt Fridos Hilflosigkeit jemandem auf, und derjenige ruft die Polizei. Dann ist die Abenteuerreise für ihn und Esther zwar beendet, aber die Welt geht nicht unter. An ein anderes Schlimmstenfalls wage ich nicht zu denken.

Als ich auf die Hotelveranda trete, in Erwartung, ein Taxi zu sehen, winkt Schwester Henni mir von dem kleinen Hotelparkplatz neben dem Gebäude zu. Sie steht vor einem Wagen, aus dem mir Mark Nommsen vom Fahrersitz entgegenschaut. Ich weiß nicht, was mich mehr erschreckt, sein Anblick oder der des Autos. Zumindest glaube ich, dass das hellblaue Ding in die Kategorie Auto gehört.

»Audrey-Schatz, ich habe Mark gebeten, Sie zu fahren. Er hat Urlaub, und weil wir hier alle eine große Familie sind, hilft er gern. Nicht wahr, Mark?« Meinen einsetzenden Protest würgt sie mit den Worten ab: »Papperlapapp, ich will nichts hören. Fahrt lieber schnell los, damit ihr nach Friedrichstadt kommt.« Sie deutet auf die babyblaue Krücke, als ich bei ihr ankomme. »Ihr Bruder hat sich geweigert, mit meinem Noah zu fahren. Mark hat ihm liebenswürdigerweise seinen Wagen zur Verfügung gestellt.« Ihre Mundwinkel verziehen sich nach unten. »Moritz ist wirklich eigen, muss ich sagen. Aber Künstler sind wohl so.«

Dieses Mal bin ich auf Moritz' Seite. Ich möchte auch nicht in Noah einsteigen, der sich bei weiterem Hinsehen als ein Fiat Cinquecento entpuppt. Der Name Noah passt allerdings. Das Wägelchen könnte durchaus schon auf der Arche mitgeschippert sein. Aber um kein weiteres Tannheim'sches Missfallen zu erregen, lächle ich breit von ihr zu Mark. »Wie reizend Sie beide sind.«

Mark lacht kurz auf und murmelt etwas in sich hinein, das nach »unglaublich« klingt.

Den ersten Kilometer legen wir schweigend zurück. Mein Kopf wandert während der Fahrt hin und her. Ich scanne jeden Meter Umgebung, den Noah uns voranbringt, in der Hoffnung, Frido irgendwo zu erspähen. Es wird wieder ein schöner Tag werden. Die wenigen Wolken am Himmel ziehen nicht dahin, sondern scheinen zu stehen. Es herrscht kaum Wind, so dass auch das Drehen der riesigen Rotorblätter der spargeligen weißen Windräder behäbig wirkt.

Ich deute darauf. »Es ist windstill. Was macht ihr hier oben, wenn gar kein Wind weht? Kocht ihr euer Süppchen dann am Lagerfeuer?« Ich starre ihn von der Seite an. Sein dunkles Haar scheint sich dem Kamm heute Morgen widersetzt zu haben, und der lässige Dreitagebart, der ihn, das muss ich leider zugeben, unverschämt gut aussehen lässt, gibt ihm etwas Urmännliches.

Das Bild von Mark Nommsen in einem Lendenschurz taucht vor meinem geistigen Auge auf. In der rechten Hand hält er einen Speer, mit der linken zieht er ein riesiges Stück Mammutfleisch hinter sich her. Er kommt auf mich zu – ich trage ein kurzes, hübsch gestreiftes Säbelzahntigerfellkleid, das eine Schulter offen lässt, und sortiere Beeren nach Farben in verschiedene Tontöpfe. Stöhnend lässt er sich am Feuer nieder. Der Kampf mit dem Mammut hat ihm alles abverlangt.

Schweiß, Dreck und Mammutblut lassen seine muskulöse behaarte Brust glänzen.

»Bei Sturm haben wir jede Menge Stromüberschuss. Den lagern wir dann im Keller ein«, kommt Marks Antwort auf meine dämliche Frage. »So können wir auch bei Flaute unsere Kaffeemaschine anschmeißen.« Mit einem unverschämten Grinsen wendet er seinen Kopf zu mir. »Und *Gäste* damit verwöhnen.«

Mir wird heiß, einerseits, weil er mich mal wieder an meinen Kaffeeklau erinnert, und andererseits … Wieso habe ich in meiner Fantasie gerade *mich* gemeinsam mit Mark am Lagerfeuer gesehen? Schnell stopfe ich gedanklich Imke Heinrich in das hübsche Fellkleid. Wobei ich sagen muss: Säbelzahntigerfell und Blond harmonieren nicht. Umgekehrt könnte ich natürlich am Lagerfeuer sitzen bleiben und Jasper den Speer in die Hand drücken. Jetzt ist die Brust über dem Lendenschurz nicht mehr so breit und unbehaart. Und statt des Mammuts hat Jasper einen Hasen erlegt. Ja, so passt es. Zufrieden küsse ich meinen tapferen dunkelblonden Jäger und ziehe ihn in unsere Höhle, um einen süßen kleinen Steinzeit-Robert zu machen.

»Noch fünfundzwanzig Kilometer«, sagt Mark und deutet auf ein Straßenschild. Wieder sehen wir uns an. Ich löse meinen Blick schnell, weil plötzlich ein dunkelhaariges Steinzeitkind in meinen Gedanken auftaucht.

»Hast du in deinem Urlaub nichts Besseres zu tun, als mit mir durch die Gegend zu kutschieren?«

»Nun, ich habe ab heute Urlaub, weil in der Woche vor unserer Premierenaufführung genug mit dem Aufbau der Bühne und dem Herrichten der Scheune zu tun ist, aber zwei Stündchen kann ich schon erübrigen. Die weiteren Aufführungen sind dann unspektakulärer. Der Text sitzt ja.«

Mein Kopf ruckt herum. »Weitere Aufführungen?«

Er lacht. »Glaubst du, wir betreiben diesen Riesenaufwand für nur eine Aufführung? Es wird bis Oktober noch drei und ab April nächsten Jahres weitere Aufführungen geben. Aber keine Angst, Nicki wird am Wochenende aus dem Krankenhaus entlassen. Du kannst nach der Premiere unbelastet nach Sylt abreisen.«

Ja, das hätte er gern. Damit ich aus Schwester Hennis Leben verschwinde und sie nicht weiter beeinflussen kann. »Vielleicht gefällt es mir hier ja so gut, dass ich noch ein bisschen bleibe.«

Er brummt etwas in sich hinein, und ich schaue schweigend aus dem Fenster. Wir werden von vielen Autofahrern überholt, weil Mark sich nicht traut, schneller als achtzig zu fahren, denn Noah hört sich bei höheren Umdrehungszahlen nicht gesund an. Aber es stört mich nicht. Wenn ich nicht so in Sorge um Frido wäre, könnte ich die karge nordfriesische Landschaft noch mehr genießen. Weite Wiesen- und Weideflächen mit Kühen und Schafen machen ihren Charme aus. Wind und Sturm haben den Bäumen über die Jahrzehnte kräftig ins Genick geschlagen. Nach Osten gebeugt, stehen sie da.

Als Mark irgendwann links abbiegt und gleich darauf das Ortsschild Friedrichstadt auftaucht, bin ich dankbar. Mein Hals ist verkrampft, weil ich mich die ganze Zeit zwingen musste, nicht zu ihm, sondern aus dem Fenster zu gucken. Er hat etwas an sich, das es mir schwermacht, ihn zu ignorieren. Das fängt schon bei seinem Geruch an, der in dem kleinen Fiat sehr präsent ist. Es ist eine Mischung aus einem sehr herben Aftershave und … Mark. Weil mich ganz kurz das Bedürfnis anfällt, meine Nase an seinen Hals zu pressen, um ihn einzuatmen, seufze ich. Was ist nur mit mir los? Ich hasse diesen Kerl!

Glücklicherweise fasst er meinen Seufzer anders auf. »Keine Sorge, wir finden den Bus schon. So groß ist Friedrichstadt nicht, und es gibt ein paar spezielle touristische Anlaufstellen. An einer davon werden wir schnell Erfolg haben.«

Holländerstädtchen steht auf einem Willkommensschild und lässt hoffen, dass die Begrüßung durch zwei große Verbrauchermärkte an der rechten Seite, als wir in den Ort hineinfahren, architektonisch noch getoppt werden kann.

»Wir werden als Erstes zur Anlegestelle der Prinzen-Linie fahren«, sagt Mark. »Die Grachtenfahrten durch unser Venedig des Nordens sind der Renner.«

»Da ist der Bus!«, stoße ich aus, als wir einen großen Parkplatz ansteuern. Ich renne schon Richtung Anlegestelle, als Mark noch das Wägelchen abschließt. In meinen Augen eine völlig überflüssige Maßnahme. Kein Autodieb würde so tief sinken und diese Schrottlaube klauen.

Schon von weitem erkennt man eine Menschentraube am Kassenhäuschen. In dem Kanal rechter Hand liegt ein überdachtes Fahrgastschiff mit dem hübschen Namen Grachtenprinzessin. Dahinter tuckert der Motor eines offenen Schiffes vor sich hin, das zur Hälfte bereits mit Touristen besetzt ist und wohl gleich ablegen wird. Ein langhaariger junger Mann im Wacken-Open-Air-Shirt nimmt die Fahrkarten entgegen und hilft ein paar Senioren ins Schiff.

Mein Blick gleitet gehetzt von den Leuten im Boot über diejenigen, die noch zusteigen wollen. Ich erkenne Frido, der gerade den Steg entlangtrippelt, erst beim zweiten Hinsehen, weil ich nach einem blauen Trainingsanzug Ausschau gehalten habe. Dabei trägt er doch heute seine neue Cordhose und den weinroten Pulli, den ich gestern auf Föhr für ihn gekauft habe.

»Frido!«, rufe ich maßlos erleichtert und dränge mich durch die älteren Herrschaften zu ihm durch. Es gibt einen kleinen Stau auf dem Steg, weil der die Karten entgegennehmende

Heavy-Metal-Fan auf Frido einredet, der an Bord will, aber natürlich keine Fahrkarte gelöst hat. »Frido.« Ich fasse seinen Arm, als ich bei ihm ankomme. »Was machst du denn für Sachen? Komm, wir fahren nach Hause.« Ich lächle den jungen Mann entschuldigend an. »Ein Versehen. Wir … äh … wollen nicht mit dem Schiff fahren.«

Frido bewegt sich nicht einen Zentimeter, als ich leicht an seinem Arm ziehe. Sein Blick ruht auf der weiß-blauen Dannebrog, von der uns die Leute jetzt neugierig mustern, weil wir den Verkehr aufhalten.

»Schade«, sagt Frido leise. »Ein hübsches Schiff.«

Mir wird das Herz schwer.

»Wer hätte gedacht, dass wir so schnell fündig werden«, sagt Mark hinter mir. Richtig glücklich klingt seine Stimme allerdings nicht.

Ich drehe mich zu ihm um. »Danke für den Taxidienst, Mark. Du kannst jetzt guten Gewissens zurückfahren. Ich werde mit Frido die Bootstour machen, und anschließend nehmen wir ein Taxi nach Dagebüll.«

Es dauert drei Sekunden, bis er erwidert: »Das kommt überhaupt nicht in Frage. Schwester Henni killt mich, wenn ich ohne euch zurückkomme.« Er deutet ins Schiff. »Steigt schon mal ein, ich hole uns Karten.«

Frido guckt mich an und sagt: »Und wo ist das Kätzchen?«

Mein Stichwort. Ich ziehe mein Smartphone aus der Jackentasche und wähle Moritz' Nummer. »Wir haben Frido gefunden«, spreche ich leise. »Ihr könnt also wieder nach Dagebüll zurückfahren. Du kannst Esther sagen, dass es Frido wunderbar geht. Wir machen noch eine Grachtenfahrt mit ihm. – Nein, ich habe nichts Besseres zu tun!« Jetzt wird meine Stimme lauter. »Aber du schon, Bruderherz. Sobald ihr zurück seid, machst du dich auf die Suche nach Biskuit. – Und ob du das machst! Schließlich hast du die Zimmertür offen gelassen.« Ich drücke ihn einfach weg.

Keine zehn Minuten später stößt der Wacken-Fan-Kartenabreißer das Schiff mit den Worten »Bis morgen!« von der Anlegestelle ab und sorgt so für den ersten Lacher der Passagiere. Gemächlich tuckern wir los, und ich bin mir nicht sicher, ob ich die Fahrt trotz des sonnigen Morgens genießen werde. Frido sitzt an der Längsseite des Schiffes links von mir auf der Bank, Mark rechts. Seinen Arm hat Mark lässig hinter meinem Rücken auf der Reling des Schiffes abgelegt, und ich versuche krampfhaft seine Nähe zu ignorieren. Ich kann die Wärme seines Körpers spüren, denn er trägt nur einen dünnen V-Ausschnitt-Pulli über einem Shirt. Seine Jacke hat er ausgezogen und sie Frido, der ohne Jacke die Flucht angetreten hat, um die Schultern gelegt. Wenn ich geradeaus auf die gegenüberliegende Bank schaue, guckt mich der Walrossbart-Opa an. Im Zweiminutentakt zwinkert er mir zu. Also starre ich stur nach links in Fahrtrichtung, was auch Sinn macht, denn unser Kapitän, der am Heck des Schiffes hinter dem Steuer steht, erzählt allerlei Wissenswertes und nette Anekdötchen über die Stadt und ihre Grachten.

Wir blicken in die gepflegten Gärten der Anwohner, von denen die meisten eine eigene kleine Anlegestelle am Wasser haben. Der Kapitän beantwortet fleißig alle Fragen der wissbegierigen Senioren und hat – leider – auch nichts dagegen, als der Walrossbart ein Lied anstimmt und die übrigen Ü-Siebziger herzhaft mit einstimmen. »Eine Seefahrt, die ist lustig, eine Seefahrt, die ist schön …«, klingt es viel- und schrecklichstimmig über die Eider.

Die lebensgroße Figur eines Kapitäns mit Pfeife im Mund sitzt auf einer Bank am Grachtenufer und guckt zu uns herüber. Ich weiß genau, was der alte Seebär denkt.

Immer wenn man einen Eisberg braucht, ist keiner da.

Und dann freue ich mich plötzlich riesig, denn neben mir höre ich ein zaghaftes »Hollahi, Hollaho …«. Frido singt den Refrain, mit dem Fuß auf dem Schiffsboden tippend, mit.

»Hörst du das?«, wende ich mich glücklich an Mark und schlucke im selben Moment. Er ist nah wie nie.

»Darf ich?«, fragt er leise und hebt seine rechte Hand. »Du hast da was im Haar.« Und schon fühle ich seine Handfläche an meiner Wange, während seine Finger durch mein Haar streifen.

Ich sollte ihm auf die Finger hauen. Dieser Kerl hat gefälligst nicht an mir herumzufummeln. Aber ich halte still. »Was ist es denn?«, frage ich, weil er sehr lange braucht, um das Etwas zu entfernen.

»Ein Tierchen.« Seine wunderschönen Augen lassen mich nicht los. »Vom Kuss … äh … vom Fluss natürlich. Ein … eine Mücke.«

Er zieht die Hand zurück, und ich drehe mich schnell wieder zu Frido um, dessen leises »Hollaho!« zusammen mit dem des Seniorenchors ausklingt.

Ich atme tief durch. War das gerade eine Freud'sche Fehlleistung von Mark Nommsen? Würde er mich gern küssen? Auf jeden Fall zieht er seinen Arm hinter meinem Rücken weg. Aber das könnte auch daran liegen, dass wir gerade eine Brücke unterqueren, deren Durchfahrt so eng ist, dass das Schiff gerade mal hindurchpasst, und unser Kapitän die Anweisung erteilt, die Ellbogen einzuziehen.

»Schwalben«, sagt Frido. Er hat die verlassenen Nester entdeckt, die unter der Brücke hängen.

»Ja«, entgegne ich. »Die sind ausgeflogen, Frido.« Genau wie er. Allerdings wird er sein Heimnest im Gegensatz zu den Schwalben wieder beziehen. Aber hoffentlich erst, nachdem

Esther mit ihm das Nordlicht bewundert hat. So langsam sollte ich mir mal Gedanken machen, wie ich die beiden dorthin bekomme.

Frido macht sich um all das keine Gedanken. Er winkt den Passagieren auf dem Fahrgastschiff Vineta zu, das uns entgegenkommt. Man sieht nur die Köpfe, und sie schauen aus wie Stecknadelköpfe in einem Nadelkissen. Auf einer weiteren Brücke steht eine Mitarbeiterin der Prinzen-Linie und fotografiert uns. Wir winken fröhlich zu ihr hinauf. Im Hafen weist uns der Kapitän auf den Getreidesilo hin. Als er erklärt, dass der Hafen wegen des Silos im Volksmund Brothafen genannt wird, wird mir bewusst, dass ich noch keinen Bissen im Magen habe, geschweige denn einen Kaffee. Wenn ich mich heute Morgen nicht beim Zähneputzen heftig verschluckt hätte, hätte ich nicht einmal den halben Zahnputzbecher Wasser getrunken.

Als wir in den alten Hafen gelangen, schaue ich Frido an. Starr blickt er vor sich hin. »Frido?«, frage ich leise, über seine Hand streichelnd, aber es kommt keine Antwort. Er ist im Feenmodus, und dieses Mal erschreckt es mich. Wie kann das sein? Was ist es, das da in ihm von einem Moment zum anderen einfach das Licht ausknipst und ihn im Dunkeln zurücklässt? Ich kann verstehen, dass Esther an das Feenland glauben möchte, weil alles andere unerträglich scheint. Aber wer kann es wahrhaftig wissen? Vielleicht ist es da, wo Fridos Geist jetzt weilt, tatsächlich nicht dunkel? Vielleicht liegt er gerade mit seiner Aurora auf einer sommerlichen Blümchenwiese Hand in Hand. Das warme Gras wärmt ihre Rücken, der Duft von Kornblumen und Kamille liegt in der Luft, während sie in den blauen Himmel schauen. »Sieh nur die Konturen der Wolken, Frido«, sagt Aurora und deutet hinauf. »Ist das nicht Jochens Gesicht? Unser Sohn ist bildhübsch.« Und Frido nickt dazu und zeigt auf eine kleinere Wolke. »Und das ist Esther, unsere Enkelin, Aurora. Sie ist wie du, liebevoll, wunderhübsch.« Und dann lacht er schelmisch und drückt Auroras Hand. »Sie fährt mit mir zum Nordkap.« Aurora nickt. »Aber das weiß ich doch, Frido. Ich bin doch bei euch, jeden Tag, jeden Schritt.« Frido nimmt einen Grashalm und streicht damit zart über Auroras Wange. »Ich besuch dich bald wieder, Liebes. Ich muss jetzt zurück zu Esther. Sie freut sich immer so, wenn ich sie besuche.« Aurora nickt lächelnd, weiter in den Himmel blickend. »Komm bald wieder.«

Ich seufze. Vielleicht ist Frido wirklich ein Weltenwanderer? Und der Preis, den er dafür zahlen muss, ist das Vergessen?

Walrossbart reißt mich mit seiner grölenden Stimme abrupt aus meinen Träumen. »Na, das ist doch mal ’ne Galionsfigur vom Feinsten!«

Zurück im Hier und Jetzt, folge ich den Blicken der anderen zu einem im Hafen liegenden hübschen Dreimaster mit hellblauem Rumpf, dessen Bug eine weiße Meerjungfrau ziert. Ich beneide sie – nicht um den Fischschwanz, aber um ihre prallen Brüste.

Weil das Flüsschen Treene in zwei Sielzügen durch Friedrichstadt in die Eider fließt, finden wir uns irgendwann auf der Treene wieder, ohne dass ich einen Unterschied zur Eider bemerke. Hand in Hand mit dem stummen Frido genieße ich einfach die ruhige Fahrt. Unser Kapitän schweigt und lässt uns die gelb blühenden Teich- und die weiß blühenden Seerosen am Uferrand bewundern. Reetgras wächst an beiden Uferseiten. Als wir an einem Freibad vorbeischippern, dessen Rutsche direkt in die Treene ragt, muss ich an Moritz denken, denn das Wasser ist durch Schwebstoffe rötlich braun gefärbt. Moritz würde sich schütteln.

»Wenn man das Wasser filtern würde, hätte es quasi Trinkwasserqualität«, sagt der Kapitän.

Jetzt würde Moritz würgen.

Wenn ich nicht so hungrig wäre, könnte ich die Fahrt richtig genießen. Mark weist mich auf viele nette Kleinigkeiten hin, als wir die sogenannte Handwerkerinsel passieren. Sie hat ihren eigenen Charme mit den farbigen Sonnenschirmen, bunten Blumenkübeln und allerlei Gartennippes. Mein schlechtes Gewissen meldet sich, als wir auf die Schönheitsklinik der Stadt hingewiesen werden. Jasper! Ich wollte ihm längst eine Nachricht schicken. Wenn ich wieder in Dagebüll bin, werde ich ihn umgehend anrufen oder zumindest auf die Mailbox sprechen. Ich denke wieder an ihn, als der Kapitän uns ein paar Häuser zeigt, die statt einer Hausnummer eine Hausmarke haben, deren Symbol auf den Berufsstand hinweist. Für den Bäcker ist es ein Brot, für den Sekretär eine Feder. Mir gefällt das außerordentlich gut. Frido hätte einen Schuh gewählt, Mark Nommsen vermutlich einen grinsenden Hund. Aber was hätten Jasper und ich auf unserer Hausmarke? Ein Skalpell natürlich und … einen Taschenrechner?

Nun, darüber muss ich mir keine Gedanken machen. Selbst wenn wir unsere gemeinsame Penthousewohnung mit Blick auf den Main verlassen würden, um in ein Einfamilienhaus zu ziehen, würde Jasper eine Hausmarke als Kitsch abtun. Für Moritz wäre eine Malpalette mit Pinsel passend. Aber er würde niemals sein Haus so markieren. Bei einem etwaigen Notfall – der gedanklich damoklesschwertmäßig immer über ihm hängt – könnte ihn schließlich ein Arzt nicht sofort finden, wenn keine Nummer an seinem Haus steht.

Als wir zurück am Anleger sind, ist eine Stunde vergangen. Ich möchte gern als Erste das Schiff verlassen, um ohne Verzögerungen ein Café, einen Kiosk oder irgendeine Bude mit Kaffeeausschenklizenz ansteuern zu können. Darum stehe ich auf, bevor das Schiff festgemacht hat. Ein Fehler, denn Frido steht mit mir auf und verliert den Halt trotz des sanften Anlegens. Er kippt gegen mich, und ich kann ihn gerade noch am Rücken abstützen, damit er nicht fällt. Allerdings plumpse ich dabei seitlich auf den Schoß von Mark Nommsen. Seine Arme umfangen mich automatisch, und vor Überraschung sind wir beide einen Moment sprachlos.

»Entschuldige«, sage ich schließlich.

Er erwidert nichts – für eine gefühlte Ewigkeit. Dann lächelt er sein verhasstes Mark-Lächeln, das mit der Häme. »Da du keine Anstalten machst, aufzustehen, scheint es dir entgegen aller Erwartung in meiner nächsten Nähe zu gefallen. Ich werde nicht so unhöflich sein und dich von mir schubsen. Also, wenn du hier sitzen bleiben möchtest, müssen wir uns für die nächste Tour Karten holen lassen.« Er löst seine Arme und legt sie an beiden Seiten der Reling ab, während er sich lässig zurücklehnt.

Dem Impuls, aufzuspringen und ihn gleichzeitig in sein grinsendes Gesicht zu schlagen, widerstehe ich instinktiv. Dieses arrogante Arschloch! Ich bleibe auf seinem Oberschenkel hocken, lege eine Hand auf seine Brust und gehe mit meinem Gesicht ganz nah an seines. »Weißt du, was ich glaube?« Meine Lippen sind seinen jetzt so nah, dass sie sich fast berühren. Ich flüstere. »Dass es genau andersherum ist. Du würdest mich so gern küssen. So richtig gern.« Ich lächle zuckersüß, während ich meinen Oberkörper wieder zurückziehe. Langsam über seine Brust streichend, nehme ich meine Hand von ihm weg und stehe auf.

Er erhebt sich fast genauso schnell. Jetzt beugt er seinen Kopf zu mir herunter. »Du kleine arrogante …« Ihm fehlt das richtige Wort. »Es gibt nichts, was ich weniger möchte.«

»Dann ist es ja gut, dass wir das geklärt haben«, sage ich und wende mich hastig ab, zum einen, weil Frido sich selbständig macht und sich in die Schar der bereits vom Schiff strömenden Leute einreiht, zum anderen, weil ich weiß, dass ich recht habe. Er möchte mich küssen. Und das Angstmachende daran ist, dass eine dunkle Seite in mir sich sehnlich wünscht, dass er es tut.

Am Auto müssen Frido und ich auf Mark warten. Als er schließlich kommt, reicht er mir zwei Fotos. »Für euch. Zur Erinnerung an unseren Ausflug.« Er gibt mir beide Fotografien in die Hand, weil Frido vor sich hin starrt. Ich gucke auf das Bild und kann wieder kaum glauben, dass Frido derselbe Mann ist, der auf dem Foto so fröhlich in die Kamera winkt. Hoffentlich kann er sich an die Schiffsfahrt erinnern, wenn er das Foto später betrachtet. »Danke schön«, murmle ich Mark zu, verwirrt durch die nette Geste.

Als Mark Noah aufschließt, quetsche ich mich in den Fond, damit Frido vorn sitzen kann. Ich verzichte darauf, um einen Stopp an einem Café zu bitten. Ich will so schnell wie möglich nach Dagebüll zurück, um Mark Nommsen zu entkommen. Er spricht mit Frido, doch der reagiert nicht. Vielleicht, weil er sich noch bei Aurora im Feenland herumtreibt, vielleicht aber auch, weil Mark ihn immer mit Herr Lörtsch anspricht. Und dieser Name ist Frido so fremd wie einem Eisbären die Wüste Gobi. Und wie mir momentan die Vorstellung, in dreieinhalb Wochen in meinem traumhaften Brautkleid mit Jasper vor den Altar zu treten.

Seit wir in Nordfriesland angekommen sind, ist es, als läge Jaspers Gesicht hinter einer Nebelwand. Auch jetzt dauert es, bis ich ihn vor mir sehe. Leider ist es sein gehetztes Gesicht, das, mit dem er unsere Wohnung am Tag seiner Abreise in die USA verlassen hat. Jasper ist ein Workaholic. Sein Pflichtbewusstsein und angeborener Ehrgeiz machen es ihm schwer, mal fünf gerade sein zu lassen. Ein Nur-zehn-Stunden-Tag in der Klinik bedeutet für ihn schon Entspannung pur. Dann schläft er am Abend mal nicht auf der Couch ein, sondern wir gehen essen oder in einen Club.

Die Treffen und netten Abende mit Freunden werden immer seltener, weil etliche von ihnen inzwischen Eltern sind und Jasper die Kackwindel-Gespräche, wie er sie nennt, zu Tode langweilen. Und wenn er sich mir zuliebe doch mal aufrafft, bringt er es fertig, selbst dort am Tisch einzunicken. Und ich habe dann jedes Mal ein schlechtes Gewissen, weil ich meinen bis an seine Grenzen arbeitenden völlig fertigen Freund dorthin geschleppt habe. Schließlich ist es unsere gemeinsame Zukunft, für die er so schuftet. Und ich selbst habe schließlich bis dato so gut wie nichts dazu beigetragen.

»Hast du etwas dagegen, wenn wir in Ockholm einen Zehnminutenhalt einlegen?«, fragt Mark und sieht mich im Rückspiegel an. »Ich würde gern kurz bei … einem Patienten reinschauen.«

Mein Magen knurrt wie mein alter Teddy, wenn ich ihn kopfüber hielt, aber ich sage höflich: »Nein, natürlich habe ich nichts dagegen. Es ist schließlich deine Zeit, die wir über Gebühr beansprucht haben.«

Wir schweigen uns an, bis wir in Ockholm eintreffen. Mark parkt Schwester Hennis Vehikel auf der Auffahrt eines Einfamilienhauses am Ortseingang. Direkt daneben liegt ein großer Bauernhof. »Vielleicht willst du dir mit Frido so lange die Füße vertreten?«, fragt er, während er die Wagentür öffnet.

Weil Noahs Fond nicht gerade komfortabel ist und weil es vielleicht gut ist, wenn Frido nach dem vielen Sitzen ein paar Schritte geht, antworte ich knapp: »Ja.«

Mark umrundet den Wagen, öffnet die Beifahrertür und hilft Frido. Dann zieht er den Sitz vor, damit ich aus dem Zweitürer aussteigen kann. Ich ignoriere die Hand, die er mir entgegenstreckt, und klettere aus dem Fond.

»Ich brauche nicht lange«, sagt er und deutet auf das Grundstück neben uns. »Zimmer frei« steht auf einem Schild mit einer lachenden Sonne.

»Komm, Frido, wir gehen ein paar Schritte.« Ich deute auf die andere Straßenseite. »Küstenkoopmann« steht in großen Lettern auf einem erhöht liegenden Haus. Daneben befindet sich ein kleiner Friedhof samt winziger Kirche. Vielleicht hat Frido Gefallen an dem hübschen Gotteshäuschen. Aber anstatt mir zu folgen, tippelt er im Eiltempo durch die hölzerne Gartenpforte Mark hinterher, der gerade den Klingelknopf an der Hauswand drückt.

»Frido!« Ich laufe los, um ihn zurückzuholen, als eine gutaussehende Frau in fleckiger Jeans und mintfarbenem Poloshirt, die um die fünfundfünfzig sein mag, die Tür öffnet. Ihr schicker silbergrau schimmernder Bob gefällt mir. Ich bewundere die Frauen, die ihr ergrauendes Haar lässig mit dem gleichen Farbton veredeln, anstatt es krampfhaft in dem ursprünglichen Farbton zu tönen. »Grau ist das neue Blond« habe ich gelesen. Ich werde auch zu meinen grauen Haaren stehen, wenn ich fünfzig bin, spätestens mit sechzig. Der Gedanke, dass ich vor einem Jahr mein erstes graues Haar entdeckt und seitdem etliche mehr panisch herausgerissen habe, lässt sich allerdings nicht in den Hirnmüllraum schieben. Vielleicht werde ich doch bis siebzig warten.

Marks Gesicht ist deutlich anzusehen, dass ihm meine und Fridos Gegenwart unangenehm ist. Und ich kann ihn verstehen. Zu einem häuslichen Patientenbesuch hat man als Tierarzt wohl nur sehr selten zwei fremde Menschen im Schlepptau.

Die Frau schaut nicht halbwegs so grantig aus wie Mark, aber überrascht wirkt sie schon, als ihr Blick von Mark zu uns wandert. Ihre Lider sind rot verquollen. Hat sie geweint? Oder ist es eine Allergie?

»Mark-Schatz! Ich habe dich erst heute Nachmittag erwartet.«

*Mark-Schatz?* Mir klappt der Mund auf. Kein Wunder, dass er so unangenehm berührt wirkt. Er betrügt Imke mit einer Mittfünfzigerin? Gut, sie ist wirklich attraktiv und grazil, aber … er ist höchstens fünfunddreißig!

»Hallo, Mama.« Marks Stimme klingt gepresst. »Ich wollte nur schnell einen Blick auf Paddy werfen, da wir gerade auf dem Weg waren … Das sind Audrey Tannheim und Frido Lörtsch, die eigentlich währenddessen einen Spaziergang machen wollten.«

*Mama?* Diese schöne Frau ist seine Mutter und nicht seine Geliebte? Die Erleichterung, die mich bei diesem Gedanken erfasst, muss der Tatsache geschuldet sein, dass er Imke nicht betrügt.

»Wiebke Nommsen«, stellt sie sich selbst vor und hält Frido die Hand hin, die er ignoriert.

»Entschuldigen Sie«, stoße ich heraus. »Wir wollten Sie nicht belästigen. Komm, Frido, wir gehen zum Auto zurück und warten da auf Mark.« Ich nehme seinen Arm.

»Aber nein«, sagt Marks Mutter und öffnet die Haustür weit. »Sie müssen nicht im Auto warten. Kommen Sie doch mit herein, solange Mark bei Paddy ist. Bitte!«

Täusche ich mich, oder wirkt ihr Hereinbitten fast flehentlich? Erträgt sie ihren Sohn allein nicht? Verstehen könnte ich es ja. Trotzdem entgegne ich: »Das ist sehr nett, aber wir gehen jetzt zurück zum Wagen, nicht wahr, Frido?«

Frido schweigt. Ich hake ihn ein, damit er Mark, der sich noch keinen Schritt bewegt hat, nicht doch ins Haus folgt.

»Wie Sie wollen«, sagt Wiebke Nommsen. »Ich war gerade dabei, mir einen Kaffee aufzusetzen. Ich hätte Sie dazu eingeladen.«

Windeseilig löse ich meinen Arm aus Fridos. »Nun … äh … ich möchte ja auch nicht unhöflich sein.« Ich strahle sie an und drücke Frido leicht Richtung Schwelle. »Auf ein Tässchen Kaffee kommen Frido und ich gerne rein.«

Ich ignoriere das mit einem Kopfschütteln kombinierte kurze Auflachen von Mark, der hinter uns den kleinen Flur betritt und die Tür schließt. Für seine Worte, während wir Wiebke Nommsen in die Küche folgen, könnte ich ihn erwürgen.

»Gib ihr den Jumbobecher mit dem Halbliterfassungsvermögen, Mama.«

Frido steuert gleich den Holztisch an und setzt sich auf die Eckbank mit den rotkarierten Bezügen.

Mein Blick folgt Mark, der mit einem leisen »Na, wie geht's dir heute, alter Freund?« vor einem riesigen Kissen, das vor dem Heizkörper unter dem Fenster liegt, in die Knie geht. Der kastanienbraune Irish Setter darauf hebt ganz kurz den Kopf, bevor er ihn kraftlos auf das Kissen zurückfallen lässt. Mark streichelt liebevoll seinen Kopf, und der Schwanz des Hundes beginnt zu zucken. Ein kraftloses Wedeln.

Ich weiß in diesem Moment, dass Wiebke Nommsens Augen vom Weinen gerötet sind. Hier liegt ihr Hund im Sterben.

Paddy beginnt zu winseln, als Mark über das glanzlose Rückenfell streichelt. Er sieht zu seiner Mutter, die an der Kaffeemaschine herumhantiert. »Mama.«

Wiebke Nommsen ignoriert Mark. Sie sieht mich an, während sie den Filter befüllt. »Nehmen Sie doch Platz.« Ihre Stimme zittert.

»Mama.« Mark klingt liebevoll, aber bestimmt. »Lass mich ihn endlich erlösen. Bitte!«

Über Wiebke Nommsens Wangen laufen zwei Tränen. Sie stellt die Maschine an, lässt den Messlöffel in die Kaffeedose fallen, geht die paar Schritte zum Hundekorb und sinkt auf die Knie. »Ich kann nicht, Mark. Ich kann nicht.« Ihre Hand streichelt jetzt den Kopf des Irish Setters. »Gib uns noch einen Tag miteinander.«

»Das sagst du seit drei Tagen, Mama.« Mark wischt zart eine Träne von ihrer Wange. »Er quält sich. Er kann nicht mehr aufstehen, seit gestern frisst er nicht mehr. Soll er verdursten? Zum Trinken wird ihm auch bald die Kraft fehlen.«

Mir wird übel. Ich habe mich selten so fehl am Platz gefühlt wie hier und jetzt. Kein Wunder, dass Mark nicht erbaut war, als wir plötzlich vor der Tür standen. Aber ich mag Frido jetzt auch nicht aus der Eckbank zerren. Also lasse ich mich mit zittrigen Knien auf den Stuhl am Küchentisch sinken. Der Anblick des todkranken Hundes und der nun bitterlich weinenden Wiebke Nommsen ist schwer verdaulich.

Mein leerer Magen krampft sich zusammen, als sie schluchzend aufspringt und mir ein »Entschuldigung« zuwerfend aus der Küche stürmt.

Schwer atmend steht Mark auf und sieht mich an.

»Es tut mir so leid, Mark«, sage ich bestürzt. »Wenn ich das geahnt hätte, dann wären Frido und ich natürlich draußen geblieben.« Ich stehe hastig auf und schwanke im selben Moment.

Mark greift nach meinen Oberarmen und drückt mich auf den Stuhl zurück. »Alles klar?« Seine Stimme klingt jetzt nach Arzt. Er mustert mich. »Du bist blass.«

»Es geht schon. Ich … ich habe heute noch nichts gegessen und getrunken. Und jetzt das hier …«, ich deute auf den todkranken Hund, »… und deine Mutter. Sie tut mir so leid. Und Paddy tut mir leid.« Meine Augen füllen sich mit Tränen. Ich weiß genau, wie Wiebke Nommsen sich fühlt. Wenn Biskuit so daliegen würde, würde ich mir auch die Augen aus dem Kopf heulen.

»Was?« Mark klingt wütend. »Warum, verdammt, hast du denn in Friedrichstadt nichts gesagt?« Er geht an den Küchenschrank, nimmt ein Glas heraus und füllt es am Wasserhahn auf. »Austrinken«, kommt es wenig freundlich über seine Lippen.

Ich gehorche ohne Widerworte.

Mark reißt währenddessen weitere Schranktüren und den Kühlschrank auf. Minuten später liegen auf einem Holzbrett ein Käse- und ein Schinkenbrot vor mir. »Wir gehen nicht, bevor du das nicht aufgegessen hast.«

Während ich in die erste Hälfte des Schinkenbrots beiße, gießt Mark aus der Kanne der noch laufenden Kaffeemaschine einen Becher Kaffee für mich ein und stellt ihn vor mir ab. »Das wird deine Lebensgeister endgültig zurückbringen.«

Ich könnte heulen, weil Mark so fürsorglich ist, obwohl er brummig klingt, weil Paddy leise winselt, weil Frido gerade ohne jeden Anlass über meine Hand streichelt.

Ich ignoriere den Kaffeebecher, obwohl mir der köstliche Duft in die Nase steigt. Vorher muss ich einfach meinen Gefühlen freien Lauf lassen. Ich drücke Frido einen herzhaften Kuss auf die Wange, dann drehe ich mich zu Mark um, der in drei weitere Becher Kaffee gießt. »Mark?«

Er sieht mich an.

»Ich … also wegen vorhin und … überhaupt …« Ich halte ihm meine Hand hin. »Frieden?«

»Meine Güte.« Er stellt die Kanne ab und lächelt. »Dein Koffeinspiegel muss wirklich im Keller sein.«

Meine Augenbrauen ziehen sich zusammen, meine Stimmung und meine Hand sinken gleichzeitig. »Dann eben nicht.«

»He«, er macht einen Schritt vor und greift meine Hand, »jetzt sei nicht so empfindlich. Mir gefällt dein Friedensangebot. Wirklich. Ich befürchte allerdings, es wird sich nur um einen zeitlich begrenzten Waffenstillstand handeln.«

»Wenn du so weitermachst, wird es darauf hinauslaufen«, erwidere ich. Meine Stimme klingt leider nicht so spöttisch, wie ich es mir wünsche, sondern eher atemlos, weil er meine Hand immer noch hält. Kann eine Hand in einer anderen zu

Hause sein? Ich muss völlig durch den Wind sein, denn dieses Gefühl habe ich gerade.

Er anscheinend nicht, denn er entzieht sie mir ruckartig. »Ich … äh … werde mal nach meiner Mutter schauen.« Ohne mich noch einmal anzusehen, stellt er einen Kaffeebecher vor Frido ab und verschwindet mit den anderen beiden Bechern aus der Küche.

Ein klitzekleines bisschen beneide ich Frido gerade um den Mikrokosmos, in dem er wandelt und in dem emotionale Achterbahnfahrten nicht existent zu sein scheinen. Seine Finger krabbeln zum Holzbrett vor mir und greifen eine Käsebrothälfte.

Ich schiebe ihm auch das Brett mit der anderen Hälfte zu. »Lass es dir schmecken, Frido.« Mein Blick wandert zu dem Irish Setter, und ich stehe auf. Ich gehe in die Knie, und meine Finger gleiten sanft über die felligen Schlappohren. »Ich kenne dich nicht, Paddy, aber du bist bestimmt ein wahnsinnig liebenswerter und fantastischer Hund, und ich bin mir sicher, dass du ein tolles Hundeleben hattest. Du bist der Papa von Marks Hund Buster, was? Der ist ein richtiger Wirbelwind. Warst du auch so als junger Hund? Mit Sicherheit. Wiebke liebt dich sehr. Und Mark liebt dich auch. Und wann auch immer du im Hundehimmel ankommen wirst, ich bin mir sicher, dass du weißt, dass sie beide nur das Allerbeste für dich wollten.«

»Ja«, höre ich Wiebke Nommsens Stimme hinter mir. Sie fügt kein weiteres Wort hinzu, sondern setzt sich neben den Heizkörper und bettet Paddys Kopf vorsichtig auf ihren Oberschenkel. Jetzt weiß ich, dass die feuchten Flecken auf ihrer Jeans Hundespeichel sind. Wiebke streichelt seinen Kopf. »Komm heute Nachmittag, Mark«, sagt sie leise, ohne den Blick von ihrem Hund zu nehmen. Und so, wie sie es sagt, steht fest, dass Paddy dann in den Hundehimmel einziehen wird.

# 8

Im Seeblick herrscht Stille, als ich mit Frido an der Hand das Foyer betrete. Lambert steht draußen auf dem kleinen Parkplatz bei Mark, der uns vor dem Hotel abgesetzt hat. Sie tauschen die Wagenschlüssel. Mark und ich haben auf der kurzen Fahrt von Ockholm nach Dagebüll bis auf ein verabschiedendes »Bis später, wir sehen uns bei der Probe!« kein Wort gesprochen. Er war gedanklich wohl bei seiner Mutter und Paddy, und ich war gedanklich … bei ihm. Das schlechte Gewissen treibt mir die Röte in die Wangen. Ich habe mein Prinzesschen vergessen! Und ich bin mir sicher, dass Moritz sie noch nicht gefunden hat, denn sonst hätte er mich angerufen oder mir zumindest einen Einzeiler über WhatsApp geschickt. Aber die Einzige, die mich mit Nachrichten überschüttet, ist meine Freundin Lena. Die Organisation für eine Junggesellinnenabschiedsparty scheint auf Hochtouren zu laufen, denn sie hinterfragt mit auffallender Unauffälligkeit alle möglichen Dinge. Zusätzlich teilt sie mir bei jeder Nachricht mit, dass ich ihr ein Foto von Mark Nommsen schicken soll, damit sie sehen kann, ob er wirklich wie der Pizzawerbungsmann ausschaut. Ich hätte ihr das vielleicht nicht schreiben sollen, als ich ihr von den Umständen berichtet habe, die uns hier festhalten.

Frido löst seine Hand aus meiner und tappt nach rechts, dorthin, wo – eigentlich – das zierliche buntgeblümte Sofa steht, auf dem er mit Biskuit geschmust hat, aber das Sofa ist weg. Frido registriert es in diesem Moment. Unschlüssig bleibt er stehen.

»Komm, Frido«, ich führe ihn zur Treppe, »wir gehen nach oben.«

Das nicht abgeschlossene Muschelfischerzimmer, das Esther jetzt gemeinsam mit Frido bewohnt, ist leer. Menschenleer, nicht leer von Sachen. Esthers Rucksack liegt offen vor dem Kleiderschrank, ihr Kapuzenpulli vor dem Stuhl. Auf dem Bett streitet sich ein nasses Duschtuch mit leerem Bonbonpapier, Coladosen und benutzten Papiertaschentüchern um den Platz.

Schnaubend schüttle ich den Müll auf Esthers Bettseite und deute auf die frei gewordene Fläche. »Magst du eine Mittagsstunde machen, Frido?« Einladend halte ich die Decke hoch.

Das lässt er sich nicht zweimal sagen. Er setzt sich auf das Bett. Erst als ich ihm die Schuhe ausgezogen habe, schwingt er seine Beine hinauf. Noch während ich ihn zudecke, schließt er die Augen mit einem genüsslichen Seufzer.

Esther und Moritz sind vermutlich noch auf der Suche nach Biskuit. Ich bin froh, dass es nur ein paar Minuten dauert, bis Frido eingeschlafen ist. Jetzt kann ich nach draußen gehen und bei der Suche helfen. Der Schlüssel steckt von innen, aber ich möchte Frido nicht einschließen. Bei einem Notfall könnte er dann nicht entkommen.

Auf dem Flur will ich gerade Richtung Treppe gehen, als ich glaube, Moritz' Lachen zu hören – aus seinem Zimmer. Auf der Ferse drehe ich um und marschiere dorthin. An seiner Zimmertür klopfe ich kurz und drücke die Klinke hinunter. »Moritz, hast du …« Die Worte Biskuit gefunden ersterben mir auf der Zunge, als ich in das Zimmer trete. Ich kriege Schnappatmung, während ich auf das geblümte Sofa aus dem Foyer starre, das dort steht, wo bisher ein Tischchen und zwei Stühle standen. Diese Möbel liegen jetzt auf dem Bett.

»Hi, Audrey«, sagt Esther fröhlich, die seitlich auf ihren rechten Arm gestützt auf dem kleinen Sofa liegt. Ihr Kopf lehnt an das Sofaende, das untere Bein hat sie angezogen, das obere liegt auf der Sofa-Armstütze auf. Allerdings interessiert mich ihre verkrampfte und bestimmt höchst ungemütliche Haltung herzlich wenig. Mein Interesse gilt eher der Tatsache, dass ihre Kleidung einzig aus einem erdbeerroten Tanga besteht. Blickfänger sind ihre wunderschönen nackten Brüste, zwischen denen ein Medaillon an einer silbernen Kette glänzt.

Moritz steht hinter seiner Staffelei. Mit dem Kohlestift in der Hand sieht er mich an. Sein »Hi, Audrey« klingt weit weniger fröhlich als Esthers. Vermutlich, weil er meinen Gesichtsausdruck richtig einschätzt.

»Was … was treibt ihr hier?« Ich weiß nicht, was ich zuerst tun soll, Esthers Blöße bedecken oder Moritz mit der Staffelei seinen Schädel zertrümmern?

Esther strahlt mich an. »Ich hab Mo überredet, mich so zu malen, wie Jack seine große Liebe Rose auf der Titanic gemalt hat. Du kennst doch bestimmt den Film mit Leo DiCaprio und Kate Winslet?«

Den kenne ich allerdings, und ich heule mir jedes Mal wieder die Augen aus dem Kopf, wenn Rose ihren totgefrorenen Jack in die Tiefen des eisigen Nordatlantiks entlassen muss. Allerdings behagt mir die Vorstellung, dass Esther und Moritz nach dem Zeichnen das Gleiche treiben wie Jack und Rose im Film, überhaupt nicht. Meine Augen versprühen daher die gleiche Eiseskälte auf Moritz, die Jack zum Verhängnis wurde.

Mein Bruder wendet sich einfach ab. Er schaut zu Esther, schrammelt mit der Kohle ein wenig auf dem Papier auf der Staffelei herum und murmelt: »Was wir hier treiben? Nach was sieht es aus? Nach Kegeln oder Fischefangen? Ich zeichne …«, jetzt sieht er mich herausfordernd an, »… meine Verlobte.«

»Du zeichnest ein … ein nacktes Kind, für das ich die Verantwortung trage«, fauche ich los und stampfe auf ihn zu. »Anstatt die Bühnenbilder zu malen! Tickst du nicht mehr richtig?«

»He, ich bin volljährig«, kommt es von Esther, die sich nach wie vor nicht rührt.

Moritz schürzt verächtlich die Lippen. »Dass in diesem Kuhkaff die Prüderitis grassiert, will mir ja einleuchten, aber ich dachte, du wärst dagegen resistent, Schwesterherz.«

Hau-den-Lukas-mäßig schnellt meine Wut nach oben. »Ich bin nicht prüde«, zische ich. »Aber im Gegensatz zu dir bin ich vernünftig.«

»Vernünftig.« Er lacht freudlos. »Du bist im Kern genauso wenig vernünftig wie ich, Audrey. Du hast so viel Leidenschaft in dir. Nur bedauerlicherweise hast du deiner Leidenschaft die Vernunft wie einen Handschuh übergestreift, gestrickt von Jasper und Papa und dem Rest unserer gefühlslethargischen Familie.«

Jetzt bin ich richtig sauer. »Für dich gibt es immer nur schwarz oder weiß«, ich versuche meine Wut zu zügeln, »aber im wahren Leben existieren Zwischentöne und Farben, Moritz Tannheim! Da gibt es durchaus Menschen, die vernünftig *und* leidenschaftlich sind.« Das mit dem Zügeln klappt nicht mehr. Ich schreie jetzt. »Vielleicht solltest du deine zwischenmenschliche Antenne einfach mal auf Empfang ausrichten, dann würde nämlich etwas zurückkommen. Das würde auch deinen düsteren, depressiven Krakeleien guttun.«

»Ich glaube, wir machen besser eine Pause?«, piepst es vom Blümchensofa.

Moritz schmeißt den Kohlestift durch den Raum. Unsere Nasen berühren sich fast, als er sich vor mir aufbaut. »Wie würde denn ein Bild von dir aussehen, wenn du dein Leben zeichnen solltest? Ich kann dir sagen, wie. Du müsstest eine riesige Schlaftablette malen und ihr einen weißen Kittel anziehen und …«

»Jasper ist keine Schlaftablette«, schreie ich dazwischen, weil ich nicht hören will, wie Moritz mein Leben sieht. Ich will es einfach nicht hören. »Und selbst wenn, wäre mir eine Schlaftablette allemal lieber als ein gewalttätiger Lebenspartner.«

»Lebenspartner!« Moritz schüttelt sich. »Allein dieses Wort löst schon Aggression in mir aus. Für Miriam fallen mir tausend Worte ein, aber Lebenspartnerin ist nicht dabei.« Seine Augen leuchten. »Sie ist meine Geliebte, meine Seelenhälfte, mein Yin, Freudenbereiterin, Wundenleckerin, Trösterin …«

»Auge-zu-Brei-Schlägerin«, falle ich ihm ins Wort, weil ich es nicht mehr ertrage, ihm zuzuhören. Weil das, was er sagt, was Miriam für ihn ist, mich in meinem tiefsten Inneren berührt. Weil es mein Bauchmonster aktiviert. Weil es den Menschen, der in genau diese Wortkleider gehört, in meinem Leben nicht gibt. Aber gibt es nicht Gleich-, wenn nicht sogar Höherwertigeres in meinem Leben? Ich presse eine Hand auf meinen Bauch. »Jasper steht mit beiden Beinen auf dem Boden. Er ist mein Halt. Er gibt mir Sicherheit. Er …«, ich bin auf der Suche nach den richtigen Worten, »… erdet mich. Lässt mich erkennen, dass Träume nicht alles sind im Leben, dass sie uns manchmal am wahren Leben hindern. Er … er ist großzügig, beschenkt mich gern und …«

»Er hat dir zu deinem Abschluss einen Gutschein über eine Brustvergrößerung geschenkt!«, unterbricht Moritz jetzt mich. Sein Gesicht hat sich entspannt, und er betrachtet mich mit einer Mischung aus Bedauern und Mitleid.

Mein Magen zieht sich zusammen. Warum habe ich Moritz das erzählt? Allen anderen habe ich es ja schließlich auch nicht erzählt. »Er … er kennt eben meine Träume.«

Moritz schüttelt traurig den Kopf. »Er kennt dich überhaupt nicht. Dieser saublöde Gutschein ist das beste Beispiel dafür. Du hast ihn bisher nicht eingelöst und wirst es auch niemals tun, weil du spürst, dass du gut bist, so, wie du bist. Und das gilt für alle Bereiche deines Lebens, Audrey.«

Ich weiß nicht, warum ich nichts erwidere.

»Äh …«, Esther macht sich bemerkbar, »soll ich mich anziehen?«

»Ja!«

»Nein!« Moritz sieht mich an. »Audrey geht jetzt.«

»Na gut, denn hier rede ich ja doch nur gegen Beton. Und während ich nach Biskuit suche, was ihr ja nicht nötig habt, passt ihr auf Frido auf! Haben wir uns verstanden?«

Moritz sammelt seine Kohle vom Boden auf. »Laut genug bist du ja.«

Noch lauter ist das Türknallen, mit dem ich mich verabschiede, wobei sich meine Ängste bezüglich der halbnackten Esther nach Moritz' Worten etwas verringert haben. So, wie er über Miriam spricht, haben ihre Schläge seiner Liebe zu ihr anscheinend nichts anhaben können.

Pünktlich um siebzehn Uhr stehe ich in Bauer Dunkels Scheune vor der Bühne, gemeinsam mit einem Teil der Theaterkollegen und dem Orchester um Schwester Henni, nachdem ich den Nachmittag damit verbracht habe, zwei Stunden erfolglos nach Biskuit zu suchen. Ich kenne jetzt jede Straße und Ecke des kleinen Ortes. Und jeder Dagebüller kennt den Namen meiner Katze. Heiser vom Rufen, habe ich irgendwann aufgegeben und mich in mein Friesenzimmer eingeschlossen. Dort habe ich mich gezwungen, Unerledigtes nicht weiter aufzuschieben. Ich habe Papas Brief abgeschrieben und Lambert gegeben, weil Schwester Henni unterwegs war. Dann habe ich die von Esther fleißig geschriebenen und mit erfundenen Norwegen-Erlebnissen präparierten Karten für Sander Endersson in einen großen Umschlag eingetütet und zur Post gebracht, damit der sie in Norwegen wieder Tag für Tag nach Deutschland zurückschicken kann zu Esthers Eltern. Und um Mark Nommsen keine

Genugtuung zu bieten, habe ich mich überwunden und meine Sorgen um Biskuit verdrängt und mich in der letzten Stunde mit meinem Text beschäftigt.

Das ursprüngliche *Manche mögen's heiß* hat Schwester Henni in der Tat stark abgewandelt, um es bühnenfähig zu machen. Die Zug-Szene fehlt komplett, dafür hat sie der Band um die Dirigentin Sweet Sue mehr Platz eingeräumt. Flotter Swing wird den Zuschauern geboten werden. Wie es aussieht, wird das Orchester neben der Bühne spielen, nur eine Handvoll der weiblichen Musikerinnen wird auf der Bühne die Frauenband darstellen.

Als Mark und Imke die Scheune betreten, beginne ich an meiner Krawatte zu zupfen. Ich bin die Einzige, die ein Kostüm trägt, aber ich will meinen Mitspielern zeigen, dass meine Verkleidung so gut ist, dass ich dem Stück nicht schade. Und alle sind begeistert, insbesondere, nachdem Maskenbildnerin Inga mir einen grauen Schnauzbart, passend zur Perücke, unter die Nase gedrückt hat.

»Wunderbar, Audrey«, begrüßt Imke mich. »Wie alt du aussiehst!« Sie lacht. »Jetzt hast du gleich schon mal eine Vorstellung davon, wie du mit grauen Haaren aussehen wirst. Bei euch Dunkelhaarigen beginnt das ja früh.«

Natürlich bezieht sich ihre Aussage auf mein Kostüm, das weiß ich. Sie will mich nicht verletzen. Fakt ist: Sie ist eine blöde Zicke.

Dass ich sie einer Antwort nicht für würdig erachte, liegt allerdings nicht an ihrer Bemerkung, sondern daran, dass ich Marks Gesicht scanne und weiß, dass Paddy im Hundehimmel ist. Er sieht abgespannt und traurig aus, obwohl er uns alle mit einem »Moin, Leute«, das munter klingen soll, begrüßt.

»Fein, dann sind alle da«, ruft Schwester Henni von der Bühne und klatscht in die Hände. »Auf Position, meine Lieben! Die Szenen mit Audrey spielen wir zweimal hintereinander durch.«

»Es tut mir so leid«, sage ich leise zu Mark. »Wie geht es deiner Mutter?«

Imke, die im Begriff war, zur Bühne zu gehen, bleibt abrupt stehen und dreht sich zu uns um.

»Er ist in ihren Armen eingeschlafen. Ich habe ihn begraben, während sie ans Meer geradelt ist. Sie wollte allein sein.«

Schwester Henni klatscht noch einmal in die Hände.

Mark lächelt mich an und geht Richtung Bühne. Er und Hanno sind die Protagonisten der ersten Szene. Mark spielt selbst auf seinem Saxofon, Hannos Cello ist aus Sperrholz. Er tut nur so, als würde er spielen. Die wahren Klänge stammen von der Cellistin im Orchester neben der Bühne.

Ich höre, wie Imke Mark zuflüstert: »Wieso weiß sie von Paddy?«

Seine Antwort kann ich nicht verstehen, weil er neben ihr weitergeht. Auf jeden Fall dreht Imke sich noch einmal zu mir um. Ich lächle. Und sie auch. Bei der Preisverleihung zum falschesten Lächeln aller Zeiten lägen wir beide konkurrenzlos Kopf an Kopf.

Schauspieltechnisch betrachtet, bietet Imke wenig Angriffsfläche. Sie spielt das blonde Naivchen gut. Auch alle anderen beherrschen ihre Rollen perfekt. Bei mir hapert es natürlich noch gewaltig, aber ich ernte trotzdem etliches an Lob. Ich habe so viel Spaß wie lange nicht mehr. Bis zu der Kussszene von Mark und Imke. Er liegt auf einem Sofa in einer Pappmaché-Yacht. Sie nimmt sein Gesicht in beide Hände und küsst ihn genüsslich und unendlich lange, so wie es die Rolle verlangt. Ich stehe seitlich neben der Bühne, presse eine Hand auf meinen Bauch und kann den Blick nicht von den beiden abwenden, obwohl irgendetwas in mir das zu gern möchte. Mark sagt nach dem Kuss, dass er nichts gespürt hat, absolut nichts, so wie es die Rolle verlangt. Und sie küsst ihn und küsst ihn.

Und er fängt an ihre Küsse zu erwidern. Er steht vom Sofa auf und küsst sie weiter. Während sie ihre Arme um seinen Hals schlingt, löst er seinen Mund und drückt sie an sich – wie es das Drehbuch vorschreibt. In dieser Haltung öffnet er seine Augen und sieht mich an, und ich frage mich, ob er dasselbe denkt wie ich.

Ich lecke mir über die Lippen und versuche das Ziehen in meinem Unterleib zu ignorieren. Unsere Blicke lösen wir erst, als die Souffleuse Mark seinen Text zuflüstert, den er anscheinend vergessen hat. Ich verschwinde an die Bühnenseite, wo er mich nicht sehen kann. Mit den Händen wedle ich mir Luft zu. Was ist nur los mit mir? Es wird höchste Zeit, dass Jasper zurückkommt. Ich brauche ihn. Er muss mich halten, denn ich habe das Gefühl, in einen Strudel geraten zu sein, der mich tiefer und tiefer zieht. Ich nehme mein Smartphone aus der Jackentasche, stelle es an – Schwester Henni erwürgt eigenhändig jeden, dessen Handy während der Probe Töne von sich gibt – und rufe das Foto auf, das mein Schneider auf meinen Wunsch hin machen musste. Ich in meinem Grace-Kelly-Brautkleid.

Ich lächle verliebt in die Kamera. Ja, in bin in diesen cremefarbenen Traum aus Spitze und Seide verliebt. Und Jasper wird sich noch mehr, als er es bereits tut, in die Frau in diesem wunderschönen Kleid verlieben. Er mag schicke Kleidung und gibt selbst gern Geld dafür aus. Auch in dieser Hinsicht passen wir hervorragend zusammen. Wir haben bei einem Wochenendtrip nach Berlin, anstatt den Reichstag oder Schloss Bellevue zu besichtigen, den gesamten Samstag im KaDeWe verbracht, ohne uns zu langweilen.

Nur in der Frage nach seinem Hochzeitsoutfit sind wir uns noch nicht einig. Er will einen Zylinder tragen. Das heißt, meine Stiefmutter will es, und um ihr zu gefallen, will Jasper es auch. Er verehrt meine Eltern. Ich würde mir so gern vorstellen, wie wir beide in der festlich geschmückten Kirche zum Segen niederknien, aber jedes Mal hüpft in meiner Fantasie ein weißes Kaninchen von Jaspers Kopf dem Pastor auf den Talar. Ich werde nicht ja sagen, wenn er diesen affigen Zylinder trägt.

»Audrey!« Schwester Hennis Stimme klingt streng, als sie vor mir steht. Anscheinend hat sie schon mehrfach nach mir gerufen. »Ihr Einsatz. Sie sind dran.«

Ich stelle das Handy aus, eile auf die Bühne und nehme meine Position am Tisch ein, auf dem eine bis zum Boden reichende weiße Decke liegt. Darunter verstecken sich – als Daphne und Josephine verkleidet – Hanno und Mark. Ich stehe auf, als die riesige Pappgeburtstagstorte hereingeschoben wird. Während meine Mafia-Mitspieler lauthals »For he's a jolly good fellow« schmettern, scheide ich spektakulär dahin, als ein Mafioso aus der Torte steigt und mich mit einem Maschinengewehr abballert. Ich sage meinen letzten Satz: »Wie witzig!«, während ich theatralisch röchelnd tödlich getroffen zu Boden stürze. Ich muss auf jeden Fall noch üben, den Stuhl dabei umzustoßen. Wie das Skript es vorgibt, krabbeln Mark und Hanno unter dem Tisch hervor, und eine wilde Jagd über die Bühne beginnt. Sie fliehen vor den Chicagoer Gangstern auch in den Zuschauerraum. So werden die Besucher mit einbezogen, und der Vorhang kann kurz fallen, um die Bühne schnellstens für die nächste Szene umzugestalten.

Die letzte Szene endet mit einem langen Kuss zwischen Joe alias Mark und Sugar alias Imke. Ich klatsche wie alle anderen, als Schwester Henni »Vorhang!« ruft, und bin froh, dass die Probe zu Ende ist. Drei Stunden sind vergangen. Ich höre Imke hinter dem Vorhang kichern. Wir räumen alle gemeinsam auf, während die Musiker ihre Instrumente einpacken. Auch Moritz macht Feierabend und tunkt seine Pinsel in die Blechdose mit dem Wasser.

Ich fühle mich merkwürdig unruhig, fast aggressiv. Wieso klingt die Freude nicht nach, die ich beim Spielen hatte?

Vor der Hofeinfahrt verabschieden wir uns alle voneinander, weil einige mit Autos oder Fahrrädern gekommen sind. Ich beantworte gerade Schwester Hennis Frage nach Biskuit, als Hanno hinter mich deutet und fragt: »Äh … das da ist nicht zufällig diese Biskuit?«

Mein Kopf ruckt herum. Die Hoffnung, mein Prinzesschen zu sehen, löst sich schneller auf als ein Eiswürfel im Eiergrog. Ein gräuliches, rattenähnliches Tier, das einen toten schwarzen Vogel mit sich schleift, läuft auf der Straße Richtung Hotel. Es hat einen Flügel der Amsel im Maul und Schwierigkeiten, den großen Vogel mit sich zu ziehen.

»Nein!«, sage ich entsetzt und wende mich angeekelt wieder den anderen zu, die mich anstarren.

Mark fasst in Worte, was ihre Mienen ausdrücken. »*Nein?*« Er sieht mich an, als hätte ich bei der Aufgabe, bis drei zu zählen, kläglich versagt.

Mein Bruder beginnt schallend zu lachen und deutet auf die Straße. Er will etwas sagen, bringt aber vor Lachen kein vernünftiges Wort heraus, während ich herumschnelle, weil ich endlich begreife, was los ist.

»Biskuit?« Meine Stimme zittert, während ich mich steif in Bewegung setze. »Biskuit!«

Die verlotterte Ratte bleibt stehen, dreht sich um und läuft mir entgegen.

Ich kann kein Wort sagen, als sie vor mir stehen bleibt. Die Ratte ist mein Prinzesschen. Ihr langes, von mir täglich gebürstetes cremefarbenes Fell klebt klatschnass und schlammverdreckt an ihrem Körper. Ihre blauen Augen leuchten mir in der Dämmerung entgegen, nachdem sie den Vogel vor meinen Gamaschenfüßen abgelegt hat. Sie maunzt.

»Bedank dich«, sagt eine dunkle Stimme neben mir. »Sie hat dir ihre Trophäe geschenkt.«

Hinter mir versammelt sich, lachend und mir alberne Bemerkungen zuwerfend, der Pulk der Theaterspieler. Moritz kann noch nicht sprechen, weil er immer noch lacht.

Mein Sprachvermögen dagegen kehrt zurück. Ungläubig sage ich: »Sie … sie sieht aus wie ein … Schwein.« Ich gehe in die Knie und strecke die Hand nach ihr aus. Jetzt erst kommen die Tränen bei mir – vor Erleichterung. Mein Prinzesschen hat einen ganzen Tag in der Wildnis überlebt. Es ist egal, wie sie aussieht und was sie durchgemacht hat, sie ist wieder bei mir, und ich werde sie die schrecklichen Erlebnisse vergessen machen. In der Wärme und Behaglichkeit meines Bettes.

Mein Blick fällt auf ihr Mäulchen. Im Winkel klebt eine kleine Feder. Na gut, vielleicht nicht in der Behaglichkeit meines Bettes, aber in der des Zimmers.

Sie miaut langgezogen.

»Sie wartet auf dein Lob«, sagt Mark.

Ich werfe ihm von unten einen wütenden Blick zu. »Ich soll sie loben? Wofür? Sie hatte einen grässlichen Tag. Ich muss sie …«

»Sie hatte einen fantastischen Tag«, unterbricht er mich. »Wahrscheinlich den besten ihres überbehüteten Lebens. Sie durfte endlich einmal sein, was sie ist, eine Katze. Und Katzen lieben es, draußen auf den Feuchtwiesen«, seine Hand deutet auf die weiten Grünflächen hinter dem Bauernhof, »herumzuschleichen und sich an Insekten und Mäuse und Vögel heranzupirschen, um sie zu erlegen.«

»Erlegen?« Entsetzt starre ich von ihm zu Biskuit. »Sie … sie hat diesen Vogel gefunden. Er war schon tot.«

Alle lachen. Bei Moritz besteht sogar die Gefahr, dass er einnässt. Einmal ist es ihm passiert, und da hat er genauso gelacht wie jetzt.

Mark hockt sich neben mich. »Das ist süß. Du glaubst wirklich, was du sagst, oder?«

»Süß?« Die höhnische Stimme neben uns gehört Imke. »Es ist albern. Nur weil man aus Frankfurt kommt und sich ein Stubenkätzchen hält, wird man doch wohl trotzdem wissen, wie eine Katze funktioniert.«

»Stadtpflanzen glauben auch, dass Kühe lila sind«, sagt Mark, ohne sie anzublicken. Er streichelt Biskuits klammes Fell. »Du bist eine gute Jägerin, Biskuit.«

Imke legt ihre Hand auf seine Schulter. »Mir wird kalt, gehen wir.«

Mit einem leisen »Gute Nacht« und einem letzten intensiven Blick steht Mark auf. Ich schaue den beiden hinterher. Imke schlingt ihren Arm um seine Taille, und er legt den Arm um ihre Schultern.

Ich fühle mich miserabel, greife Biskuit und presse sie an meine Brust, ungeachtet der Tatsache, dass ich damit den Anzug beschmutze. »Die arme Amsel«, murmle ich, während ich aufstehe. Vorsichtig schiebe ich sie mit dem Fuß Richtung Rinnstein. »Kannst du sie entsorgen? Bitte!« Ich sehe Moritz an, der als Einziger noch bei mir steht. Alle anderen haben sich auf den Heimweg gemacht.

»Ich?« Er ersticht sich fast selbst mit seinem Zeigefinger. Dann deutet er auf die Amsel. »Das ist ein Vogel. Ein Wildtier. Schon mal was von H5N1 gehört? Ich sag nur Vogelgrippe. Ich werde den Teufel tun und das Viech anfassen. Deine Katze hat den abgemurkst. Jetzt trag auch die Konsequenzen. Gute Nacht.« Er dreht sich einfach um und schlendert den anderen hinterher.

Und ich weine mal wieder – um die tote Amsel, um Biskuit, die sich schnurrend an meine Brust drückt, und vor allem, weil ich mich schrecklich allein fühle.

# 9

»Nein.« Ich schieße hoch und brauche Sekunden, um festzustellen, dass ich geträumt habe. Ein Blick auf das Handy verrät, dass es sieben Uhr dreißig ist. Ich lasse mich wieder auf das Kissen fallen, schließe die Augen und rufe mir in Erinnerung, was mich geweckt hat. Ich habe von meiner Trauung geträumt. Ganz deutlich sehe ich Jaspers Gesicht noch vor mir. Wir stehen vor dem mit weißen Rosen geschmückten Altar, und er hält meine Hand. Neben ihm steht Daniel, sein Trauzeuge, neben mir steht mein Trauzeuge – Moritz. Ein irritierendes Bild, denn schließlich wird meine Freundin Lena meine Trauzeugin sein. Aber okay, es ist ja ein Traum. »Ich liebe dich«, sagt Jasper und lächelt mich strahlend an, so wie damals, als wir uns bei Lenas Geburtstagsparty kennenlernten. Ich starre auf den Ring, den er in seinen sensiblen Chirurgenfingern hält und mir gleich über den Finger streifen wird. Der Ring ist wunderschön, schmal, weißgolden, mit einem Diamantenherz geschmückt. »Ich will dich lieben und ehren, bis der Tod uns scheidet«, sagt Jasper leise und schiebt den Ring ein Stückchen meinen Finger hinauf, dann stockt er. Er presst und drückt, aber der Ring will nicht weitergehen. Auf den Kirchenbänken beginnt es unruhig zu werden. Ich sehe niemanden, aber ich höre Imke kichern und meine Stiefmutter weinen. Mein Vater murmelt: »Mein Gott, Audrey, kann nicht einmal etwas klappen in deinem Leben?« Und dann rutscht der Ring endlich an seinen Platz. Jasper strahlt mich an. »Ich liebe dich«, sagt er noch einmal. Und ich antworte: »Ich weiß.«

Ich schlage die Augen auf und starre die Decke des Friesenzimmers an. Ich weiß es wirklich. Er liebt mich. Warum also habe ich im Traum nein gesagt, als der Pastor mich gefragt hat, ob ich Jaspers Frau werden will? Es war dieses »Nein«, das mich hat aufwachen lassen. Ich habe es ganz ruhig gesagt. Ich war nicht aufgeregt im Traum, als ich es sagte. Ganz im Gegenteil. Die Ruhe klingt noch in mir nach, und das ist eigenartig. Warum habe ich nein gesagt? Schließlich hatte Jasper keinen Zylinder auf dem Kopf.

Ich greife mir Biskuit, nachdem sie sich am Fußende des Bettes ausgiebig gestreckt hat. »Na, du Ausreißer, hast du gut geschlafen?« Als ich mein Gesicht in ihr weiches Fell presse, umweht mich der Duft von Joop. Da ich ihr Katzenshampoo nicht dabeihabe, musste ich sie gestern Abend in der Dusche mit meinem Duschgel reinigen. »Vermisst du Jasper auch?« Nichts in ihren blauen Augen weist darauf hin, dass es so ist. Wie auch? Jasper jagt sie immer vom Bett, wenn er sie dabei erwischt, wie sie es sich dort gemütlich macht. Seine Mundwinkel ziehen sich nach unten, bevor er sagt: »Tiere haben im Bett nichts zu suchen. Das ist unhygienisch. Punkt.« Meine Antwort ist immer dieselbe. »Ja, *Moritz.*«

Biskuit schnurrt, als ich sie auf meinen Bauch lege, aber anstatt sich dort zusammenzurollen, wie ich es erwartet habe, springt sie vom Bett und tappt zur Zimmertür. Ihr Miauen klingt herzerweichend. Was ihr Verhalten zu bedeuten hat, will ich nicht analysieren.

Gertrud starrt mich unter ihrer Trachtenhaube hervor an. »Was? Es ist meine Katze«, sage ich zu ihr, »und ich will, dass sie drinnen bleibt.« Ich ziehe die Decke über meinen Kopf. Darunter ist es schön dunkel und ruhig. Da sind keine blöden Träume und keine Katze, die nach draußen will, um ihre kleinen spitzen Zähne in die Hälse von Piepmätzen zu bohren.

Mit der Ruhe ist es vorbei, als mein Handy auf der Fensterbank summt. »Jasper!«, rufe ich freudig in das Handy, als ich es geholt und mich wieder ins Bett zurückgezogen habe. »Nein, ich schlafe nicht mehr, aber …«, mir dämmert, dass es in Florida mitten in der Nacht ist, und rechne sechs Stunden zurück. »Bei dir ist es fast zwei Uhr! Alles in Ordnung?« Anscheinend ist alles sehr in Ordnung, denn er lallt, während er mir seinen kompletten Tagesablauf schildert. »Ja, das höre ich, dass du das Essen mit den Kollegen nett hast ausklingen lassen«, sage ich, als ich zu Wort komme. »Wie es mir geht?« Ich stocke. Vielleicht sollte ich einfach die Wahrheit sagen. Ihn bitten, sofort zu kommen und mich in die Arme zu nehmen. Oder besser noch, mich von hier fortzubringen. Aber ich höre mich antworten: »Super. Hier ist alles bestens. Also wie es so ist, wenn man in einem Kaff namens Dagebüll festhängt. Äh … ja, der Wagen ist noch nicht aus der Werkstatt zurück. Wir … wir sind hier noch in dem Hotel, das Papa kaufen möchte.«

Jasper sagt wieder etwas, aber ich kann ihn nicht verstehen, weil auf dem Flur jemand an meine Zimmertür hämmert. Es ist Esther. Ihre Stimme klingt weinerlich. »Audrey! Audrey, wach auf! Opa ist weg.«

»Oh, Frido!« Ein fetter Seufzer entwischt mir, während ich aus dem Bett hüpfe, das Smartphone weiter ans Ohr gepresst.

»Frido?« Jaspers lallende Stimme klingt höher. »Dieser Kellner? Was hassu immer mit diesem Kellner?«

Da ich keine Lust habe, meinen besoffenen Bräutigam über das Chaos hier in Kenntnis zu setzen, sage ich, während ich die Tür aufziehe: »Jasper, schlaf dich aus. Wir telefonieren später. Ich muss hier was klären. Ich melde mich heute Abend. Kuss!« Ich schmatze zweimal in das Handy und drücke ihn weg.

Esther laufen Tränen über die Wangen. »Ehrlich, Audrey, das ist nicht meine Schuld. Also, nicht so wirklich. Das … das war ein Missverständnis.«

Mir klopft das Herz mal wieder im Hals. »Ich hab keine Ahnung, was du da redest. Wo, verdammt, ist Frido?«

»Auf dem Weg nach St. Peter-Ording. An den Badestrand.«

Ich kann sie nur anstarren.

»Opa war schon so früh wach. Und dann war ich natürlich auch wach. Und dann wollten wir frühstücken gehen, und auf dem Weg zur Treppe sind wir dem dicken Mann mit dem Bart aus der Reisegruppe begegnet und …«

»Das Walross?«, frage ich dazwischen.

Esther nickt. »Ich hatte Opa gerade ein bisschen ausgeschimpft, weil ich noch so müde war und noch gar nicht hungrig, und das hat der Mann wohl mitbekommen, und da hat er gefragt, ob er Opa mitnehmen soll. Und da hab ich ja gesagt.« Sie schnieft. »Ich dachte, er meint zum Frühstück. Aber …«, ihre Augen werden so groß wie die von diesen hässlichen Plüschtieren mit den Glubschaugen, »… er meinte wohl den Tagesausflug. Ich hab mich nur noch ein halbes Stündchen hingelegt, ehrlich. Und als ich runter bin, waren alle weg. Auch Frido. Lambert hat gesagt, Frido ist mit in den Bus eingestiegen. Mit Herrn … Walross.«

Ich habe Eltern, die ihre Kinder schlagen, immer Verachtung entgegengebracht. Warum eigentlich?

Esther scheint mir anzusehen, was ich denke. Sie drückt sich schnell an mir vorbei und lässt sich auf das Bett fallen. »Ich konnte doch nicht ahnen, dass er mit ›mitnehmen‹ die Bustour meint, Audrey!« Sie schnieft herzerweichend. »Dann hätte ich doch niemals zugestimmt. Was machen wir denn jetzt?«

»Na, was wohl? Wir fahren hinterher.« Ich reiße den Kleiderschrank auf und zerre eine Jeans und ein Shirt heraus. »Ob ich es wohl irgendwann schaffe, ein Frühstück zu mir zu nehmen, bevor ich dieses Hotel verlasse?«, murmle ich wütend und reiße eine Kommodenschublade auf, um frische Unterwäsche herauszufischen.

»Ich frag Schwester Henni, ob wir ihr Auto kriegen«, sagt Esther. »Und zieh 'ne Shorts an, Audrey. Es soll geiles Wetter werden.«

»Wir werden nicht am Strand liegen«, fauche ich sie an.

»Warum nicht?«, fragt Esther. »Wenn wir schon mal da sind, können wir doch auch den Tag in St. Peter-Ording verbringen. Oder hast du heute noch was Besseres vor?«

Ich beneide sie um ihre Unbekümmertheit, die jetzt, da Rettung in Sicht ist, wieder hohe Wellen schlägt. »Zum einen, wir müssen Frido erst mal finden. Zum anderen, ich muss meinen Text lernen.«

»Wenn du schnell machst, holen wir den Bus vielleicht noch ein. Frühstücken kannst du da. Und wenn du deinen Text mitnimmst, kannst du dich in einen Strandkorb hauen und dir beim Lernen die Sonne auf den Bauch brutzeln lassen.« Sie sieht mich erwartungsvoll an. »Na, was meinst du?«

Auge in Auge mit Friesentracht-Gertrud, die mir alternativ beim Lernen über die Schulter blicken würde, entscheide ich mich schnell. »So machen wir's. Pack ein, was du für einen Strandtag brauchst.«

Meine quietschgelbe, mit blauen und roséfarbenen Blumen bedruckte Chanel-Strandtasche ist prall gefüllt, als ich zehn Minuten später mein Zimmer verlasse. Die Überlegung, Moritz zu informieren, habe ich bereits beim Packen verworfen. Der soll gefälligst die Bühnenwände weiter bepinseln. Das Muschelfischerzimmer ist abgeschlossen, also ist Esther schon unten.

Lambert ist dabei, im Hummersalon das schmutzige Frühstücksgeschirr auf ein Tablett zu stapeln. Das Büfett ist leider schon abgeräumt. Einzig die Obstschale steht noch auf dem Tisch mit dem weißen Laken, das von der Frühstücksschlacht mit Flecken gezeichnet ist. Auch ein paar Krabben liegen darauf und zeigen, dass das Büfett lecker gewesen sein muss.

»Guten Morgen, Lambert.« Ich greife in die Obstschale, nehme mir einen Apfel und stecke ihn in die Tasche. Einer Banane ziehe ich umgehend die Schale ab und beiße hinein.

»Moin.« Lambert hält mir einen Teller hin, den er gerade abdeckt.

Mit einem »Dankeschön« lege ich die Bananenschale darauf. »Steht noch irgendwo ein Kaffee herum?«, frage ich unschuldig. »Den würde ich heute ausnahmsweise trinken, weil ich ja sofort losmuss, und ich möchte nicht, dass wegen mir noch extra Teewasser angestellt werden muss. Das dauert mir dann auch zu lange.« Ich stopfe mir den Rest Banane in den Mund.

Lambert nickt. »Frau Lörtsch hat mich bereits informiert, dass S…, dass ein eiliger Ausflug ansteht. Ich war so frei, bereits einen Tee vorzubereiten.« Er deutet auf einen sauber eingedeckten Tisch am Fenster.

Mir kommen fast die Tränen vor Rührung über seine Fürsorge, vor Scham über die Namenslüge – ich musste kurz überlegen, wer Frau Lörtsch ist – und vor Enttäuschung um den entgangenen Kaffee.

»Danke, Lambert, das ist sehr nett.« Ich gehe zu dem Tisch und sehe, dass neben dem Teekännchen auf einer kleinen Platte belegte Brötchen bereitstehen. Ich drehe mich noch einmal zu ihm um. »Du bist ein Schatz, Lambert.«

Er klappert lautstark mit den Tellern und tut so, als hätte er mich nicht gehört.

Hastig schlürfe ich eine halbe Tasse Friesentee und schlinge ein halbes Brötchen mit Käse und Tomate hinunter. Dann zerre ich aus meiner Tasche den Frischhaltebeutel, in den ich vorsorglich die Sonnencreme gelegt habe, und staple die Brötchenhälften hinein – Strandproviant für Esther, Frido und mich.

»Viel Spaß am Meer«, erklingt Lamberts Stimme, als ich das Hotel verlasse. »Die anderen warten bereits auf dem Parkplatz.«

»Danke«, rufe ich und renne die Stufen hinunter, bevor mir dämmert, was er gesagt hat. *Die anderen?* Die Antwort bekomme ich, als ich um die Ecke biege. »Du«, stoße ich aus, als mir Mark Nommsen an der offenen Fahrertür seines schwarzen VW Touareg entgegenblickt. »Und du!«

Moritz steigt auf der Beifahrerseite ein und sagt: »Esther meinte, wir machen einen Strandtag. Eine deiner seltenen guten Ideen, Schwesterherz.«

»Auf geht's!« Esther hat die Scheibe auf dem Rücksitz heruntergefahren und winkt mir fröhlich zu.

Bevor ich auch nur dazu komme, einen Laut von mir zu geben, erklärt Mark: »Reg dich gar nicht erst auf. Schwester Henni ist mit ihrem Auto unterwegs, und da hat Esther mich gefragt, ob ich behilflich sein könnte, Frido zu suchen. Und da ich ja schon Erfahrungswerte vorzuweisen habe, habe ich gern ja gesagt. Und ein Strandtag tut mir auch gut, schließlich habe ich Urlaub.«

Ich schlucke alles hinunter, was mir auf der Zunge liegt, weil ich nur will, dass Frido schnellstmöglich wieder in Sichtweite kommt. Ich setze mich neben Esther und glaube, nicht richtig zu gucken. »Meine Jeans«, stammle ich und deute auf die ausgefransten Überreste, die ihre nackten Beine freigeben.

»Ist doch okay, oder?« Sie sieht mich leicht verunsichert an. Dann flüstert sie, damit Mark es nicht hört: »Ich hab doch keine Shorts dabei. Und eine meiner guten Cargohosen wollte ich nicht kaputt schnippeln. Jede hat fast vierzig Euro gekostet. Und 'ne Jeans kriegt man bei H&M für zwanzig Euro.« Vermutlich weil meine Augenbrauen immer noch eine Linie bilden, fügt sie hinzu: »Ich kauf dir 'ne neue.«

»Das brauchst du nicht«, presse ich heraus. »Wie du schon sagtest, ist ja nur eine Jeans.« Eine Zweihundertfünfundneunzig-Euro-Stella-McCartney-Jeans im Destroyed-Look. Jetzt ist sie wahrhaftig *destroyed.*

Ich lausche den anderen, während wir über die Landstraße fahren. Die Männer unterhalten sich lebhaft über Moritz' Künstlerleben. Esther hat ihre In-ear-Kopfhörer eingestöpselt und liegt mit geschlossenen Augen an die Kopfstütze gelehnt da. Nach drei Kilometern scheint sie eingeschlafen zu sein, denn sie hat ihr Summen eingestellt.

Wie um alles in der Welt können alle so entspannt sein, während in mir Stress pur herrscht? Frido tourt mit Walross und dessen Oldiegang durch die Walachei, und ich … ich versuche den Blicken Mark Nommsens auszuweichen, die er mir im Rückspiegel zuwirft, während er mit meinem Bruder spricht.

Wir passieren viele kleine Orte. Als wir an Husum vorbeifahren, rezitiert Moritz Theodor Storms Gedicht *Die Stadt*. Ich höre es zum ersten Mal, aber ich verstehe, dass es Moritz gefällt. Das depressive Grau des Inhalts passt zum Stil der Bilder, die er malt. Ich bin froh, dass er mit Mark eine Diskussion beginnt, weil ich so meine Ruhe habe. Die allerdings nicht lange währt, denn Mark fragt mich: »Was gefällt dir von Storm am besten, Audrey?«

Esther zieht sich die Stöpsel aus den Ohren und guckt gähnend aus dem Fenster. »Wo sind wir?«

»Von drauß' vom Walde komm ich her, ich muss euch sagen, es weihnachtet sehr«, sage ich, Marks Blick im Spiegel nicht erwidernd.

»Hä?« Esther starrt mich an.

Ich ignoriere sie. »*Knecht Ruprecht* ist das Einzige, was ich von Storm kenne.« Das ist eine Lüge, denn ich liebe den *Schimmelreiter*, aber ich möchte nicht mit Mark reden und nicht seine Augen im Spiegel auf mich gerichtet sehen. Darum gucke ich stur aus dem Fenster, in der Hoffnung, dass er mich endlich ignoriert.

Leider wird aus dem Ignorieren nichts, denn er erklärt: »Ich werde dir heute Abend den *Schimmelreiter* mit zur Probe bringen. Eine seiner Novellen, für mich die beste. Es ist auch die bekannteste. Ich wundere mich, dass du sie nicht kennst.« In seiner dunklen Stimme schwingt Begeisterung mit. »Es geht um Naturgewalten im herkömmlichen Sinne und um Gefühle, die wie Naturgewalten daherkommen, hell und dunkel, gut und böse.«

Das Nichtangucken klappt so auch nicht, denn jetzt gerade bin ich gefangen von seinen strahlenden blauen Augen.

»Ja, ich wundere mich auch«, sagt Moritz. Er weiß, dass ich die mystische Geschichte um den Deichgrafen Hauke Haien liebe. Hoffentlich weiß er auch, dass ich ihn erwürge, wenn er nicht schweigt. Aber er scheint die schwesterfeindlichen Schwingungen zu spüren und hält die Klappe.

»Literatur?« Esther setzt die Stöpsel wieder ein. »Ich bin raus«, murmelt sie.

Knapp anderthalb Stunden später sind wir im St. Peter-Ordinger Ortsteil Bad, nachdem wir zehn Minuten durch den Ortsteil Dorf gefahren sind, ohne den Bus zu entdecken. Ein quirliger Touristenort, der mir gefällt. Ich mag einfach das Flair von Shops und Fressbuden, wo entspannte Menschen schon am Vormittag draußen bei einem spritzigen Sekt oder Weißwein ihr Fischbrötchen genießen. Und auch ich bin jetzt entspannter, denn wir haben den Bus auf dem Parkplatz entdeckt, den Mark angesteuert hat.

Frido, Walross und die übrige Ü-siebzig-Truppe finden wir bei einem Frühschoppen bei Gosch. Das Fischrestaurant liegt am Anfang einer riesigen Seebrücke. Esther stürzt erleichtert auf ihn zu. »Op… Frido!« Sie umarmt ihn noch, als ich zu ihnen trete.

Walross grinst uns an. Bierschaum klebt in seinem Schnauzer. Seine Schweinsäuglein glotzen auf meine Beine in den Shorts. »Hätt ich gewusst, dass Sie auch hierherwollen, hätt ich doch lieber Sie mitgenommen als den alten Knaben. Er ist ja nicht gerade gesprächig.«

Mir wird heiß vor Wut. »Wenn Sie es noch einmal wagen, unseren Großvater auf eine Ihrer Sauftouren oder sonst wohin mitzunehmen, dann … dann …«

»Dann?« Er besitzt die Frechheit, weiterzugrinsen.

»… dann rasiere ich Ihnen den hässlichen Walrossbart ab.«

Die Mitglieder der Reisegruppe, die mich gehört haben, lachen. Walross murmelt »Zicke!« und widmet sich wieder seinem Bier. Esther und ich haken Frido unter.

»Du rasierst ihn. Sie können dich beim CIA als Terroristenfoltermaschine gebrauchen«, bemerkt Moritz grinsend.

Auch Mark lacht in sich hinein, sagt aber zu seinem Glück nichts Unkluges, sondern: »Dann können wir ja nun den Tag genießen. Moritz und ich holen die Strandsachen aus dem Wagen. Ihr könnt ja schon mit Herrn Lörtsch …«

»Frido«, falle ich ihm schnell ins Wort, weil ich den falschen Namen nicht mehr hören kann, »sag bitte einfach Frido. Das mag er lieber. Nicht wahr, Frido?« Ich schaue ihn an, aber Fridos Augen sind auf das Meer gerichtet, das in der Ferne an den herrlichen weißen Strand rauscht. Ich atme tief durch und sauge den Anblick ebenfalls auf. Die ungewöhnlich warme Septembersonne scheint auf das Wasser und lässt es flirren. Vielleicht kann ich heute wirklich einmal ausspannen und alles, was in mir wühlt, loslassen?

Nein, beantworte ich mir gleich selbst die Frage, während ich mit Esther und Frido die lange Seebrücke langsam Richtung Strand gehe, denn das, was mir die Ruhe nimmt, wird den Tag mit mir hier verbringen.

Eine halbe Stunde später stoßen Moritz und Mark, beladen mit unseren Taschen, am Strand zu uns. Esther und ich haben mit Frido für den Weg auf der langen Seebrücke fast genauso viel Zeit gebraucht. Insbesondere der Weg durch den Sand war für Frido beschwerlich, aber nun sind alle Decken und Badelaken ausgebreitet. In Frido ist kein Halten. Der gemietete Strandkorb, zu dem Esther ihn lotst, findet nicht sein Wohlwollen. Er lässt sich gerade noch von ihr die Schuhe und Socken ausziehen und die Hosenbeine aufkrempeln, dann steht er auf und tappt mit nackten Füßen durch den Sand Richtung Meer. Er kichert dabei vor sich hin und lockt uns allen damit ein Lächeln auf die Lippen.

»Warte, Frido!«, ruft Esther und zieht sich ihr Shirt über den Kopf. Ihr pinkfarbenes Bikinioberteil entpuppt sich bei näherem Hinsehen als BH, und mir wird heiß. Natürlich hat Esther für eine Reise zum Nordkap keinen Bikini eingepackt. Aus dem Augenwinkel blicke ich zu Mark. Kauft er uns wirklich ab, dass Esther Moritz' Verlobte ist? Allerdings sieht er nicht zu ihr, sondern zu mir.

Mir wird immer heißer. Noch trage ich meine Jeansshorts und das geblümte Tankshirt, aber ich werde beides wohl oder übel ausziehen müssen, wenn ich nicht als verklemmt dastehen will, obwohl sich alles in mir sträubt, mich vor Mark in meinem mehr als knappen Bikini zu präsentieren.

Zuerst einmal bin ich allerdings froh, dass Esther wenigstens meine ehemals edle Designerjeans anbehält und Frido nicht im Slip hinterherrennt.

»Mo-Mausi«, ruft sie, sich umdrehend, »komm doch mit ans Wasser.«

Moritz gefrieren alle Gesichtszüge. »Äh … lass mal, ich leg mich erst ein bisschen in die Sonne.«

»Schade.« Sie klingt allerdings nicht gerade enttäuscht. Genau das scheint ihr auch aufzufallen, denn sie ruft hinterher: »Dann will ich nachher aber einen extra langen Kuss. Bis gleich, Mausi. Bussi.«

Ich atme tief durch. Ich muss ihr sagen, dass sie nicht so übertreiben soll, denn Mark schaut von ihr zu Moritz, der außer einem lahmen Winken und einem bösen Blick zu mir nicht weiter reagiert.

Ich nutze den Moment, schlüpfe aus meinen Klamotten und lege mich bäuchlings auf mein Strandlaken. Ob ich will oder nicht, mich beherrscht nur ein Gedanke: Starrt Mark Nommsen jetzt auf meinen Po, der von dem lachsfarbenen Bikinihöschen nur notdürftig verdeckt wird? Wenn ich gewusst hätte, dass er dabei ist, hätte ich den türkis geblümten angezogen, der nicht ganz so knapp geschnitten ist. Er starrt bestimmt darauf, denn ich habe einen knackigen Po, an dem ich nie etwas auszusetzen hatte.

Anhand der Geräusche hinter mir gehe ich davon aus, dass Mark sich jetzt ebenfalls auszieht. Moritz hat sich seiner Kleidung bereits entledigt. Ob Mark wohl dunkle Haare auf der Brust hat, so wie in meiner Steinzeitfantasie? Ich soll es umgehend erfahren, denn neben mir knirscht es im Sand. Nach ein paar Schritten bleibt er vor mir stehen. »Ich gehe ins Wasser. Wer kommt mit?«

Ich hebe den Kopf und starre auf ein paar dunkel behaarte Beine. Ich hebe meinen Oberkörper ein Stück weiter an. Eine schwarze Badehose kommt in Sicht. Ich versuche krampfhaft nicht auf den Inhalt zu starren, sondern lasse meinen Blick höher gleiten, über den flachen Bauch zur Brust, die dunkel behaart ist, bis hin zu seinen Augen. Mark Nommsen kann sich sehen lassen, und das weiß er. Er ist nicht eitel, aber selbstsicher. Im Gegensatz zu mir momentan. Schnell lasse ich meinen Oberkörper wieder auf das Laken sinken, um ihm den Einblick in mein winziges Bikinioberteil zu verwehren, und murmle: »Kein Bedarf.«

»Vielleicht später«, antwortet Moritz. »Und auch nur, wenn keine Quallen da sind. Als Kind hatte ich mal Kontakt mit einer

Feuerqualle. Und bei vermehrtem Kontakt können sie eine Allergie auslösen. Ich sage nur anaphylaktischer Schock.«

Nachdem Mark mit einem »Ihr wisst nicht, was ihr versäumt!« zum Meer geht, setze ich mich hin und sehe ihm nach, wie er langsam in das graue Wasser tappt, um schließlich mit einem Sprung nach vorn unterzutauchen, und mit weit ausholenden Kraulbewegungen gegen die Wellen schwimmt. Als ich seinen dunklen Kopf nur noch als kleinen Punkt wahrnehme, stehe ich auf. »Ich mache einen Spaziergang«, werfe ich Moritz zu, der auf seinem Laken liegt und mit dem Hintern hin und her wackelt, um eine Mulde zu schaffen.

Am Spülsaum wende ich mich nach rechts und marschiere los, vorbei an Pfahlbauten und bunten Strandkorbdörfern. Bereits nach wenigen Metern treffe ich auf Esther, die bis zu den Knien im Wasser steht und mir zuwinkt. Frido sitzt wie ein Kleinkind da und schaufelt sich den Sand vor sich hin summend mit den Händen über die Hosenbeine.

»Ich wünschte, Papa und Mama könnten ihn jetzt sehen«, sagt Esther, als ich zu ihr wate. Das kalte Wasser schwappt an meine Oberschenkel, und ich ziehe tief die Luft ein. »Fast zwei Jahre hat er nach seiner Gehirnblutung bei uns gewohnt«, fährt sie mit Blick auf Frido leise fort. »Dann gab's immer öfter Streit. Mama hat geweint, wenn Papa von der Arbeit kam, und irgendwann ging alles ganz schnell. Opa musste ins Heim. Und Papa und Mama hatten ihre Ruhe.« Der letzte Satz klingt bitter.

Ich fühle mich ein wenig hilflos, da ich die Verhältnisse bei Esther zu Hause nicht kenne, aber etwas in mir sagt, dass ihre Sicht vielleicht etwas einseitig ist. »Nun, sie haben es zumindest versucht, Esther. Und das über einen langen Zeitraum. Zwei Jahre! Nicht alle demenzkranken Menschen haben die Möglichkeit und das Glück, bei ihrer Familie sein zu dürfen.« Ich versuche die richtigen Worte zu finden. »Deine Eltern haben ja auch ein Leben und das Recht, glücklich zu sein.«

»Ich bin ja nicht blöd«, kommt es patzig zurück. »Wir haben alle gelitten. Mich haben sie sogar zu einem Kinderpsychologen geschleppt, weil ich nicht begreifen konnte, dass Opa mich nicht mehr kennt.« Tränen schießen ihr in die Augen. »Weißt du eigentlich, wie scheiße das war? Ich war dreizehn. Da kapierst du noch nicht gleich, was Sache ist. Ich versteh es ja heute manchmal noch nicht, wie es sein kann, dass man von einem Moment zum anderen plötzlich nicht mehr existiert.« Die Tränen laufen jetzt über ihre Wangen. »›Opa baut neue Erinnerungen auf‹, haben sie mir gesagt. Ja, scheiße!« Sie deutet zu Frido, der glücklich im Sand buddelt. »Klar, er hat neue Erinnerungen aufgebaut. Wenn du ihn in seinen lichten Momenten nach den Leuten im Heim fragst, kriegst du eine Antwort. Aber glaub mir«, sie sieht mich wieder an, »du möchtest nicht so angeguckt werden, wie er mich angeguckt hat, als wir ihm wieder und wieder gesagt haben, dass ich seine Enkelin bin.« Sie deutet auf einen Mann, der ein paar Meter neben uns seinem Sohn im Wasser eine Frisbeescheibe zuwirft. »Stell dir vor, sie sagen dir, das ist dein Mann, Audrey. Du hättest ihn vor dreizehn Jahren geheiratet. Dann nimmst du es vielleicht hin, weil alle es dir sagen und du dich neben ihm auf deinem Hochzeitsfoto siehst, aber du fühlst nichts für ihn, weil er weg ist in deinen Erinnerungen.« Sie wischt die Tränenspuren fort. »So war es bei Opa. Er hat nichts für mich empfunden. Jedenfalls keine Liebe. Nicht mal etwas, das dem nahekommt.«

Ich starre zu dem Mann mit dem Frisbee. Ein Fremder, ein Mensch, der bestimmt sehr nett, aber mir egal ist. Der mir Angst machen würde, wenn er mir nahe käme.

»Ach, Esther.« Ich nehme sie in meine Arme. »Du hast recht, ich habe keine Ahnung.«

Esther schnieft an meinem Hals. »Ganz ehrlich, ich war froh, als er anfing, alles zu ignorieren, das Gesülze der Ärzte und meiner Eltern, das Fotoalbum, das sie für ihn gemacht hatten.« Sie löst sich aus meinen Armen und versucht zu lächeln. »Da bin ich lieber die junge Aurora, die er liebhat, als Esther, die er immer so merkwürdig, so … so skeptisch betrachtet.«

Ich schlucke den Kloß in meinem Hals weg. »Du bist ein großartiger Mensch, Esther. Und ich bin mehr als dankbar, dass du mich auf der Raststelle angesprochen hast.«

Sie lacht, als ich ihr Gesicht in beide Hände nehme und ihr dicke Schmatzer auf die Wangen verpasse.

»Soll ich uns ein Eis holen?«, frage ich, um sie auf andere Gedanken zu bringen.

»O ja! Für Opa irgendwas mit Schoko und mir was Fruchtiges.«

Ich gehe zurück, hole Geld aus meiner Tasche, und zehn Minuten später sitzen wir links und rechts neben Frido im Sand und schlecken unser Eis am Stiel. Allerdings muss Esther Frido füttern, denn er hat sich wieder verabschiedet von dieser Welt. Ich erzähle Esther von meiner Weltenwanderertheorie.

Sie überlegt einen Moment, dann strahlt sie. »Das ist schön, Audrey, das gefällt mir. Er besucht Oma im Feenland. Und dort weiß er, dass es mich gibt.« Sie beugt sich über Frido und drückt mir einen fruchtig eisigen Kuss auf die Wange. »Das ist eigentlich doppelt schön. Vielleicht geht er nämlich deswegen so oft dorthin, weil er mich da als seine Esther kennt. Er vermisst mich also in beiden Welten.« Sie überlegt noch einen Moment, dann sagt sie wieder: »Ja, das gefällt mir.«

Wir bleiben noch ein paar Minuten hocken, dann ziehen wir Frido gemeinsam hoch, weil Esther mit ihm zurück zum Strandkorb will. »Da kann Opa besser chillen.«

Ich gehe weiter und spüre dem Sand unter meinen Füßen nach. Ich war schon an vielen Stränden der Welt, an fein- und grobsandigen, weißen, grauen und fast schwarzen. Mit den Inselstränden Französisch-Polynesiens und der Seychellen kommt einfach nichts mit, aber der Strand in St. Peter-Ording kommt definitiv unter meine Top drei in Europa. Auch nach einer Stunde Laufen fühlen meine Füße sich auf dem hellen Sand, der am Spülsaum hart und feucht und weiter oben herrlich weich und fein ist, noch wohl. Ich weiche Schwertmuscheln aus, betrachte angeschwemmte Quallen und beobachte die Möwen, die auf dem immer breiter werdenden Wattstreifen nach Würmern und kleinen Krebsen suchen. Allerdings halte ich vergeblich Ausschau nach Zeichen von Entspannung.

Meine Hochzeit rückt schneller näher als Raumschiff Enterprise, wenn Scotty auf Lichtgeschwindigkeit geht. Es ist nicht so, dass mich das Organisatorische belastet. Nein, es ist alles geregelt, was es zu regeln gibt. Meine Stiefmutter hätte nicht beruhigt auf der Queen Mary einchecken können, wenn es anders gewesen wäre. Lindas Angebot, mich bei der Planung zu unterstützen – nachdem Jasper mir an Papas Geburtstag im Januar vor versammelter Familienmannschaft einen Antrag machte –, habe ich dankbar angenommen, nicht ahnend, dass sie die Windsor-Hochzeit zu übertrumpfen versuchen würde.

Was hätte ich auch machen sollen? Ablehnen? Linda hat keine eigenen Kinder. Ich bin ihre kleine Maus, seit sie in unser Leben kam. Unsere Geschwister Pamela und Markus befanden sich bereits im Studium und lebten nicht mehr zu Hause. Linda liebte mich, wie man wohl ein Kind lieben kann, das zwölfjährig – in akut pubertärem Stadium – vom Partner in die Beziehung mitgebracht wird. Dass sie Moritz fremd geblieben ist, ist nicht ihre Schuld. Er hat ihr nie verzeihen können, dass sie die Frau an Papas Seite wurde. Für ihn hatte sie damit die Stelle unserer Mutter eingenommen. Ich habe sie nie als Eindringling betrachtet, sondern in meiner Verlassenheit gierig angenommen, was sie zu geben hatte. Mir wäre niemals in den Sinn gekommen, ihr zu sagen, wie unendlich ich Mama vermisse, dass sie niemals deren Platz einnehmen würde, auch wenn Jahrtausende vergingen.

Ich kann sagen, dass ich meine Stiefmutter liebe. Und ich bewundere sie. Sie ist eine perfekte Hausfrau und Ehefrau. Und in diesem Moment frage ich mich, ob es vielleicht genau das ist, was ich auch will? Bin ich für ein Berufsleben nicht geboren? Will ich vielleicht einfach nur Jaspers Frau sein, seinen Haushalt führen, seine Kinder bekommen, ihm am Abend das liebevoll zubereitete Essen servieren, wenn er von der Klinik nach Hause kommt, bei einem Glas Wein den Anekdoten lauschen, die sein Kontakt mit den Patienten mit sich bringt, und mit ihm lachen? Ich versuche krampfhaft mir unsere vier Kinder vorzustellen. Zwei rotblonde Jaspers, die mit Plastikstethoskopen aus ihren knallroten Arztköfferchen ihre Stoffbären abhorchen, und zwei braunhaarige Audreys, die mit ihren Playmobilfiguren eigene kunterbunte Welten schaffen.

Aber die Fantasie bleibt verschwommen. »Denk einfach an deine Traumhochzeit, Audrey«, sage ich aufmunternd vor mich hin, »dann wird alles gut.« Ich ignoriere die irritierten Blicke des älteren Paars, das mir gerade entgegenkommt, und überlege, ob es nicht noch etwas zu planen gibt. Vielleicht hat Linda doch irgendetwas vergessen? Aber meine Gedanken schweifen immer wieder ab, was einzig daran liegt, dass mich die Hochzeitsfeinheiten nicht interessieren. Es ist mir egal, ob die cremefarbenen Servietten auf der Hochzeitstafel zu einem Schwan oder einer Rose gefaltet werden. Oder ob Pamelas Kinder, die meine perfekte Schwester neben ihrem Fulltime-Hotelmanagerjob mal so eben in die Welt gehustet und zu reizenden kleinen Menschen erzogen hat, fliederfarbene oder hellblaue Blumenstreukleidung tragen werden. Es ist mir schnuppe, ob die Pfifferlinge zum Filet Mignon aus Bayern oder Schleswig-Holstein kommen – Linda hat diese Frage überhaupt nur aufgeworfen, um bei Moritz zu punkten, was sie auch nach so vielen erfolglosen Jahren nicht aufgegeben hat. Immerhin hat ihr die Äußerung, dass die Tschernobyl-Strahlung immer noch in den süddeutschen Pilzen nachweisbar sei, die ängstlich-interessierte Bemerkung meines Bruders eingebracht: »Ach, ist das so, Linda? Dann danke ich dir.« Vermutlich hat er seitdem keinen einzigen Pilz mehr angerührt.

Mein Rücken fühlt sich heiß an, als ich mich umdrehe, um zurückzulaufen. Vielleicht hätte ich mich doch eincremen sollen. Das hole ich schleunigst nach, als ich eine Stunde später aus meiner Strandtasche die Sonnenmilch herauskrame. Moritz liegt auf dem Rücken und schnarcht. Frido schnarcht nicht, liegt aber mit geschlossenen Augen im Strandkorb, dessen Rückwand bis zur Neige zurückgestellt ist. Sein ruhiger Atem verrät, dass er auch schlummert.

Mein Blick fällt auf Moritz' Rucksack. Er ist offen, und der Zeichenblock – Moritz hat ihn immer dabei, egal, wohin er geht – guckt ein Stück heraus. Ich ziehe ihn ganz raus. Auf dem ersten Blatt steht »Strandkorb« geschrieben. Der gezeichnete Korb ist allerdings kein Strandkorb im herkömmlichen Sinn. Es ist ein Korb mit Tragegriff, den ein Riese in Badehose in Händen hält. Wie Pilze liegen Menschen im Korb, die der Riese am Strand einsammelt. Eine dicke Frau in Bikini hält er gerade in seiner Hand, um sie in den Korb zu legen.

Kopfschüttelnd blättere ich weiter. Frido sieht mich an oder auch nicht. Er ist auf der Zeichnung eindeutig nicht da. Seine Augen blicken starr den Betrachter des Bildes an. Fridos Stirn ist ein Fenster, und dahinter hantieren geflügelte Wesen an den Gehirnwindungen in seinem Kopf herum.

Ich sehe meinen schlafenden Bruder an. So stellt Moritz sich Feen vor? Bei mir sind Fridos Feen zarte weibliche Wesen, deren luftige Kleidchen in allen Regenbogenfarben schimmern, und durch ihre transparenten Flügelchen scheint die Sonne. Und Frido lacht und tanzt in meiner Fantasie mit Aurora durch diese Welt.

Bei Moritz ist Frido nicht bei den Feen, sondern es ist umgekehrt. Sie sind bei ihm. In seinem Kopf. Moritz hat käferartige Wesen mit einem Totenkopf auf dem Panzer gezeichnet. Von den schwarzen Flügeln tropft eine Flüssigkeit, die sich in den wurmartigen Gehirnwindungen sammelt.

Ich kriege trotz der Sonne eine Gänsehaut. Das Blut der schwarzen Feen verstopft Fridos Hirn. Schluckend blättere ich weiter. Das dritte Bild hat Moritz nur angefangen. Die Umrisse einer Herzmuschel sind zu erkennen. Ich stecke den Block in den Rucksack zurück. Moritz kommt an Frido und seiner Krankheit nicht vorbei. Es muss ihn sehr beschäftigen.

Esther und Mark sind nicht zu sehen. Während ich mein Dekolleté und die Arme mit der Sonnenmilch besprühe, lasse ich meine Blicke schweifen. Wo stecken die beiden? Dass Mark nicht auf seinem Badelaken liegt, entspannt mich ja eher, aber dass Esther Frido mal wieder unbeaufsichtigt lässt, ärgert mich maßlos. Ich creme meine Beine ein und lasse mich mit den Knien auf mein Strandlaken sinken. Aus meiner geplanten Schlummerstunde wird nichts, solange Esther nicht wieder auftaucht. Ich werde Frido jedenfalls keine Sekunde aus den Augen lassen. Schließlich verteile ich einen Hauch Creme auf mein Gesicht und massiere sie ein.

»Moritz!«, sage ich dabei laut zischend, soweit laut zischen möglich ist, aber ich möchte Frido nicht wecken, meinen Bruder allerdings schon. »Moritz, reib mir den Rücken ein. Du kannst gleich weiterpennen.«

Im nächsten Moment erklärt eine dunkle Stimme hinter mir: »Lassen wir ihn doch schlafen. Ich kann das machen.« Mark Nommsen nimmt mir das Spray aus der Hand. Er trägt eine Sonnenbrille, weswegen ich nicht erkennen kann, wie und wohin er blickt. Aber sein Lächeln reicht, um mich an meinem Bikinioberteil zupfen zu lassen. Wo kommt er her? Im Wasser war er nicht, wie sein trockener Körper verrät. Schnell wende ich ihm wieder meinen Rücken zu. Da Moritz weiterschnarcht und ich mir nicht anmerken lassen möchte, dass allein die Vorstellung, dass Mark gleich meine Haut berührt, meinen Puls in die Höhe treibt, erwidere ich: »Warum nicht?«

Ich nehme mein Haar hoch und halte es mit beiden Händen auf dem Kopf fest, den Blick stur auf das glitzernde Wasser vor mir gerichtet, in Erwartung eines kalten Sprühstoßes auf meinem Rücken. Aber er sprüht die Creme nicht direkt auf meine Haut. Ich höre, wie er den Sprühknopf mehrfach drückt – anscheinend in seine Hand. Und dann sind sie da, seine Finger auf meiner Schulter. Langsam, mit den Fingerspitzen seiner linken Hand, massiert er die Creme ein. Seine Finger sind einen Hauch kühler als meine Haut und dadurch umso präsenter. Dann spüre ich beide Hände. Gleichmäßig, in langsamsten Bewegungen gleiten sie mit sanftem Druck über meinen Rücken. Ein leiser Ton entweicht meiner Kehle, eine Mischung aus Seufzer und Stöhnen. Ich räuspere mich hastig, sonst denkt er womöglich noch, es gefällt mir, wie er da so aufreizend zart und dann wieder fest über meinen Körper gleitet. Wäre ich Biskuit, würde ich jetzt schnurren.

Habe ich das gerade wirklich gedacht? Ich möchte schnurren? O Gott. Ich atme flacher. Denk an etwas Schreckliches, Audrey! Doch sosehr ich mich auch bemühe, mir den Satz des Pythagoras vor mein geistiges Auge zu zerren, es will nicht wirklich gelingen. Statt a Quadrat plus b Quadrat gleich c Quadrat fühle ich bei seinen Berührungen nur aaah Quadrat, aaah …

Als er seine Hände wegnimmt, bin ich enttäuscht statt erleichtert. Aber nur für Sekunden. Ich höre das Drücken des Sprühknopfs, dann sind seine Finger wieder da, wo sie hingehören.

Wo sie hingehören? Audrey!!!

Seine Hände streichen von der Wirbelsäule nach außen, immer wieder von meiner Mitte nach außen, langsam die Creme verteilend.

A Quadrat plus … Ich höre auf zu denken. Ich halte den Atem an, denn seine Fingerspitzen bewegen sich ein wenig über den Rücken hinaus. Sie streifen die Achseln, die Ansätze der Brüste. Nur einen Hauch, ein Beobachter würde kaum Absicht unterstellen, und vielleicht täusche ich mich auch, vielleicht ist es eine zufällige Berührung, aber Tatsache ist, dass mein Körper reagiert. Entsetzt spüre ich, wie meine Brustwarzen hart werden und sich gegen den dünnen Stoff drücken. Und das noch Grauenvollere ist, dass ich mir wünsche, dass seine Finger ganz herumwandern, dass seine Hände sich um meine Brüste legen, dass Mark Nommsen und ich hier am Strand unter all den fröhlichen Menschen unter einer Kuppel verschwinden. Nur wir beide, abgeschlossen von der Welt, um …

»Danke!« Ich reiße meine Hände vom Kopf. Mein Haar fällt auf seine Hände, die innehalten. »Das … äh … reicht. Ich mag es nicht, wenn so lange an mir herumgetatscht wird. Ich gehe jetzt auch mal ins Wasser.« Ich springe auf, ohne mich zu ihm umzudrehen, und tappe durch den weichen, warmen Sand. Eine Abkühlung scheint wahrhaft angebracht.

Esther kommt mir im Wasser entgegen, als ich langsam hineinwate. »Arschkalt, was?«, ruft sie mir zu. »Aber wenn man erst mal drinnen ist, geht's.«

Weil ich so mit mir selbst beschäftigt bin, vergesse ich, sie zu beschimpfen, weil sie Frido mit dem schlafenden Moritz allein gelassen hat. Ich bin nicht einmal entsetzt, als ich sehe, dass sie in einem grünen Slip mit abblätterndem Simpsons-Motiv gebadet hat, sondern gehe einfach an ihr vorbei weiter ins Wasser hinein.

»Alles klar bei dir?«, ruft sie mir hinterher.

Dieselbe Frage stellt Moritz zwei Stunden später Mark, während wir zu fünft an einem Außentisch bei Gosch sitzen und uns Matjes, Krabben und Fischfilet schmecken lassen.

Und Mark gibt ihm dieselbe Antwort, die ich Esther gab. »Alles bestens.«

Ich starre auf meinen Teller und tunke ein Matjesstück in die Hausfrauensauce. Bedeutet sein »Alles bestens« genau dasselbe wie meines? Er hat, nachdem er mich eingecremt hat, kaum noch ein Wort mit mir gewechselt.

Auf jeden Fall bin ich froh, als wir endlich wieder im Auto sitzen und Richtung Dagebüll unterwegs sind. Auch jetzt vermeidet Mark – im Gegensatz zur Hinfahrt –, mich im Spiegel anzublicken. Bin ich dankbar dafür? Ich wünschte, ich wäre es.

»Es war schön am Meer«, murmelt Frido zufrieden vor sich hin und schaut aus dem Fenster.

Esther streichelt Fridos Hand und lächelt mich an.

Frido hatte einen tollen Tag. Ist nicht allein das die Aufregung wert? Ich lächle zurück und weiß, dass meine Entscheidung, Frido und Esther zu helfen, richtig war. Die Stunden, die hinter uns liegen, hätten Frido gefehlt. In seinem Heim hätte er nicht das Rauschen des Meeres gehört und nicht das entfernte Lachen und Rufen der Kinder am Spülsaum. Die Schreie der ewig nach Essbarem suchenden Möwen wären ihm entgangen und der Geschmack von Salz auf der Zunge und der Wind im schütteren Haar. Und in seiner Hosentasche hätten kein Dutzend Herzmuscheln geklimpert.

Die Rückfahrt verläuft ruhig. Alle sind satt, sonnenbetankt und mit ihren eigenen Gedanken beschäftigt. Mark schweigt weiter vor sich hin. Vom Beifahrersitz kommt ein leises Schnarchen. Moritz schläft schon wieder. Die Nordseeluft scheint ihn völlig zu entspannen. In Hattstedt beginnt Frido zu singen, nachdem er die ganze Zeit lächelnd aus dem Fenster geblickt hat. Weder Esther noch ich haben ihn in dieser Zeit angeredet. Darin waren wir uns einig, ohne uns abgesprochen zu haben, weil es schön war, ihn einfach nur lächeln zu sehen, in der Hoffnung, dass ihn die Erinnerung an den Tag so glücklich macht.

»So ein Tag, so wunderschön wie heute, so ein Tag, der dürfte nie vergehn«, singt er jetzt vor sich hin, weiter aus dem Fenster blickend.

Ich drücke Esthers Hand und lächle, als sie mich ansieht. Nickend, mit Tränen in den Augen, bestätigt sie meine Gedanken.

Gleichzeitig frage ich mich wieder einmal, was für ein merkwürdiges Organ doch das Gehirn ist. Frido kennt die Songtexte uralter Lieder, aber dass er eine Enkelin hat, weiß er nicht. Es erscheint mir so furchtbar ungerecht, dass da nur noch Schwarz ist, wo eigentlich ein Erinnerungskaleidoskop bunte Bilder von Esthers Kindheit zeigen sollte. Dieser Gedanke erlischt von einer Sekunde zur anderen, als wir in der ländlichen Pampa an einer Bushaltestelle vorbeifahren. Nur für Bruchteile klebt mein Blick an dem erdbeerroten Daihatsu Copen, der dort steht, und an der schwarzhaarigen Frau, die, in einer Hand eine Wasserflasche haltend, mit der anderen ihr Handy ans Ohr pressend, vor dem Wagen hin und her läuft. Mein Herz setzt einen Schlag aus, als wir vorbeirauschen. Die Sonne scheint mein Hirn versengt zu haben. Es lässt mich Miriam sehen. Miriam Schneider, Moritz' Yin und Leckerin der Wunden, die sie ihm selbst zufügt. Ich verbiege meinen Kopf und starre aus dem Rückfenster. F wie Frankfurt prangt auf dem Kennzeichen des Wagens. Und die Frau *ist* Miriam.

Moritz' Handy, das er bei der Abfahrt in der Ablagefläche des Touareg deponiert hat – er trägt es nie in der Hosentasche bei sich, weil die Strahlung angeblich sein Sperma schädigen könnte –, vibriert. Bevor Moritz auch nur die Chance hat, aus seinem leichten Schlaf zu erwachen, habe ich es schon in der Hand. Miriams Bild blinkt mir entgegen, und ich stelle das Smartphone mit fahrigen Fingern auf stumm. Mark guckt mich fragend im Spiegel an.

»Was?«, flüstere ich. »Schwesterliche Fürsorge. Moritz braucht ein bisschen Schlaf.«

»Du bist so ein guter Mensch.«

Ich ignoriere den Spott in seiner Stimme und überlege krampfhaft, was ich tun kann, um ein Desaster zu verhindern, denn zweifellos ist Miriam auf dem Weg zu Moritz ins Seeblick.

Ich wimmere innerlich, während ich Miriams Rufeingang lösche. Wie konnte ich nur so dumm sein und davon ausgehen, dass Moritz keinen Kontakt zu Miriam herstellt, nur weil sie ihm ein Matschauge geschlagen hat? Er ist ihr verfallen! Er kann nicht ohne sie sein. Natürlich hat er sie angerufen. Und sie hat ihn umgarnt wie die Spinne die Fliege und aus ihm rausgekitzelt, wo er steckt.

Meine Gedanken überschlagen sich. Moritz hätte es sich anmerken lassen, wenn er wüsste, dass sie auf dem Weg zu uns ist. Er wäre in Panik verfallen vor Angst, sie könnte von seiner angeblichen Verlobten hören. Er weiß definitiv nicht, dass sie kommt. Vermutlich wollte sie es ihm gerade mitteilen.

Wenn Miriam im Seeblick auftaucht, fliegen wir auf. Schwester Henni erfährt, dass Esther gar nicht Moritz' Verlobte ist, und ich erleide die Blamage des Jahrtausends. Papas Chancen, das Hotel zu bekommen, lägen nicht bei null, sondern bei minus einer Million.

Kurz vor Dagebüll wird Moritz wach. Und ich habe immer noch nicht den Hauch einer Idee, was ich tun kann.

»Weißt du was?« Moritz streckt sich und sieht Mark an. »Ich bin so entspannt, ich muss das ausnutzen. Kannst du mich gleich zur Scheune fahren? Ich werde mich an die Strandkulisse machen.«

Mark nickt. »Kein Problem.«

Und ich könnte Moritz knutschen. Er wird nicht im Hotel sein, wenn Miriam eintrifft, und das offenbart Möglichkeiten.

Als Mark vor Bauer Dunkels Scheune hält, sucht Moritz leider in der Ablage nach seinem Handy. Ich hatte gehofft, er würde nicht daran denken.

»Ich hab dein Handy«, sage ich. »Mein … äh … Akku ist leer, und ich muss gleich noch ein, zwei dringende Telefonate führen. Ich bring es dir mit, wenn ich zur Probe gehe, okay?«

Moritz scheint gedanklich wirklich schon bei seiner Strandkulisse zu sein, denn er hat keine Einwände. »Alles klar. Bis nachher«, verabschiedet er sich.

Als Mark zwei Minuten später vor dem Seeblick hält, springe ich aus dem Wagen, reiße die Kofferraumtür auf, packe meine Strandtasche und renne an Mark vorbei, der die hintere Tür für Frido offen hält. Esthers verwundertes »Musst du Pipi oder was?« ignoriere ich. »Danke!«, rufe ich Mark zu, ohne mich noch einmal umzudrehen. Für Höflichkeiten habe ich keine Zeit. Ich muss Lambert instruieren, bevor Miriam jeden Moment eintrifft. Glücklicherweise steht er an der Rezeption, als ich das Hotel betrete.

»Lambert, gut, dass du da bist.« Ich senke meine Stimme, obwohl niemand in der Nähe ist. »Ich brauche deine Hilfe. Beziehungsweise Moritz braucht deine Hilfe. Er ...«, ich schlucke, »... wird verfolgt.«

»Verfolgt?« Lambert verzieht keine Miene. »Ich verstehe nicht ...«

»Hier wird gleich eine Frau auftauchen, Lambert. Die Frau, die Moritz am Auge verletzt hat.« Meine Stimme wird noch leiser. »Sie ist eine Stalkerin. Sie verfolgt ihn seit Monaten, lauert ihm auf. Wir haben sie eben überholt. Sie wird gleich hier sein. Zum Glück ist Moritz in der Scheune und malt die Kulisse weiter. So müssen wir ihm gar nichts davon erzählen. Er würde sich nur wieder furchtbar aufregen, und dann ist seine Kreativität gefährdet. Und damit die Kulisse. Und an die arme Esther darf ich schon gar nicht denken. Sie weiß nichts von dieser grässlichen Frau.«

Lambert mustert mich, als hätte ich ein drittes Auge auf der Stirn. Zweifellos bin *ich* die Irre für ihn. Umso dankbarer bin ich für seine Worte. »Wie kann ich helfen?«

»Wenn sie nach Moritz fragt, sag einfach, dass er heute Morgen abgereist ist. Zurück nach Frankfurt. Das ... äh ... reicht dann schon. Wenn sie glaubt, dass er auf dem Heimweg ist, wird sie auch zurückfahren.«

»Hallo, Lambert! Wir hatten einen tollen Tag am Meer«, erklingt Esthers fröhliche Stimme hinter mir. »Ihr wohnt echt so geil hier. Gehst du heute auch noch baden? Ich würde ja jeden Tag ins Meer springen, wenn ich hier leben würde. Und du auch, nicht wahr, Frido?«

Mein Blick klebt verschwörerisch an Lamberts Miene. Und Lambert spielt mit. Er nickt mir leicht zu, bevor er Esther antwortet: »Ich schwimme in der Tat jeden Morgen vor dem Frühstück.«

Während Boris Karloff alias Frankensteins Monster in Badehose vor meinem inneren Auge auftaucht, schnappe ich mir Fridos Arm und ziehe ihn sanft Richtung Treppe. Miriam kann jeden Moment da sein. Es wird Zeit, dass wir hier verschwinden. Ich bin froh, als sich die Muschelfischerzimmertür hinter Esther und Frido schließt. Dann postiere ich mich am oberen Treppenabsatz, der vom Eingangsbereich aus nicht eingesehen werden kann. Es dauert allerdings noch zehn Minuten, bis ich Miriams »Guten Tag!« an der Rezeption höre. Mit angehaltenem Atem lausche ich.

»Ich möchte zu Moritz Tannheim.« Kühle Höflichkeit klingt durch Miriams rauchige Stimme. »Welche Zimmernummer hat er?«

Auch Lambert ist höflich. »Da kann ich Ihnen leider nicht helfen. Herr Tannheim ist heute Morgen abgereist.«

»Was?« In so hoher Stimmlage habe ich Miriam noch nie reden hören. »Abgereist? Was heißt das? Abgereist wohin?«

»Zurück nach Frankfurt.«

Ich kann mir ein zufriedenes Grinsen nicht verkneifen, als Miriam ein paar wenig damenhafte, um nicht zu sagen, saftige Schimpfwörter loslässt. Doch dann setzt mein Herzschlag einen Takt aus. Esther hüpft plötzlich an mir vorbei die Treppe hinunter. Ich habe sie nicht kommen hören. »Frido schläft«, ruft sie mir zu. »Ich hol mir ein Eis beim Kaufmann. Ich bring dir auch eins mit.« Bevor ich auch nur ein Wort herausbringe, ist sie schon unten an der Rezeption. »Möchtest du auch ein Eis, Lambert?«

Miriam hat ihr Schimpfen eingestellt, Lambert sagt unsicher: »Äh … danke, nein.«

»Habt ihr hier eine Gefriertruhe? Dann kann ich für Mo eins mitbringen«, höre ich Esther weiterplappern, und mir wird heiß. *Mo.* Hoffentlich wird Miriam nicht hellhörig. Allerdings nennt niemand sonst Moritz Mo.

Dankbar registriere ich, dass Esther endlich nach draußen verschwindet. Auf Miriams Frage, wann genau Herr Tannheim das Hotel verlassen habe, antwortet Lambert: »Um zehn Uhr.«

Ihre nächsten Worte lassen mich dann fast weinen.

»Oh, dieser Idiot! Haben Sie noch ein Zimmer frei? Ich kann jetzt unmöglich noch einmal acht Stunden fahren. Ich bin völlig fertig. Ich werde eine Nacht in diesem Kaff bleiben.«

»Es tut mir leid, wir sind ausgebucht.« Lambert hat nicht eine Sekunde gezögert. Er ist wahrlich ein guter Schauspieler. Ich bin stolz auf ihn.

Auch Miriam gibt ihr Bestes. Mit einem heftigen Türknallen rauscht sie davon.

Jetzt bleibt nur zu hoffen, dass Moritz und Miriam sich nicht zufällig über den Weg laufen.

# 10

Jasper? Geht's dir gut? Ich mach mir ein wenig Sorgen. Melde dich doch mal.« Das, was ich Jasper da gerade auf die Mailbox gesprochen habe, ist ein bisschen gelogen. Ich sorge mich nicht wirklich darüber, dass ich seit vorgestern nichts von ihm gehört habe. Eigentlich bin ich sogar froh über jeden Satz, den ich momentan nicht mit ihm wechseln muss, denn ich habe Angst, dass er herausfindet, was wir hier treiben und welches Notlügennetz ich webe, um Papas Hotel zu retten. Er wäre entsetzt und würde Papa alles brühwarm berichten, damit der seine Chancen wahrt.

Ein Blick aus dem Fenster verrät, dass das Wetter heute zu wünschen übriglässt. Es nieselt, und die Nordsee liegt in der Ferne da wie ein Band aus Blei. Nun, wenigstens scheine ich heute zum ersten Mal das Frühstücksbüfett im Seeblick genießen zu können. Es gab bisher keinen Panikanruf von Esther, und es ist immerhin schon acht Uhr dreißig. Frido scheint ausnahmsweise mal nicht verschwunden zu sein.

Moritz sitzt an einem Fensterplatz, als ich den Hummersalon betrete. Von Esther und Frido ist nichts zu sehen. An zwei weiteren Tischen unterhalten sich ein paar Mitglieder der Seniorenreisegruppe. Walross mustert mich vom Kopf bis zu den Füßen, ohne meinen allgemeinen Morgengruß zu erwidern.

Als ich mich Moritz mit einem fröhlichen »Guten Morgen, Brüderchen!« und einem strahlenden Lächeln gegenübersetze, hält er mir stumm, weil er gerade in ein Honigbrötchen gebissen hat, seine Linke entgegen. Er will sein Handy.

Als ich gestern Abend zur Probe in die Scheune gegangen bin, habe ich behauptet, es vergessen zu haben. Als er später an meine Zimmertür gehämmert hat, habe ich mich schlafend gestellt. Er muss stinksauer gewesen sein.

»Hättest du wohl die Freundlichkeit, mir endlich mein Handy wiederzugeben?«, brabbelt er jetzt.

Ich schlucke. »Ja, dein Handy ...« Natürlich bin ich vorbereitet, denn ich muss verhindern, dass er Miriam oder sie ihn anruft, solange sie noch in der Nähe ist. Ich hoffe, dass sie schon unterwegs Richtung Frankfurt ist. »Also, dein Handy ...« Ich breche wieder ab.

Moritz' Augenbrauen ziehen sich zusammen. »Was? Was willst du mir sagen?«

»Es liegt oben in meinem Zimmer.« Ich mache eine kleine Pause. »Und trocknet.«

Er stellt das Kauen ein. »Wie bitte?«

»Ich saß gerade auf dem Klo, als dein Handy in meiner Jeanstasche klingelte. Ich bin aufgestanden, hab es rausgeholt, und dabei ist es mir dann leider ...« Ich beende den Satz nicht. Und das muss ich auch gar nicht, denn der von mir gewünschte Effekt tritt umgehend ein.

»Stopp! Stopp, stopp!« Ekel zeichnet sich auf Moritz' Gesicht ab. »Du sagst mir doch nicht gerade wirklich, dass *mein* Handy ins ... ins Klo gefallen ist?« Er würgt.

»Ich hatte schon gespült.«

»Na toll!« Angewidert schiebt er seinen Frühstücksteller von sich. »Du fährst sofort los und kaufst mir ein neues. Oder glaubst du, ich fass das Ding noch mal an, wenn es trocken ist?«

Ich nicke. »Mach ich. Heute Nachmittag.« Dann ist Miriam weit genug weg.

Ich ziehe sein Frühstücksei zu mir herüber. »Du bist wohl satt?«

»Allerdings.«

Ich köpfe das Ei, nehme die Porzellanmöwe und streue damit ein wenig Salz auf das Eigelb. »Haben Frido und deine Verlobte schon gefrühstückt?«

»Witzig.« Seine blauen Augen erdolchen mich. »Die waren schon fertig mit dem Frühstück, als ich runterkam. Esther war mehr als genervt. Frido war wohl schon um sechs wach.«

Während ich an das kleine Büfett gehe und mir auf einen Teller Krabben, Rührei und knusprigen Speck fülle, gehen mir Moritz' Worte durch den Kopf. Esther war mehr als genervt. Ja, das kann ich mir gut vorstellen. Es ist anstrengend, Frido zu hüten. Ihn zu *be*hüten. Vielleicht wird Esther jetzt klar, dass Frido nicht umsonst in einem Heim lebt? Ihre Eltern werden es sich bestimmt nicht leichtgemacht haben, ihn der Obhut fremder Menschen anzuvertrauen. Jetzt, da Esther selbst für ihn verantwortlich ist, wird sie das vielleicht besser nachvollziehen können und Verständnis für ihre Eltern entwickeln.

»Schmeckt Ihnen unser Frühstück, Audrey?« Schwester Hennis Stimme erklingt neben mir. Sie stellt eine frisch befüllte Glaskaraffe mit naturtrübem Apfelsaft auf dem Büfetttisch ab.

»Ich liebe es«, sage ich wahrheitsgemäß. »Alles ist frisch und lecker.«

Sie folgt mir an den Tisch und begrüßt Moritz. Ich deute auf den Stuhl neben seinem, und sie setzt sich mit den Worten: »Ihre Verlobte ist mit ihrem Großvater Richtung Hafen spazieren. Sie wollen sich auf dem Deich den Wind um die Nase wehen lassen. Wollten Sie sie gar nicht begleiten?« Sie sieht Moritz durchdringend an.

»Ich … äh … war noch nicht so weit. Frido ist ja ein Frühaufsteher.«

Schwester Henni nickt. »Ihre Strandkulisse gefällt mir übrigens sehr, Moritz.« Mit diesem Satz hat sie seine volle Aufmerksamkeit. »Ich liebe die Gesichter, die Sie den Personen am Strand gegeben haben.« Als ich sie fragend anblicke, lächelt sie. »Ich verrate noch nichts. Sie müssen sie sich heute Abend bei der Probe anschauen, Audrey.« Ihr Blick wechselt wieder zu Moritz. »Wie gesagt, ganz wunderbar, aber … vielleicht könnten Sie die ölverschmierten toten Möwen wieder übermalen, Moritz? Es ist natürlich lobenswert, auf Umweltsünden hinzuweisen, doch in diesem Fall handelt es sich ja um eine Komödie, und ein Bühnenbild ist vielleicht nicht das passende Medium, um auf Missstände hinzuweisen?« Ihre Stimme klingt freundlich flehend. Sie weiß um die Empfindsamkeiten eines Künstlers.

»Sie wollten ein realistisches Bild«, entgegnet Moritz mürrisch.

»Hast du gestern auch nur eine tote Möwe am Strand gesehen?«, frage ich genervt. Ich lächle Schwester Henni an. »Natürlich übermalt er die toten Vögel.«

Moritz setzt zu einer Erwiderung an, aber Lambert tritt mit einem Telefon an unseren Tisch und reicht es Moritz mit den Worten: »Ihre Verlobte für Sie. Vom Deich. Herr Lörtsch hat wohl einen Heuler gefunden.«

Moritz starrt Lambert an, dann mich, schließlich das Mobiltelefon. Sein »Hä?« klingt regelrecht verzweifelt.

Ich kann es nachvollziehen. »Gib mal her«, sage ich und nehme ihm das Telefon aus der Hand. »Esther, was ist jetzt schon wieder los? Wenn du Heuler sagst, meinst du dann so einen kleinen Seehund?«

»Ja klar, was sonst.« Esthers Stimme klingt weinerlich durch den Hörer. »Oh, Audrey, ihr müsst sofort kommen. Der kleine Seehund tut mir so leid. Seine Mutter hat ihn verlassen. Er liegt einfach hier rum und guckt uns an. Was sollen wir denn jetzt tun?«

»Weggehen?«, wage ich einen Vorschlag. »Vielleicht kommt die Mutter wieder.«

»Aber wir stehen hier schon eine halbe Stunde. Und er guckt so traurig.«

Ich seufze. »Wo genau seid ihr?«

Als ich auflege und das Gehörte weitergebe, sagt Schwester Henni: »Ein Heuler darf nicht berührt werden. Hoffentlich weiß sie das. Es ist und bleibt ein Wildtier.«

Ich hebe die Schultern.

»Am besten ist es wohl, wenn Mark sich darum kümmert. Bei uns werden jedes Jahr an der Küste etliche Heuler aufgelesen. Ich gehe zu ihm rüber.« Schwester Henni steht auf und blickt Moritz an. »Sie wollen bestimmt mitfahren und sich den kleinen Süßen anschauen?«

»Ich?« Moritz sieht erschrocken aus. »Der hat vielleicht Staupe oder Würmer. Es wird schon einen Grund haben, warum seine Mutter ihn verlassen hat. Außerdem sind ja genügend *Familienmitglieder«*, beim letzten Wort schaut er mich an, »vor Ort.«

Schwester Henni ist nicht anzumerken, was sie über seine herzlose Bemerkung denkt.

Ich lächle sie an. »Sollte Moritz jemals Vater werden, hoffe ich, dass sein Kind niemals die Masern bekommt. Ich würde gern mitfahren.«

Ich schaffe es tatsächlich, mein Frühstück zu beenden, bevor ich mit einem fröhlichen »Guten Morgen!« in Marks Touareg einsteige. Können Augen magnetisch sein? Ich muss mich schon wieder dazu zwingen, den Blick zu lösen.

»Langeweile kommt bei euch niemals auf, oder?« Er sagt es beiläufig, während wir vom Hotel wegfahren.

»Leider nicht«, pflichte ich ihm bei.

»Esther hat gesagt, sie hat einen Heuler gefunden? Dafür ist es eigentlich schon zu spät. Wir haben September«, erklärt Mark.

Bis zum Dagebüller Hafen ist es nicht weit. Mark hält am Strandhotel. Den Rest des Weges laufen wir. Esther und Frido sind schon von weitem am Fuß des Deiches an der Meerseite zu sehen. Ich winke.

»Sind Moritz und Esther glücklich?«, fragt Mark plötzlich neben mir. »Sie sind ein merkwürdiges Paar.«

Mir wird heiß, und mein Bauchmonster sticht zu. Der Krampf lässt mich flacher atmen, während wir zügig weitergehen. Die Lügen beginnen mich innerlich aufzufressen. Am liebsten würde ich stehen bleiben, Marks Hand greifen und ihm alles erzählen. Wie ein Wasserfall würden die Worte über meine Lippen rauschen und alles Unwahre, jede Spinnerei fortspülen. Es würde reinigend sein und mein Bauchmonster rausspülen. Aber dann würden sich alle verächtlich von uns, von mir, abwenden. Schwester Henni, Lambert, die Theaterkollegen – und Mark. Er würde meine Hand abschütteln und sich umdrehen und fortgehen.

»Sie sind sehr unterschiedlich«, antworte ich und atme in den schmerzenden Bauch.

»Unterschiedlich zu sein bedeutet nicht, dass man nicht glücklich sein kann.« Er sieht mich an, als wollte er eine Bestätigung dafür. Ich erwidere nichts darauf, weil ich nicht weiß, ob es so ist, und das scheint ihn zu enttäuschen. Er guckt wieder nach vorn. »Die beiden wirken so … so emotionslos miteinander.«

Ich sage wieder nichts, weil ich nicht noch eine weitere Lüge über meine Lippen bringe.

»Es geht mich ja auch nichts an«, meint Mark schließlich spröde.

In mir schreit alles danach, ihm zu sagen: Bitte sprich weiter mit mir. Ich höre dir so gern zu. Und ich würde so gern mit dir reden. Wirklich reden. Über Gott und die Welt, über das, was dich und was mich bewegt. Über Gedichte und Musik, über die Liebe und den Tod. Aber ich kann nicht, weil ich dann mit der

Wahrheit herausmüsste, und ich könnte es nicht ertragen, deine Verachtung für mich in deinen wundervollen Augen zu sehen.

»Ob es heute noch mal aufklart?«, höre ich mich stattdessen sagen, den Blick in den grauen Himmel gerichtet.

Aus dem Augenwinkel sehe ich, dass Mark den Kopf schüttelt, bin mir allerdings nicht sicher, ob es wegen des Wetterthemas ist oder weil Esther in zwei Metern Entfernung vor einem gar nicht so kleinen Seehund auf Knien im Sand hockt und auf ihn einspricht.

»Herrje!«, stößt Mark ärgerlich aus. »Stadtpflanzen.«

Frido steht neben ihr und scheint in jeder Beziehung anwesend zu sein, denn er winkt uns mit einem fröhlichen »Gibt es noch Regen?« zu.

»Na bitte«, sagt Mark zu mir, ohne eine Miene zu verziehen. »Du hast doch jemanden gesucht, der sich mit dir übers Wetter unterhält.«

Ich bleibe stehen. »Mark, ich …«

Er dreht sich zu mir um. Sein Blick ist jetzt warm, und sein »Ja?« signalisiert: Sprich weiter. Sprich endlich mit mir.

»Ich … Nichts. Ich wollte nur wissen, was jetzt mit dem Seehund passiert.«

»Sagst du eigentlich auch mal, was du denkst?«

Esther nimmt mir zum Glück eine Antwort ab, indem sie uns zuruft: »Endlich! Der Kleine muss ins Warme. Wohin bringen wir ihn jetzt, Mark?«

»Er muss ins Warme?« Mark tippt sich wenig charmant an die Stirn, aber ich kann es ihm nicht übelnehmen. »Außerdem ist das kein Seehund, sondern eine Kegelrobbe. Und die lebt im *kalten* Meer. Und sogar im Winter verreist sie nicht Richtung Bermudas.«

Esther kichert schulmädchenhaft. »Wie doof bin ich denn? Hast ja recht. Aber sie ist doch viel zu klein, um hier allein zu sein, oder?«

Mark fasst Esther am Arm und zieht sie von der Robbe weg. »Das ist kein Heuler mehr. Die Robben säugen ihre Kleinen nur wenige Wochen, dann sind sie auf sich allein gestellt. Und dies hier ist ein Jungtier, das für sich selbst sorgen kann. Und es hätte dich beißen und erheblich verletzen können. Ich verstehe nicht, dass sie dich so nah an sich hat rankommen lassen. Normalerweise flüchten sie zurück ins Meer, wenn sich Menschen nähern.« Er läuft mit Abstand zur Robbe um das Tier herum. »Verletzt scheint sie nicht zu sein. Äußerlich ist jedenfalls nichts zu erkennen.«

Esther zieht einen Schmollmund. »Aber sie guckt so traurig. Sie ist einsam.«

Mark lacht auf. »Glaub mir, sie hat 'ne Menge Kumpels im Meer. Und jetzt werden wir uns alle ein Stück zurückziehen und sie in Ruhe lassen, und das sagen wir auch den Leuten, die dahinten angelaufen kommen.« Er deutet zu weiteren Spaziergängern, die aufmerksam geworden sind.

Esther ist nicht überzeugt. »Und wenn sie doch krank ist?«

»Wir beobachten sie noch eine Weile«, gibt Mark nach. »Wenn sie sich in einer Stunde immer noch nicht rührt, informiere ich den Seehundjäger.«

»Einen Jäger?« Esther sieht Mark entsetzt an. »Der … der wird doch nicht …«

»Keine Angst«, fällt Mark ihr ins Wort. »An Deutschlands Küsten wird seit über vierzig Jahren keine Jagd mehr auf Seehunde gemacht. Der Seehundjäger wird gerufen, wenn Heuler oder verletzte Tiere gefunden werden, und er entscheidet dann, was zu tun ist.«

»Die werden doch gesund gepflegt, oder?« Esther klebt an Marks Lippen.

»Gesunde Heuler kommen in die Seehundstation und werden dort aufgepäppelt. In Friedrichskoog gibt es eine Station.«

Mark hat Esther bei diesen Worten nicht angesehen. Ich schlucke, weil ich mir denken kann, was mit verletzten Tieren passiert.

Esther anscheinend auch. »Die Gesunden? Und was ist mit den kranken und verletzten Seehunden?«

Mark sieht sie jetzt an. »Die, für die Hoffnung besteht, werden gesund gepflegt. Aber das gilt eben nicht für alle gefundenen Tiere.« Er legt seine Hand auf Esthers Schulter. »Wir können und müssen der Natur nicht immer ins Handwerk pfuschen, Esther. Weiter oben, an Dänemarks Küsten, gibt es nicht mal für die gesunden Heuler eine Auffangstation.«

»Ich weiß, dass die Natur grausam sein kann und was sie an Krankheiten hervorbringt«, sagt sie bitter mit Blick auf Frido. Tränen bilden sich in ihren Augen. »Also erzähl mir nicht, wo man hineinpfuschen darf und wo nicht. Wenn es Hilfe gibt, dann muss man sie doch gewähren!«

»Aus dieser Sicht hast du wohl recht«, sagt Mark.

Ich bin dankbar, dass sich in diesem Moment die Robbe schwerfällig in Bewegung setzt.

Esther entfährt ein erleichtertes »Ein Glück!«.

»Ist ja niedlich«, kommentiert auch Frido das Geschehen. Er lacht leise in sich hinein, während die Robbe ihren massigen Körper stückchenweise Richtung Meer bewegt. Endlich im Wasser angekommen, fällt alles Plumpe von ihr ab. Elegant und schnell taucht sie unter und ist verschwunden.

»Siehst du, alles ist gut«, sagt Mark zufrieden zu Esther, die sich immer wieder umdreht, während wir im Gänsemarsch auf dem Deich zurücklaufen. Plötzlich bleibt Mark stehen. »Habt ihr Lust, zur Seehundstation Friedrichskoog zu fahren? Sie ist einen Besuch wert.«

Zehn Minuten später sitzen wir alle in Marks Wagen auf dem Weg nach Friedrichskoog. Esther sitzt mit Frido hinten auf der Rückbank und beantwortet vorsichtig dessen Fragen nach einer Angela, bei der es sich um seine Lieblingspflegerin im Heim handelt. Ausgerechnet jetzt, wo Mark dabei ist, hat Frido sich aus dem Feenreich so weit entfernt wie nie, seit ich ihn kenne. Er tippt mir auf die Schulter und fragt, wer ich bin. Ich fühle mich schrecklich unbehaglich und bin dankbar, dass Esther das Antworten übernimmt. »Na, das ist doch Audrey. Du kennst sie doch, Frido. Und du kennst doch auch ihr Kätzchen Biskuit.«

»Das Kätzchen«, sagt Frido. »Schönes Fell. Wo ist es?«

»Im Hotel«, antwortet Esther. »Erinnerst du dich, dass wir eine Reise machen, Frido?«

Mir ist mulmig zumute, obwohl Esther vorsichtig ist in dem, was sie sagt. Sie gibt nichts Verfängliches preis.

Leider sieht das bei Frido anders aus.

»Wo ist das Nordlicht?«

»Heute schauen wir uns Seehunde an, Frido«, sagt Esther schnell.

Mit einem »Ach!« verstummt er schließlich.

Ein schneller Seitenblick zu Mark verrät, dass der vor sich hin lächelt. Ich bin mehr als dankbar, dass Frido für ihn einfach ein liebenswerter, tüdeliger Opa ist.

»Wenn das bei Ihnen noch länger dauert, verpassen Sie die Fütterung«, erklärt die junge Frau an der Kasse der Seehundstation.

Mark und ich stehen, beide mit Geldscheinen bewaffnet, vor der Glasscheibe und streiten. Ich möchte nicht, dass er uns einlädt, er besteht aber darauf, weil es seine Idee war, hierherzufahren.

»Entscheiden Sie, wer zahlen soll«, bitte ich schließlich die Frau.

»Wenn es ein Date wäre …«, sagt sie, hat allerdings Frido und Esther im Blick, und schlussfolgert richtig, dass es keines ist.

Mark lächelt die Mitarbeiterin der Seehundstation an. »Sie wäre selbst bei einem Date noch kratzbürstig und würde zahlen wollen.«

»Kratzbürstig! Das ist doch mal ein schönes Wort.« Ich stopfe den Geldschein in meine Hosentasche. »Du darfst zahlen.« An die Kassiererin gewandt, sage ich: »Ich würde ihn auch nicht daten, wenn er der letzte Mann auf Erden wäre, selbst wenn er mich anflehen würde.«

Mark sammelt das Wechselgeld aus der Schale. »Wenn ich der letzte Mann auf Erden wäre«, sein Grinsen wird schon wieder unverschämt, »müsste ich dich nicht anflehen, weil die Frauen dann bei mir Schlange stehen würden.«

»Angeber«, murmle ich und hake mich bei Frido ein. Ich führe ihn zu einem Außenbecken, das durch die verschieden großen Felsstücke in der sandfarbenen Umrandung gleich ins Auge fällt. Etliche Besucher haben sich entlang der Seile aufgestellt, um der Fütterung zuzusehen. Ich suche mir mit Frido einen freien Platz. Esther stellt sich neben uns, Mark hinter mich. Frido starrt ins Nichts. Hoffentlich findet er die Tür aus dem Feenreich rechtzeitig, um auch einen Blick auf die drolligen Seehunde werfen zu können. Esther und ich sind entzückt, als die Seehunde und Kegelrobben, die ich kaum unterscheiden kann, häppchenweise gefüttert werden. Die Tiere sind Dauergäste der Station, wie wir durch die Tierpflegerin erfahren, die die Fütterung mit allerlei Wissenswertem rund um die Tiere kommentiert. Das, was die Seehunde und Robben uns dabei an Kunststückhaftem zeigen, ist das Ergebnis eines medizinischen Trainings. Hein und Mareike heißen zwei der Seehunde, einen weiteren Namen, Deern, erklärt Mark mir. »Deern ist das plattdeutsche Wort für Mädchen.« Da er direkt hinter mir steht, spüre ich seinen warmen Atem an meinem Hals.

»Sind sie nicht schön anzusehen? So tollpatschig und unbeholfen sie an Land wirken, im Wasser sind sie virtuos.« Ich drehe mich begeistert zu Mark um.

»Wunderschön«, entgegnet er. Sein Blick gleitet dabei allerdings nicht über Deern, sondern über mein Gesicht.

Schnell drehe ich mich wieder um. Mark Nommsen hat eine Aura, der man nicht entkommen kann. Im Gegenteil, es scheint, als würde sie sich ausdehnen und auch mich umgeben wollen.

»Sieh doch nur, Frido«, sage ich, um den Gedanken an Mark Einhalt zu gebieten, und streichle über Fridos Arm. »Das sind Hein und Mareike. Seehunde!«

Aber Frido gelingt die Flucht aus dem Feenreich nicht. Die Fütterung endet, ohne dass er die Tiere wahrgenommen hat. Esther nimmt ihn an die Hand. »Ich gucke mit Opa den Film über die Heuler. Wollt ihr mit?«

Mark und ich sehen uns an. Es ist ein Blick, der über das Abklären von Esthers Frage hinausgeht. Das ist mir klar, als wir ein gemeinsames »Nein« hervorbringen.

»Okay«, sagt Esther fröhlich und zieht Frido mit sich zu dem Gebäude, auf das die Pflegerin während des Fütterns hingewiesen hat. Esther war im ersten Moment enttäuscht, dass wir keine Heuler zu Gesicht bekommen, aber nach dem Kommentar der Pflegerin hatte sie Verständnis dafür. Da die Jungtiere wieder im Meer ausgewildert werden, muss jeder unnötige Menschenkontakt vermieden werden.

Mark deutet hinter sich, als Esther und Frido außer Sicht sind. »Im Unterwasserbereich hat man einen schönen Blick auf die tauchenden Robben.« Seite an Seite gehen wir den schmalen Weg hinunter und bleiben vor den großen Scheiben stehen, hinter denen Deern und ihre Kollegen ihre Runden durch das

Becken tauchen. Schweigend schauen wir eine Weile zu. Es ist kein unangenehmes Schweigen, aber ich möchte die Stille zwischen uns dennoch durchbrechen, weil seine Aura wieder einen Angriff gestartet hat, der sich bei mir mit Herzklopfen äußert. »Woher stammt die kleine Narbe über deiner Augenbraue?«, höre ich mich sagen und könnte mich im nächsten Moment ohrfeigen. Warum frage ich so etwas Persönliches?

»Die Narbe?« Marks Finger streichen darüber, während er lächelnd antwortet: »Die ist tatsächlich noch aus meiner Kindheit. Ein Sturz aus dem Apfelbaum meiner Oma, bei der ich meine Ferien verbrachte. Allerdings«, er lacht in der Erinnerung an die Zeit, »ist mir der versohlte Hosenboden danach in schlimmerer Erinnerung als der Sturz.«

»Was?« Ich sehe ihn entsetzt an.

Er lacht wieder. »Ich hatte striktes Verbot, auf die oberen Äste zu klettern. Warum, hat sich ja gezeigt. Meine Oma ist vor Schreck fast gestorben, als ich schreiend und blutend am Boden lag. Ihrer Erleichterung darüber, dass nicht mehr passiert war, hat sie mit zwei kräftigen Klapsen auf mein Hinterteil Ausdruck verliehen. Nach dem Arztbesuch.«

»Du Armer.« Meine Finger streichen über die Narbe, bevor ich es auch nur ansatzweise verhindern kann. Ruckartig ziehe ich meine Hand von seiner warmen Haut zurück. »Entschuldige«, stammle ich, »ich … ich habe eine zu lebhafte Fantasie. Ich sah den kleinen Jungen, der da blutend liegt und …« Ich breche ab.

Wir sehen uns an, und mein Herz klopft noch stärker, weil er leise sagt: »Auf meiner Brust gibt es auch eine Narbe.«

»Ich … ich möchte noch auf den Aussichtsturm.« Ich stürme regelrecht nach draußen.

»Das ist die ehemalige Seenotrettungsbake der Insel Trischen«, erklärt Mark das ungewöhnliche Aussehen des um die zwanzig Meter hohen Turms, vor dem ich stehen geblieben bin. »Wollen wir rauf?«

Ich bin dankbar, dass sein Ton wieder sachlich klingt, und nicke. Als wir oben ankommen, haben wir einen schönen Blick auf das Land vor dem Deich. Das Meer liegt ein gutes Stück entfernt. Auf der anderen Seite schauen wir auf einen hübschen kleinen Hafen. Ins Auge fällt ein riesiges Gebäude, das die Form eines Wals hat.

»Das ist Willi Wal«, erklärt Mark. »Ein riesiger Indoorspielplatz für Groß und Klein.«

»Beeindruckend.«

Als wir wieder unten sind, laufen wir Frido in die Arme. »Ordri«, ruft er und deutet auf das Becken im Hintergrund, »das musst du dir ansehen. Und dein Mann auch. Dahinten gibt es richtige Seehunde.«

Mir wird heiß – vor Freude, weil Frido da und fröhlich ist, vor Scham, weil ich anscheinend den Eindruck vermittle, Mark sei mein Mann, und vor Entsetzen, weil Esther auf einem großen künstlichen Seehund herumklettert, gemeinsam mit anderen Kindern, denn das ist sie im Moment, ein Kind und nicht die Verlobte eines Zweiunddreißigjährigen.

Ich schnappe mir Fridos Arm, und gemeinsam mit Mark treten wir noch einmal an das Außenbecken. Mein Blick gilt dieses Mal allerdings nicht den Robben, sondern Frido. Es ist zu schön, ihn zu beobachten, wie er in sich hineinlacht, wenn die Robben aus einem höher gelegenen Becken über eine breite Rampe in das größere Becken hineinrutschen, um an uns vorbeizuschnellen. Frido hebt winkend die Hand, wenn ab und an ein Seehundkopf aus dem Wasser auftaucht, um sofort wieder unterzutauchen.

»Ich hab Hunger«, sagt Esther, nachdem sie sich wieder zu uns gesellt hat. »Können wir irgendwo was essen?«

»Mögt ihr Krabben?«, fragt Mark.

Wir nicken, Frido sieht nicht so begeistert aus. »Gibt's auch Aal?«

»Wir schauen mal, was der Kutter so anbietet«, antwortet Mark. Er fährt mit uns das kurze Stück zu dem kleinen Hafen.

Das riesige Walgebäude liegt direkt vor uns, als wir aussteigen und eine Bank ansteuern. Frido bekommt sein Aalbrötchen, Esther entscheidet sich für Matjes. Ich teile mir mit Mark einen Beutel fangfrische Krabben, die wir noch auspulen müssen, was sich als echte Herausforderung entpuppt. Bei Mark sieht es so einfach aus, wie er die Krabbenschale bricht und entfernt. Ich zerreiße die Krabben bei den ersten Versuchen.

»So verhungerst du ja«, sagt Mark lachend und steckt mir eine ausgepulte Krabbe in den Mund. Seine Finger berühren dabei meine Lippen, aber es kommt keine Verlegenheit auf. Wir haben einfach Spaß. Mark zeigt mir in langsamen Schritten, wie ich die Krabbe halten muss – mit Zeigefinger und Daumen den Kopf festhalten, mit der anderen Hand das Hinterteil leicht drehen, bis der Panzer aufbricht. Ich fasse den Schwanz und ziehe vorsichtig, so wie Mark es mir erklärt hat, das Hinterteil ab. Dann löse ich das Krabbenfleisch aus dem Kopf. Stolz zeige ich Esther und Frido das Resultat, bevor ich mir das leckere Fleisch in den Mund stecke. Ich schaffe zwar nur eine Krabbe in der Zeit, in der Mark vier schafft, aber er füttert mich zwischendurch.

»Oh!«, ruft Frido plötzlich und schaut bedeppert auf sein Brötchen und dann zu Boden, wo das Aalstück liegt, das ihm aus dem Brötchen gefallen ist.

»Das ist nicht schlimm, Frido. Wir holen dir ein neues Brötchen«, sage ich.

Aber Frido bückt sich schon nach dem Aalstück, sammelt es auf und pustet es ab, was gar nichts bringt, denn der Fisch ist so fett, dass der Schmutz daran kleben bleibt. Unbeeindruckt legt Frido den Aal wieder zwischen die halb aufgegessenen Brötchenhälften. »Dreck reinigt den Magen«, entgegnet er fröhlich.

Schade, dass Moritz nicht hier ist.

Als wir aufbrechen, bückt Frido sich noch einmal. Als er sich mit einem Ächzen wieder aufrichtet, hält er ein Zwanzigcentstück in der Hand. »Wer den Pfennig nicht ehrt«, murmelt er zufrieden und fummelt mit den fettigen Fischfingern sein Portemonnaie aus der hinteren Hosentasche.

»Du Glückspilz«, sage ich. »Ich finde nie Geld.«

»Aber du hast Glück in der Liebe, Ordri.« Er klopft Mark unerwartet kräftig auf den Rücken. »Sie ist aber auch 'ne Hübsche. Kein Wunder, dass du so verliebt guckst, Junge.«

Esther versucht vergeblich ihr Kichern zu unterdrücken, während ich mich kaum traue, Mark anzublicken. Das Blut ist mir in die Wangen geschossen. Aber auch Marks Ohren haben einen satten Rotton angenommen. Oder täusche ich mich erneut?

Um Punkt vierzehn Uhr sind wir wieder in Dagebüll. Mark hält direkt vor dem Seeblick und öffnet die hintere Tür für Frido. Die Aussicht auf ein gerade von Esther vorgeschlagenes Mittagsschläfchen treibt Frido an. Ohne ein Wort des Abschieds lässt er Mark stehen und trippelt Esther voraus die Stufen zum Hotel hoch.

Ich sehe den beiden hinterher, dann wende ich mich zu Mark um. »Danke für alles.«

»Ja, dann …« Marks Blick gleitet über mein Gesicht. »Heute Abend ist keine Probe.« Bedauern klingt durch seine Stimme, oder bilde ich mir das ein? Es war ein einfacher, informativer Satz, aber für mich hörte es sich an, als würde er sagen: Heute Abend können wir uns nicht sehen.

Ich nicke. »Ja, das … das ist schade. Ich hätte gern geprobt …« Also, noch einmal danke.« Ich halte ihm die Hand hin, nicht, weil ich höflich bin, sondern um von ihm berührt zu werden. Mein ganzer Körper sehnt sich danach, aber ich muss mich mit der Hand begnügen, die er jetzt mit seiner warm umschließt. Einen Moment später entreiße ich sie ihm, drehe mich um und laufe die Stufen zum Seeblick hinauf. Ich wage nicht, mich oben noch einmal umzudrehen. Als ich in meinem Zimmer bin, wird mir wieder einmal übel. Ohne die Schuhe auszuziehen, lege ich mich auf das Bett, kuschle mich in die Decke ein und ziehe die Beine an meinen schmerzenden Bauch. Ich fühle mich schwach und elend und wünsche mir – wie immer, wenn ich mich so fühle –, bei dem Menschen sein zu können, der als Einziger helfen könnte, aber es nicht kann.

»Mama, was passiert mit mir?«, sage ich weinend in das Kissen. »Ich habe das Gefühl, nicht mehr ich selbst zu sein. Was soll ich denn nur tun? Es kann doch nicht sein, dass ich mir wünsche, von Mark Nommsen berührt zu werden, wenn ich in vier Wochen Jasper heirate. Ich liebe Jasper doch. Und er liebt mich. Hilf mir doch, Mama. Bitte, bitte, zeig mir irgendwie, was ich tun soll. Schick mir einen Schmetterling. Bitte.«

Ich weine noch immer, als Moritz Minuten später an meine Tür hämmert. »Audrey? Ich hoffe für dich, dass du mir ein Handy gekauft hast.«

»Es ist offen«, schniefe ich.

Er reißt die Tür auf und setzt erneut zum Sprechen an, als die Wut in seinem Gesicht sich in Sorge verwandelt. »Was ist los?« Er hockt sich auf die Bettkante und streicht mir eine Haarsträhne von den feuchten Wangen.

Diese zarte Berührung ist zu viel für meine Nerven. Aufschluchzend bohre ich mich in die Wärme seiner mich umschlingenden Arme. »Ach, Moritz, ich … ich weiß auch nicht, was mit mir los ist. Ich bin einfach fertig.«

Seine Hand streicht immer wieder über meinen Hinterkopf, während er leise auflacht. »Lügen ist anstrengend, nicht wahr?« Er hört nicht auf, mich zu streicheln. »Vor allem, wenn man sich selbst am meisten belügt.«

»Nicht schon wieder diese Leier«, schluchze ich an seiner Brust.

»Aber genau diese Leier ist die Wahrheit.« Er packt meine Oberarme und schiebt mich ein Stück von sich. Ich drehe den Kopf, weil ich ihn nicht anschauen will. »Siehst du? Du traust dich nicht einmal, mich anzuschauen, geschweige denn dich im Spiegel, weil dir deine Augen sagen würden: Sieht so eine glückliche Braut aus, eine Frau, die in vier Wochen heiraten wird?«

»Hör auf.«

»Nein, denn ich beobachte seit Beginn unserer Reise, dass du schon wieder diese Bauchschmerzen hast. Streite das nicht ab«, sagt er, als ich aufbegehren will. »Ich sehe doch, wie du dich manchmal krümmst, nur leicht, aber ich hab dafür einen Blick. Du hattest das damals auch, als Mama gestorben ist.«

Ich habe aufgehört zu weinen. Es ist so schön, in Moritz' Armen zu liegen. Moritz. Er kennt mich noch so gut. Vielleicht war er nie so weit von mir entfernt, wie ich es mir eingebildet habe? War ich diejenige, die seine Zeichen der Vertrautheit nicht mehr wahrgenommen hat? Ich seufze und kuschle mich noch ein wenig tiefer in ihn hinein, sofern das überhaupt möglich ist. Vielleicht ist er der Schmetterling, den Mama mir geschickt hat?

Und das gibt mir wieder zu denken. Warum schickt sie Moritz und nicht Jasper? Jasper ist doch der Mann, der mich so im Arm halten müsste, wenn es mir dreckig geht, und nicht mein Bruder. Schließlich führt der eine noch kompliziertere Beziehung als ich.

»Jasper ist der falsche Mann für dich, Audrey. Deine Psyche weiß das, und weil du sie ignorierst, schickt sie dir Mahnungen in Form von Magenkrämpfen.«

Genau *das* will ich nicht hören. Ich mache mich steif und löse mich von ihm. Mit vor der Brust verschränkten Armen sehe ich ihn an. »Vielleicht sollte deine Psyche dir auch mal solche Mahnungen schicken. Aber deine Psyche ist ja so dämlich und lässt deine Finger Miriams Nummer wählen! Und bringt sie damit auf die glorreiche Idee, hierherzufahren.« Jetzt ist es raus, und ich bedaure es nicht. Miriam kann stündlich zurück in Frankfurt sein, und noch einmal wird sie sich kaum hierher auf den Weg machen.

Allerdings lädt Moritz' Gesichtsausdruck nicht dazu ein, sich entspannt zurückzulehnen. Es wäre vielleicht doch schlauer gewesen, die Klappe zu halten.

»Wovon redest du?« Seine Stimme klingt polarmeereisig.

Ich klinge piepsig. »Du hast sie angerufen.«

»Ja. Und das geht dich und den Rest der Welt einen feuchten Dreck an. Aber woher weißt du das? Und was zum Teufel bedeutet: Ich bringe sie auf die Idee, hierherzufahren?«

Jetzt bringt Lügen wohl nichts. »Miriam … sie … sie war hier. Gestern.«

»Wie bitte?«

»Als du im Schuppen die Bühnenbilder gemalt hast. Lambert hat ihr gesagt, dass du am Morgen nach Frankfurt abgereist bist. Auf meinen Wunsch hin.«

Moritz rauft sich tatsächlich die Haare. Ich dachte immer, so etwas passiert nur in Romanen. »Sie war hier? Hier in diesem Hotel?«

»Ja!« Ich blase zum Angriff. »Weil du Idiot ihr erzählt hast, wo wir sind. Was glaubst du wohl, hätte sie getan, wenn sie erfahren hätte, dass du mit deiner *Verlobten* hier bist?« Ich mäßige meine Stimme, weil sein Ich-erwürge-dich-eigenhändig-Gesichtsausdruck dazu rät. »Moritz, ich habe dir das Leben gerettet. Sie hätte dich umgebracht!«

Ich kann nicht einordnen, ob die Tränen, die jetzt in seinen Augen schimmern, Wuttränen sind. Anscheinend nicht, denn nach einem sprachlosen Moment stiert er ins Nichts und flüstert: »Sie war hier. Sie wollte zu mir. Sie wollte sich entschuldigen. Mich nach Hause holen.«

Ich greife nach Moritz' Hand. »Wir sind so kurz davor, das Hotel für Papa zu retten. Ich konnte nicht zulassen, dass sie alles verdirbt. In vier Tagen könnt ihr euch sehen, sooft und soviel ihr wollt.«

»Was interessiert mich dieses …«, Moritz wedelt mit den Händen durch die Luft, »… Scheißhotel!« Seine laute Stimme kippt vor Wut auf mich. Er starrt mich an. »Du opferst mein Glück für einen Haufen Steine? Nur um unserem Vater zu gefallen? Du bist so erbärmlich, Audrey.«

Es tut so weh, Moritz' verächtlichen Blick auf mir zu spüren. Aber anstatt zuzugeben, dass er recht hat, dass ich einen Fehler gemacht habe, versuche ich mich lautstark zu verteidigen. »Es geht nicht um Steine, sondern um Erinnerungen. Tu nicht immer so erhaben, Moritz Tannheim. Du hast es gerade nötig. Immerhin ist es unser Vater, der dir dein Leben mit Miriam finanziert. Wenn Papa nicht deine Bilder über Dritte kaufen würde, hättest du kein Einkommen, das Miriam verschleudern kann.« Bei den letzten Worten bin ich leise geworden, weil mir klarwird, was ich gerade tue. Ich habe ihm einen Speer in sein Herz gerammt, einen verbalen Speer, den ich nicht zurückziehen kann, obwohl ich alles dafür geben würde.

Er ist kreidebleich geworden. Ganz langsam steht er auf, dreht sich um und geht zur Tür. Ich springe auf und fasse nach seiner Hand.

»Moritz! Es tut mir leid. Das … das ist nicht wahr. Das hab ich gerade erfunden, um dich zu verletzen. Bitte, Moritz!« Ich weine und klammere mich an seinen Arm.

Er schüttelt mich ab wie eine lästige Fliege. Ich plumpse auf das Bett zurück.

»Sag nichts mehr, Audrey.« Seine Stimme klingt brüchig wie altes Papier.

Ich wünschte, er würde die Zimmertür zuknallen, aber er schließt sie ganz sacht hinter sich. Ich will, dass er wütend ist, dass er mich schlägt, dass er nicht so ruhig ist. Das macht mir so viel mehr Angst.

Ich bin wie erstarrt. Was hab ich nur getan? Ich stürze zur Tür, renne über den Flur und drücke die Klinke seines Zimmers herunter. Er hat abgeschlossen. Mit beiden Fäusten hämmere ich gegen das Holz. »Moritz, mach auf. Bitte, wir müssen reden. Es tut mir leid. Ich bin ein schrecklicher Mensch. Bitte, mach auf.«

Esther taucht am Treppenabsatz auf. Sie hält ein Tablett mit zwei Bechern Tee und einem Teller Gebäck in den Händen. »Was machst du da?«, fragt sie schon von weitem. Sie kommt näher. »Moritz ist nicht in seinem Zimmer. Der hat unten gerade Schwester Henni nach ihrem Auto gefragt.«

»Was?« Ich stürze an Esther vorbei zur Treppe. Moritz muss völlig fertig sein, wenn er sogar in Noah einsteigt. Und wohin um Himmels willen will er fahren? Doch wohl nicht nach Frankfurt. Nicht in diesem Klappermobil. »Schwester Henni!« Ich erwische sie, als sie gerade in dem winzigen Büro hinter der Rezeption verschwinden will. »Ist Moritz mit Ihrem Auto weg?«

Sie nickt und kommt hinter dem Tresen hervor. Ihr Blick gleitet dabei über mein verweintes Gesicht. »Großer Gott, Kindchen, was ist denn los? Ist etwas passiert?«

»Wo… wohin wollte er?«, hake ich nach, ohne ihre Frage zu beantworten.

»Nun, er hat mich nach dem Weg zum Westerhever Leuchtturm gefragt.« Draußen erklingt ein Motorengeräusch, das eindeutig Noah zuzuordnen ist. »Da fährt er los«, sagt sie und deutet zum Fenster neben der Hoteltür.

Ich starre dem hellblauen Wagen hinterher. Westerhever Leuchtturm? »O Gott!« Ich fasse mir an die Kehle und stürze aus dem Hotel. Fast falle ich die Stufen hinunter.

»Was ist denn nur los?«, ruft mir Schwester Henni hinterher.

Meine Beine tragen mich zu Marks Haus. Bitte, bitte, lieber Gott, bete ich, lass ihn da sein. Erleichtert stelle ich fest, dass der Touareg vor der Garage steht. Ich drücke den Klingelknopf neben der Haustür und hämmere an die Tür. »Mark? Mark, bist du da?«

Buster bellt drinnen vor der Tür. Es kommt mir wie eine Ewigkeit vor, bis Mark endlich die Tür öffnet. Der Hund springt an mir hoch, aber Mark zieht ihn mit einem »Aus, Buster!« zurück.

»Entschuldige«, sagt Mark, »er ist so verdammt unerzogen. Gerade ich als Tierarzt sollte einen besser abgerichteten Hund hab…« Er bricht ab. »Audrey, was ist los?«

»Mark«, ich versuche die Tränen zurückzudrängen, »du musst mich zum Westerhever Leuchtturm fahren. Sofort. Moritz will sich umbringen.« Ich ziehe an seinem Arm.

»Er will was?« Er sieht mehr verwirrt als erschrocken aus, während er sich von mir aus dem Haus ziehen lässt.

»Ich habe etwas Schreckliches zu ihm gesagt. Etwas, das ihn wahnsinnig verletzt hat. Er … er ist so sensibel. Das, was ich ihm gesagt habe, hat ihn aus der Bahn geworfen. Bitte, komm jetzt. Wir müssen vor ihm da sein. Er ist mit Noah unterwegs.«

»Audrey, das ist doch Blödsinn. Moritz bringt sich doch nicht um. Was hast du ihm denn so Schreckliches gesagt?«

Jetzt weine ich doch. »Das kann ich dir nicht sagen. Bitte, fahr mich.«

Er mustert noch einmal mein Gesicht. »Warte, ich muss den Autoschlüssel holen.« Er geht ins Haus, während ich schon zum Wagen laufe.

»Ist es weit?«, frage ich, während wir Dagebüll hinter uns lassen.

»Fünfundachtzig Kilometer. Willst du mir nicht endlich erzählen, was los ist? Du brauchst fast im Stundentakt meine Hilfe, aber ich bekomme auf keine meiner Fragen eine vernünftige Antwort. Glaubst du nicht, dass ich langsam mal eine ehrliche Antwort verdient habe?«

»Er wird sich umbringen, und ich bin schuld.« Das ist das Einzige, was ich herausbringe. Ich habe Moritz' Leben zerstört, seine Träume, seine Existenz, den Glauben an sich selbst. Wie muss er sich jetzt nur fühlen? Mir wird übel vor Angst.

»Wenn sich einer nicht umbringt, dann dein Bruder.« Marks ruhige Worte dringen wie durch Nebel zu mir durch. »Wer Angst hat, draußen in der Sonne einen frischen Kartoffelsalat zu essen, der bringt sich nicht um, egal, was du gesagt hast. Weil sich umbringen in der Konsequenz nämlich bedeutet, tot zu sein. Und es gibt nichts, was Moritz mehr fürchtet. Hab ich recht?«

Ich lasse mir seine Worte, die sich auf unser gestriges Mittagessen in St. Peter-Ording beziehen – der Sonne ausgesetzte Mayonnaise ist für Moritz bereits nach zwei Minuten mit Salmonellen verseucht –, durch den Kopf gehen und werde ein wenig ruhiger. Aber nur ein wenig. Hypochondrisch zu sein oder aber schwer geschockt und depressiv sind schließlich zwei verschiedene Paar Schuhe.

»Außerdem kann der Leuchtturm nur mit einem Führer besichtigt werden«, fährt Mark fort. »Allein kommt er nicht hinauf. Es finden um diese Jahreszeit zwar täglich Führungen statt, aber das heißt ja nicht, dass es gerade eine Führung gibt, wenn Moritz beim Leuchtturm eintrifft. Und wenn, erwischen wir ihn bestimmt. Er hat nicht viel Vorsprung, und Noah ist nicht der Schnellste.«

Als mir ein tiefer, erleichterter Seufzer über die Lippen kommt, greift Mark nach meiner Hand.

»Wir sind Zwillinge«, sage ich und starre durch die Scheibe auf die endlose Straße. Und dann erzähle ich Mark von mir und Moritz, von unserer intensiven Verbindung als Kinder, vom Verlust unserer Mutter, von der daraus folgenden Entfremdung. Mark unterbricht mich nicht. Er hat auch gar keine Gelegenheit dazu. Es sprudelt nur so aus mir heraus.

Ich höre erst auf zu reden, als ein Schild auftaucht, das zeigt, dass der Westerhever Leuchtturm nur noch acht Kilometer entfernt ist. Ich habe Mark siebenundsiebzig Kilometer lang mein Herz ausgeschüttet, Moritz und meine Kindheit betreffend, und ich habe über meinen Vater und Linda gesprochen, über meine Geschwister Pamela und Markus, über meine verzweifelten und erfolglosen Versuche, einen passenden Studiengang zu finden. Einzig Jasper und meine bevorstehende Hochzeit habe ich ausgelassen. Und genau jetzt, in diesem Moment, wäre der richtige Zeitpunkt, es zu erwähnen, denn ich stelle gerade fest, dass Mark meine Hand immer noch umschlossen hält. Unsere Hände ruhen seit einer Stunde auf der Mittelkonsole. Ineinander. Voller Wärme.

Ruckartig entziehe ich ihm meine Hand. Ich verschränke meine Finger und bemerke, wie kalt meine andere Hand ist.

Mark legt seine Rechte an das Lenkrad. »Die Entscheidung, einen Automatikwagen zu wählen, war definitiv richtig«, sagt er, und ich bin einen Moment lang verwirrt. Aber dann wird mir klar, was er meint, und meine Wangen werden heiß.

Er blinkt links, und wir passieren wieder Wiesen und Weiden, Schafe und Kühe. Dann taucht eine große Herde Tiere auf, die ich nicht unbedingt nach Nordfriesland verortet hätte, sondern nach Südamerika oder in den Zirkus. Wir sind so schnell daran vorbei, dass ich mich umdrehe, um mich noch einmal zu vergewissern, dass ich richtig geguckt habe.

»Waren das da gerade Lamas?« Ich schaue Mark an.

Er grinst. »Nordfriesisches Andenflair. Es sind Alpakas, um genau zu sein, eine südamerikanische Kamelart.«

Wenn ich nicht so viel Angst um Moritz hätte, hätte ich Mark gebeten, anzuhalten, um die langhalsigen Tiere anschauen zu können, deren Wolle schwarz, braun und sogar gemischt gefärbt ist. Mein Blick sucht am Horizont den rot-weißen Westerhever Leuchtturm, dem wir uns zügig nähern. Die graue Wolkendecke reißt immer mehr auf und lässt die Sonne hindurch. Als Mark Minuten später den Parkplatz beim Infopavillon des Turms ansteuert, beginnt mein Herz wieder zu rasen. Eine große Gruppe von Menschen verschwindet gerade hinter dem Deich, hinter dem der Leuchtturm steht.

»Die machen eine Führung! Fahr weiter!« Ich schreie fast. »Wir müssen sie einholen.«

Mark schüttelt den Kopf. »Es gibt keine Straße, hier ist Endstation. Man gelangt nur zu Fuß oder per Fahrrad zum Leuchtturm. Es sind gut zwei Kilometer von hier.« Er parkt direkt neben Noah. Moritz muss kurz vor uns eingetroffen sein.

Ich laufe einfach los, ohne auf Mark zu warten. Erst als ich auf der Deichkrone stehen bleibe, holt er mich ein. Ich bin völlig aus der Puste. Mein Blick sucht die Gruppe, die jetzt auf dem Weg durch die Salzwiesen Richtung Leuchtturm marschiert. Sie sind viel zu weit weg, als dass ich einen einzelnen Menschen erkennen könnte. »Moritz!«, schreie ich. Niemand bleibt stehen oder dreht sich um. Ich rufe noch einmal aus vollem Hals. Es herrscht kaum Wind, er muss mich doch hören! »Ich muss sie einholen«, stoße ich aus, aber noch bevor ich einen Schritt den Deich hinunter machen kann, hält Mark mich am Oberarm fest.

»Audrey.« Er deutet nach links.

Unwillig, weil ich keine Zeit verschwenden will, folgt mein Blick seinem Finger. Ein gutes Stück entfernt steht eine Bank auf der Deichkrone. Und auf der Bank sitzt jemand. Regungslos.

»Moritz«, stammle ich. Verwirrt und wahnsinnig erleichtert starre ich zu meinem Bruder, der uns bemerkt und vor allem mein Geschreie gehört haben muss, uns aber keines Blickes würdigt, sondern stur geradeaus schaut. Betrachtet er das Meer, das, von einer Hallig unterbrochen, dunkelgrau in der Ferne liegt? Oder die Felder vor dem Deich, auf denen die Schafe grasen und Touristen auf Fahrrädern auf dem Weg zum Leuchtturm sind?

»Geh zu ihm«, sagt Mark leise hinter mir. »Ich warte beim Auto.«

»Danke.« Meine Arme schlingen sich wie von selbst um ihn. Ich lege meine Wange an seinen Hals und atme seinen Geruch ein. »Danke.« Mit der intensiven Berührung scheine ich ihn überrascht zu haben, aber nur für einen Moment, dann spüre ich eine Hand an meinem Hinterkopf, die andere auf meinem Rücken. »Ich behalte die Bank im Auge«, murmelt er in mein Haar. »Wenn du nach zehn Minuten immer noch dort sitzt, fahre ich los, weil du dann wohl mit Moritz zurückfährst.«

»Zehn Minuten? Das wissen wir wohl schon früher.« Meine Lippen streifen Marks Hals, während ich spreche, und ich spüre, wie er tief Luft holt. »Wenn er nicht mit mir reden will, wirft er mich gleich den Deich hinunter den Schafen zum Fraß vor.« Ich löse mich von Mark, obwohl ich die nächsten ein, zwei Jahrtausende genau so hier stehen bleiben möchte.

»Hab keine Angst, er wird mit dir reden.« Seine Stimme klingt rauh. »Und nur zur Info, Stadtpflanze: Unsere Schafe fressen keine Frankfurter Würstchen.«

Ich schaue von seinen Lippen, die das gesagt haben, zu seinen Augen, die noch hinzuzufügen scheinen: Unsere Schafe nicht, aber ich.

Ein Schauer rieselt meinen Rücken hinab, allerdings kein Freddy-Krueger-Nightmare-Schauer, sondern ein wohliger, sehnsüchtiger. Mal wieder schockiert über mich selbst und meine verquere Fantasie, drehe ich mich schnellstens um und tappe durch das Gras zu Moritz, der nach wie vor unbeweglich auf der Bank sitzt.

Während ich auf ihn zugehe, sieht er mich kurz an, aber er wendet sich gleich wieder ab. Wenn man das Meer weggucken könnte, hätte er es wohl bereits geschafft. Seine Freude, mich zu sehen, hält sich in engsten Grenzen. »Du bist lästig wie eine Schmeißfliege.«

Ich nehme ihm die Worte nicht übel, denn ich habe sie verdient. Mit Tränen in den Augen lasse ich mich neben ihm auf die rustikale Bank fallen. Halbierte Baumstämme bilden Sitzfläche und Rückenlehne. Ich deute zum Leuchtturm, den ich mir länger und schlanker vorgestellt hatte, aber er ist kurz und kräftig. Der Danny deVito unter den Leuchttürmen. »Ich … ich dachte …«

»Was? Dass ich vom Leuchtturm springe?« Er guckt mich kurz an. Müde sieht er aus. Er schnaubt verächtlich. »Ja, das hast du tatsächlich geglaubt, sonst wärst du wohl nicht hier.«

Ich nehme seine Hand, aber er entreißt sie mir und rückt von mir ab, als wäre ich eine Riesentarantel, die ihn gebissen hat. »Ich brauch dein Mitleid nicht, Audrey Tannheim. Und du musst auch keine Angst haben, dass ich mir was antue. Schließlich bin ich Moritz, der Hypochonder, der Feigling, der Warmduscher. In Sachen Family-Loser komm ich ja sogar noch vor dir, und das soll was heißen, oder?« Er lacht unfroh auf und blitzt mich gehässig an.

Ich schlucke jedes aufsteigende Widerwort hinunter und rücke an ihn heran. »Ich habe etwas Unverzeihliches gesagt. Ich ... ich möchte mir gar nicht vorstellen, wie du dich jetzt fühlst.« Jetzt muss ich auch noch Tränen hinunterschlucken. »Du solltest es niemals erfahren. Papa hat es doch nicht böse gemeint, ganz im Gegenteil. Er wollte doch nur, dass es dir gutgeht, dass du dein Leben so gestalten kannst, wie du es magst. Und ... und er glaubte einfach, dass es dir anders nicht so richtig gelingen würde. Was vermutlich nicht stimmt. Du hättest schon Wege gefunden, also künstlerische Wege meine ich ...« Ich breche ab, weil ich das Gefühl habe, es mit jedem Wort nur noch schlimmer zu machen.

Moritz bleibt stumm. Ich folge seinem Blick und frage mich, ob er wahrnimmt, was dort vor uns liegt – weite grüne Felder, unterbrochen durch winzige Gräben. Die Fläche sieht aus wie ein riesiger grüner Blechkuchen, von einem Riesen in viele Teile geschnitten. Ein Riese, den beim Schneiden allerdings Parkinson erwischt hat, denn ein Priel läuft kurvig durch zwei Kuchenteile.

Das Schweigen verstört mich mehr, als ein Wutausbruch es getan hätte. »Bitte, Moritz, wenn Papa erfährt, dass ich es dir gesagt habe, dann ...« Vor meinem inneren Auge sehe ich Moritz, wie er in rasender Wut zurück nach Frankfurt fährt, ins Büro unseres Vaters stürmt, ihn hinter seinem Teakholzschreibtisch am Kragen packt und ihm die weißen Haare vom Kopf schüttelt, schreiend, verletzt. Ein Künstler, ins Mark getroffen, am Boden zerstört, niemals wieder von der Muse geküsst werdend, die ja selbst im Idealfall nur sporadisch vorbeigeschaut hat.

Andererseits, Papa ist auf Kreuzfahrt. Er ist nicht in seinem Büro. Vielleicht beruhigt Moritz sich wieder? Aber Moritz ist gar nicht unruhig oder wütend, verletzt, ja, doch entgegen aller Erwartung nicht rasend.

Er schweigt weiter und guckt jetzt auch noch das Watt weg.

Ich lege meine Hand auf sein Bein, weil er nicht weiter von mir abrücken kann, ohne von der Bank zu fallen. »Ich weiß, dass du Papas Hilfe niemals angenommen hättest, wenn …«

»Ich weiß es seit Jahren.«

»… du es gewusst hättest«, beende ich meinen Satz, bevor ich merke, was er da gerade gesagt hat. Der Nachhall seiner Worte hängt in der Luft. »Wie bitte?« Ich starre sein Profil an. »Du … du weißt es? Du weißt, dass es Papa ist, der deine Bilder kauft?« Jetzt bin ich sprachlos.

»Ich war mir nicht hundert Prozent sicher, aber zu achtundneunzig. Es war über die Jahre einfach zu auffällig. Jeden Monat ein- bis zweimal tauchten Käufer auf, Jahr für Jahr dieselben, alle anscheinend begeistert von meinen Werken, die zwischenzeitlich in jedem ihrer Zimmer hängen mussten. Bei meinen Nachfragen verhedderten sie sich zum Teil in Widersprüche oder behaupteten, sie würden meine Bilder verschenken.« Moritz' Augen funkeln. »Es war zu offensichtlich. Allerdings wusste ich nicht, dass die ganze Familie es weiß.« Er wischt meine Hand von seinem Bein und springt auf. »Habt ihr euch schön amüsiert, ja? Über den Loser-Bruder? Das ist so demütigend.« In seinen Augen bilden sich Tränen, und er scheint ein paar Zentimeter zu schrumpfen.

Ich bin so perplex, dass mir die Worte fehlen. Moritz hat sich wissentlich von Papa aushalten lassen? Das erscheint mir unvorstellbar. *Ich* nehme dankbar Papas Geld an, aber doch nicht

Moritz. Moritz könne auf jeden Luxus verzichten, dachte ich. Eher würde er sich die Hände abhacken, als von Papa Geld anzunehmen. Für mich stand immer fest, dass Moritz auch ohne materielle Güter glücklich und stark durchs Leben gehen würde. Aber anscheinend habe ich mich getäuscht.

Meine Liebe zu ihm schwappt über. Nicht, weil ich mich ihm endlich nicht mehr unterlegen fühlen muss, sondern weil seine Schultern hängen wie die Zweige einer Trauerweide. In diesem Moment ist er das größte Häuflein Unglück seit dem Urknall.

Wenigstens kann ich ihm seine größte Sorge nehmen. »Pamela und Markus wissen von nichts. Nicht einmal Linda. Papa hat gesagt, dass er diese Entscheidung mit ins Grab nimmt.«

»Ach, und warum weißt du es dann?«

»Weil sich Papas Zen-Garten-Harke in meinem Haar verfangen hat.«

Die Trübsal in Moritz' Augen wird durch den obligatorischen Meine-Schwester-muss-ein-Alien-sein-Blick ersetzt.

»Du kennst doch den Mini-Zen-Garten auf seinem Schreibtisch«, beginne ich meine Erklärung, »den ich Papa geschenkt habe, als ich Psychologische Esoterik studieren wollte?«

»Jaaa.« Seine weit geöffneten Augen verraten, dass er mich für irre hält. »Das denkwürdige Studium, für das du aufgrund deiner Noten natürlich nicht zugelassen wurdest und letztendlich froh darüber warst, weil sich herausstellte, dass es die erwarteten Klosteraufenthalte und Indien-Trips sowieso nicht gegeben hätte?«

»Genau das.« Zu meiner Verteidigung füge ich hinzu: »Ich befand mich damals in einer sinnsuchenden Phase meines Lebens.«

»Damals?«

Seinen spöttischen Einwurf ignorierend, erzähle ich weiter. »Es ist vier, fünf Jahre her. Ich wollte Papa in seinem Hotel besuchen. Er war aber noch in einer Besprechung, und da habe ich in seinem Büro auf ihn gewartet und mit der kleinen Harke den Sand in der Holzschale geharkt. Und dann juckte es zwischen meinen Schulterblättern.«

Es dauert zwei Sekunden, bis sich Moritz' Mund verzieht. »Bah! Du hast dir mit der Harke den Rücken …?«

»Ich kann es nur empfehlen. Ich konnte gar nicht wieder aufhören. Allerdings hätte ich meine Haare lieber hochnehmen sollen.«

Moritz klingt weinerlich. »Kannst du bitte, bitte zum Punkt kommen?«

Ich nutze den Moment und ziehe ihn an seiner Hand zurück auf die Bank. »Ich bin in das kleine Bad neben Papas Büro verschwunden, um Haar und Harke zu entkletten. Die Tür stand halb offen. Papa kam in sein Büro, bereits telefonierend, und da habe ich das Gespräch mit angehört.« Ich atme tief aus. »Er sprach mit einem Mann, der im darauffolgenden Monat eines deiner Bilder kaufen sollte. Ja, und dann … dann bin ich raus aus dem Bad, als er das Telefonat beendet hat.« Ich schüttle mich in der Erinnerung an den Moment. »Ich hätte nicht gedacht, dass ein Gesicht so rot werden kann. Ich hab den Anschiss meines Lebens gekriegt und musste schwören, dass ich dir niemals ein Wort davon verraten würde.«

»Worauf musstest du schwören?« Moritz sieht jetzt wahrhaft interessiert aus. »Darauf, dass du tot umfällst, bestimmt nicht. Da wüsste Papa, dass du nicht die Klappe halten würdest.«

Ich wünschte, ich könnte beleidigt sein.

»Auf mein monatliches Budget«, murmle ich.

Moritz' Lachen klingt über den Deich.

Ich lehne mich gegen den Baumstamm in meinem Rücken. Das Wasser sieht heller aus, das Gras grüner, die Wolken nicht mehr so grau.

# 11

Geburtstag? Ich hab erst in vier Monaten … vier Wochen …« Seufzend nehme ich das Theaterskript zur Hand, das neben mir auf dem Bett liegt. »Geburtstag? Ich hab erst in vier Monaten Geburtstag.« Weil heute Abend keine Probe ist, will ich wenigstens die Zeit nutzen, um meinen Text zu üben, der eigentlich schon sitzt, aber gerade hakt es gewaltig. Meine Gedanken schweifen immer wieder zu Moritz ab, den ich noch nicht wiedergesehen habe, seit wir zurück im Seeblick sind. Er hat den armen Noah über die Landstraße gejagt wie Legolas sein Pferd in die Schlacht gegen Sauron. Ein Wunder, dass wir heil in Dagebüll angekommen sind. Am Abendessen hat er nicht teilgenommen, und er hat sich auch nicht blicken lassen, während ich mit Frido und Esther im Speiseraum Mensch ärgere dich nicht gespielt habe. Die Feen haben es zugelassen, dass Frido das ganze Spiel dabei war. Er hat geflucht, wenn wir ihn rausgeschmissen haben, und gestrahlt, wenn er es geschafft hat, wieder einen Setzer in Sicherheit zu bringen. Niemand wäre in dieser halben Stunde auch nur ansatzweise auf die Idee gekommen, dass Frido krank sei.

Jetzt bin ich allerdings mit meinen Gedanken bei Moritz. Mein Bruder ist Miriam Schneider verfallen! Eigentlich war es mir immer klar. Als ich ihn um eine Erklärung bat, warum er Papas Geld über all die Jahre angenommen hat, ohne seinen Verdacht auszusprechen, war Moritz' Antwort: »Ich habe Angst davor, Audrey.« Und diese Angst stand in seinen blauen Augen, als er mich ansah wie ein verletztes Tier. »Ich habe Angst, dass sie geht, wenn …« Er hat den Satz nicht beendet, aber die nicht gesagten Worte hingen wie schwerer Nebeldunst in der Luft.

Ich lege das Skript wieder zur Seite und schwinge mich aus dem Bett hoch. Mein Moritz! Der Mann, der mir erzählt, dass ich zu meinen Gefühlen stehen soll, verschweigt die Wahrheit, um seine Yin-Yang-Wundenleckerin-Tussi nicht zu verlieren. Wie sehr muss ihn die Frage quälen: Würde sie bei mir bleiben, wenn wir Papas Geld nicht zur Verfügung hätten? Er hat bestimmt ein genauso grässliches Bauchmonster wie ich. Andererseits, er hat zugegeben, dass er Angst hat, Miriam zu verlieren. Er gesteht es sich ein und handelt danach, indem er Papas Geld nimmt. Was gestehe ich mir ein?

»Ich muss mir nichts eingestehen«, fauche ich Gertrud an. »Nur weil ein Kerl mit tollen Augen bei mir primitive Sinne weckt, weil ich auf Entzug bin, weil mein Bräutigam in der Weltgeschichte rumgondelt, anstatt bei mir zu sein, bin ich noch lange nicht unglücklich. Also guck nicht so vorwurfsvoll. Aber wahrscheinlich würde ich auch so gucken, wenn ich so eine hässliche Haube und so flache Treter tragen müsste.«

War ich zu hart? Auf Gertruds Kinn blüht plötzlich ein roter Pickel.

Drehe ich jetzt durch? In drei Schritten bin ich bei der Puppe. Erleichtert stelle ich fest, dass der Pickel ein Marienkäfer ist. Ich lege meinen Zeigefinger an Gertruds Kinn und drehe ihn so lange vor dem Käfer hin und her, bis er hinaufkrabbelt. »Ich bring dich an die frische Luft«, murmle ich. »Die wird mir auch guttun.« Ich greife mit der linken Hand nach meinem türkisfarbenen Cardigan und ziehe die Tür hinter mir zu, schließe aber nicht ab. Vielleicht bringt Esther in der Zeit, in der ich draußen bin, Biskuit zurück, die sie vor einer Stunde geholt hat, damit Frido sich mit ihr beschäftigen kann. Eine Aktion, die Frido und Biskuit gleichermaßen lieben und die Esther etwas entlastet. Sobald mein Prinzesschen auf Fridos Beinen liegt, rollt sie sich zusammen und schnurrt, während Frido sie streichelt und mit ihr spricht.

Der Marienkäfer bleibt tatsächlich auf meinem Finger, bis wir draußen sind. Erst auf der Veranda fliegt er in die Dunkelheit davon. Es ist halb neun, aber am Himmel zeigen sich noch keine Sterne, weil die Luft diesig ist. Ich ziehe mein Jäckchen über und gehe die Stufen des Hotels hinunter. In Marks Reetdachhaus brennt Licht, stelle ich fest, als ich die Straße entlangschlendere. Ob Imke bei ihm ist?

Eine dämliche Frage. Natürlich ist sie bei ihm. Sie sitzen auf einem Fell vor dem Kamin mit knisterndem Feuer. Mit langstieligen Gläsern stoßen sie auf ihre Zukunft an, und der goldene Champagner prickelt in ihren Mündern. Sie füttern sich gegenseitig mit Oliven-Käse-Spießen, ziehen den Käse mit den Zähnen ab und stecken sich gegenseitig die Oliven in den Mund, streichen mit den Fingern über die Lippen des anderen und …

»Moin, Audrey!«

Zusammenzuckend grüße ich Fenna zurück, die Schlagzeugerin des Orchesters, die gerade mit einem Winken an mir vorbeiradelt und gleich wieder von der Dunkelheit geschluckt wird. Der hier vom Morgen bis zum Abend inflationär gebrauchte Moin-Gruß hat mich in die Realität zurückkatapultiert. Mark hat mit Sicherheit kein albernes Fell vor einem Kamin liegen, sondern ein gemütliches Sofa vor einem bullernden Kachelofen. Er hasst wahrscheinlich Oliven und trinkt hoffentlich lieber einen trockenen Rotwein oder ein friesisches Pils statt protzigen Champagner, denn ich würde lieber das herbe Bier auf seinen Lippen schmecken als …

Ich wimmere. *Ich* schmecke Jaspers Lippen. Marks Lippen gehören Imke.

Imke, Imke, Imke!

Als ich mich irgendwann umschaue, stehe ich vor Bauer Dunkels Scheune, aus der heute Abend kein Lichtschein fällt. »Ist ja auch die Dunkel-Scheune«, kalaure ich für mich selbst und gehe, obwohl keine Probe ist, zur Scheunentür. Es ist still auf dem Hof. Nur auf einer Weide in der Ferne muhen Kühe. Hofhund Fiete scheint ein mieser Wachhund zu sein. Von ihm ist nichts zu hören und zu sehen.

Meine Vermutung bestätigt sich, die Scheunentür ist nicht abgeschlossen. Hier in Dagebüll ist die Welt noch in Ordnung. Der Bauer fürchtet keine Diebe – obwohl er das bei Fiete vielleicht besser sollte. Aber außer der Bühnendeko – an der selbst der ärmste Gauner kein Interesse hätte – gibt es in der Scheune ja auch nichts zu klauen.

Ich trete ein, lehne die Tür wieder an und verzichte darauf, das grelle Deckenlicht mit den surrenden Neonröhren anzumachen. Stattdessen tappe ich im Dunkeln Richtung Bühne und knipse nur die Stehlampe in der Ecke an, die das Nachtbar-Bühnenbild sanft erhellt. Ich stelle mich in Position und sage meinen Text auf, mit dem ich dem Police Detective alias Bäcker Wolke antworte. Die Atmosphäre ist eigenartig, jetzt, wo ich allein auf der Bühne stehe und die Stille wie ein Tuch über allem liegt. Ich ziehe meinen Cardigan aus, weil die Luft in der Scheune noch nicht abgekühlt, sondern nach wie vor stickig ist. Als ich die Jacke über eine Stuhllehne lege, fällt mein Blick auf ein Saxofon, das auf dem gegenüberliegenden Stuhl abgelegt ist. Es muss Marks sein, denn er ist der Einzige, der in der Bar-Szene Saxofon spielt. Es erstaunt mich, dass er sein Instrument hat liegen lassen. Alle anderen und eigentlich auch er hüten ihre Instrumente und nehmen sie nach jeder Probe wieder mit nach Hause.

Ob ich es noch kann? Ich greife nach dem Saxofon und wiege es in meinen Händen. Ich habe so wahnsinnig lange nicht gespielt. Die ersten Töne von »Lily was here« klingen schräg, aber schon nach wenigen Minuten erklingt eine Melodie. Nicht perfekt, mit Fehlern gespickt, doch für meine Verhältnisse ganz ordentlich. Als ich merke, dass die Musik mich wunderbar entspannt, spiele ich den Song gleich noch einmal.

Der letzte Ton verebbt in der Leere der dunklen Scheune. Aber die Stille währt nur Sekunden, dann erklingt links von mir ein langsames, lautes Klatschen. Mit den Worten »Ich bin beeindruckt!« löst Mark sich von der Scheunenwand.

Mir wird heiß, noch während ich meine Lippen vom Mundstück nehme. Hat er mir die ganze Zeit zugehört?

»Ich wusste nicht, dass ich Zuhörer habe«, sage ich und lasse meine Arme mit dem Instrument sinken, während er eine Hand auf die Bühne aufstützt und zu mir heraufspringt.

»Ich habe darauf verzichtet, mich bemerkbar zu machen, weil du dann nicht gespielt hättest.«

»Genau. Du kannst das viel besser als ich.« Ich bin verlegen, ein Gefühl, das ich kaum kenne, aber ich habe sein Instrument benutzt und weiß nicht, ob es ihm gefällt. Hastig halte ich ihm das Saxofon hin. »Warum spielst du mir nicht etwas vor?«

Seine Finger streifen meine, als er danach greift. Das Mundstück schimmert feucht im Licht der Lampe. Für einen Moment denke ich, er wird meinen Speichel abwischen, aber seine Lippen legen sich langsam um das Mundstück. Er schließt die Augen, während die ersten Töne erklingen und ich rückwärts an den Tisch zurückweiche, weil ich wenigstens diese drei Meter Abstand zwischen ihn und mich bringen muss. Weil ich maßlos erschrocken darüber bin, dass ich mir gerade wünsche, das Mundstück zu sein.

Mit zittrigen Knien setze ich mich auf den Tisch und versuche lässig auszusehen. Doch meine Anspannung nimmt zu, als ich höre, was er da spielt. Er sieht mich an, während ich gedanklich der Melodie die Worte hinzufüge.

»I wanna be loved by you, just you, and nobody else but you …«

Mir wird der Hals eng, weil er den Abstand zwischen uns verringert, indem er langsam näher kommt. Die Saxofontöne begleiten ihn leise und klar, und was ich dabei in meinem Bauch spüre, ist keinesfalls mein Bauchmonster, sondern es ist etwas wunderbar Leichtes, Flatterndes.

Schmetterlinge.

Meine Lippen formen wie von selbst den Text. »I wanna be kissed by you, just you, and nobody else but you …«

Mark bleibt einen Schritt vor mir stehen. Unsere Blicke kleben aneinander, während mein Mund nicht aufhört zu singen. »… I wanna be kissed by you … alone.«

Die Melodie verstummt abrupt. Mark legt das Saxofon langsam auf dem Tisch ab, starrt darauf, dann guckt er mich an.

Ich springe auf. »Ich … ich will jetzt gehen.«

Er stellt sich vor mich und sagt leise: »Nein, das willst du nicht.«

Und er hat recht, wie niemals zuvor ein Mensch recht hatte. Meine Brüste beginnen nur von seinem Blick zu prickeln, und die Schmetterlinge aus meinem Bauch stieben in einem harten Pulk in meinen Unterleib.

Als unsere Lippen sich berühren, fühle ich mich betrunken. Betrunken von Lust. Marks Mund ist überall, auf meinen Lippen, an meinem Hals, wieder auf meinem Mund. Unsere Zungen spielen nicht, sondern kämpfen miteinander. Es ist kein Raum für Zärtlichkeiten, keine Zeit. Ich will nur, dass er nicht aufhört. Er drückt meinen Oberkörper auf die Tischplatte und reißt meine Bluse auf. Es ist mir egal, wohin die Knöpfe springen, ich kann es nicht erwarten, dass er seinen Mund auf meine harten Brustwarzen presst. Mein Stöhnen wird lauter, als ich seinen feuchten, warmen Mund darauf spüre.

Meine Finger graben sich in sein Haar und wandern über seinen Rücken und die Muskeln an Oberarmen und Brust. Er löst sich für einen Moment von mir und zieht mit einem Ruck Pulli und Shirt zusammen über den Kopf und wirft es von sich. Er zieht mich hoch, legt die Arme um meine Taille und hebt mich an. Ich schlinge die Beine um ihn und finde es berauschend, die Hitze seiner behaarten Brust an meiner Haut zu spüren. Meine Lippen brennen von seinen Küssen und den harten Bartstoppeln. Ein süßer, süchtig machender Schmerz.

Er hält mich mit einem Arm, während sich die andere Hand auf meinen Po legt und gegen seinen Unterleib presst. Ich beginne zu zappeln, ohne den Kuss zu unterbrechen. Ich will runter. Ich will meine Jeans ausziehen. Ich will ihn nicht an mir, sondern *in* mir spüren.

Keine Minute später liege ich mit dem Rücken auf dem fadenscheinigen Bühnenteppich, und Mark erlöst mich. Es ist grandios, ihn in mir zu spüren, wieder und immer wieder. Es ist mir egal, wie sehr mein Rücken auf dem harten Teppich scheuert. Sein dunkles Stöhnen ist berauschend und im Gleichklang mit meinem. Als ich schreie, weil ich komme, presst er seinen Mund auf meinen, um ihn Sekunden später wieder zu lösen, weil sein eigener Orgasmus lautstark aus ihm herausbricht.

Die anschließende Stille wird nur durch unser heftiges Atmen unterbrochen. So viele Wahrnehmungen stürzen auf mich ein. Ich spüre Marks Körper schwer auf mir, rieche den Duft seiner Haut, sein Mund flüstert an meiner Wange »Audrey …«.

Als er sich aus mir zurückzieht, übernimmt mein Verstand wieder meinen Körper, und das gefällt mir nicht, denn ich will dieses himmlische Gefühl vollkommener Erfülltheit und gestillter Sehnsucht nicht verlieren. Aber es zerrinnt wie süße Schokolade unter brennender Sonne. Marks Stimme klingt fast heiser, als seine Finger zart über meine Wange streichen. Seine Augen scheinen dunkler als sonst. »Mein Gott, das war berauschend. Ich … Es tut mir leid. Es tut mir so leid, Audrey. Ich habe mich benommen wie ein Tier.« Sein Blick wandert über mich, als nähme er mich erst jetzt wahr. Und ich weiß, was er sieht, weil es mir in diesem Moment so grausam bewusst wird. Meine Arme stecken noch in den Ärmeln der zerfetzten Bluse und den Trägern des zerrissenen BHs. Ich bin nur mit einem Bein aus Jeans und Slip geschlüpft, das andere steckt noch in den Sachen.

Mir wird heiß vor Scham. *Ich* habe mich wie ein Tier benommen, wie … wie eine Volltrunkene. Ich habe mich vergessen, mich, mein Leben und Jasper. Übelkeit bahnt sich ihren Weg vom Bauch Richtung Hals.

»Audrey.« Marks Finger streicht zart über meine brennenden Lippen. »Bitte, verzeih mir, ich wollte nicht so … wild sein. Das bin ich eigentlich nicht. Ich bin über mich selbst erschrocken, aber du bist einfach … berauschend.«

Ich drücke Mark weg. Mit zitternden Fingern raffe ich die Stoffreste um meine Brüste und stehe auf.

Auf einem Teppich! Ich habe mich auf dem Bühnenteppich von einem Mann, den ich gerade mal fünf Tage kenne, wie eine … Mir fehlen die Worte dafür, so sehr schäme ich mich. Ich muss die Bluse wieder loslassen, um in Slip und Jeans und in meine Pumps zu steigen.

»Audrey, bitte, sieh mich an!«

Ich drehe mich zu Mark um. Er mustert mich mit einem Blick, der so vieles ausdrückt, dass ich es kaum ertrage, weil es so fürchterlich mit den hässlichen Gefühlen in mir kollidiert. Seine ausgebreiteten Arme und das leise »Komm, bitte komm in meine Arme« verstärken die Scham noch, da ein Teil in mir genau das zu gern tun würde. Mich an seine nackte Brust drängen, um nie wieder zu denken, sondern einfach nur in die Wärme seiner Haut einzutauchen. Aber es ist der Teil, der mir Angst macht, der Übelkeit in mir ausschüttet, der alles zerstören will, was mir Sicherheit bietet.

Ich schluchze. »Nein.« Mit der freien Hand wehre ich ihn ab, als er auf mich zukommt. Ich greife nach meinem Cardigan, streife ihn über und laufe das Treppchen an der Bühnenseite hinunter. »Nein«, wiederhole ich leise, als ich in die Dunkelheit hinauslaufe. Die feuchtkühle Abendluft legt sich auf meine heißen Wangen, während ich versuche zu verstehen, was gerade passiert ist. Mit fahrigen Fingern schließe ich die Knöpfe des Cardigans über der zerrissenen Bluse, während meine Schritte mich zum Seeblick lenken. Ich will nur noch in mein Bett, die Decke über den Kopf ziehen und niemals wieder darunter hervorkommen. Nie.

Als ich dann in meinem Bett liege und mich mitsamt Schuhen in die Decke einwickle, bin ich einfach nur dankbar, niemandem auf dem Rückweg begegnet zu sein. Ich versuche meinen Atem unter Kontrolle zu bringen. In den fünf Jahren, in denen ich mit Jasper zusammen bin, habe ich ihn nie betrogen. Ich habe die beiden Männer, mit denen ich vor Jasper jeweils knapp zwei Jahre liiert war, nie betrogen. One-Night-Stands finde ich verachtenswert. Ich bin treu.

Ich *war* treu. Und wenn man mit einem Mann schläft, den man nur ein paar Tage kennt, ist das fast noch ein One-Night-Stand. Ich bin eine Schlampe. Ja, so fühle ich mich – einerseits. Das Schreckliche ist, dass da noch dieses andere Gefühl in mir ist, das, das mich auch jetzt noch seufzen lassen möchte, das mich in Marks Arme wünscht, das ihn weiter schmecken und riechen möchte, das in mir den Wunsch weckt, er möge mich halten, ohne ein Wort, einfach nur halten, bis die Welt endet.

Leise rufe ich: »Biskuit?« Ich brauche jemanden zum Kuscheln, aber sie liegt nicht in ihrem Körbchen. Wenn Esther sie schon zurückgebracht hätte, wäre sie auch längst an meiner Seite gewesen. Ich wickle mich aus der Decke und stehe auf. Ich muss aus den kaputten Sachen raus, bevor Esther mich so sieht.

In null Komma nichts habe ich die zerrissene Kleidung und den Slip zu einem Knäuel zusammengerollt und in eine Ecke meines Koffers gestopft, weil ich mich nicht traue, sie in den Papierkorb zu legen. Das Mädchen, das die Zimmer reinigt, soll nicht stutzig werden. Meine Jeans werfe ich achtlos über den Stuhl. Nackt stelle ich mich vor den Spiegel an der Schranktür. Meine Finger streichen über die brennenden Lippen. Die Haut darum ist gerötet. Marks Dreitagebart ist dafür verantwortlich. Ich lasse meine Hand weiter hinunterwandern, den Hals entlang zu den Brüsten, überall dort, wo Marks Mund mich berührt hat.

Du musst duschen gehen, sagt eine Stimme in mir, du musst ihn abwaschen.

Ich seufze, weil die Stimme natürlich recht hat, aber ich wünsche mir das Gegenteil. Ich wünschte, ich könnte mich selbst dort küssen, wo sein Mund mich berührt hat, um ihn noch einmal zu schmecken.

Ich sehe Gertrud an. Ihr Schweigen ist so vielsagend wie ihr Blick. »Dass du dir noch niemals gewünscht hast, einem Geschmack auf deiner Haut nachzuspüren, ist mir schon klar«, sage ich erschöpft. »Aber genau das tue ich nun mal. Ich muss das alles vergessen. Und es wird mir gelingen.« Als mein Bauch zu krampfen beginnt, versuche ich, nicht mehr zu denken. Ich stelle mich unter die Dusche und lasse das Wasser laufen, erst so heiß es nur geht, dann kalt. Das eisige Wasser lässt mich aufschreien, aber es tut gut. Es lenkt meine Gedanken, die sich einfach nicht abstellen lassen, zu der Erkenntnis, dass ich ein ernsthaftes Problem habe, dem ich nicht mehr davonlaufen kann, sondern mich ihm stellen muss.

Morgen. Wenn ich bis dahin nicht dem Kälteschock erlegen bin, was mir momentan nicht als die schlechteste Lösung erscheint.

Es klopft, als ich in mein kurzes roséfarbenes Nachthemd mit den Spaghettiträgern schlüpfe, nachdem ich meine Haut trocken und rot gerubbelt habe. »Komm rein«, rufe ich mit Blick zur Uhr und schüttle die Bettdecke auf. Esther ist spät dran. Auf jeden Fall bin ich froh, dass Biskuit jetzt wieder bei mir sein wird. Ich will sie nur noch in den Arm nehmen, die Decke über uns werfen und alles vergessen, was heute Abend passiert ist. Ich will nicht denken. Im Ranking der schlimmsten Tage meines Lebens gehört dieser definitiv zu den Top drei.

Die Tür öffnet sich, doch statt Esthers heller Plapperstimme erklingt eine dunklere, die leise »Hallo, Audrey« sagt.

Mit der Decke in der Hand schnelle ich herum. Ich korrigiere mich beim Ranking. Dieser Tag hat sich gerade zur Top eins hochkatapultiert. Ich kann nur flüstern, weil mein Mund von einer Sekunde zur anderen trocken ist. »Jasper …«

# 12

Ich fühle Jaspers Arme um mich, rieche den vertrauten Duft seiner Haut und einen Duft, den ich nicht kenne. Als er sich mit einem »Überraschung gelungen?« von mir löst, fällt mir nichts anderes ein, als zu sagen: »Hast du ein neues Eau de Parfum?«

Enttäuscht sieht er mich an. »Das ist deine Begrüßung?«

Ich blicke in seine blauen Augen und fühle mich miserabel, elend. Was habe ich ihm nur angetan?

»Entschuldige … ich … Das ist wirklich eine …«, stammle ich und breche ab.

»Egal.« Jasper strahlt mich an und packt meinen Kopf mit beiden Händen. Er will mich küssen, verharrt aber in der Bewegung mit Blick auf meine Lippen. »Die Haut um deinen Mund ist ganz rot.«

»Es ist nichts«, sage ich hastig und krampfe mir ein Lächeln ab. »Ein … eine Allergie. Ich hatte zum Abendessen einen Obstsalat.«

Jasper fängt an, an meinem Ohrläppchen zu knabbern. »Du weißt doch«, nuschelt er, »dass du kein Kernobst essen sollst.« Er streift einen Träger des Nachthemds zur Seite und presst seinen Mund auf mein Schulterblatt.

»Jasper, ich …« Ich entziehe mich ihm und zupfe den Träger zurück. Was soll ich ihm sagen? Etwa, dass ich es nicht ertrage, seinen Mund auf mir zu fühlen, weil ich immer noch die Lippen des anderen darauf spüre? Oder dass ich nicht möchte, dass er sich an mir, der elenden Betrügerin, besudelt? Es ist kaum gelogen, als ich sage: »Es tut mir leid, Jasper, mein Magen ist nicht in Ordnung. Mir ist nicht gut.« Automatisch hebt sich meine Hand und streichelt über seine glattrasierte Wange. Er sieht ein bisschen abgespannt aus. Der lange Flug muss ihn erschöpft haben. »Aber … aber es ist schön, dass du da bist«, stammle ich weiter. »Ich … ich bin nur erstaunt. Du wolltest doch erst in ein paar Tagen zurück sein. Und wieso kommst du hierher? Nach Dagebüll?«

»Arme Maus.« Jaspers Hand streichelt über meinen Bauch. »Vielleicht hast du etwas Verdorbenes gegessen.«

Ich hebe die Schultern. *Ich* bin verdorben.

»Ich«, er spricht hastig, »wollte zu dir. Während der letzten beiden Kongresstage wären nur noch Bereiche thematisiert worden, die für mich als Chirurgen nicht wirklich interessant sind. Darum habe ich die Reise vorzeitig abgebrochen.« Er sieht mich nicht an, während er das sagt, sondern zieht sein Sakko aus und knöpft sein Hemd auf. »Ich brauche dringend eine Dusche.«

Ich starre auf seine nackte Brust, auf den kleinen Leberfleck, der aussieht wie ein verkrüppeltes Herz. Die vertraute Brust, die sich so sehr von der behaarten unterscheidet, an die ich mich kaum eine Stunde zuvor voller Leidenschaft gepresst habe.

Ich deute nach rechts. »Da ist das Bad. Hast du dich … Ich meine, war Lambert unten? Hast du dich an der Rezeption angemeldet?«

»Die Hoteltür war offen, aber es war niemand an der Rezeption. Ich hab einfach in das Belegungsbuch geschaut, in welchem Zimmer du bist. Hat auch Vorteile, wenn ein Hotel noch vorsintflutlich geführt wird. Für einen Computer hätte ich wohl ein Passwort benötigt.« Er grinst, aber mir bleibt jedes Lächeln im Hals stecken.

Was mache ich jetzt nur? Jasper wird kaum morgen früh wieder verschwinden. Ich muss ihn also einweihen. Er muss das Spiel um Frido und Esther und die Verlobung mitspielen. Und ich hoffe inständig, dass er es tun wird, weil für Papa so viel daran hängt. Aber das alles werde ich ihm morgen beichten. Meine Kraft ist für heute erschöpft bis auf den Grund.

Als er im Bad verschwindet, klopft es wieder an der Tür. Ich reiße sie auf, um Esther, die wohl endlich Biskuit bringt, kurz über die neue Situation aufzuklären.

»Esth…« Mein Herz setzt einen Schlag aus. Marks hellblaue Augen sehen mich an. Es ist ein Blick, der meine heißen Wangen streichelt, und in seinem leisen »Hallo« liegt so viel Zartheit, dass meine Knie wacklig werden. Aus einem Impuls heraus will ich die Tür wieder zuwerfen, aber das scheint er mir anzumerken und macht einen Schritt vor. »Hör mich an, bitte.« Sein Blick liegt jetzt auf meinem Mund. Seine Hand kommt vor, und er streichelt sacht über die wunde Haut. Seine Stimme klingt sanft und klar. »Ich schulde dir den zärtlichsten Kuss, den du dir nur denken kannst, Audrey Tannheim. Und ich werde nicht gehen, ohne ihn dir gegeben zu haben. Dann lasse ich dich auch in Ruhe. Bis morgen.« Er strahlt jetzt. »Weil … weil jetzt alles anders ist. Ich rede morgen mit Imke. Alles wird gut. Ich verspreche es dir.« Er kommt näher. Sein Mund berührt mich schon fast. »Ich bin rasend in dich …«

Er bricht ab, weil hinter mir eine Stimme erklingt.

»Audrey? Mausi? Wer ist denn da?«

Mark erstarrt, und sein Kopf ruckt zurück. Sein Blick gleitet von mir zu Jasper, der in diesem Moment mit nacktem Oberkörper aus dem Bad auftaucht. Er hat noch nicht geduscht und trägt noch seine Hose.

»Das …« Ich muss meinen Hals, in dem die Worte sich wie Luftballons blähen, frei husten. »Das ist … der Tierarzt. Er hat Biskuit behandelt.«

»Ah.« Jaspers Blick wird freundlicher. Er sieht von mir zu Mark, dessen Gesicht blass geworden ist. Oder bilde ich mir das ein? »Gibt es ein Problem mit der Katze?«, fragt Jasper jetzt, weil weder Mark noch ich ein weiteres Wort sprechen. »Meine Verlobte liebt das Tier über alles.« Er schaut sich im Raum um. »Wo steckt sie eigentlich?«

Mark und ich sagen immer noch nichts.

Jaspers Stimme verändert sich. »Hat meine Verlobte Sie nicht bezahlt? Audrey!« Jetzt sieht er mich an.

»Ich …«

»Nein, es ist alles bestens.« Mark hat die Sprache wiedergefunden. Aber ich wünschte, er hätte es nicht, denn seine Stimme klingt hart wie Beton. »Keine Sorge«, wie eisige Kristalle fallen seine Worte direkt in mein Herz, »Ihre Verlobte hat … meine Dienste … großzügig vergütet.« Mich streift ein Blick, der direkt aus der Hölle kommt. »*Sehr* großzügig. Ich wollte nur schauen, ob die Katze das Medikament verträgt. Ich war sowieso gerade im Hotel.«

»Audrey?« Jasper sieht mich erneut an. »Nun antworte doch.«

Ich nicke Mark zu. »Ja … danke … alles ist gut.«

Dabei ist gar nichts gut. Nie wieder wird etwas gut sein, als Mark sich nach einem kalten Nicken umdreht und geht.

»Ein grantiger Kerl«, sagt Jasper, nachdem er die Tür geschlossen hat. »Es wundert mich, dass du dein Prinzesschen seinen groben Landarztgrabschern anvertraut hast. Und nächstes Mal zieh dir bitte etwas über, bevor du die Tür öffnest. Ich mag es nicht, wenn Fremde dich in diesem aufreizenden Outfit sehen.«

Ich bleibe ihm die Antwort schuldig. Mit vor den Mund gepresster Hand schaffe ich es gerade noch ins Bad.

Besser hätte ich Jasper gestern Abend nicht überzeugen können, dass ich mir den Magen verdorben habe. Er hat sich nach dem Duschen neben mich gelegt, meine Hand gehalten und ist fünf Minuten später eingeschlafen. Das war vor sechs Stunden. So lange liege ich wach neben ihm. Ich habe die schlaflose Zeit genutzt und verschiedene Theorien, wie ich mich jetzt a) Jasper und b) Mark gegenüber verhalten soll, aufgestellt und wieder verworfen. Immer im Wechsel. Das Endergebnis lautet: Ich verdränge das, was passiert ist, so gut es geht. In drei Tagen werde ich Dagebüll verlassen. Dann werde ich Mark nie wiedersehen und ihn vergessen. So lange muss ich spielen – auf der Theaterbühne, um das Hotel für Papa zu sichern, und vor Jasper, um unsere gemeinsame Zukunft nicht aufs Spiel zu setzen. Ich kann unser sicheres Leben, unsere Pläne nicht opfern für einen Moment, in dem ich mich völlig vergessen habe.

Es war nur Lust, keine Liebe. Ich kenne Mark gar nicht. Er ist einfach nur wie ein Nordseesturm über mich gekommen und hat mich mitgerissen, aber es ist ohne jede Bedeutung. Ich werde Mark ganz normal gegenübertreten, wenn wir heute Abend proben. Dass die Premiere ausfällt, weil er sich weigert, mit mir zu spielen, wage ich nicht zu denken. Er würde das Schwester Henni nicht antun, da bin ich mir sicher. Aber wie wird er sich mir gegenüber verhalten? Mein Herz beginnt zu flattern, wenn ich nur an den Ausdruck in seinen Augen denke, als Jasper neben mir auftauchte. Ich wusste immer von Imke, aber Mark wusste nichts von Jasper. Nicht ein Wort habe ich über ihn verloren.

Ich atme heftig aus. Wir haben beide unsere Partner betrogen. Er ist nicht besser als ich. Doch die penetrante leise Stimme, die sagt »Aber du hast gewusst, dass er nicht frei ist, Audrey!«, lässt sich leider nicht aus meinen Gedanken vertreiben. Hätte ihn das abgehalten, wenn er von Jasper gewusst hätte? Oder hätten wir trotzdem …

Ich muss tatsächlich über dieser Frage eingeschlafen sein, denn ich wache auf, als Jasper sich anzieht. »Wie geht's dir, Mausi? Du siehst blass aus, aber deine Allergie ist am Abklingen. Gibt es in diesem Schuppen eigentlich Frühstück? Ich habe einen Bärenhunger.«

»Wir können gleich unten frühstücken«, sage ich und stehe auf, »aber vorher muss ich dir noch etwas erzählen. Eine lustige Geschichte, die durch ein Missgeschick entstanden ist.« Ich lache fröhlich, und es hört sich gar nicht so künstlich an. Und dann berichte ich ihm von dem Unfall, Papas unbrauchbarem Brief, Mark als zweitem Kaufinteressenten, seine Verbindung zur Patentochter von Schwester Henni und der daraus resultierenden Kampfansage, im örtlichen Theaterstück mitzuwirken, um Schwester Henni zu beeindrucken und Papas Chancen zu wahren. Als ich geendet habe, bin ich atemlos, denn ich musste so schnell reden, dass Jasper keine Chance hatte, Zwischenfragen zu stellen. Sein Gesichtsausdruck sprach Bände genug, insbesondere, als ich auf Frido und Moritz' angebliche Verlobte Esther zu sprechen kam.

Jasper, der sich während meines Monologs auf das Bett hat fallen lassen, starrt mich ungläubig an. »Seid ihr verrückt geworden, du und dein durchgeknallter Bruder?«

Ich seufze. »Das nennt man wohl Kettenreaktion. Es ist einfach eins zum anderen gekommen. Ich konnte und kann es nicht aufhalten, wenn wir nicht auffliegen wollen.«

Jasper springt auf. Wut verzerrt seine Stimme. »Wir reisen sofort ab. Sofort! Was dein Bruder macht, ist mir egal, aber meine Frau wird nicht Akteurin in einem solchen Kaspertheater sein. Was ist bloß in dich gefahren?« Er sieht mich an, als wüchsen mir Hörner aus dem Kopf.

Ich versuche die Sache herunterzuspielen. »Niemand kommt zu Schaden, im Gegenteil, alle profitieren davon. Ein lieber alter Mann bekommt seinen Herzenswunsch erfüllt, ich habe einen Mordsspaß beim Theaterspielen, Moritz darf seine Passion bei der Bühnendeko ausleben, und«, den Trumpf habe ich bis zum Schluss aufbewahrt, »Papa bekommt auf diese Weise vielleicht seinen Traum erfüllt.« Jasper liebt es, Papa und Linda zu gefallen. Wird das jetzt auch so sein, oder ist der Bogen überspannt mit unserer Lügenaktion?

Ich sehe, wie Jasper die Pro- und Kontrapunkten, auf seiner inneren Waage abwiegt. Seiner Miene entnehme ich, dass er zuerst die Kontrapunkte auf die Schale legt. Weil bis auf einen einzigen Punkt alle auf der Kontraschale liegen, rast die Waagenseite schwer nach unten, so wie seine Mundwinkel Richtung Kinn. Wird das einzige Gegengewicht, nämlich Papa zu gefallen, schwer genug sein, um all die anderen hochzustemmen?

Jaspers Kampf ist schwer. Sein Arm streckt sich schließlich, der Zeigefinger schießt vor und deutet auf mich in einer stakkatomäßig zustechenden Bewegung. »Für Georg, sag ich dir, nur für Georg tu ich das! Nicht für dich. Und schon gar nicht für deinen Bruder.«

Puh, das ist noch mal gutgegangen. Für den Moment. Ich könnte versuchen Vorsorge zu treffen. »Vielleicht ...«, ich räuspere mich, »... ist es besser, wenn du schon nach Sylt reist und dort auf uns wartest? Dann musst du dich hier gar nicht erst am Kaspertheater beteiligen?«

»Ich reise ab, wenn du an meiner Seite bist, und keine Sekunde vorher.«

Shit!

Eine Viertelstunde später sitzen Jasper und ich uns im Hummersalon gegenüber. Er spießt die Krabben auf seinem Teller mit der Gabel auf, als müsste er sie noch einmal töten. Seine Wut ist unübersehbar, allerdings hat er sie perfekt beherrscht, als ich ihn Schwester Henni und Lambert vorgestellt habe und als neuen Gast habe eintragen lassen.

»Gnädige Frau, wie schön, Sie kennenzulernen«, hat er gesagt und Schwester Henni dabei angestrahlt, ihre Hand genommen und einen Handkuss darauf gehaucht – für den ich ihn hätte erwürgen können, da ich Schwester Henni angesehen habe, dass sie ihn genauso affig fand wie ich.

Ich stochere lustlos in meinem Rühreiklacks herum. Es will einfach nicht rutschen. Meine Gedanken kreisen ständig um Mark und um das, was er gestern Nacht gesagt hat, als er vor meiner Zimmertür stand. Und *wie* er es gesagt hat. So liebevoll. So sanft.

*»Ich schulde dir den zärtlichsten Kuss, den du dir nur denken kannst … weil jetzt alles anders ist … Alles wird gut … Ich bin rasend in dich …«* Ja, und dann hat er abgebrochen. Mein Herz pocht. Ich weiß, wie der Satz geendet hätte. Aber kann er sich wirklich in mich verliebt haben? Ich bin kein Fan der Liebe-auf-den-ersten-Blick-Fraktion. Ich habe so etwas nie erlebt. Liebe kann doch nur entstehen, wenn man den anderen *kennen*lernt, in der wahren Bedeutung dieses Wortes.

Mark Nommsen ist nur ein Fieber, das mich ergriffen hat. Es wird vergehen mit den richtigen Gegenmitteln. Und das Gegenmittel ist ja nun da. Ich sehe Jasper an. Ein Karpfen erscheint vor meinem inneren Auge, als Jasper die Teetasse zum Mund führt und den heißen Inhalt mit Fischlippen herausschlürft. Wenn er wenigstens Kaffee trinken würde, dann könnte ich ihm einen Schluck klauen, wenn er zum Büfett geht. Auf seine erstaunte Frage, warum ich keinen Kaffee trinke, habe ich geantwortet, dass Tee meinem Magen wohl besser bekommt. Ich will nicht noch all die kleineren Notlügen vor ihm ausbreiten.

»Da kommen Esther und Frido«, flüstere ich, als die beiden den Hummersalon betreten. Sie sind spät dran, was augenscheinlich daran liegt, dass Esther gerade erst wach geworden ist. Der Abdruck einer Kissenfalte prangt noch an ihrer Wange.

Den Blick neugierig auf mein Gegenüber gerichtet, kommt sie mit Frido im Schlepptau näher. Fridos Gesicht verrät, dass er die Feen bei ihrem Morgenspazierflug begleitet. Ich stelle Jasper und Esther einander vor, mit dem Nachsatz: »Er weiß Bescheid.«

»Hi!«, sagt sie und strahlt Jasper an. »Schön, dich kennenzulernen. Ich wusste ja gar nicht, dass du kommst.«

Ich sehe Jasper an, dass es ihm nicht gefällt, dass Esther ihn einfach duzt. Jasper ist da sehr konservativ. Mich umarmt sie und flüstert dabei in mein Ohr: »Er sieht gar nicht so langweilig aus, wie Mo gesagt hat.« Sie lotst Frido zum Stuhl an meiner Seite und drückt ihn darauf. »Ich hab Biskuit in dein Zimmer zurückgebracht und ihr ein Schälchen Futter aufgemacht. Sorry wegen gestern Abend, aber wir sind alle drei eingeschlafen. Als ich wieder wach wurde, war es zu spät, sie zurückzubringen. In der Nacht hab ich sie dann gut gebrauchen können, weil Frido so unruhig war. Er war von zwei bis fünf Uhr wach und konnte sich dann wenigstens mit Biskuit beschäftigen. Puh«, sie bläst eine Strähne ihres dunkelblonden Haars aus der Stirn, »das war anstrengend. Darum hab ich auch so lange gepennt.«

Biskuit. Himmel, ich habe gar nicht mehr an sie gedacht, weder gestern Nacht noch heute Morgen. Ich schäme mich dafür. Vielleicht sollte ich besser niemals Mutter werden. Ich würde das Baby vielleicht irgendwo liegen lassen. Ich lege die Hände an meine heißen Wangen. An meiner Gedankenlosigkeit ist das Mark-Nommsen-Fieber schuld. Ich bin einfach nicht mehr ich selbst.

Esther kehrt mit einem Teller vom Büfett zurück und stellt ihn vor Frido ab, bevor sie wieder losgeht, um sich selbst zu bedienen. Um Esther zu entlasten, ziehe ich Fridos Teller zu mir heran und beginne ihm das knusprige Bauernbrot mit Butter zu beschmieren. Als ich die Käsescheibe und Salatgurkenscheiben darauflege, flüstert Jasper genervt: »Spielst du jetzt auch noch Altenpflegerin?«

Ich erspare mir eine patzige Antwort, weil Frido aufmerksam um sich blickt. Er hat den Feen für den Moment adieu gesagt. Er winkt Esther am Büfetttisch zu, die freudig zurückwinkt, bevor er mich ansieht. Seine Stirn kraust sich in viele Längsfalten. »Bist du krank?«

Ich schiebe ihm den Teller zu. »Nein, Frido, nein, ich bin nicht krank.«

Er nickt und nimmt die erste Brothälfte in die Hand. Als er das Brot zum Mund führt, fällt die Gurkenscheibe hinunter. »Du siehst blass aus«, sagt er, bevor er hineinbeißt. »Hm.« Er kaut genüsslich vor sich hin. Dann fällt sein Blick auf Jasper. »Und wer ist das?«, fragt er, bevor er die Gurkenscheibe nimmt, die ich von seinem Bein gesammelt habe und ihm hinhalte.

»Ich bin Dr. Mehrens«, antwortet Jasper steif. »Und Sie sind Herr …?«

»Frido. Sag doch bitte einfach Frido«, stoße ich aus.

Ein zurechtweisender Blick trifft mich. Jasper senkt die Stimme, so dass Frido ihn nicht hört. »Es besteht keine zwingende Notwendigkeit, eine pflegebedürftige Person zu duzen. Ganz im Gegenteil, ich empfinde es als würdelos der Person gegenüber. Wir sind schließlich keine Freunde, ja, nicht einmal Bekannte. Herrn …«, genervt stellt er fest, dass er Fridos Nachnamen immer noch nicht kennt, »gebührt dieser Respekt.«

»Bitte sehr, Herr Lörtsch, Ihr Kamillentee, wie gehabt.« Lambert steht plötzlich vor dem Tisch und stellt einen Glasbecher vor Frido ab.

»Lörtsch also«, murmelt Jasper.

Frido sagt: »Ja, ich mag Tee. Und ich mag Auroras Butterkuchen.« Er blickt sich erneut um und mustert Esther.

Diese ruft ihm zu: »Ich bin gleich bei dir, Frido.«

Die Längsfalten erscheinen wieder. Seine Miene drückt Unsicherheit aus. »Ist das Aurora?« Er sieht Lambert an, der die Schultern hebt und mich anschaut.

»Du bist im Urlaub, Frido«, sage ich ausweichend, weil ich es nicht übers Herz bringe, seine Frage zu bejahen. »Wir sind alle gemeinsam im Urlaub, erst an der Nordsee, dann geht es noch weiter zum Nordlicht.«

Jasper stößt ein zischendes Geräusch aus, das ich ignoriere. Ich streichle über Fridos Arm. Er spürt, dass Esther nicht Aurora ist. Es muss ihm auffallen, wie jung sie ist. Er selbst hält sich zwar für dreißig Jahre jünger, als er ist, aber selbst dann ist der Altersunterschied zu offensichtlich. Und er scheint wieder einen sehr klaren Moment zu haben.

»Herr Lörtsch«, Jasper spricht mit seiner Arzt-Stimme, »wie fühlen Sie sich?«

Frido beißt in die nächste Brothälfte. Mit vollem Mund fragt er: »Und wo ist Herr Lörtsch?«

»Ach herrje«, murmelt Jasper leise.

Ich lasse ihn in dem Glauben, dass Fridos Ahnungslosigkeit in Bezug auf seinen Nachnamen seiner Demenz geschuldet ist.

»Wollen Sie auch zum Nordlicht?«, fragt Frido ihn.

Ich bin begeistert. Frido betreibt Konversation.

»Nein, ich würde Sie lieber nach Hause bringen, Herr Lörtsch. Wissen Sie, wo Sie wohnen?«

»Jasper!« Vor Wut fällt mir das Messer aus der Hand. Klirrend landet es auf dem Teller.

Frido starrt ihn an. »Natürlich weiß ich, wo ich wohne.« Er schluckt krampfhaft und schließt die Augen. Als er sie wieder öffnet, sieht er mich an. »Ich … ich wohne doch in Göttingen? Meine Schusterwerkstatt ist doch in Göttingen?«

Ich hasse es, dass ich ihm nicht einmal diese Frage beantworten kann. Ich weiß nicht, wo er wohnt.

Als Esther mit völlig überladenem Teller am Tisch auftaucht, steht Frido ruckartig auf. »Ich will nach Hause«, sagt er und guckt sie an. »Wollen wir nach Hause, Aurora? Ich muss doch Schuhe reparieren. Wo sind Jochen und Anke? Sind Jochen und Anke auch hier?«

»Na toll«, motze ich Jasper leise an. »Jetzt hast du ihn völlig verwirrt. Vielen Dank auch.«

»Jochen ist bei der Arbeit, Frido, und Anke zu Hause. Und wir beide machen Urlaub.« Esther streichelt über seinen Arm und drückt ihn auf den Stuhl zurück. »Ich muss noch frühstücken, und dann gehen wir spazieren, ja? Und dann fahren wir bald zum Nordlicht. Das weißt du doch.«

»Nordlicht«, murmelt Frido. »Zum Nordlicht.«

Ich schiebe den Teller mit meinem nicht gegessenen Frühstück zurück. »Lass uns raufgehen«, sage ich zu Jasper, bevor er noch mehr Unheil anrichtet, und an Esther gewandt: »Kommst du hier klar?«

Sie nagt an einem Wassermelonenstück und nickt.

»Geh ruhig vor, ich rauche draußen noch eine Zigarette«, erwidert Jasper und steht auf. »Möchten Sie mit mir vor die Tür kommen, Herr Lörtsch?«, fragt er zu meinem Erstaunen Frido, der unruhig auf seinem Stuhl hin und her wackelt. Diese Geste verwundert und freut mich. So kann Esther in Ruhe frühstücken. Jasper will mich damit anscheinend milde stimmen.

Als Frido nicht reagiert, nehme ich seinen Arm. »Komm, Frido, Jasper schnappt mit dir frische Luft. Dein Tee ist sowieso noch zu heiß.« Er lässt sich willenlos mitziehen, immer wieder »zum Nordlicht« vor sich hin brabbelnd.

»Danke«, ruft Esther uns fröhlich mit vollem Mund hinterher.

Ich bin dankbar, dass ich ein paar Minuten für mich habe, als ich in meinem Zimmer bin. Mit Biskuit im Arm stehe ich am Fenster und schaue Richtung Deich, hinter dem das Meer ans Ufer rauscht. Mark hat diesen Anblick jeden Tag. Ob er die rauhe Schönheit der Landschaft noch wahrnimmt? Oder ist sie selbstverständlich geworden? Mark … Mark … Ich kann an nichts anderes denken. Ich setze Biskuit auf den Boden, lege mich lang ausgestreckt auf das Bett und starre die Decke an. Ich fühle mich gespalten. Immer wieder versuche ich die Gedanken an Mark zurückzudrängen, aber andererseits kann ich es nicht lassen, mir unsere leidenschaftliche Begegnung dauernd vor Augen zu holen – seinen Mund auf meinen Lippen, meinen Brüsten, seinen Atem an meiner heißen Haut, sein lustvolles Stöhnen, den Geruch seiner Haut … Ich seufze, weil es köstlich war und berauschend und einmalig.

Ich setze mich auf. »Einmalig, Audrey! Ganz genau. Es war *ein*malig«, ermahne ich mich selbst. »Du wirst dieses Erlebnis vergessen und mit ins Grab nehmen, dann tust du niemandem weh.«

Aber du hast schon jemandem weh getan, sagt diese grässliche innere Stimme zu mir. Du hast Mark weh getan, oder hast du den Blick in seinen Augen vergessen?

Ich drehe meinen Kopf und wünschte, ich hätte es bleibenlassen. »Was?«, fahre ich Gertrud an. »Ich gebe es doch zu! Ich habe einen Fehler gemacht, einen Riesenfehler. Aber muss ich mich wirklich so schuldig fühlen? Ich habe ihn ja schließlich nicht gezwungen. Und eins wollen wir mal festhalten: Ihm war Imke in dem Moment auch scheißegal! Also könntest du ruhig mal auf meiner Seite sein, besonders, weil es keine Kollateralschäden gibt. Imke und Jasper sind völlig ahnungslos. Und genau wie ich wird Mark unsere … die Sache vergessen. Punkt.«

Ich zucke zusammen, als sich die Tür öffnet.

Jasper sieht mich mit zusammengezogenen Brauen an. »Mit wem sprichst du?« Sein Blick gleitet durch den Raum, als wollte er einen heimlichen Lover aufspüren. Dass dieser Blick ziemlich große Berechtigung hat, verbiete ich mir zu denken.

»Ich … äh …«, ich setze mich auf, »… übe meinen Text für das Theaterstück.«

»Ach ja. Da schau ich mir heute Abend mal eure Probe an.«

Das Bauchmonster schlägt seine Pranke mit Wucht in meinen Magen. Die Vorstellung, Jasper dort sitzen und auf die Bühne blicken zu sehen, wo ich gestern Abend mit Mark auf dem Tisch … auf dem Teppich … Ich kann mir nichts Grausigeres vorstellen. Vielleicht dringt Jaspers nächster Satz deshalb auch nur vage zu mir durch.

»Ach so … Der Alte ist weg.«

Ich starre ihn an. »Wie … was meinst du?«

Er nimmt seine Jacke, die er über dem Stuhl abgelegt hat. »Ich werde mal suchen helfen. Weit kann er ja nicht sein.« Er sieht mich nicht an, während er spricht. Das schlechte Gewissen ist geradezu in sein Gesicht gemeißelt.

»Frido ist weg? Schon wieder?« Ich springe auf. »Wie kann das sein? Du bist doch mit ihm nach draußen gegangen. Hast du denn nicht auf ihn aufgepasst?«

»Mein Gott!« Jasper wird laut. »Ich habe geraucht, er hat sich die Beine vertreten. Ich wollte mich mit ihm unterhalten, aber er hat immer nur von seinem Nordlicht gefaselt. Ich habe ihn nur kurz allein gelassen, weil zwei ältere Frauen anreisten und ich mich angeboten habe, ihnen die Koffer die Stufen hinaufzutragen. Als ich wieder unten war, war er weg. Ich bin dann ins Hotel zurück, weil ich dachte, er säße wieder im

Speiseraum bei dieser Esther, aber da war er nicht. Und was heißt überhaupt schon wieder? War er denn schon einmal weg?«

»*Einmal?*«, murmle ich, während ich auch nach meiner Jacke angle.

Lambert händigt an der Rezeption gerade den beiden angereisten Seniorinnen ihre Zimmerschlüssel aus, als ich mit Jasper unten ankomme. Esther höre ich draußen laut nach Frido rufen. Vielleicht sollte ich doch einfach mit Jasper abreisen, damit dieser ganze Wahnsinn ein Ende hat?

»Könnte er mit dem Taxi weggefahren sein?«, fragt Lambert in diesem Moment und guckt mich an. Er deutet auf eine der Frauen. »Die Damen sind mit einem Taxi vorgefahren.«

»Aber dann müsste er ein Ziel angegeben haben«, erwidere ich und überlege schon, was er gesagt haben könnte. Hoffentlich nicht Göttingen, dann wird die Abrechnung vierstellig.

»Er hat doch immer nur ›zum Nordlicht‹ gebrabbelt«, sagt Jasper. »Der Taxifahrer wird ihn kaum nach Norwegen kutschieren.«

»Zum Nordlicht?«, hakt Lambert nach. »Oh, oh!« Er wippt seinen Frankenstein-Schädel hin und her. »Da gibt es noch eine andere Möglichkeit.«

»Und die wäre?«, frage ich zögerlich, weil ich die Antwort vielleicht gar nicht wissen will. Esther schreit draußen mittlerweile nicht mehr »Frido!«, sondern »Opa!«.

Lambert wendet sich an die beiden Seniorinnen. »Ich zeige Ihnen sofort Ihr Zimmer und begleite Sie nach oben. Nur noch einen Moment, bitte.« Dann kommt er zu uns. »Wenn Herr Lörtsch dem Taxifahrer wirklich gesagt hat, ›zum Nordlicht‹, dann hat der ihn vielleicht zum Hafen Schlüttsiel gefahren. Das sind nur ein paar Kilometer. Von dort fährt täglich die MS Nordlicht auf die Halligen und zu den Seehundbänken.«

»Lass uns hinfahren«, sagt Jasper. »Ich habe mir gestern am Flughafen einen Leihwagen genommen. Wenn er wirklich mit dem Taxi zu diesem Hafen gefahren ist, ist er mit Sicherheit noch da, denn er hat doch garantiert kein Geld dabei, um die Fahrt zu bezahlen? Und die Polizei wollen wir dem Alt…«, er korrigiert sich mit Blick auf Lambert und die beiden Damen, »… Herrn Lörtsch ersparen.«

Bei dem Wort Polizei wird mir schlecht, aber nur eine Sekunde.

»Vierundzwanzig zwanzig«, stoße ich erleichtert aus. »Frido hat vierundzwanzig Euro zwanzig in seinem Portemonnaie in der Hosentasche.«

Lambert nickt. »Das reicht fürs Taxi.«

Fünf Minuten später sitzen wir in Jaspers Leihwagen, mit dem er gestern aus Hamburg angereist ist. Esther bleibt in Dagebüll, um die Straßen hier nach Frido abzusuchen. Bevor wir starten können, säuft Jasper allerdings zweimal den Motor ab. Glücklicherweise dauert die Fahrt nach Schlüttsiel nicht lange, aber doch lange genug, um einen Streit vom Zaun zu brechen.

»Ich erkenne dich nicht wieder, Audrey. Du bringst uns mit deinem lächerlichen Verhalten in eine höchst peinliche Situation. Was, glaubst du, würde Georg dazu sagen, wenn er das erfährt?« Jasper haut den dritten Gang rein, als würde er in einem Suppenkessel der Bundeswehr rühren. Er war noch nie ein guter Autofahrer, und mit dem fremden Wagen hat er noch mehr Probleme als mit seinem eigenen. Wenn wir gemeinsam fahren, bin ich zumeist die Fahrerin. Vielleicht hätten wir das heute auch so halten sollen.

»Er erfährt es ja nicht, weil niemand es ihm erzählt. Außerdem hätte ich erwartet, dass du stolz auf mich bist. Immerhin versuche ich mit allen mir zur Verfügung stehenden Mitteln, deinem von dir so hochgeschätzten Schwiegervater in spe sein Traumhotel zu sichern. Und außerdem täte dir ein bisschen Abenteuerlust gut. Sei mal locker.«

Jasper macht sich im Sitz steif und straft damit seine nächsten Worte Lüge. »Ich *bin* locker. Aber ich bin nicht infantil so wie du im Moment. Ich verspüre keine Lust, mich lächerlich zu machen, und schon gar nicht für diese fremden … Menschen.« So, wie er Menschen ausspricht, hätte er auch Ungeziefer sagen können.

»Frido ist ein sehr liebenswürdiger alter Herr, und Esther ist ein toughes Mädchen.« Meine Stimme klingt erstickt. Ich könnte einfach losheulen. Die Tränen sitzen locker, weil all die unterschiedlichen Gefühle, die mich derzeit beherrschen, an die Oberfläche spülen wollen.

Jasper atmet tief ein und aus. Ich spüre, wie er versucht sich zu beherrschen. »Ach, Maus.« Er greift nach meiner Hand. »Ich liebe dich, aber manchmal brauchst du einfach eine kleine Richtungsweisung, damit du dich nicht in deinen Gefühlsduseleien verirrst. Das Leben ist kein Abenteuerspielplatz. Für Kinder vielleicht, aber doch nicht für uns Erwachsene.« Seine Stimme verändert sich. Fast scheint es, als müsste er nicht mich, sondern sich selbst ermahnen. »Es ist wichtig, dass man erkennt, was im Leben wichtig ist. Beständigkeit statt flüchtigem Rausch, Geborgenheit statt Abenteuerlust.«

Wenn du wüsstest, wie sehr das meine Situation trifft, denke ich mit schlechtem Gewissen und verschränke meine linke Hand mit seiner rechten. »Du hast recht«, sage ich leise und lege die andere Hand auf meinen schmerzenden Bauch. »Da ist er!«, rufe ich im gleichen Moment, als wir Schlüttsiel erreichen. Frido tappt unentschlossen auf dem Parkplatz herum. Von dem Taxi ist nichts mehr zu sehen. Jasper hält direkt neben Frido, und ich springe aus dem Wagen.

»Frido, du kannst doch nicht einfach wegfahren!« Erleichtert umarme ich ihn.

Auch Jasper ist ausgestiegen. Er fasst nach Fridos Arm. »Kommen Sie, Herr Lörtsch, es geht jetzt zurück ins Hotel.«

Aber Frido möchte anscheinend nicht zurück. Steif wie ein Laternenpfahl bleibt er stehen. Ich betrachte verzückt ein Schmetterlingspärchen, das ihn umschwirrt. Vorsichtig biete ich den beiden Kohlweißlingen meine Handfläche an, damit sie sich draufsetzen können, aber sie flattern Richtung Deich davon. »Lass uns die Tour machen«, schlage ich Jasper ohne weitere Überlegung vor. »Wir haben doch nichts Wichtiges zu tun. Es ist ein Urlaubstag, den wir gemeinsam genießen können.« Ich finde meine Idee brillant. Jede Sekunde, die ich mit Jasper verbringe, wird Mark ein Stückchen mehr aus meinem Kopf vertreiben.

»Etwa mit ihm?« Jasper nickt Richtung Frido. Er scheint meinen Vorschlag nicht halb so brillant zu finden. Da ich Frido den Ausflug von Herzen gönne, versuche ich krampfhaft ein Argument dafür zu finden, mit ihm die Tour zu machen.

»Oh, das sind schöne Schuhe!« Ohne zu schwanken, geht Frido vor Jasper in die Knie. Seine fleckige Hand streicht über das braune Kalbsleder. »Sie haben einen guten Geschmack.«

»Er ist Schuster«, flüstere ich Jasper zu, der verwirrt auf den weißen Haarkranz vor sich schaut. »Er hat einen Blick für erstklassige Schuhe.«

Jasper zieht Frido an den Schultern hoch. »Kommen Sie, Herr Lörtsch, Frau Tannheim und ich machen einen Ausflug mit Ihnen. Das wird Ihnen gefallen.«

Ich frage mich langsam, ob das mit den Schuhen ein Trick von Frido ist. Mich hat er mit derselben Masche rumgekriegt.

Die einstündige Tour mit der MS Nordlicht kommt mir länger vor, als sie ist, was vielleicht am Wellengang liegt. Der Wind hat zugenommen, der Himmel ist bedeckt, und mir wird unter Deck ein wenig schwummerig. »Bleibst du bei Frido?«, frage ich Jasper, als die Anlegestelle auf der Hallig Hooge in Sicht kommt, die wir uns als Ausflugsziel herausgepickt haben. »Ich geh schon mal an die frische Luft, bevor auf den letzten Metern mein Frühstück noch wieder hochkommt.«

Jasper nickt gnädig. Ich halte Frido das Teeglas an die Lippen, damit er den letzten lauwarmen Schluck austrinken kann, bevor ich nach meinem Kaffeebecher greife, um ihn mit an Deck zu nehmen. Eventuell rührt mein Unwohlsein auch vom Koffeinschub her. Drei Becher habe ich schon inhaliert.

Mit geschlossenen Augen stelle ich mich an die Reling. Hier oben merkt man den Seegang weitaus weniger. Ich halte mein Gesicht in den Wind und genieße es, wie er über meine Wangen und in mein Haar fegt. Die Luft riecht nach Salz, Nordseewasser und Fisch.

Fisch? Ich drehe mich zur Seite. Ein junger Mann beißt neben mir gerade herzhaft in ein Heringsbrötchen, das er wohl mitgebracht hat, denn er hält eine Tupperdose in seiner anderen Hand. So, wie es riecht, wird es Zeit, dass der Hering wegkommt. Ich wechsle die Seiten und atme tief die frische Nordseeluft in meine Lungen. Die Anlegestelle ist ein gutes Stück von den Halligwarften entfernt. Zu Fuß würde Frido die Strecke niemals schaffen. Darum bin ich froh, dass es außer Fahrrädern, die für uns auch nicht in Frage kommen, eine weitere Fortbewegungsmöglichkeit gibt.

»Wir werden Kutsche fahren«, sage ich begeistert, als Jasper sich mit Frido im Schlepptau beim Anlegen neben mich stellt. »Aufregend, oder? Meine letzte Kutschfahrt liegt Jahrzehnte zurück. Ich hab dir doch erzählt, dass ich als kleines Mädchen immer davon geträumt habe, in einer offenen Kutsche zur Kirche zu fahren, wenn ich einmal heirate.«

»Ach, der Unsinn«, entgegnet Jasper. »Komm jetzt bitte nicht auf merkwürdige Gedanken. Der Oldtimer ist gebucht und bezahlt.«

»Es war ja auch nur der Traum eines kleinen Mädchens.«

»Ich wollte zum Mond fliegen. Hat auch nicht geklappt.«

Ich verkneife es mir zu sagen, dass die Erfüllung meines Traums ein wenig leichter zu erfüllen gewesen wäre. Und wenn Linda die Idee mit der Kutsche gutgeheißen hätte, hätte Jasper ihn mir bestimmt auch erfüllt.

Die geschlossene quietschgelbe Kutsche, mit der wir schließlich Richtung Warften zuckeln, erinnert mich mit ihrem eigentümlichen Aussehen an einen amerikanischen Schulbus – mit zwei PS: Die kräftigen Schimmel zuckeln gemütlich los. Frido hat sich in Gefilde verabschiedet, die Jasper und mir verschlossen bleiben. Er stiert aus dem Fenster, aber ich vermute, dass er nichts wahrnimmt. Viel gibt es allerdings auch nicht zu sehen.

»Schaut ja genauso aus wie drüben«, sagt Jasper mit herabgezogenen Mundwinkeln, »Wiesen, Wiesen und Wiesen. Wie kann man hier nur leben?«

Seine mürrische Miene reizt mich. »Was hast du erwartet? Das friesische Disneyland?« Obwohl, selbst das hätte Jasper nicht begeistert. Als ich vor drei Jahren mit ihm im Disneyland Paris war, habe ich mich voll kindlicher Freude mit jeder auftauchenden überlebensgroßen Disney-Figur knipsen lassen. Es gibt ungefähr zwanzig verschiedene Aufnahmen – Audrey mit Donald Duck, Audrey mit Cinderella, Audrey mit Goofy und Audrey mit allen anderen fröhlichen Figuren, die uns damals über den Weg liefen. Von Jasper gibt es ein einziges Foto mit Minnie Maus. Er guckt so mürrisch in die Kamera, dass man meinen könnte, sie würde ihm mit ihrem dünnen Mäuseschwanz die Luft abwürgen. Jasper findet als Trickfilmfiguren verkleidete Menschen gruselig.

Als wir schließlich auf der Hanswarft durch das Zentrum Hallig Hooges spazieren, verändert sich Jaspers Miene kaum. Die gepflegten Wege und die Reetdachhäuser mit den kleinen Gärten und weißen Zäunen entlocken ihm keine Begeisterung. Auch für die altertümliche Gediegenheit des Königspesels, für die wunderschönen Kacheln der alten Friesenstube, die Wandteller, das jahrhundertealte bemalte Porzellan und das blankgeputzte Silber hat er keinen Blick. Fast ist mir, als stünde die Zeit still in den niedrigen Räumen, und ich traue mich kaum, laut zu sprechen, so als könnte ich die Geister des Hauses erschrecken, die hinter knarzenden Türen und diesem eigentümlichen Geruch nach Vergangenheit wohnen.

Jasper hat dieses Gefühl nicht: »Hätte ich vor hundert Jahren hier leben müssen, hätte ich mich eigenhändig bei Ebbe an einen Pfahl gebunden und die Flut herbeigesehnt«, murrt er neben mir, als ich einen silbernen Krug in die Hand nehme. Er patscht mir auf die Finger. »Musst du immer alles anfassen?«

»Nicht anfassen, nur gucken«, sagt Frido in diesem Moment neben mir. Jasper nickt ihm anerkennend zu, aber wie es aussieht, will Frido eher sich selbst ermahnen, denn seine Hand zuckt vor und zurück. Wir stehen neben dem Alkoven im Königspesel, als er seine Hand über den blaugrün bemalten Türrahmen gleiten lässt. »Sehr schön.«

»Da hast du recht, Frido«, stimme ich ihm leise zu und deute zur Deckenmalerei, während andere Besucher sich an uns vorbeidrängen.

Aber Frido sieht mich an. »Wo ist dein Mann?«

Mir wird heiß, weil ich seine Frage sofort einordnen kann. Frido kennt mich fast nur an der Seite von Mark, der bei der Suche nach ihm immer geholfen hat.

»Ich bin nicht verheiratet«, antworte ich schnell. »Noch nicht. Aber bald.«

Frido nickt. »Dein Mann ist nett.«

»Danke«, sagt Jasper.

Frido sieht ihn an. »Und wer sind Sie?«

»Sieh mal, Frido, Segelschiffe«, sage ich, bevor Jasper etwas erwidern kann. Ich deute auf die Bilder mit den Motiven aus Seefahrerzeiten.

Aber Frido lässt sich nicht vom Thema abbringen. Eine grandiose geistige Leistung, die ich noch mehr bewundert hätte, wenn sie sich nicht um Mark und mich gedreht hätte. Er mustert mich aus wachen Augen. »Es ist wie mit Schuhen. Man führt eine gute Ehe, wenn der Schuh passt. Es bringt nichts, wenn er nur schön ist, er muss sitzen. Druckstellen und Blasen tun weh.« Frido schmunzelt jetzt sogar. »Am besten sind die alten, ausgetretenen Latschen. So wie Aurora und ich. Man will den Schuh gar nicht wieder ausziehen. Jeder braucht seinen Wohlfühlschuh.«

Als er sich auf einen uralten Stuhl setzen will, nehme ich schnell seinen Arm. Habe ich ihn jemals so lange und so klar sprechen hören? »Das dürfen wir nicht, Frido. Wir gehen jetzt in ein Restaurant und essen zu Mittag. Was hältst du davon?« Wie erwartet hält Frido davon eine Menge.

Im Gasthaus Zum Seehund lassen Jasper und Frido sich eine Scholle schmecken. Ich bin froh, dass ich die Krabbensuppe bestellt habe. Sie schmeckt köstlich und rutscht gut, denn mir ist der Hals eng, weil Frido munter Fragen stellt – nach Aurora, nach seinem Sohn, nach der Toilette. Als Jasper und er gemeinsam dorthin gehen, sterbe ich tausend Tode. Aber Frido scheint kein Wort über *meinen Mann* verloren zu haben. Jedenfalls stellt Jasper keine diesbezüglichen Fragen.

Mein Mann. Wie sähe mein Leben aus, wenn Mark mein Mann wäre? Ich muss gar nicht krampfhaft überlegen. Wir würden nicht in Frankfurt, sondern in Dagebüll leben. Sein Reetdachhaus mit der Praxis würde mein Heim sein. Ich würde es lieben. Im Sommer würden wir abends, wenn er seine Praxis geschlossen hat, an den Strand fahren und picknicken. Wir würden uns Gedichte und Novellen von Theodor Storm vorlesen oder einfach nur den Tag Revue passieren lassen. Ich würde alles von ihm wissen wollen. Ob er mit dem Pizzawerbungsmann verwandt ist. Was er als Kind angestellt hat, was er an seiner Mutter am meisten liebt, was ihm Angst macht, worüber er lachen kann. Wir würden im Meer schwimmen und uns anschließend tropfnass auf die Decken fallen lassen. Mark würde sich auf seinen Ellbogen aufstützen, seine blauen Augen würden mein Gesicht streicheln, und die untergehende Sonne würde sich in den Wassertropfen in seinem dunklen Haar widerspiegeln. Seine warmen Lippen würden sich auf meinen Mund legen, ganz sanft. Ich würde zittern, nicht vor Kälte, sondern weil seine Finger meinen Körper streicheln würden, zart, Lust machend auf mehr. Auf …

»Du zitterst ja.« Jasper mustert mich besorgt.

Ich brauche eine Sekunde, um in der Realität anzukommen. Ich zittere tatsächlich.

Jasper streichelt meine Wange. »Vielleicht steckt dir doch ein Virus in den Knochen.«

Ich schäme mich entsetzlich. *Das* ist mein Mann. Jedenfalls bald. *Ihn* sollte ich mir vorstellen.

Jasper erwartet zum Glück keine Entgegnung. Als ich vorschlage, die bis zur Abfahrt verbleibende Zeit auf der Hallig zu nutzen, um der Kirche noch einen Besuch abzustatten, willigt er ein. Wir nehmen wieder die Kutsche. Frido fallen die Augen zu, während Jasper griesgrämig aus dem Kutschenfenster blickt. »Ich komm mir vor wie bei den Waltons«, sagt er und deutet auf eine Wäscheleine, an der Handtücher und Unterhosen in verschiedenen Größen im Wind flattern. »Was sind das für Menschen, die anderen Menschen den Anblick ihrer gruseligen Unterwäsche aufzwingen?«

Ich erspare mir die Antwort, dass hier auf dem Land fast alle Familien ihre Wäsche draußen trocknen. Jasper befindet sich im Griesgram-Modus. Da prallt alles an ihm ab, auch die Tatsache, dass hier der Nordseewind den Wäschetrockner ersetzt.

Es macht einige Mühe, Frido zu wecken, als wir auf der Kirchwarft angelangt sind. Weil er sich mal wieder von der Welt verabschiedet hat, setzen wir ihn auf eine der taubenblauen Kirchenbänke, wo er teilnahmslos neben zwei weiteren Touristen sitzen bleibt.

Ich finde die kleine St.-Johannis-Kirche ganz entzückend. Es gibt so viele nette Details zu betrachten. Als ich Jasper auf die Motive der bunten Kirchenfenster links und rechts des Altars aufmerksam mache, würdigt er sie nur eines raschen Blickes. »Ich werde hier klaustrophobisch«, brummelt er, dreht sich um und geht raus.

Ich lasse Frido sitzen, wo er sitzt, und gehe Jasper hinterher. Er steht vor einem Grabstein auf dem winzigen Halligfriedhof und zündet sich eine Zigarette an.

»Du musst mir keine Gesellschaft leisten«, erklärt er und atmet den Rauch tief ein. »Geh nur wieder rein und guck dich in der Hobbitkirche um.«

»Was würdest du sagen, wenn ich dich bäte, mich in dieser Kirche zu heiraten?«

Er sieht mich an, als würden mir Gänseblümchen aus den Ohren wachsen. »Drehst du jetzt völlig durch? Ist das ein Provinzkoller oder was?« Er schüttelt den Kopf, dann fängt er herzhaft an zu lachen. »Ich versuche mir gerade vorzustellen, wie wir unsere hundertvierzig Hochzeitsgäste hier auf die Insel karren und wie sie sich in ihren Modellkleidern in die Zwergenbänke quetschen.«

Ich weiß, dass er recht hat. Und es ist ja auch nicht so, dass ich die St. Katharinenkirche bei uns in Frankfurt nicht wunderschön finden würde. Ganz im Gegenteil, ich liebe ihre Schlichtheit und die herrlichen Glasfenster. Aber irgendetwas in mir will Jasper reizen.

»Würdest du mich auch heiraten, wenn ich dich betrogen hätte?«

Jasper vergisst, den Rauch, den er gerade eingeatmet hat, wieder auszupusten.

Mir wird schwindlig. Habe ich das gerade wirklich gesagt?

Ganz langsam haucht Jasper jetzt den Rauch aus. Mit zusammengezogenen Augenbrauen mustert er mich. Dann entspannt sich sein Gesicht. »Ja. Ja, das würde ich.«

Mir klappt der Mund auf. »Du würdest mich heiraten, wenn ich dich betrogen hätte?«

Er nimmt noch einen Zug und tritt die Zigarette vor dem Grab aus. »Ja.«

Ich lache künstlich auf. »Das sagst du, weil du davon ausgehst, dass ich es nicht tun werde.«

Sein Gesicht ist ernst. »Nein, das sage ich, weil ich es so meine. Wenn es eine einmalige Sache wäre, ein Rausch, ein Moment des Sichvergessens. Das muss man verzeihen, wenn man sich liebt.«

»Aber so etwas ist unverzeihbar!« Mir ist so heiß und so übel, dass ich das Gefühl habe zu platzen. Und ich weiß nicht, ob die Übelkeit durch meinen elenden Betrug bedingt ist oder durch das, was er gerade gesagt hat. Er würde es verzeihen?

»Ich möchte mich nicht über etwas streiten, das überhaupt nicht zur Diskussion steht«, entgegnet er. »Ich weiß, dass du mir das niemals antun würdest. Dass du es deiner Familie nicht antun würdest.«

»Meiner Familie?« Langsam komme ich wieder hoch – ich bin in die Knie gegangen, um die Kippe vor dem Grab einzusammeln. Ich würde auch nicht wollen, dass jemand vor dem Grab meiner Mutter seine Zigarette austritt und einfach liegen lässt.

Jasper haucht einen Kuss auf meine Lippen. »Mausi, für deine Leute gehöre ich seit Jahren zur Familie. Dein Vater liebt mich wie einen dritten Sohn. Was, glaubst du, passiert, wenn du dich von mir trennen würdest?« Er schüttelt milde lächelnd den Kopf. »Georg und Linda wären am Boden zerstört. Für Georg würde eine ganze Welt zusammenbrechen. Er hat mir gerade einen zinslosen Millionenkredit zugesichert. Ich wollte es dir ja eigentlich erst bei einem romantischen Abendessen erzählen, aber jetzt ist es eben raus.« Er strahlt über das ganze Gesicht. »Ich werde in eine Frankfurter Privatklinik für kosmetische Chirurgie einsteigen. Als Teilhaber. Mit Georgs Geld kann ich mir … kann ich uns«, verbessert er sich, »diesen Traum schon jetzt erfüllen und muss nicht jahrelang warten, bis ich das Geld zusammenhabe.«

»Uns?« Ich bin völlig überfahren von dieser Mitteilung. »*Unser* Traum? Ich habe nicht einmal gewusst, dass es *dein* Traum ist. Meiner ist eine Privatklinik ganz bestimmt nicht. Du … du hast doch immer gesagt, dass du dich nicht von deinem Beruf auffressen lassen willst. Du bist doch jetzt schon kaum zu Hause. Wie soll es da werden, wenn du Chef bist? Dann sehe ich dich gar nicht mehr.«

»*Dann* darfst du mich wegen Vernachlässigung betrügen.« Er lacht, als wäre es das Absurdeste, was er sich vorstellen kann. »Und nun lass uns den Alten aus der Kirche holen. Friedhöfe machen mich depressiv.«

Als wir die Kirche betreten, sitzt Frido nicht mehr auf der Kirchenbank. Er steht vor dem Altar und starrt den hölzernen

Jesus am Kreuz an. Ich lege meinen Arm um seine schmächtigen Schultern. »Wollen wir wieder hinausgehen, Frido? An die frische Luft?«

Er guckt mich an. »Ich habe meinen Schuh verloren, nicht wahr? Hab ich meinen Schuh verloren?«

»Nein, Herr Lörtsch«, antwortet Jasper mit seiner Dr.-Mehrens-Stimme neben mir. »Sie tragen beide Schuhe. Sehen Sie doch.«

Mir sind bei der Frage die Tränen in die Augen geschossen. Ich nicke Frido zu und sage leise: »Ja.« Ein Ja ist die einzige Antwort, die er verdient hat. Seine Erinnerung ist fort, aber er spürt den Verlust seiner Aurora, seines Wohlfühlschuhs. Ganz tief in ihm drinnen liegt die Wahrheit, und heute hat sie sich an die Oberfläche gekämpft.

Als wir hinausgehen, bin ich dankbar, dass seine Traurigkeit nur so lange anhalten wird, wie es die Feen zulassen.

# 13

Als wir zurück im Seeblick sind, bleiben gerade noch anderthalb Stunden bis zur Theaterprobe. Am besten verbringe ich sie unter der kalten Dusche, denn nur so werde ich Mark aus meinen Gedanken vertreiben können. Mir graut davor, ihm zu begegnen. Und Imke. Doch andererseits können die Minuten gar nicht schnell genug verfliegen, denn der gewichtigere Teil in mir brennt darauf, ihn zu sehen.

Doch aus der Dusche wird vorerst nichts, denn nachdem ich Frido bei der sehr entspannten Esther abgeliefert habe, bittet mich Schwester Henni um einen Moment Zeit für sie. Natürlich stimme ich zu und folge ihr in ihre privaten Räume. In dem winzigen Wohnzimmer, das sie in den Wochen, die sie jährlich in Dagebüll verbringt, mit ihrem Bruder gemeinsam bewohnt hat, lässt sie mich auf dem einzigen Sessel Platz nehmen. An der Wand winkt mir Johann Morgenroth von der Veranda des Seeblick zu. Das Foto muss viele Jahrzehnte alt sein, denn die Schwarzweißaufnahme zeigt einen noch nicht ergrauten Johann und eine Veranda, deren weiße Farbe nicht an jeder Ecke absplittert.

Schwester Henni setzt sich auf das mit einer grauen Wolldecke belegte Sofa und mustert mich einen Moment. Ich fühle mich mehr als unwohl unter ihrem Blick, obgleich er nicht unfreundlich, sondern eher nachdenklich ist.

»Die Chancen für Ihren Vater haben sich heute erheblich gesteigert«, eröffnet sie unvermittelt das Gespräch.

Ich starre sie an. »Sie meinen … Sie meinen bezüglich des Kaufs des Hotels?« Ich kann kaum glauben, dass sie davon spricht.

Aber sie nickt. »Mark hat ...« Ihre Stimme ist einen Tick dunkler geworden. Enttäuschung klingt hindurch, als sie weiterspricht. »Nun, er hat heute die Beziehung zu Imke beendet. Meine Patentochter ist sehr verletzt, wie Sie sich vielleicht vorstellen können. Und sosehr ich Mark auch als Mensch schätze, weiß ich nicht, ob ich ihm unter diesen Umständen das Hotel zum Kauf anbieten möchte.«

»Er ... er hat ...« Ich breche ab. Statt überschäumender Freude, die ich doch eigentlich spüren müsste, weil Papa nun sein Hotel bekommt, ist in mir nur eine wahnsinnige Verwirrtheit und Fassungslosigkeit. Mark hat mit Imke Schluss gemacht?

Für einen Moment strömt nackte Freude und pures Glück durch meinen Körper. Er hat mit Imke Schluss gemacht! Ich fühle mich leicht wie seit ewigen Zeiten nicht mehr. Ein Gefühl, das ich eigentlich seit meiner Kindheit, in den Armen meiner Mutter, nicht mehr gefühlt habe.

»Imke gab Ihnen die Schuld daran, Audrey.«

Das Glück versinkt in mir gurgelnd wie ein Rest Schmutzwasser im Abfluss. Ich spüre, wie meine Wangen vor Hitze kirschrot werden. »Mir?«, stammle ich. »Wieso ... äh ... gibt sie mir ...?« Mark hat es ihr erzählt, hämmert es in meinem Kopf. Er hat Imke von uns erzählt. Dann dämmert mir, dass Schwester Henni im Präteritum sprach.

»Sie sagten, sie *gab* mir die Schuld?«, hake ich gleich nach. »Gibt sie mir denn jetzt nicht mehr die Schuld?« Ich bin völlig verwirrt.

Schwester Henni faltet die Hände auf dem Tisch. »Sie war der Meinung, dass Mark sich in Sie verguckt hat, Audrey.« Ihre klugen Augen huschen über mein Gesicht, das nicht mehr heißer werden kann. »Sie war der Meinung, Sie hätten ihn umgarnt.«

»Das ist ...« Ich bringe das Wort lächerlich nicht über die Lippen, weil es so fürchterlich gelogen wäre. Stattdessen sage ich: »Ich … ich werde in vier Wochen heiraten. Mein … mein Verlobter ist hier. Sie haben ihn heute Morgen gesehen, Schwester Henni.«

Sie nickt bedächtig, ohne mich aus den Augen zu lassen. »Ja, genau das habe ich Imke auch gesagt. Sie war völlig überrascht, aber letztendlich dann auch überzeugt, dass Sie mit Marks Entschluss nichts zu tun haben können.«

Ich versuche ein Lächeln. »Das … das freut mich.«

»Ich nehme es Mark sehr übel, dass er ausgerechnet jetzt, so kurz vor der Premiere, diesen Entschluss, der für mich übrigens nicht wirklich überraschend kommt, gefasst hat. Zum Glück ist Imke bereit, weiterzuspielen.« Ein kurzes Lächeln erscheint auf Schwester Hennis Lippen. »Ich glaube, die Theaterproben kommen ihr sogar sehr gelegen. Wie ich meine Imke kenne, wird sie jetzt noch mehr Herzblut in die Küsse geben, um ihn zurückzuerobern.«

Ich versuche ein neutrales Gesicht zu machen. »Sie sagten gerade, Marks Entschluss kam nicht überraschend für Sie?« Wie sich wohl gespielte Neutralität, Aufregung und zutiefst empfundene Neugier auf die Antwort in meiner Miene widerspiegeln?

»Die beiden sind nicht gerade das, was ich als ideales Paar bezeichnen würde. Sie harmonieren nicht miteinander.«

»Sie meinen, sie sind zu unterschiedlich?«

»Nein, das meine ich nicht.« Schwester Henni überlegt. »Unterschiedlich zu sein muss einer Partnerschaft nicht schaden, im Gegenteil, sie kann sie beleben. Aber die Harmonie muss stimmen. Imke und Mark haben sich zusammengefunden, weil sie beide das Singleleben, wie es wohl heute heißt, satt waren, aber sie müssen sich viel zu sehr anstrengen, um miteinander auszukommen. Es ist kein magisches Band zwischen ihnen, nur ein zusammengeknotetes.«

»Magie«, ich flüstere, »das magische Band, das sagt: Ich kann dich gar nicht loslassen, selbst wenn ich es wollte, weil uns etwas verbindet, das nicht aus uns selbst kommt.« Ich merke, dass ich bei diesem Gedanken vor mich hin lächle.

Schwester Henni lächelt nicht. »Wenn Sie mir etwas sagen möchten, Audrey, dann ist jetzt der richtige Zeitpunkt. Ich bin fast achtzig Jahre alt, aber ich bin nicht von gestern. Das menschliche Herz ist mir nicht nur anatomisch bekannt. Ich weiß auch um seine Verwirrungen im zwischenmenschlichen Bereich, obwohl ich meinen persönlichen Weg nie mit einem Mann gemeinsam gegangen bin.« Ihre Augen durchbohren mich. »Gibt es Verwirrungen?«

Ja, schreit alles in mir, ja! Aber ich lächle mein Alles-ist-perfekt-Lächeln. »Nein, alles bestens.«

Schwester Henni steht auf. Ich fühle mich in Grundschulzeiten zurückversetzt, als sie mit Gouvernantenblick fragt: »Also kann ich mich auf eine katastrophenfreie Premiere freuen?«

»Selbstverständlich.«

»Fein. Dann werde ich bis zur Premiere einen Brief an Ihren Vater aufsetzen, in dem ich ihm mitteile, dass ich sein Kaufangebot annehmen werde.«

»Das ist wundervoll«, sage ich mit Zahnpastawerbung-Lächeln, weil ich nach dieser Ankündigung das Alles-ist-perfekt-Lächeln noch überbieten muss. Aber warum muss ich mich überhaupt dazu zwingen? Warum springe ich nicht vor Freude an die Decke? Papa bekommt sein Hotel. Mark hat sich selbst k. o. gesetzt.

Auf dem Weg in mein Zimmer versuche ich zu ergründen, warum er nicht einfach geschwiegen hat. Warum hat er mit Imke Schluss gemacht? Die einzige Antwort, die mir dazu einfällt, stopfe ich in die Darüber-will-ich-nicht-nachdenken-Ecke meines Hirns. Ansonsten könnte ich mich selbst nicht mehr ertragen.

Bevor ich mein Zimmer betrete, atme ich einmal tief durch. Jasper soll nicht merken, wie aufgewühlt ich bin. Er liegt, nur mit einem Slip bekleidet, auf dem Bett. Sein dunkelblondes Haar ist noch feucht von der Dusche. Der Duft seines neuen Eau de Parfums hängt schwer in der Luft. Ein schlechtes Zeichen. Eine Riesenwolke Parfum signalisiert immer: Ich will Sex mit dir. Das Motto *Weniger ist manchmal mehr* kennt Jasper nicht.

Und natürlich habe ich recht. Er greift nach meinem Arm, als ich an ihm vorbei ins Bad huschen will. »Wenn du dich mit der Dusche beeilst, kann ich noch für ein bisschen Entspannung bei dir sorgen, Mäuschen.« Er grinst. »Und du bei mir.«

Ich nicke wortlos und lehne mich im Bad an die Tür. Es wird wie immer sein, Audrey. Du schläfst seit fünf Jahren mit ihm. Es wird wie immer sein. Du musst keine Angst davor haben.

Nach dem Duschen creme ich mich gründlich ein, putze mir die Zähne, benutze Zahnseide, schminke mich gründlich, aber als ich meine Fußnägel neu lackieren will, klopft Jasper an die Tür. »Maus, es ist ja schön, wenn du dich für mich stylst, aber mach mal hinne. Du musst doch gleich los.«

Wenigstens denkt er, ich brauche so lange, um ihm zu gefallen. Mein schlechtes Gewissen ist schon schwer genug. Als ich, in ein Badelaken gehüllt, aus dem Bad komme, liegt Jasper nackt auf dem Bett. Seine Vorfreude auf Sex ist deutlich zu sehen, und ich schaue schnell weg. Der Sex mit ihm wird wie immer sein, Audrey. Entspann dich!

Jasper springt vom Bett auf, stellt sich vor mich und nestelt am Handtuch, bis es auf den Boden fällt.

Es wird wie immer sein.

Er presst mich an sich und beginnt meinen Hals zu küssen. »Ich hab dich vermisst.« Seine Stimme ist heiser vor Verlangen, seine Hände legen sich auf meine Brüste. Der Duft des Parfums umweht mich, während sich seine Zunge in meinen Mund drängt. Einen Moment lang bin ich wie erstarrt, dann drücke ich meine Hände gegen seine Brust und stoße ihn weg. »Nein! Ich … ich kann nicht.« Mein Herz rast, als ich mich nach dem Handtuch bücke und es um mich schlinge.

»Audrey.« Jaspers Ärger über meine schroffe Zurückweisung steht deutlich in sein Gesicht geschrieben.

»Es … es tut mir leid, wirklich, aber …« Was soll ich ihm sagen? Dass ich es nicht ertrage, seine Lippen und Hände dort zu spüren, wo Mark mich berührt hat? »Mir ist nicht gut. Mein Bauch krampft. Es ist wohl der Stress.«

»Ein Grund mehr, das ganze dämliche Theater hier schleunigst zu beenden.« Jaspers Stimme ist Gereiztheit pur, während er nach seinen Sachen greift, um sich anzuziehen. Die Temperatur im Raum scheint sich abgekühlt zu haben.

Ich sage nichts, sondern schlüpfe schleunigst in Unterwäsche und den Gamaschen-Colombo-Anzug. Heute proben wir alle vollkostümiert. Ich kann nur an Mark denken. Wie wird er mir begegnen? Wie wird er mich ansehen?

Die Antwort erhalte ich eine halbe Stunde später. Ich geselle mich in der Scheune mit Jasper notgedrungen zu den anderen, die – wie immer vor der Probe – zusammenstehen und sich unterhalten. Die Stimmung ist gelöst. Alle sind lustig, plänkeln miteinander, machen Scherze. Ich bemühe mich, nicht sofort zu Mark zu sehen, aber ich halte es keine zehn Sekunden durch. Ich muss ihn anschauen. Er scheint sich dasselbe vorgenommen zu haben, allerdings mit Erfolg. Er würdigt mich keines Blickes. Ich bin Luft. Nein, korrigiere ich mich selbst, ich bin weniger als Luft, denn die würde er zum Atmen brauchen. Mich braucht er nicht. Mich will er nicht. Nicht mehr.

Er hat sich rasiert. Seine Haut ist glatt. Natürlich, schließlich muss er sich als Josephine verkleiden. Auch ohne seinen Dreitagebart sieht er umwerfend aus, verletzlicher. Meine Finger gleiten wie von selbst über die empfindliche Haut um meine Lippen, die von seinen Küssen so gereizt war. Die Knie werden mir weich, weil ich mir vorstelle, den sanften Kuss zu bekommen, den er mir geben wollte. Mir wird schlecht vor Sehnsucht – nach diesem Kuss, nach ihm.

Als mir auffällt, dass alle, vor allem die Frauen, Jasper anstarren, stelle ich ihn schnell vor, ehe er es tut. »Das ist Jasper Mehrens.« Natürlich müsste ich hinzufügen: mein zukünftiger Mann. Oder zumindest: mein Freund. Aber die Worte wollen nicht über die Lippen. Ich sage nur: »Er schaut uns heute zu. Ich hoffe, ihr seid einverstanden?«

Ich spüre Jaspers ärgerlichen Blick auf mir, während alle zustimmend nicken oder ein »Ja« brummeln.

»Audrey und ich heiraten in dreieinhalb Wochen«, höre ich Jasper erklären. Ich schaue zu Mark, der mich nach diesen Worten das erste Mal ansieht. Unsere Blicke verfangen sich für Sekunden ineinander. Ist es Sehnsucht, was ich in seinem lese, oder bilde ich es mir ein, weil ich es lesen möchte? Die Welt scheint für einen Moment stillzustehen. Ich höre und sehe nichts außer ihm. Und in diesem Moment lässt mich die Pranke in meinem Bauch los.

Ich liebe dich.

Das ist es, was ich fühle. *Ich liebe dich*. Eine warme Welle strömt durch jede einzelne meiner Zellen, füllt sie aus, lässt sie platzen und nach oben sprudeln in meinen Mund, der sie zu Worten formt. »Ich …«

Jasper stupst mich an. »Audrey! Träumst du? Du sollst deinen Platz einnehmen.«

»… liebe dich.«

»Ja, das weiß ich, Maus. Aber nun pronto!« Er deutet zu Schwester Henni, die an der Treppe zur Bühne steht und in die Hände klatscht. Anscheinend nicht zum ersten Mal. Ich schaue

Mark hinterher, der seinen Blick längst von mir abgewandt hat und sein Saxofon aus dem Instrumentenkoffer holt. Alle nehmen ihre Plätze ein, die Musiker, meine Mitspieler. Die Welt dreht sich einfach weiter, ohne sich um mein Innerstes zu kümmern. Mein Innerstes, meine Seele, die nach einem grandiosen Feuerwerk der Erkenntnis jetzt klar und eben daliegt, wie ein tiefer ruhiger See. Ich liebe Mark Nommsen.

Und die Welt schert sich einen Dreck darum.

Wie ferngesteuert gehe ich Richtung Bühnentreppchen, als Moritz plötzlich neben mir steht und mich am Arm festhält. Er öffnet seine Hand und flüstert: »Ich sollte mich doch sehr täuschen, wenn die nicht dir gehören, Schwesterchen?«

Ich starre auf fünf in Regenbogenfarben schimmernde Knöpfe.

»Ich bin auf einen draufgetreten, als ich heute Morgen das Bühnenbild aufgestellt habe«, fährt er fort. »Ich wusste, dass er dir gehört. Diese auffällige Farbe hatte ich an einer deiner Blusen gesehen und dachte, er wäre dir bei einer Probe abgefallen. Aber dann hab ich noch einen entdeckt und noch einen und noch einen.« Sein Grinsen klingt durch seine Worte. »Und dann hat Esther mir heute Morgen erzählt, dass Jasper gestern Abend überraschend eingetroffen ist. Ich muss schon sagen, Audrey, das hätte ich euch jetzt nicht zugetraut, dass ihr hier auf der Bühne … Respekt! Der alte Langweiler hat ja doch Blut in seinen Adern und kein Desinfektionsmittel.«

»Halt die Klappe!«, fahre ich Moritz erschrocken an, grabsche nach den Knöpfen und lasse sie in meiner Anzugtasche verschwinden. Meine Hände zittern, als ich Moritz am Arm packe. »Kein Wort zu Jasper!«, zische ich meinem Bruder zu. »Kein einziges. Verstanden?«

Sein blödes Grinsen erstirbt, als ihm dämmert, warum ich so erschrocken bin.

»Neee! Das ist jetzt …« Er mustert mich mit weit aufgerissenen Augen. »Das glaub ich jetzt nicht. Du …? Du hast hier …« Er blickt zur Bühne. Dann ruckt sein Kopf wieder herum. »Du und …« Er nennt keinen Namen, aber er guckt zu Mark. Der scheint die einzige Option für ihn zu sein.

»Audrey!« Schwester Hennis Stimme klingt freundlich, aber bestimmt. »Alle warten auf Sie.«

Ich lasse Moritz stehen, eile zur Bühne und setze mich auf den knarzenden Holzstuhl am Bartisch, an dem mein Mafioso-Kollege Lambert in seinem schwarzen Beerdigungsanzug schon Platz genommen hat. Mein Blick sucht Mark, der sein Saxofon an die Lippen setzt und zu spielen beginnt. Hanno lässt neben ihm die Finger über sein Sperrholzcello gleiten, während die Musikerinnen neben der Bühne zu spielen beginnen. Und obwohl ich zutiefst aufgewühlt bin, spiele ich meinen Part perfekt. Ich merke auch Mark nicht an, ob er in irgendeiner Weise emotional neben sich steht. Nur als die Szene kommt, in der Sugar alias Imke ihn wieder und wieder küsst, um eine Regung bei ihm als vermeintlich frigidem Millionenerben Shell junior zu erzeugen, merke ich, dass seine Antwort, nämlich dass er nichts spürt, ehrlich ist. Er spürt nichts bei ihren Küssen. Oder will ich das nur wieder glauben? Auf jeden Fall wünsche ich mir mehr als alles andere, an Imkes Stelle zu sein, Mark küssen zu dürfen, so zärtlich, so hingebungsvoll. Wenn die Neidfarbe Grün in mir wäre, würde ich jetzt aussehen wie die böse Hexe von Oz.

Als ich es nicht mehr ertrage, zuzusehen, wie sie ihre schmalen Lippen auf seinen wunderschönen Mund presst, versuche ich mich auf das Strand-Bühnenbild zu konzentrieren, das Moritz heute aufgebaut hat. Es ist fantastisch geworden. Meer und Himmel bestehen aus unterschiedlichen Blau- und Grüntönen und scheinen am Horizont miteinander zu verschmelzen. Der Strand wirkt, als könnte man in den Sand hineinfassen. Tote, ölverschmierte Vögel sind nicht mehr zu sehen. Vermutlich lagen sie dort, wo jetzt eine Sandburg steht, die dem Seeblick verblüffend ähnelt. Übertroffen hat er sich bei den Personen, die er in zwei Strandkörbe hineingemalt hat. Wer den Film *Manche mögen's heiß* gesehen hat, muss sie erkennen, auch wenn Moritz sie hat altern lassen. Im linken Strandkorb sitzen händchenhaltend als Seniorenpaar Marilyn Monroe und Tony Curtis. Genauso hätte Marilyn aussehen können, wenn sie nicht so jung gestorben wäre – das blonde Haar ergraut, der Schmollmund nicht mehr so voll, aber strahlend lächelnd, der pralle Busen ein wenig erschlafft, aber dennoch ein Hingucker. Moritz hat sie in einen weißen Einteiler gesteckt, dessen Oberteil an das weiße Kleid erinnert, mit dem sie auf dem Foto berühmt wurde, auf dem ihr ein Luftzug von unten den Rock aufbauscht. Tony Curtis strahlt – so wie man ihn als alternden Schauspieler kannte – seine Sugar an. Im zweiten Strandkorb sitzt Jack Lemmon mit verschmitztem, faltigem Gesicht. Händchenhaltend mit dem kleinen Filmmillionär Osgood, der noch hutzeliger aussieht als im Film. Er lacht von einem Ohr zum anderen.

Ich bin erstaunt, dass Schwester Henni das schwule Pärchen hat durchgehen lassen. Sie steht wirklich mitten im Leben. Ich bewundere sie dafür.

Als der Vorhang fällt, bin ich groggy, emotional und körperlich. Wenn ich Jasper ansehe, könnte ich weinen. Womit hat er mich verdient? Er muss in einem früheren Leben etwas Grässliches getan haben, dass das Schicksal ihm eine solche Frau aufbürdet. Denn das werde ich sein, seine Frau. Etwas anderes kommt nicht in Frage. Ich kann sein Leben, seine berufliche Zukunft nicht zerstören. Ich werde über Mark hinwegkommen. Ich werde ihn vergessen. Irgendwann. Wenn ich so alt und grau bin wie Marilyn auf dem Bühnenbild. Nur werde ich niemals den Mann an meiner Seite so anlächeln wie sie.

Wir sind mit dem Aufräumen schnell fertig. Hanno zaubert zwei Kisten Bier und ein paar Sektflaschen hinter der Bühne hervor. Ich würde am liebsten gleich gehen, aber Hanno drückt Jasper eine Flasche in die Hand, und der stellt sich damit neben Schwester Henni und beginnt mit ihr zu plaudern. Ich sehe, wie er lächelt, wie seine weißen Zähne blitzen und seine Hände gestikulierend durch die Luft fahren, während er ihr etwas erzählt. Er kann so unglaublich charmant sein, und ich erkenne, dass auch Schwester Henni seinem Charme nichts entgegenzusetzen hat. Sie lacht, als er sich zu ihr beugt und etwas in ihr Ohr flüstert. Papa hatte sein Hotel zu fünfundneunzig Prozent sicher. Für den Rest sorgt Jasper gerade.

Mein Blick wandert weiter, sucht Mark. Der winkt ab, als Hanno ihm ein Bier hinhält. Mark greift sich seinen Saxofonkoffer und geht mit einem laschen Gruß in die Runde. »Bis morgen.«

»Was ist unserm Viecher-Doc denn für 'ne Laus über die Leber gelatscht?«, fragt Bäcker Wolke, der den Police Detective spielt.

Ich schlucke. Anscheinend hat es sich noch nicht herumgesprochen, dass Mark mit Imke Schluss gemacht hat. Dasselbe scheint Imke zu denken. Sie verzieht keine Miene, sondern packt ihre Siebensachen zusammen und verschwindet gleich nach Mark.

Das ist das Zeichen für diejenigen, die wissen, was los ist, um den Übrigen zu berichten, was Sache ist. Die Gespräche drehen sich nur um Mark und Imke und was wohl passiert ist. In einem sind sich fast alle einig: Die beiden passten sowieso nicht zusammen.

Mein Bauchmonster suhlt sich in mir. Ich muss hier weg!

Ich gehe zu Jasper und fasse ihn am Arm. »Können wir bitte gehen? Meine Darmgrippe scheint noch nicht auskuriert.«

Jasper tätschelt meine Wange. »Natürlich, Maus, du siehst auch nicht gut aus. Aber Schwester Henni hat eine wunderbare Nachricht für dich. Das wird dich aufmuntern.«

Ich gehe davon aus, dass Jasper die Ankündigung meint, dass sie Papa das Hotel verkaufen wird. Er weiß nicht, dass Schwester Henni es mir schon erzählt hat. Irgendwie habe ich vergessen, es zu erwähnen. Aber anscheinend geht es doch nicht darum, denn Schwester Henni sagt lächelnd: »Eigentlich sollte es ja eine Überraschung werden, aber nun hat Ihr Verlobter es ja schon verraten.«

Ich schlucke, weil ich Überraschungen momentan nicht wirklich schätze.

Sie strahlt mich an. »Ich habe mich gegen einen Brief entschieden und daher nach unserem Gespräch mit Ihrem Vater telefoniert. Er hat sich übermäßig gefreut, als ich ihm sagte, dass ich ihm das Hotel verkaufe. Als ich ihm dann erzählte, dass Sie und Ihr Bruder seit über einer Woche meine Gäste sind und dass Sie sich hier beide so wunderbar eingebracht haben, war er einen Moment sprachlos. Ihr Einsatz muss ihn sehr ergriffen haben.«

Ergriffen? So hat sie seine Sprachlosigkeit interpretiert? Vielleicht sollte ich ihr sagen, dass es Entsetzen war. Wenn Papa nicht auf der Queen Mary wäre, würde er sofort hierherreisen, um mich und Moritz hier zu entfernen, damit nicht doch noch ein Unglück geschieht und wir ihm seinen Deal vermasseln.

Schwester Henni stopft sich eine graue Haarsträhne unter das Häubchen. »Und nun das Schönste: Er hat gesagt, dass er herkommen wird. Ist das nicht wundervoll? Ihr Vater wird bei unserer Premiere dabei sein.« Die Lachfältchen um ihre Augen vertiefen sich. »Er scheint ebenfalls ein Familienmensch zu sein. Die Entscheidung traf er nämlich, als ich ihm sagte, dass die Verlobte Ihres Bruders mit ihrem Großvater ebenfalls zu Gast ist.«

Ihre Worte rauschen durch mich hindurch, nur zwei davon filtert mein Hirn heraus. Papa kommt … Papa kommt … Papa kommt …

»Georg kommt hierher?«, fragt Jasper entsetzt.

Schwester Henni scheint ihm nur mitgeteilt zu haben, dass sie Papa das Hotel verkaufen will.

»Das ist eine Katastrophe«, sagt er, nachdem wir uns von den anderen verabschiedet haben und zum Hotel zurückgehen. »Wie willst du deinem Vater das alles erklären? Du glaubst doch wohl nicht, dass Georg dieses Kaspertheater um die falsche Verlobte und Herrn Lörtsch mitspielt?«

Nein, natürlich glaube ich das nicht. Papa wird aus allen Wolken fallen, in seiner Geradlinigkeit alles aufklären, sich für seine beiden missratenen Kinder zu Tode schämen und Moritz und mich eigenhändig in der Nordsee ersäufen. Der Teil mit dem Ersäufen stimmt nicht. Er ist reines Wunschdenken. Papa wird uns viel schlimmer bestrafen, mit Verachtung, mit dieser Trauer und Enttäuschung in seinem Blick, mit der er uns betrachtet, wenn wir etwas verbockt haben. Nur dieses Mal haben wir das Ganze wohl überreizt. *Ich* habe es überreizt, muss ich zugeben. Moritz trifft diesmal keine Schuld. Er war von Anfang an dagegen. Ich bin froh, dass ich Moritz erst morgen früh erzählen muss, dass Papa hierherkommt. Er wollte uns noch nicht zum Hotel zurückbegleiten, sondern hat von Hanno noch ein weiteres Bier entgegengenommen. Und aus der Flasche getrunken. Ein Umstand, der mir sogar in meinem desolaten Zustand aufgefallen ist. Eine Pfandflasche, die schon von mehreren Mündern berührt wurde, fällt eigentlich unter Moritz' persönliches No-Go-Gesetz. Dass die Flaschen vor dem erneuten

Befüllen gesäubert werden, bis sie mikrobiologisch rein sind, blendet Moritz aus. Bisher.

Als ich neben Jasper ins Bett krabble, dreht er sich zur Seite. Ich kann ihn verstehen. Dass ich auch noch froh darüber bin, dass er sich für den Moment von mir abwendet, macht die Sache nicht einfacher. Ganz im Gegenteil. Meine leisen Tränen versickern im Kissen, während ich an Mark denke und mir wünsche, er möge hier neben mir liegen und seinen Arm ausstrecken, damit ich mich dort hineinkuscheln kann, um an nichts mehr denken zu müssen, sondern nur noch fühlen zu dürfen – Geborgenheit, Liebe.

# 14

Als die Sonne am nächsten Morgen durch die Vorhänge ins Zimmer scheint und mich der Schlaf in die Realität entlässt, bleibt mir kein Moment zum Atemholen. Sofort schlagen sich die schwarzen Reißzähne des schlechten Gewissens in meine Brust. Ich ziehe die Decke über meinen Kopf, aber natürlich entkomme ich so nicht den Gedanken um Jasper, der nichtsahnend im Bad unter der Dusche steht, wie das Laufen des Wassers verrät. Nicht den Gedanken um Papa, der morgen hier eintreffen wird. Um Mark, dessen Anblick ich gleichzeitig zutiefst herbeisehne und fürchte. Das Gefühlschaos in mir ist nicht so unerträglich wie damals die Trauer um den Verlust meiner Mutter, aber weit davon entfernt erscheint es mir momentan nicht. Wie oft habe ich mir damals gewünscht, einfach wieder einschlafen zu dürfen, sich nicht den Gedanken an die Wirklichkeit stellen zu müssen, an das Verlassensein, an den Schmerz, an das Bewusstsein, nie wieder ihre Stimme hören, nie wieder in ihre warmen Arme schlüpfen zu können.

Aber du hast es geschafft, Audrey, mache ich mir unter der dunklen Decke Mut. Du bist immer wieder aufgewacht, und auch wenn es unendlich lange gedauert hat, so ist doch irgendwann das Erste nicht mehr »Mama« gewesen, an das du gedacht hast. Irgendwann haben die Zeit und das Leben dir die Ruhe wiedergegeben.

Ich schlage die Decke zurück. Ich werde auch dieses Sterben ertragen. Das Sterben eines Wunsches, einer Liebe, die keine Gelegenheit haben wird zu sein, die nur einen flüchtigen, berauschenden Moment gelebt hat.

Biskuit springt zu mir aufs Bett, aber anstatt sich von mir greifen zu lassen, springt sie gleich wieder hinunter und beginnt zu maunzen. »Du hast Hunger, Prinzesschen.« Ich quäle mich hoch, um ihr ihr Fressen zu geben, aber Jasper hat sie anscheinend schon gefüttert. Reste von Putenstückchen in Sauce kleben in der herausnehmbaren Aluschale ihres schwarzen Napfes, der die Form eines Katzenkopfes hat. Jasper liebt es, bei seinen Shopping-Touren etwas für Biskuit mitzubringen. Sie ist bestimmt die einzige Katze auf der Welt, die einen eigenen Geschirr- und Spielzeugschrank in der Einbauküche hat.

»Du bist doch schon satt«, sage ich, aber Biskuit maunzt weiter, herzerweichend. Die Tatsache, dass sie dabei vor der Zimmertür auf und ab tappt, entlockt mir einen Seufzer. Es ist unverkennbar, was sie will. Und es kostet mich keine Überwindung, die Tür zu öffnen. Sie ist kaum einen Spaltbreit offen, als Biskuit auch schon hindurchschlüpft. Schnurstracks, ohne sich auch nur eine Sekunde orientieren zu müssen, biegt sie nach links ab, um nach den paar Metern Flur rechts die Treppe zu nehmen. Ich schlucke und murmle: »Sei glücklich.«

»Mit wem sprichst du?« Jasper ist aus dem Bad gekommen. »Oder übst du deinen Text jetzt im Nachthemd auf dem Flur?«

»Ich habe Biskuit rausgelassen«, antworte ich, während ich die Tür schließe und einen Moment lang überlege, wieder ins Bett zu gehen und mir die Decke über den Kopf zu ziehen. Für den Rest des Tages. Oder des Lebens.

Jasper hält im Anziehen der Jeans inne. »Du hast was?« Er sieht nicht hübsch aus mit offenem Mund.

»Du hast schon richtig gehört«, sage ich und öffne den Kleiderschrank, um frische Unterwäsche rauszuholen. »Sie soll glücklich sein. Sie ist eine Katze und gehört nach draußen.«

Jaspers Augenbrauen ziehen sich zusammen. »Langsam kommt es mir so vor, als hätten Aliens meine Audrey gekidnappt und gegen eine Kopie ausgetauscht. Vielleicht sollte ich dir einen Finger abschneiden, um zu sehen, ob du blutest oder ob du innen drin so ein schuppiges Viech mit blauem Eiswasser in den Adern bist.« Er lacht dabei, aber die Worte haben, so wie er sie gesagt hat, einen Beigeschmack. Er hat noch daran zu knabbern, dass ich seine Zärtlichkeiten gestern Abend so barsch abgewiesen habe. Ich bleibe stumm. Vielleicht klingt Jasper deshalb noch gereizter, als er sagt: »Hast du dir schon Gedanken gemacht, was du deinem Vater morgen erzählen wirst? Ich habe keine Lust, mir Georgs Unmut zuzuziehen, weil du hier blöde Spielchen treibst, um einem senilen Tattergreis und dessen hirnamputierter Enkelin einen höchst denkwürdigen, wenn nicht sogar illegitimen *Gefallen* zu tun. Die werden doch bestimmt schon gesucht?«

»Falls ja, dann nicht hier«, verteidige ich mich lahm, »sondern in Norwegen.« Ich kläre Jasper über das Postkarten-Täuschungsmanöver auf.

»Langsam wird mir schlecht«, presst er heraus. Er mustert mich, als ob er meine Adern noch einmal nach Alien-Eiswasser abcheckt. »Ich geh eine rauchen. Kommst du dann runter zum Frühstücken?«

Ich nicke, obwohl Hunger zu den wenigen Gefühlen gehört, die mich gerade nicht beherrschen. Trotzdem dusche und schminke ich mich im Schnellgang, um Jasper nicht noch weiter zu verärgern. Bei der Auswahl meiner Klamotten bin ich heute etwas wählerischer als in den vergangenen Tagen, wo mein Augenmerk eher auf lässig lag. Jasper liebt es, wenn ich mich aufbrezle. Ich entscheide mich für ein kniekurzes zartblaues Baumwollkleid, das ich gekauft habe, weil Kate Middleton in einem ähnlichen einfach umwerfend aussah.

»Was?« Ich erwidere Gertruds finsteren Blick im Spiegel. »Ich weiß, dass sie nicht mehr Kate Middleton heißt. Aber glaubst du wirklich, ich nenne sie Ihre Königliche Hoheit Catherine Elizabeth, Duchess of Cambridge und was weiß ich, was noch hinterherkommt?« Ich nehme das zum Kleid passende blaugraue Bouclejäckchen mit den schwarz abgesetzten Taschen vom Bügel und schlüpfe hinein. »Vielleicht sollte ich dich mit dem Piraten aus Jaspers Zimmer zusammenstellen«, schlage ich Gertrud vor, während ich in meine schwarzen Louboutins schlüpfe. »Ihr wärt ein tolles Paar.« Natürlich ein hässliches, aber das verschweige ich ihr lieber. Wie würde wohl ihr Kind aussehen? Wenn es ein Schaufensterpuppenjunge werden würde, würde er mit Gertruds finsterem Blick zumindest einen glaubhafteren Piraten abgeben als sein Vater. Wenn es ein Mädchen wird, kommt sie berufsmäßig hoffentlich auch nach dem Vater und endet nicht in einer Tracht neben ihrer Mutter.

Meine kindischen Gedanken versetzen mir in diesem Moment einen Stich, mitten ins Herz, weil ein kleiner dunkelhaariger Junge vor meinem inneren Auge erscheint und Mama zu mir sagt. Mama. Ein schönes Wort. Ein Wort, das ich so gern so viel öfter in den Mund genommen hätte. Der Stich wiederholt sich – nicht, weil ich an meine Mutter denke, nicht, weil mein Kind in meiner Fantasie Mama zu mir sagt, sondern weil dieses Kind dunkelhaarig ist, mit strahlenden meerblauen Augen.

Dieses Kind wird es niemals geben.

Tief durchatmend richte ich meine hängenden Schultern auf. »Nein«, sage ich erstickt zu Gertrud, bevor ich die Tür öffne, »ich kann nicht zu ihm gehen. Ich würde so viele Menschen verletzen – Jasper, Papa, Linda ... Ich kann es einfach nicht. Ich habe in meinem ganzen Leben noch nichts Vernünftiges zustande gebracht. Die Heirat wird stattfinden.«

Als ich das Zimmer verlasse, fühle ich mich in meinem Outfit merkwürdig. Es erscheint mir so wahnsinnig unpassend in diesem Hotel, in diesem Ort, und gerade dadurch gibt es mir eine Sicherheit, die ich momentan gut gebrauchen kann. Ich bin anders. Ich gehöre nicht hierher. Ich gehöre zu Jasper Mehrens. Zu *Doktor* Jasper Mehrens. In unsere Penthousewohnung in Frankfurt und nicht in ein Reetdachhäuschen am Meer.

Ich stöckle die Treppe hinab, in der Hoffnung, wenigstens das Frühstück mit Jasper ohne Streitereien hinter mich zu bringen. Was ich dann auf dem letzten Treppenabsatz sehe und höre, lässt diesen Wunsch geradezu lächerlich erscheinen. Ich habe definitiv ein größeres Problem.

Zwei uniformierte Polizeibeamte stehen vor Lambert an der Rezeption. »Ist es richtig, dass eine Esther Goldig und deren Großvater Fridolin Goldig seit einigen Tagen Gäste Ihres Hotels sind? Oder es waren?«

Goldig. So heißen sie also. Mit angehaltenem Atem starre ich auf Lambert, der mich in diesem Augenblick wahrnimmt. Verzweifelt schüttle ich den Kopf. Bitte sag nein, flehen meine weit aufgerissenen Augen. Bitte, Lambert.

Da Lamberts Aufmerksamkeit mir gehört, drehen sich die Polizisten fast zeitgleich um. Ich höre sofort mit dem hektischen Kopfschütteln auf, gehe mit zittrigen Knien die letzten Stufen der Treppe hinab und würge ein leises »Guten Morgen« hervor.

Die mehr als freundliche Erwiderung durch die beiden Beamten klingt so, als böte ich einen durchaus erfreulichen Anblick. Lambert hingegen mustert mich mit finsterem Gesichtsausdruck.

»Darf ich kurz stören?« Ich drängle mich einfach – natürlich mit einem strahlenden Lächeln – durch die beiden Polizisten zum Rezeptionstresen durch. Das Lächeln fällt sofort ab, als ich Lamberts Augen mit meinen fixiere. »Lambert«, ich versuche ein Zittern meiner Stimme zu unterdrücken, »ich würde es mir von Herzen wünschen, dass … *Herr Lörtsch* und … *seine Be-*

*gleitung* … ihren Urlaub ohne Unannehmlichkeiten zu Ende genießen können. Sie haben es sich verdient. Es … es ist ja vielleicht ihr letzter gemeinsamer Urlaub, und wir wollen doch, dass er beiden als wunderschöne Erinnerung bleibt?« Es ist gar nicht so einfach, die richtigen Worte zu finden, um einerseits die Polizisten nicht aufhorchen zu lassen und andererseits Lambert zu beschwören, uns nicht zu verraten. Lambert schweigt und mustert mich, als sähe er mich das erste Mal. Es läuft nicht gut. »Bitte, Lambert«, beschwöre ich ihn. Mehr kann ich einfach nicht sagen, ohne mich zu verraten.

Die Polizisten blicken von ihm zu mir. Der eine fragt: »Um welche Unannehmlichkeiten handelt es sich?« Er schenkt mir ein herzliches Lächeln.

Natürlich muss ich jetzt eine Begründung nennen, sonst würde meine Bemerkung wenig Sinn und die Beamten noch stutziger machen.

»Zwei Hotelgäste, Herr Lörtsch und seine Partnerin, hatten darum gebeten, ihr Zimmer mit dem von mir und meinem Verlobten tauschen zu dürfen, weil es näher an der Treppe liegt«, lüge ich drauflos. »Herr Lörtsch hat eine … äh … ein Holzbein, quasi, also heutzutage sind die ja aus Kunststoff. Auf jeden Fall kann er nicht so gut laufen und bevorzugt kurze Wege.«

Der andere Polizist mustert mein Gesicht. »Eigenartig, dass er dann ein Hotel ohne Fahrstuhl wählt.«

»Da haben Sie recht«, sagt Lambert mit dunkler Stimme, und mir läuft es heiß über den Rücken. Jetzt ist es vorbei. Doch er fährt fort: »Wenn Herr Lörtsch nicht seit über zwanzig Jahren unser Stammgast wäre, würde er wahrscheinlich ein Hotel *mit* Fahrstuhl wählen.« Lambert sieht mich an. Ohne eine Miene zu verziehen, fragt er: »Ich kann also den Umzug in Ihr Zimmer veranlassen, Frau Tannheim?«

»Aber natürlich.« Ich strahle Lambert an, dann die Polizisten. »Wir möchten doch einem Behinderten nicht den Urlaub vermiesen.«

»Wer ist behindert?«, höre ich Jaspers Stimme hinter mir.

Mir wird noch heißer. Warum stellt das Schicksal mir ein Bein nach dem anderen? »Mein Verlobter«, erkläre ich den Polizisten auf Jasper deutend, ohne auf dessen Frage einzugehen.

»Herr Lörtsch«, nimmt der Polizist mir die Antwort allerdings ab. »Herr Lörtsch hat ein Holzbein.«

»Herr Lörtsch hat ein Holzbein?« Jasper zieht die Augenbrauen zusammen. »Er leidet an Demenz.«

»Ach, dement ist er auch noch?«, fragt der Polizist, während ich meine Finger in Jaspers Arm kralle.

»Ja, das Schicksal kann gehässig sein«, sage ich. Genauso empfinde ich es im Moment. Das i-Tüpfelchen wäre, wenn Frido und Esther jetzt die Treppe herunterkämen. Aber das Schicksal scheint außer Atem zu sein. Lambert kann ungehindert das Wort an sich nehmen.

»Sie können dann frühstücken gehen«, sagt er zu mir und nickt Richtung Hummersalon, der mir nie heimeliger erschien als in diesem Moment. Ich ziehe Jasper mit mir, fort aus der Gefahrenzone. »Um auf Ihre Frage zurückzukommen«, höre ich Lambert den Polizisten erklären, »Fridolin und Esther Goldig sind gestern abgereist. Zum Nordlicht, wenn ich mich nicht täusche.«

Mir kommen vor Rührung die Tränen, während ich mit Jasper weitergehe. Ich traue mich nicht, stehen zu bleiben, um noch zu lauschen. Lambert hat nicht einen einzigen Grund, vor der Polizei zu lügen. Er tut es mir zum Gefallen. Oder für Frido und Esther. Oder tut er es für Schwester Henni, damit die Premiere nicht platzt? Vielleicht hat er Angst, dass ich in den Knast komme und somit nicht spielen könnte. Was auch immer seine Beweggründe sind, ich bin ihm über alles dankbar.

»Da sitzt Moritz«, sage ich und deute erleichtert auf meinen Bruder an einem der Fensterplätze. Wenn er bei unserem Frühstück dabei ist, kann ich mich wenigstens nicht mit Jasper streiten.

»Der Alte hat eine Beinprothese?«, fragt Jasper, bevor wir uns setzen. Er zieht den Stuhl unter dem Tisch hervor. »Das merkt man ihm beim Laufen nicht an. Bist du sicher, dass es so ist?«

Ich könnte weinen. »Er hat ja auch keine«, entgegne ich und kläre Jasper und Moritz auf.

»Grade noch mal gutgegangen«, sagt Moritz fröhlich, als ich meinen Monolog beendet habe. »Das hätte ins Auge gehen können. Dann hätte good old Frido mit seinem Holzbein – echt geil, Audrey – ins Heim zurückhumpeln können und nicht zum Nordkap.«

Ich wundere mich, hätte ich doch geglaubt, es hätte Moritz nicht wirklich gestört, wenn die Polizei Frido und Esther einkassiert hätte.

»Darf ich den Grund für deine gute Laune erfahren?«, frage ich, als er pfeifend ein Ei köpft. Jasper steht mittlerweile vor dem Mini-Büfett und häuft sich eine unverschämte Portion Krabben auf seinen Teller. Auch wenn es nur noch zwei weitere Frühstücksgäste – ein schweigsames Seniorenpärchen – gibt, sollte er ihnen zumindest die Chance auf ein Löffelchen dieser Delikatesse lassen.

»Miri kommt.«

Mein Hirn nimmt diese Information verzögert auf, vermutlich, weil mein Akku fast leer ist. Vielleicht kann ich deshalb meinen Mund öffnen, aber keinen Ton mehr herausbringen.

Moritz greift die Salzstreuerporzellanmöwe am Kopf und wischt den Körper mit der Serviette ab, bevor er das Salz auf sein Ei rieseln lässt. Seine Augen leuchten, als er den Eierlöffel zum Mund führt und mit vollem Mund spricht. »Ich habe sie gestern Abend angerufen und ihr erklärt, dass Lambert einen fatalen Fehler gemacht hat.« Er grinst so breit, dass ich das Eigelb auf seiner Zunge sehe. Er hätte jetzt an meiner Stelle das Frühstück beendet. »Sie hat mir geglaubt. Heute Mittag fliegt sie ab Frankfurt. In Hamburg nimmt sie sich einen Leihwagen. Heute Abend zur Generalprobe ist sie also hier. Sie freut sich schon wahnsinnig auf die Bühnenbilder. Sie sagt, wenn sie so genial sind, wie ich sie beschrieben habe, könnte sie eine Vernissage damit vorbereiten und …«

»Moritz!« Ich beuge mich über den Tisch. Meine Augen schießen Laserblitze, als hätte ich Darth Vader vor mir. »Hast du den Ernst der Lage immer noch nicht begriffen? Wenn Miriam hier auftaucht, ist unser Spiel zu Ende. Sie ist die Eifersucht in Person!«

»Du übertreibst maßlos. Sie ist guten Argumenten durchaus zugängig.«

»Sie hat dein Auge zu Matsch gehauen, weil du eine hübsche Kellnerin an euren Tisch gerufen hast.«

»Reiß es bitte nicht aus dem Kontext. Die Kellnerin war a) bildschön, b) hat sie uns eine Viertelstunde ignoriert, c) habe ich sie mit den Worten gerufen: ›Wenn Sie irgendwann mal Zeit für uns haben, lade ich Sie zum Frühstück ein. Aber nicht hier. Wir wollen ja schließlich nicht verhungern.‹ Miri hat den Witz wohl nicht verstanden. Darum ist sie zu Hause ausgetickt.« Seine Hand tastet über das Auge, das mittlerweile nur noch von einem milden phosphoreszierenden Grün umrandet ist. »Das … das war eine Ausnahme. Ich weiß auch nicht, was sie da geritten hat. Wenn ich ihr die Sache mit Esther erkläre, wird sie es verstehen.« Er überlegt einen Moment. »Ja, doch, das wird sie.«

Ich presse meine Finger an die Schläfen und schließe die Augen. Die Polizei, Miriam – ich muss etwas tun. »Frido und Esther müssen hier weg. Ich muss sie bis übermorgen irgendwo verstecken.«

»Hast du dir eigentlich schon überlegt, wie sie nach Norwegen kommen sollen?«

Ich winke Moritz' überaus berechtigte Frage beiseite. »Schritt für Schritt. Das findet sich dann schon.«

Nach einer Tasse Tee und ein paar Frühstücksbissen, die ich hinunterwürge, damit das flaue Gefühl im Magen vergeht, stehe ich auf. »Ich brauche ein wenig frische Luft.«

Jasper lässt gerade ein Stückchen Melone mit Schinken im Mund verschwinden. So kann er wenigstens seinen Mund nicht mürrisch verziehen. Er hasst es, wenn ich aufstehe, obwohl er noch isst, aber diese Unhöflichkeit kann ich ihm jetzt nicht ersparen. Ich muss hier raus.

»Wie sehen unsere Pläne für heute aus?«, fragt er kauend.

»Vielleicht begleitest du heute Morgen Moritz zur Scheune, um dir die Bühnenbilder noch einmal in Ruhe anzusehen? Oder du gehst zum Strand. Der Tag soll schön werden. Ich würde mich lieber noch mal hinlegen. Ich muss zur Generalprobe fit sein.«

»Ich möchte aber etwas mit dir unternehmen«, erwidert Jasper. Er muss sich zwingen, ruhig zu sprechen, das sehe ich am Zucken seines Mundwinkels. »Bei der Probe gestern warst du doch perfekt. Überhaupt, was interessieren mich diese Dörfler und ihr Möchtegerntheater? Ich bin extra früher aus den USA zurückgekehrt, um mit dir Zeit zu verbringen.«

Ich spüre den Blick meines Bruders auf mir. Vielleicht, weil ich ihn nicht erwidere oder weil er sich mit dem Möchtegerntheater angegriffen fühlt – schließlich hat er Zeit und Herzblut in die Bühne investiert –, sagt er zu Jasper: »Du bist doch Arzt. Siehst du nicht, wie schlecht Audrey aussieht?«

Jetzt ist Jasper in seiner Medizinerehre gekränkt. Die Mundwinkel zucken heftiger, bevor er mich anfährt: »Dann solltest du dich vielleicht mal von einem Internisten durchchecken lassen, anstatt dich und uns alle hier zum Affen zu machen. Ich will eine gesunde Frau an meiner Seite haben, wenn wir in drei Wochen vor den Traualtar treten. Oder ist das zu viel verlangt?«

Ich zwinge mich zu einem Lächeln, um die Situation zu entschärfen. Schließlich hat er nicht unrecht. Nur kann er nicht ahnen, dass mir ein Arzt nicht helfen kann.

Doch, ruft die innere Stimme in mir, die ich nicht hören will, aber leider nicht zum Schweigen bringen kann. Doch, es gibt da einen Arzt, einen Tierarzt.

Es hilft wenig, mich selbst zu nötigen, nicht an Mark zu denken. Als Kinder haben Moritz und ich diese Spielchen andauernd gespielt: Denk nicht an einen roten Ball … Denk nicht an einen gelben Bus …

»Ich gehe zu einem Arzt, sobald wir auf Sylt sind«, sage ich.

Jasper nickt. Ich sehe, wie er sich bemüht, ruhig zu werden. Ich bücke mich zu ihm und küsse ihn auf die Wange. »Bis gleich.«

Das, was Moritz mir mit warmer Stimme hinterherruft, ist wieder einmal Teil zwillingsgeschwisterlicher Telekinese. »Vielleicht gibt es ja auch hier in Dagebüll einen Arzt, der dafür sorgen könnte, dass es dir bessergeht? Jetzt … und in Zukunft?«

Ich drehe mich erschrocken um, aber Jasper ahnt natürlich nicht den Zusammenhang. Er fährt Moritz an: »Ich suche Audrey schon einen passenden Kollegen. Kümmere du dich um deine eigene Frau. Für die solltest du vielleicht mal einen Psychiater in Erwägung ziehen.« Er deutet mit dem Messer in seiner Hand auf Moritz' Auge.

Okay, damit fällt dann Moritz zu begleiten als Wie-verbringt-Jasper-den-Morgen-Option definitiv raus. Mir ist egal, wie Moritz' Antwort ausfällt, ich will nur noch an die frische Luft. Ich bin dankbar, dass Lambert nicht zu sehen ist, als ich die Tür des Hummersalons hinter mir schließe. So kann ich die fällige Erklärung, was es mit der Polizei und Fridos falschem Namen auf sich hat, noch etwas hinauszögern.

Auf der Veranda atme ich bewusst tief die frische Nordseeluft ein und aus. Nach fünf Minuten geht es mir etwas besser. Ein kleiner Spaziergang kann jetzt nicht schaden. Natürlich hätte ich dafür gern einen sportlicheren Schuh an, aber ich traue mich nicht, nach oben zu gehen, weil ich Lambert über den Weg laufen könnte. Außerdem bin ich die hohen Absätze gewohnt. Ich kann damit problemlos auch längere Strecken laufen.

Aber das muss ich gar nicht. Meine Füße bleiben nach wenigen Metern einfach stehen – vor Marks Haus. Ich muss ihn sehen und seine Stimme hören. Als ich vor der taubenblauen Holztür stehe und den Klingelknopf drücke, habe ich noch keine Ahnung, was ich ihm sagen will. Aber vielleicht schlägt er mir ja auch sofort die Tür vor der Nase zu, wenn er mich sieht. Oder er ist gar nicht zu Hause.

Weder das eine noch das andere tritt ein. Dass Mark die Tür nicht einfach wieder schließt, liegt aber vielleicht daran, dass Buster sich an ihm vorbeidrängt und an mir hochspringt, bevor wir beide ein Wort sagen.

»Buster, aus!«, ruft Mark und zieht ihn am Halsband zurück. Ich nutze den Moment, trete ein und schließe die Tür hinter mir.

»Er hat dich schmutzig gemacht«, sagt Mark, auf meinen Bauch deutend. »Wir waren gerade laufen.« Unter dem offenen Boucléjäckchen schimmert Dreck auf dem blauen Baumwollstoff des Kleids.

»Das ist nicht schlimm«, erwidere ich schnell und wische darüber, Marks Blick suchend.

Sekundenlang mustern wir uns stumm. Ich versuche in seinen Augen zu lesen, aber er dreht sich weg und geht Richtung Küche. Die Tür links vom Eingang, auf der das Schild Wartezimmer steht, ist geschlossen. »Darf ich dir einen Kaffee anbieten?« Er klingt steif wie eine Brise aus Nordwest.

»Ich … Es tut mir leid, Mark«, sage ich leise und folge ihm in die Küche. Buster drückt sich an meine Beine, um gestreichelt zu werden.

Von Mark kommt nichts. Er steht mit dem Rücken zu mir und hantiert an der Kaffeemaschine herum.

»Ich … ich hätte dir von Jasper erzählen sollen, bevor …«

Mark dreht sich um. »Bevor was?« Seine Stimme klingt hämisch. »Bevor der dämliche Landtierarzt über dich hergefallen ist?« Er macht zwei Schritte auf mich zu und bleibt direkt vor mir stehen. Während er spricht, gleiten seine Augen unentwegt über mein Gesicht, von den Augen zu den Lippen und zurück. »Weißt du eigentlich, wie grässlich ich mich gefühlt habe? Du läufst ohne ein Wort einfach davon! Lässt mich da stehen. Ich wusste überhaupt nicht, was ich denken sollte. Immerhin hast du nicht den Eindruck gemacht, dass du nicht wolltest. Ganz im Gegenteil.«

Ich spüre, wie meine Wangen heiß werden. Er hat ja recht. Ich war genauso scharf auf ihn wie er auf mich. Und nicht nur das. Es war ja nicht nur Lust, was mich dazu gebracht hat, sondern viel mehr. So viel mehr.

Er schüttelt den Kopf und dreht sich wieder zur Arbeitsplatte. »Und ich Trottel mach mir einen Kopf darüber, was ich falsch gemacht habe. Überlege hin und her, ob ich zu dir gehen oder dich lieber für den Moment in Ruhe lassen sollte. Und dann hab ich es nicht mehr ausgehalten, wollte dich nur noch in meine Arme nehmen und …« Er bricht ab, um mit emotionsloser Stimme weiterzusprechen. »Den Rest kennst du ja. Wie ich da als Depp vor deiner Tür stand und …«

»Hör auf«, sage ich und mache zwei Schritte vor. »Du … du bist kein Depp. Und du hast recht, ich wollte es genauso wie du.« Meine Hand legt sich auf seinen Rücken, bevor ich es verhindern kann. Seine Wärme zu spüren, verstärkt meine Sehnsucht nach einer Berührung von ihm. Meine Stimme wird leiser. »Es … war wunderschön.«

Mark verharrt in der Bewegung, den Latte-macchiato-Knopf zu drücken. Es dauert einen Moment, bis er fragt: »Wirst du ihn heiraten?«

Ich nehme meine Hand von seinem Rücken und presse sie auf meinen Bauch. »Ja.«

Er schnellt herum. »Es war wunderschön? Wie kannst du Sex mit einem Mann haben und es wunderschön gefunden haben, wenn du drei Wochen später den Mann heiraten wirst, den du liebst?«

Ich kann den Blick nicht von seinem Gesicht nehmen, von seinen dunklen Augenbrauen, die das helle Blau der Augen noch betonen, der kleinen Narbe an der Schläfe, der geraden Nase, den winzigen dunklen Punkten auf Wangen und Kinn, die selbst nach der Rasur zu sehen sind, und seinen Lippen, die so köstlich schmecken. »Ich … ich …« Was soll ich ihm sagen?

»Audrey.« Er packt meine Oberarme. »Sprich doch um Himmels willen mit mir! Sag mir, was du fühlst, was du ehrlich fühlst.« Sein Blick bohrt sich in meinen, will ergründen, was in mir vorgeht.

Aber das wird ihm nicht gelingen, denn meine Augen füllen sich mit Tränen, bieten kein Durchkommen mehr. »Ich kann nicht«, schluchze ich und löse mich aus seinen Händen.

»Warum bist du dann hier?«

Eine klare Frage, die ich ihm keinesfalls beantworten werde. Denn ich bin hier, weil ich es nicht aushalte, ihn nicht zu sehen. Weil ich ihn liebe. »Du hättest nicht mit Imke Schluss machen müssen, sie hätte es nie erfahren«, sage ich stattdessen leise und bücke mich zu Buster hinunter, um Mark nicht in die Augen sehen zu müssen. »Warum hast du es dennoch gemacht?«

»Du kommst, um mich das zu fragen?« Mark lacht unfroh auf. »Du kannst doch nicht wirklich so gefühlskalt sein? Ich bin jedenfalls nicht in der Lage, einfach so weiterzumachen wie bisher, als wäre nichts geschehen. Das hätte Imke nicht verdient. Genauso wenig wie dieser …«

»Wie dieser Jasper«, ergänze ich seinen Satz. Ich schaue ihn nun doch an. »Und damit hast du recht, Mark. Ich bin kein guter Mensch. Ich bin nicht so geradlinig wie du. Ich werde Jasper heiraten, obwohl …« Ich breche gerade noch rechtzeitig ab. Obwohl ich *dich* liebe. Ganz tief, ohne dich richtig zu kennen. Magisch.

»Obwohl was?«, hakt Mark auch schon nach.

Ich atme tief durch. »Obwohl ich mit einem anderen Mann … mit dir … äh … rumgemacht habe.«

»Rumgemacht haben wir also.« Mark tritt von mir weg. »Vielleicht ist es besser, du gehst jetzt.« Er mustert mich von oben bis unten. »Du bist so wunderschön, Audrey.« Er schüttelt den Kopf. »Du hättest sowieso nicht hierhergepasst. Nimm dein Stubenkätzchen, deinen Bräutigam und geh. Geh einfach.«

# 15

»Überraschung!«, begrüßt Jasper mich, als ich ins Hotelzimmer zurückkomme. Er hat sich noch einmal umgezogen und steht mir in grafitfarbener Designerjeans und stahlblauem Langarmshirt gegenüber. Der gestreifte dünne Schal um seinen Hals ist farblich darauf abgestimmt. Seine Augen strahlen mich durch eine dunkelblaue Nerd-Brille an. Eigentlich braucht er keine, aber er liebt Brillen als Accessoire. »Wir fahren gleich nach Niebüll, dann geht es mit dem Zug rüber nach Sylt. Und da ...«, er imitiert einen Trommelwirbel und reißt die Arme hoch, »... shoppen wir, bis der Arzt kommt. Oder«, er macht zwei Schritte auf mich zu und nimmt mein Gesicht in beide Hände, »wir bleiben hier, im Bett. Dann *kommt* der Arzt auch.« Er lacht über seinen anzüglichen Gag. »Jaja, schon gut«, winkt er ab, als er meinen Gesichtsausdruck deutet. »Dir ist nicht danach. War ja auch nur ein Witz. Aber da dir ja anscheinend nach draußen rumspazieren ist, werden wir die Sylt-Tour machen, nicht wahr?« Begeisterung kehrt in seine Stimme zurück. »In Kampen, Audrey, da sind unsere Läden. Shoppen, was dein Herz begehrt. Ich werde großzügig sein. Such dir aus, was du magst. Das wird dich aufmuntern.« Sein Blick gleitet über mich. »Perfekt angezogen bist du ja schon.« Dann verharrt dieser auf meinem Bauch. »Oder auch nicht. Du bist dreckig. Wie ist das passiert?«

»Oh, das ... das war ein Hund«, antworte ich. Ist ja auch nicht gelogen. »Er hat mich angesprungen, als ich draußen war.«

»Dann zieh dich um. Ich warte unten auf dich.« Er greift nach seiner Jacke, schwingt sie über seine Schultern, um hineinzuschlüpfen, und streift dabei Gertrud. Ihre Perücke fliegt mitsamt der Haube zur Seite und landet auf dem Boden.

Ich starre auf Gertrud, die ins Kippen geraten ist. Aber sie fällt nicht, sondern wackelt ein paarmal hin und her und steht schließlich wieder. Gut, dass sie ihre flachen Treter trägt. Louboutins wären ihr zum Verhängnis geworden.

»Gott, bin ich froh, wenn ich dieses enge Loch verlassen kann«, stößt Jasper mit verächtlichem Rundumblick aus. »Eine fürchterliche Bude. Dein Vater wird hier alles platt machen und neu aufbauen.«

Das wird er nicht, da bin ich mir sicher. Es wird natürlich eine Grundrenovierung vom Keller bis zum Dachboden geben, aber er wird das nostalgische Flair aus sentimentalen Gründen erhalten. Ultramoderne Hotels hat er schließlich genug. Allerdings sehe ich für Gertrud schwarz. *So* viel Friesen-Flair wird selbst Papa zu viel sein.

Ich sehe Jasper an, der immer noch auf Antwort wartet, ob wir die Sylt-Tour machen wollen. Warum muss ich überhaupt antworten? Ich hatte doch klargemacht, dass er den Vormittag ohne mich verbringen muss. Was ich sage, scheint kein Gewicht zu haben. Liegt es daran, dass ich immer getan habe, was er sagt? Mit schwirrt der Kopf. Vielleicht war es so. Dann wird es Zeit, das zu ändern.

»Ich komme nicht mit. Ich habe dir doch gesagt, dass ich mich hinlegen will.«

Seine Mundwinkel rucken nach unten. Er kommt näher und kickt dabei mit dem Fuß Gertruds Perücke neben seinen Koffer. »Irgendetwas stimmt mit dir nicht.«

»Mir ist einfach nur ein wenig übel.«

»Nein.« Er bleibt vor mir stehen und mustert mein Gesicht. »Es ist etwas anderes.«

Ich schlucke.

»Was es auch ist, ich hoffe, es hat nichts mit unserer Hochzeit zu tun?« Seine Stimme klingt grob, aber in seinen Augen lese ich Unsicherheit. Und Angst? Irgendetwas stimmt mit *ihm* nicht, würde ich in diesem Moment vermuten, aber mit meiner Kunst im Augenausdrucklesen werde ich niemals preisverdächtig sein.

»Fahr du nach Sylt«, entgegne ich ausweichend. »Heute Abend bin ich wieder okay. Dann ist alles gut.«

Jasper nickt. »Na gut. Ich bring dir was Schönes mit. Wünsch dir etwas.«

Ich würde gern sagen: Fridos Kopf. Ich wünsche mir Fridos Kopf, weil ich alles vergessen möchte. Ich möchte mein gesamtes Leben vergessen, weil ich in jedem, aber wirklich *jedem* Bereich eine Versagerin bin. Doch dieser Gedanke ruft im selben Moment Scham hervor. Frido hat sich nicht gewünscht zu sein, wie er ist. Frido hätte sich gewünscht, seine Enkelin zu erkennen. Er hätte sich gewünscht, seine Familie zu entlasten statt zu belasten, wie ich es ununterbrochen mit den Menschen tue, die ich liebe. Er ist der bessere Mensch.

»Einen Schal«, sage ich zu Jasper, um das Thema schnellstmöglich abzuschließen. »Bring mir einen Schal mit. Die Farbe ist egal.«

Jasper nickt zufrieden und geht, nachdem er mich geküsst hat.

Ich warte zwei Minuten, dann verlasse ich das Zimmer und klopfe an die Tür des Muschelfischerzimmers. »Esther?« Ich drücke die Klinke, und die Tür gibt nach. Erleichtert sehe ich, dass Esther und Frido im Zimmer sind.

»Hi, Audrey«, begrüßt Esther mich ohne jeden Elan. »Willst du mit uns ans Wasser kommen? Frido und ich brauchen frische Luft.« Ihre Stimme senkt sich, obwohl Frido nicht den Eindruck macht, als würde er unserem Gespräch folgen. Er sitzt auf dem

Bett und fummelt einen Schnürsenkel aus seinem Sportschuh. Den anderen trägt er am Fuß. Mit einem leisen »Guten Morgen, Frido« streichle ich seine Schulter. Er sieht nicht auf. »Er war in der Nacht megaunruhig«, fährt Esther fort. »Zweimal hat er sich angezogen und wollte raus. Gut, dass ich den Schlüssel abgezogen hatte. Ich hab es beide Male erst gemerkt, als er mich geweckt hat.« Sie pustet so stark Luft durch die Unterlippe, dass ihre langen Ponysträhnen nach oben wehen. »Ich bin echt groggy. Irgendwie hab ich mir das Ganze anders vorgestellt.«

»Was meinst du?«

»Na, so mit Frido zu reisen und so. Ich dachte nicht, dass es … dass er so megaanstrengend ist. Man kann ihn ja nicht mal eine Minute aus den Augen lassen.«

»Deinen Eltern ging es vermutlich nicht anders. Ich kann mir vorstellen, dass sie es sich nicht leichtgemacht haben, Frido in das Heim zu geben. Aber vielleicht waren sie auch am Ende? Irgendwann kann man vielleicht nicht mehr.« Ich weiß, wovon ich rede. Das Gefühl, nicht mehr zu können, befällt mich von Stunde zu Stunde mehr. »Du hast Frido erst seit einer Woche so intensiv um dich. Du hast gesagt, deine Eltern haben Frido nach der Gehirnblutung fast zwei Jahre bei euch wohnen lassen. Ich kann mir vorstellen, dass du als Dreizehn-, Vierzehnjährige nicht so mitbekommen hast, was sie damit auf sich genommen hatten? Du warst in der Schule, hast dich mit Freunden getroffen, und nachts werden sie dich kaum geweckt haben, wenn Frido unruhig wurde.« Ich schaue ihr in die Augen. »Oder?«

Esther nimmt den Finger aus dem Mund, an dessen Nagel sie während meines Monologs gekaut hat. Sie hört sich kleinlaut an, als sie antwortet: »Ja, gedacht hab ich das auch schon. Aber«, ihre Stimme schwillt an, »ich geb jetzt nicht auf! Frido kriegt sein Nordlicht.«

»Natürlich, aber es gibt Probleme.« Hastig schildere ich das Auftauchen der Polizei.

»Megabullshit«, kommentiert Esther das Gesagte, als ich geendet habe. Sie hat Tränen in den Augen, als sie sich neben Frido auf das Bett setzt und ihm den Turnschuh aus den Händen nimmt, um den Schnürsenkel wieder einzufädeln. »Wir müssen hier weg, Frido. Du brauchst deinen Schuh.« Eine Träne läuft über ihre Wange, als sie mich ansieht. »Ich hau mit Opa ab. Wir kommen schon durch. Du musst hierbleiben und Theater spielen, Audrey.«

Ich schüttle den Kopf. »Es kommt nicht in Frage, dass du mit Frido trampst. Ich bringe euch bis übermorgen irgendwo unter. Pack eure Sachen zusammen, wir starten gleich. Ich muss bis nachmittags wieder zurück sein, damit Jasper nichts merkt.« Ich atme tief. »Er ist nicht so begeistert von der ganzen Aktion, und ich möchte ihn nicht noch mehr aufregen.«

Esther steht auf und umarmt mich. Einen Moment lang stehen wir einfach so da, aneinandergepresst, zwei Frauen, die beide Mist gebaut haben. Mit dem Unterschied, dass Esther es für Frido getan hat, ich hingegen egoistisch auf den Gefühlen der Menschen herumtrample, die mir etwas bedeuten.

»Echt, Audrey, du bist die Beste«, murmelt Esther in diesem Moment an meinem Hals. »Du machst so viel für Frido und mich.« Ihre Haare kitzeln an meiner Wange, als sie mir einen dicken Schmatzer draufdrückt. »Du bist eine tolle, eine Megafreundin.« Sie löst sich von mir und guckt mich an. »Bleibst du das auch, ich meine, wenn du wieder in Frankfurt bist und ich und Frido wieder in Göttingen?«

Ich bin überrascht, wie sehr mich ihre Worte berühren. Sie hält mich für einen guten Menschen. Es tut unendlich gut, das zu hören. Mit Tränen in den Augen nicke ich. »Mega versprochen.«

Zurück in meinem Zimmer, fällt mein Blick als Erstes auf die glatzköpfige Gertrud. Ein Bild des Jammers.

»Ja, ich mach ja schon«, sage ich, bücke mich nach der Perücke und stülpe sie ihr über den Kopf. Dabei löst sich die Haube und entpuppt sich als kunstvoll geknotetes Kopftuch, und ich halte letztendlich ein riesiges schwarzes Viereck mit Fransen und einer kleinen Borte an einer Tuchseite in meinen Händen. Da ich weder Zeit noch irgendeine Ahnung habe, wie man das Tuch wieder geschickt haubenartig umgestalten kann, falte ich es zu einem Dreieck und binde es ihr unter dem Kinn zusammen. Die Perücke rutscht ihr dabei so tief in die Stirn, dass die Augen zur Hälfte darunter verschwinden. Sollte Jasper mir tatsächlich einen Schal mitbringen, darf Gertrud ihn nicht in die Finger kriegen. Sie würde mich damit im Schlaf erdrosseln.

»Vielleicht steht dir Blond.« Ich wühle aus meiner Reisetasche die leicht gelockte Perücke heraus, die ich mir für mein Marilyn-Monroe-Outfit auserkoren hatte. Ich ziehe Gertruds Perücke samt Tuch herunter und stülpe ihr die die blonde Perücke über. Doch ich verzichte darauf, ihr mit Kajal einen Leberfleck auf die rechte Wange zu kritzeln. Gertrud wird in ihrem gesamten Puppenleben keine halbwegs passable Marilyn abgeben. Im Gegenzug ist deutlich zu sehen, dass eine Friesentracht der wahren Marilyn viel Sex-Appeal genommen hätte, um nicht zu sagen, jeden.

Mark hätte jetzt mit mir gelacht, das weiß ich. Jasper hätte – allerhöchstens milde lächelnd – den Kopf geschüttelt über so viel Albernheit. Seufzend schlüpfe ich aus dem Kleid, um es gegen Jeans und Shirt zu tauschen. Mark. Sein Gesicht ist so präsent in mir, zusammen mit seinem Geruch, mit dem Klang seiner dunklen Stimme. Ich wünsche mir, wieder sein Lachen zu hören. Aber ich höre nichts, ich sehe nur seine Blicke vor mir – verständnislos, verletzt, fassungslos, wütend. Alle Facetten haben sich darin widergespiegelt.

Als es klopft, bin ich fast dankbar. Aber da ich ahne, wer vor der Tür steht, will keine richtige Freude aufkommen. Laut und kräftiger, als ich mich fühle, rufe ich »Herein!«. Mein Gefühl hat mich nicht getrogen. Lambert tritt zögerlich ein.

»Ich … äh … wollte nur schauen, ob alles zu Ihrer Zufriedenheit ist, Frau … äh … Tannheim.«

Ich bin erstaunt, wie man die Frage »Was, verdammt, spielst du hier für ein verfucktes Spiel, du Lügnerin!« so höflich verpacken kann.

»Lambert.« Ich gehe auf ihn zu und greife mit beiden Händen nach seiner riesigen rechten Hand. »Ich danke Ihnen von Herzen.« Ich bringe es nicht über mich, ihn weiter zu duzen, da es für ihn so eine Qual ist, dasselbe bei mir zu tun. »Sie hatten absolut keinen Grund, meine Lügen zu decken, und darum werde ich Ihnen jetzt erklären, warum Frido und Esther hier unter falschem Namen …«

»Bitte!« Lambert fällt mir mit harter Stimme ins Wort. Er hebt abwehrend beide Hände dabei. »Bitte nicht. Ich will das nicht hören.«

Ich starre ihn an. »Aber …«

»Kein Aber, bitte«, kommt er mir zuvor. »Ich will nichts davon hören. Ich …« Er hält inne. Sein Blick ist auf Gertrud gefallen.

»Das bring ich wieder in Ordnung«, sage ich schnell. »Das … äh … Kopftuch muss nur noch geknotet …« Ich breche ab, weil Lambert nicht aussieht, als würde ihn die Perückenstory interessieren.

Er hat sich wieder mir zugewandt. »Ich habe Ihnen geholfen, weil ich möchte, dass das Hotel an Ihren Vater geht, Frau Tannheim.«

Jetzt bin ich verblüfft. Mit diesem Grund habe ich nicht gerechnet.

»Ich schätze Mark Nommsen wirklich sehr«, fährt Lambert fort, »aber das Seeblick als Pferdeklinik …« Ich glaube ein leichtes Schütteln seiner Schultern wahrzunehmen. »Tut mir leid, das geht über meine Vorstellungskraft. Die Mauern dieses Hauses bergen seit über hundert Jahren die Geheimnisse ihrer Gäste, ihr Lachen, ihr Weinen.« Seine große Hand tastet über die Tapete an der Wand, während sein Blick im Zimmer umherwandert. »Hier wird nicht nur geschlafen, hier wird geliebt, gestritten und betrogen, es wird gelacht und geweint. Im Kapitänszimmer wurde vor dreißig Jahren sogar ein Kind geboren.« Er nimmt die Hand runter und sieht mich an. »Dies ist nicht nur ein Haus.«

Ich nicke, weil mir die Worte fehlen. Hat Lambert jemals so lange ohne Unterbrechung geredet? Jedenfalls nicht in meiner Gegenwart. Und schon gar nicht über Gefühle, selbst wenn es die anderer Menschen sind. Bergen die Mauern des Seeblick auch mein Weinen, meine Tränen? Ich weiß nicht, ob ich diese Idee gruselig oder wunderschön finden soll. Irgendwann müssten die Wände doch von all dem Gesprochenen, dem Gestöhne, dem Lachen und Glücklichsein bersten.

Lambert scheint sich selbst auch mit seinem emotionalen Ausbruch überrascht zu haben. Seine Wangen sind gerötet. Doch er fängt sich schnell. Steif wie eh und je sagt er: »Darf ich davon ausgehen, dass Herr *Lörtsch* und Fräulein *Lörtsch* wie besprochen übermorgen mit Ihnen abreisen werden?«

Ich bin beschämt, als Lambert den falschen Namen betont. »Frido und Esther gehen noch heute. Sie packen bereits. So werden Sie keine Unannehmlichkeiten mehr haben, Lambert, und falls die Polizei noch einmal auftaucht, müssen Sie nicht mehr lügen.« Meine Wangen sind heiß, als hätte ich einen Sonnenbrand.

Lambert nickt, wie es scheint, erleichtert.

Aber eine Frage, die in mir brennt, muss ich ihm noch stellen. »Haben die beiden Polizeibeamten gesagt, woher sie wussten, dass Frido und Esther hier im Seeblick sind?«

Lambert nimmt die blonde Perücke von Gertruds Kopf und greift nach ihrer dunklen auf der Kommode. »Die Polizei sagte, einer unserer Hotelgäste habe Herrn Lörtsch und seine Enkelin in einer älteren Zeitung wiedererkannt, als er nach Hause kam. Darin wurde mit einem Foto um Hinweise auf deren Aufenthalt gebeten.« Er zupft die Perücke zurecht und tritt einen Schritt von Gertrud weg, um sein Werk zu betrachten. Dann greift er nach dem Tuch auf dem Bett, und sein Blick wird mürrischer. »Es muss gefaltet und auf dem Kopf gebunden werden. Das ist eine Kunst für sich. Ich werde Frau Martens hierherbitten müssen. Sie tanzt in der Föhrer Trachtengruppe.«

Gertruds Kopfschmuck ist mir im Moment ziemlich egal. »Vielleicht war es Walross«, mutmaße ich. »Die Seniorentruppe kam doch aus Niedersachsen. Genau wie Frido und Esther.«

Lambert schweigt. Er will definitiv nichts mehr von der ganzen Angelegenheit hören.

»Danke noch einmal«, sage ich. Am liebsten würde ich ihn umarmen, aber das wäre für ihn mehr Strafe als Belohnung, also unterdrücke ich diesen Impuls. Stattdessen bitte ich um etwas, das ihn freuen wird. »Würden Sie uns ein Taxi rufen? Ich bringe Frido und Esther umgehend von hier fort.«

Mit einem »Sehr gern!« geht Lambert und lässt mich in meinem Gefühlschaos zurück. Wohin soll ich die beiden bloß bringen? In ein weiteres Hotel, in dem sie sich unter falschem Namen eintragen? Mir graust davor. Auf jeden Fall muss es eine Unterkunft außerhalb Dagebülls sein, falls die Polizei noch einmal zurückkommt. Seufzend beschließe ich, den Taxifahrer zu fragen, ob er ein nettes kleines Hotel in einem der umliegenden Orte kennt.

Zwanzig Minuten später gehe ich mit Frido und Esther die Treppe zur Rezeption hinunter. Esther hat ihren vollgepackten Rucksack auf dem Rücken und eine Plastiktüte in der Hand. Ich trage Fridos hellblauen Koffer, den wir auf Föhr gekauft haben, damit er nicht mehr mit einer Discountertüte herumlaufen muss. Außerdem hätte die zusätzliche Kleidung, die ich für ihn gekauft habe, nicht in eine Tüte gepasst. Für die fürchterliche Farbe Hellblau war Esther verantwortlich. »Der Koffer sieht crazy aus!«

Da ich Lambert mit einer männlichen Person reden höre, gehe ich davon aus, dass der Taxifahrer schon da ist, aber als wir auf dem zweiten Treppenabsatz ankommen, sehe ich, dass sein Gesprächspartner Bauer Dunkel ist. Fast hätte ich ihn nicht erkannt. Statt Gummistiefeln, ausgebeulter Cordhose mit Hosenträgern und kariertem Flanellhemd trägt er heute blankgeputzte Halbschuhe, Jeans und einen rapsgelben Pulli unter einer bestimmt nicht billigen Outdoor-Jacke. Seine abgeschabte Schirmmütze hat er gegen ein neueres Exemplar ausgetauscht. Auf dem Tresen der Rezeption stehen zwei große Pappen voller Eier. Die von Moritz so geliebten Landeier stammen also von den Dunkel'schen Hühnern.

»Guten Morgen, Herr Dunkel. Schick sehen Sie heute aus«, begrüße ich ihn, und er freut sich sichtlich über das Kompliment.

Mit breitem Grinsen murmelt er: »Moin. Will ja auf Tour, da kann man denn ja mal raus aus den Alltagsklamotten, nicht?«

»Ich fahr zum Nordlicht«, kommt es unerwartet von Frido. »Mit Aurora.« Er fasst nach Esthers Hand und wartet mit klarem Blick auf Bauer Dunkels Antwort.

»Zum Nordkap soll es gehen? Prima«, sagt der freundlich. »Ich bin auf dem Weg zum Oldtimertreffen in Kolkerheide. Eine hübsche Enkelin haben Sie.«

»Enkelin?« Frido guckt Esther an, dann wieder den Bauern. »Das ist meine Frau. Ich hab keine Enkel.« Aber schon während er spricht, wendet er seinen Blick wieder Esther zu. Die Unsicherheit in seinem Gesicht ist zum Steinerweichen.

Esther sieht hilfesuchend zu mir, während sie Fridos Hand tätschelt. »Alles ist gut, Frido.«

»Ist das Taxi schon da?«, frage ich laut, um Frido abzulenken, und blicke aus dem Fenster.

Lambert schüttelt den Kopf. »In circa zehn Minuten.«

»Oh, Shit!« Ich starre auf die Straße.

»Zehn Minuten vergehen doch schnell«, sagt Esther.

»Das meine ich.« Ich deute hinaus. Ein Polizeiwagen nähert sich.

»Megashit!«, erkennt Esther die Situation.

Lambert bleibt ruhig. »Nehmen Sie die rechte Tür.« Er deutet auf die Tür neben dem Hummersalon. »Gehen Sie den Gang entlang. Am Ende links ist die Hintertür.« Dann wendet er sich an Bauer Dunkel. »Hinnerk, wärst du so freundlich, unsere Gäste bis Bredstedt mitzunehmen? Von dort kann Frau Tannheim dann ein Taxi rufen.«

»Wieso?« Bauer Dunkel starrt von einem zum anderen, dann wieder zu dem sich schnell nähernden Polizeiwagen. »Was ist denn hier los?«

»Nichts Illegales«, sage ich mit strahlendem Lächeln, das meine Panik verbergen soll. »Nur ein … Notfall.«

Meine dünne Erklärung reicht Bauer Dunkel nicht. Seine Stirn wellt sich. »Was für ein Notfall denn?«

Lambert schaltet sich mit fester Stimme ein. »Ein Theaterpremieren-Notfall, Hinnerk. Es geht um … alles.«

Mit dem letzten Satz – geheimnisvoll gesprochen – könnte Lambert sich in die Riege der potenziellen Daniel-Craig-Nachfolger katapultieren, wäre da nicht sein Äußeres, das nur eine Besetzung als James Bonds Gegenspieler zulässt.

»Die Theaterpremiere ist in Gefahr? Um Gottes willen! Raus mit euch.« Bauer Dunkel wedelt Richtung Tür neben dem Hummersalon. »Ich fahr nach hinten und sack euch drei da ein. Für den kurzen Weg wird's schon gehen.«

Esther hakt Frido ein und zieht ihn mit sich, ich halte die Türen für sie offen, den Koffer in der anderen Hand. Was meinte Bauer Dunkel mit dem Satz: »Für den kurzen Weg wird's schon gehen?« Ist sein Oldtimer ein Zweisitzer? Dann wird es tatsächlich knapp. Ich habe mit Jasper mal das internationale Oldtimer-Meeting in Baden-Baden besucht und mich dabei in einen Sunbeam Alpine verliebt. Ich hatte mich darin schon Grace-Kelly-mäßig – mit Kopftuch und Sonnenbrille – durch Nizza fahren sehen, aber ich konnte Jasper nicht überzeugen, uns einen Oldtimer zu kaufen. »Das ist was für Ü-Fünfziger, die bei Sonnenschein durch die Gegend gondeln wollen. Wir bevorzugen doch wohl ein paar mehr PS unter dem Hintern?«

Ich mag mein cappuccinofarbenes Mini Cooper Cabrio mit den lächerlichen hundertzweiundzwanzig PS, mit dem ich mich in jede Parklücke quetschen kann. Was allerdings nicht bedeutet, dass ich nicht auch sehr gern Jaspers neuen schwarzen Audi R8 mit mehr als fünfhundert PS fahre. Ich mag Geschwindigkeit und liebe den Audi auf längeren Strecken. Dass Jasper sich dieses exklusive Männerspielzeug zugelegt hat, verwundert mich trotzdem. Er kann mit hochtourigen Wagen nun mal nicht vernünftig umgehen. In Frankfurts City rutsche ich als Beifahrerin ständig vor Scham in den Fußraum, wenn Jasper den Motor beim Anfahren aufheulen lässt.

Als wir durch die Hintertür des Seeblick treten, höre ich ein Geräusch, das mich dunkel ahnen lässt, dass wir nicht mit einem Grace-Kelly-Oldtimer fahren werden. Als das Fahrzeug dann allerdings um die Ecke gebogen kommt, fällt mir nichts anderes ein als: »Ach du Scheiße!«

Esther beginnt zu kichern, während Frido bewundernd ausstößt: »Na, das ist ja ein hübscher kleiner Trecker! Und so laut. Und dann noch mit Wohnwagen. Der ist aber sehr klein.«

Ich kann nur nicken. Frido hat perfekt in Worte gefasst, was ich denke. Ich habe keine Ahnung von landwirtschaftlichen Fahrzeugen, aber dass dieser Trecker vorsintflutlich ist, erkenne sogar ich. Und der einachsige Mini-Wohnwagen dahinter sieht nicht vertrauenerweckender aus.

Bauer Dunkel stoppt direkt neben uns. Aus einem Körbchen, das auf dem linken seitlichen Sitz neben dem Fahrersitz festgeschnallt ist, guckt uns Hofhund Fiete an. Der Treckermotor tuckert weiter, und der schmale Schornstein stößt graue Dieselwölkchen in die Luft, während der Bauer abspringt, zum Wohnwagen eilt und die kleine Tür an der Seite aufreißt. »Zwei Mann da rein, einer vorne zu mir rauf«, lautet der Abmarschbefehl.

Esther lässt die Plastiktüte fallen und ruft begeistert: »Darf ich bitte vorne mitfahren?«

»Darf ich bitte gar nicht mitfahren?«, murmle ich vor mich hin, wieder auf das Gefährt samt Anhänger starrend.

Mein Wunsch wird sich nicht erfüllen, weil ich natürlich einsteigen muss, um ungemütlichen Fragen der Polizei zu entgehen, aber auch Esther hat Pech. Frido trippelt schnurstracks Richtung Trecker. Sein »Das wollt ich schon immer mal!« ist durch das laute Motorengeräusch kaum zu hören. Esther nimmt seinen Arm. »O Mann, Op… Frido. Kriegen wir dich da überhaupt rauf?«

Sie scheint ihn wirklich auf dem seitlichen Sitz des Treckers mitfahren lassen zu wollen. Ich trete schnell zu den beiden. »Esther, das geht nicht, mal ganz abgesehen davon, dass es für Frido schwierig ist, rauf- und runterzukommen. Die Polizei könnte ihn erkennen, falls sie an uns vorbeifahren.«

»Quatsch.« Esther tippt sich an die Stirn. »Wir setzen Opa seine Mütze auf. Die braucht er sowieso wegen des Fahrtwinds. Dann erkennt ihn kein Schwein. Und die Bullen rechnen doch nicht mit ihm auf dem Trecker.« Sie sieht Bauer Dunkel an, der auf der anderen Treckerseite wieder aufsteigt. »Darf Frido bei Ihnen mitfahren?«

Bauer Dunkel patscht nickend auf die schmale Sitzfläche an seiner rechten Seite. »Wenn der alte Knabe das hinkriegt.« Er streckt seine Hand aus. Frido greift zu. Esther schiebt von unten. Als Frido oben sitzt, wühlt sie aus der Plastiktüte eine Mütze raus und drückt sie Frido in die Hand. »Aufsetzen, Frido.«

Ich betrachte mit Skepsis den Mini-Wohnwagen. »Ist das überhaupt erlaubt?« Ich schreie die Worte Bauer Dunkel zu. »Ich meine, so hinten drin zu sein, während der Fahrt? Das ist doch gefährlich.«

»Das passt schon«, schreit er zurück und grinst. »Ich fahr seit vierzig Jahren unfallfrei Trecker. Und ich hab nicht vor, heut damit aufzuhören. Setzt euch einfach auf das Bett, Deerns, dann merkt ihr das Geruckel nicht so.«

Zwei Minuten später tuckern wir an der Vorderseite des Hotels vorbei. Ein Blick durch das seitliche Fenster verrät, dass kein Polizeiwagen davorsteht. Ich seufze. Sie waren also gar nicht auf der Suche nach Frido und Esther.

Bauer Dunkel haut die Gänge in das Getriebe, und ich setze mich schnell zu Esther auf das schmale Bett. Sauber und gemütlich ist es hier drinnen. Gerüschte Vorhänge zieren die kleinen Fenster. Ein Hobbit-Paradies. Das Bett riecht frisch bezogen, kann sich aber nur schwer gegen den dungartigen Geruch durchsetzen, der dem Gefährt anhaftet. Anscheinend parkt der Wohnwagen bei Nichtgebrauch im Kuhstall.

Es gibt ein ausklappbares Tischchen, unter dem eine Reisetasche steht. Bauer Dunkel will anscheinend in Kolkerheide übernachten. Zur Theaterpremiere wird er aber zweifellos zurück sein, schließlich ist seine Scheune Schauplatz des in der Gegend heißersehnten Theaterstücks.

Der kleine Wohnwagen nimmt jede Straßendelle und jedes Loch mit. Wir wippen auf der dünnen Matratze auf und ab, und es dauert nicht lange, da geschieht etwas, das ich seit einer gefühlten Ewigkeit nicht mehr getan habe. Ich lache. Ich lache herzhaft und lauthals mit Esther um die Wette. Es ist so lustig, sich hier drinnen durchschütteln zu lassen und sich gegenseitig immer wieder vom Kichern bis zum lauten Lachen zu treiben. Mir eine Träne aus dem Auge wischend, rapple ich mich schließlich an der Wand abstützend hoch, um einen Blick aus dem vorderen Fenster zu werfen. Ich sehe nur Fridos Hinterkopf. Er schaut stur nach vorne, um nichts zu verpassen, was sich vor ihm tut. Rechts trennt uns der Deich von der Nordsee, links befindet sich das Speicherbecken des Hauke-Haien-Koogs, von dem ich durch das kleine Fenster nur einen winzigen Ausschnitt erkennen kann. Fietes Schlappohren wehen leicht im Fahrtwind. Bauer Dunkel wirft Frido gerade einen Blick zu, und ich sehe, dass sich seine Lippen bewegen. Er deutet auf die riesige Wasserfläche auf seiner linken Seite, und Frido wendet sich den unzähligen Wasservögeln darauf zu. Ich freue mich, dass die Feen ihm diesen Moment gönnen.

Etliche Bodenwellen und damit Lacher später schaue ich noch einmal durch das Fenster. Gleich sind wir in Ockholm. Als das Ortsschild auftaucht, habe ich plötzlich eine Erleuchtung. Zumindest hoffe ich, dass es eine ist. Ich weiß jetzt, wo ich Frido und Esther einquartieren kann, ohne sie zu weit entfernt zu wissen.

Ich klopfe hektisch an das kleine Fenster, ohne Hoffnung, dass Bauer Dunkel es durch das Treckergeräusch wahrnimmt, aber ich täusche mich. Er drosselt die Geschwindigkeit, dreht sich zu mir und versteht mein hektisches Gewinke richtig. Er hält an und steigt ab. Als sich die Tür öffnet, sage ich: »Eine tolle Fahrt, Herr Dunkel. Wir haben uns köstlich amüsiert hier drinnen. Aber hier in Ockholm würden wir gern aussteigen. Würden Sie uns bei Frau Nommsen, der Mutter von Mark Nommsen, rauslassen?«

»Bei Wiebke?« Bauer Dunkel tippt sich an die Mütze. »Dat geiht los, Deern.«

Wir fahren noch das kurze Stück bis zum Dorfende mit, dann stoppen wir direkt vor Wiebke Nommsens Haus. Als ich den Wohnwagen verlasse, gilt mein erster Blick dem Schild mit der lachenden Sonne im Vorgarten. Aufatmend nehme ich das *Zimmer frei* zur Kenntnis. Jetzt, im September, ist die Küstenregion glücklicherweise nicht so ausgebucht wie im Hochsommer. Wir helfen Frido vom Trecker herunter und winken Bauer Dunkel nach, bis er unseren Blicken entschwindet.

»Wie gefiel dir die Treckertour, Frido?«, frage ich.

Seine Wangen sind vom Wind gerötet, aber er strahlt. »Wunderbar.« Er schaut sich um. »Sind wir zu Hause? Kann ich jetzt mit Grete und Frau Maier Mau-Mau spielen?«

Esther nimmt seine Hand. »Nein, wir wollen doch zum Nordkap. Du kannst nächste Woche wieder Karten spielen.« Auf meinen fragenden Blick hin raunt sie mir zu: »Das sind zwei alte Ladys bei ihm im Heim. Nachmittags zocken sie gerne mal Karten, wobei Opa kaum zwei Runden schafft, ohne wieder wegzutreten.«

Ich nicke und frage mich, ob Frido nicht langsam vom Herumreisen und Herumirren erschöpft ist und sich – bei aller willkommenen Abwechslung – nach dem geregelten Tagesablauf in seinem Heim sehnt. Es wird Zeit, dass die Tour zum Nordlicht startet. »Ihr bleibt hier beim Gepäck«, sage ich zu Esther. »Ich klingle bei Frau Nommsen und frage, ob ihr das Zimmer haben könnt.«

Der Aufgang zum Haus ist von einer buschigen Buchsbaumhecke eingefasst. Es gefällt mir, dass sie nicht so akkurat beschnitten ist wie der Buchsbaum vor dem Haus meines Vaters. Als der melodische Gong hinter der Haustür ertönt, geht mir der Gedanke durch den Kopf, ob Marks Mutter überhaupt zu Hause ist. Vielleicht ist sie mit dem Fahrrad unterwegs, um dem Haus zu entkommen, in dem das Tapsen und Schwanzwedeln von Paddy fehlt. Aber nach einem kurzen Moment wird die Tür aufgezogen. »Hallo, Frau Tannheim«, begrüßt sie mich erstaunt und wirft einen Blick über meine Schulter zu Frido und Esther. »Was kann ich für Sie tun?«

Ich werte es als positiv, dass sie sich meinen Namen gemerkt hat. »Hallo, Frau Nommsen, entschuldigen Sie den Überfall, aber … ich würde gern das freie Zimmer für Frido und seine Enkelin mieten. Allerdings nur für zwei Tage, dann reisen wir ab. Ist das möglich?«

»Das Zimmer ist frei«, antwortet sie und mustert mein Gesicht. »Für *Freunde* meines Sohnes sowieso.« Sie tritt zur Seite. »Kommen Sie rein.«

Warum hat sie das Wort Freunde so eigenartig betont, frage ich mich, während Wiebke Nommsen Frido und Esther das Zimmer zeigt. Ich sitze auf der Eckbank in der Küche, versorgt mit einem frisch aufgebrühten Kaffee. Hat Mark ihr etwa irgendetwas von uns erzählt? Im gleichen Augenblick verbitte ich mir ein uns. Es gibt kein uns. Es gibt Mark, und es gibt mich. Ich höre die Treppe knarzen und glätte hastig den rotkarierten Tischläufer, den meine nervösen Finger bis zur Tischmitte aufgerollt haben.

Wiebke Nommsen kommt allein zurück. Sie nimmt sich einen Becher und schenkt sich ebenfalls einen Kaffee ein. Lachend sagt sie: »Frido hat sich gleich auf das Bett gelegt und wollte nicht wieder aufstehen. Esther hat es sich auf der anderen Bettseite bequem gemacht. Sie scheint auch müde zu sein. Ein nettes Mädchen.« Sie setzt sich mir gegenüber auf den Stuhl, trinkt einen Schluck und lächelt mich an. Mark muss die Augen seines Vaters geerbt haben. Ihre sind graublau, aber sie strahlen eine intensive Wärme aus.

»Was schulde ich Ihnen für zwei Übernachtungen?«, frage ich. Sie hat sich bisher nicht nach Nachnamen und Adresse von Esther und Frido erkundigt, wofür ich dankbar bin. Meine Bitte, Frido beim Vornamen zu nennen, hat sie gleich erfüllt, und Esther hat selbst um das Du gebeten. Doch mir ist bewusst, dass Wiebke Nommsen aus steuerlichen Gründen die Angaben ihrer Gäste benötigt. Es widerstrebt mir so sehr, ihr den falschen Namen Lörtsch zu nennen, aber ich kann doch nicht sagen, dass die beiden Goldig heißen. Sie könnte mit Mark darüber reden.

Ich greife nach meinem Becher und trinke hastig. In was habe ich mich da nur reingeritten? Warum habe ich die beiden nicht in ein anonymes Hotel gebracht?

»Sie schulden mir nichts. Es sind doch nur zwei Übernachtungen. Ich möchte, dass Frido und Esther sich als meine persönlichen Gäste betrachten«, sagt Wiebke Nommsen in diesem Moment. Ein Satz, der mir mit einem Schlag die Sorgen um den falschen Namen nimmt, doch es bleibt ein mulmiges Gefühl.

»Das … das ist sehr nett, aber Sie müssen Frido und Esther nicht einladen. Das … das können wir nicht annehmen.«

»Ich muss nicht, aber ich möchte«, erwidert sie, steht auf, öffnet eine Schranktür, nimmt eine große cremefarbene Porzellandose heraus und stellt sie auf den Tisch. Sie hebt den Deckel, dessen Knauf die Form einer Tulpe hat, an und schiebt mir die Dose zu. »Sie sind selbstgebacken.«

Verschiedene Kekse mit Hagelzucker und Mandeln bestreut und mit und ohne Schokoglasur verströmen einen feinen Geruch. Ich habe überhaupt keinen Appetit, möchte aber nicht unfreundlich sein.

Während ich den kleinsten Keks nehme und mit einem »Danke« die Hälfte abbeiße, sagt sie: »Er ist ja verstockt wie sein Vater. Ich kriege nichts aus ihm raus, aber … Sind Sie der Grund, warum Mark mit Imke Schluss gemacht hat?«

Der trockene Mandelkeks bleibt mir im Hals stecken. Ich huste und würge gleichzeitig. Mit einer so direkten Frage habe ich nicht gerechnet.

»Entschuldigung!« Wiebke Nommsen ist aufgesprungen. »Ich bin aber auch schrecklich. Was stelle ich für dumme Fragen.« Sie klopft mir auf den Rücken. »Geht's denn wieder?«

Ich nicke mit Tränen in den Augen und huste noch einmal, dann nehme ich vorsichtig einen kleinen Schluck Kaffee, um Keksreste, die sich noch in meinem Hals befinden könnten, hinunterzuspülen.

»Vergessen Sie einfach, was ich gesagt habe.« Sie öffnet eine Schublade und legt mir eine Serviette hin. »Es war nur so eine Vermutung. Als Mutter glaubt man ja immer, alles zu wissen, und wenn nicht, alles wissen zu müssen.« Sie schenkt mir ein schiefes Lächeln.

Ich nehme die Blümchenserviette und wische mir über die Augen. »Sie haben recht«, murmle ich dabei. Ich kann sie einfach nicht anlügen.

Sie nickt, sagt aber nichts.

Ich weiß, dass sie auf mehr Informationen hofft, weil ihr Sohn sie ihr nicht gegeben hat, aber diesen Gefallen kann ich ihr nicht tun, so gern ich es möchte und so schwer es mir fällt, ihrem liebevollen wie neugierigen Blick zu widerstehen. »Mehr möchte ich dazu nicht sagen.«

Wenn sie enttäuscht ist, verbirgt sie es gut. Ihre funkelnden Augen gleiten über mich. »Ich weiß nicht, wie oft Mark bei seinen Besuchen in der letzten Woche Ihren Namen erwähnt hat. Audrey hat dies gesagt, Audrey hat das getan. Mit Audrey in Friedrichstadt, mit Audrey in St. Peter …« Ihr Blick wird nachdenklich. »Ich habe nur gedacht: Holla, was passiert denn da? Hat mein Sohn sich verliebt? Insbesondere, weil er die Beziehung zu Imke beendet hat. Und dann sehe ich ihn gestern Nachmittag, und er sieht aus wie kielgeholt und drei Tage ohne Wasser und Brot.«

Mir ist immer heißer geworden. »Ich … ich werde in zwei Tagen abreisen.«

Wiebke Nommsen nickt. »Ich verstehe.«

Sie versteht gar nichts, aber sie ist viel zu höflich, um weiterzubohren, und ich bin ihr dankbar dafür. Ich bin im Begriff, aufzustehen. »Vielen Dank für den Kaffee. Sehen wir uns dann morgen bei der Premiere?«

»Natürlich. Ich freue mich darauf. Mark sagte letzte Woche, Sie seien umwerfend als Gamaschen-Colombo.«

Froh, das Thema wechseln zu können, entgegne ich: »Das dürfen Sie morgen selbst beurteilen, aber es macht mir einen Heidenspaß, auf der Bühne zu stehen. Es ist, als ob dann alles von mir abfiele, jeder Kummer, jede Sorge. Ich schlüpfe in eine andere Haut und lebe sie mit Vollblut und …« Ich breche ab, weil ich so euphorisch daherrede. Es ist nur eine kleine Gaunerrolle in einem Laientheater, und ich schwärme hier rum, als würde ich Macbeth oder Shakespeares Julia spielen.

»Man sieht an Ihren Augen, dass Sie das Theater lieben«, sagt Wiebke Nommsen. »Sie strahlen, wenn Sie davon sprechen.«

»In meiner gesamten Schulzeit wollte ich nur eines: Schauspielerin werden.«

»Und?«

»Nichts und. Das waren nur die Träume eines Mädchens. Als Schauspielerin wäre ich vermutlich den Hungertod gestorben.« Dass ich nach dem ersten abgebrochenen Studium tatsächlich vor der Berliner Hochschule für Schauspielkunst stand, verschweige ich ihr. Es ist auch nicht mehr wichtig, dass ich noch an der Tür umgekehrt bin. Die Aufnahmetests haben ohne mich stattgefunden. Ich wollte nicht, dass Papa mich ansieht, wie er Moritz immer angesehen hat.

Wiebke Nommsens Lächeln ist verschwunden. »Haben Sie denn Kummer und Sorgen, Audrey?« Sie hat die formelle Anrede Frau Tannheim weggelassen.

Ich heirate in drei Wochen, wäre im Grunde die Antwort auf ihre Frage, aber ich würde mir eher die Zunge in Scheiben schneiden lassen, als es auszusprechen. Ich könnte stattdessen einfach sagen: Nein, ich habe keine Sorgen. Aber ihr mütterlicher Blick lässt mich die andere Wahrheit wählen. »Ich habe ein Masterstudium in Betriebswirtschaft vor mir. Und … mir graut davor.«

Sie mustert mich. »Wenn es Ihnen jetzt schon Magenschmerzen bereitet, sollten Sie sich umentscheiden. Man trifft genug falsche Entscheidungen im Leben, im Nachhinein betrachtet. Wenn Sie es schon vorher wissen, sollten Sie danach handeln und sich nicht unglücklich machen.«

»Das ist einfacher gesagt als getan«, erwidere ich. »Es ist nicht die erste Fehlentscheidung in Sachen Beruf. Ich kann nicht immer nur davonlaufen.«

»Auf einem falschen Weg umzukehren ist kein Davonlaufen, Audrey. Vielleicht ist man an einer Kreuzung einfach nur falsch abgebogen. In Ihrem Fall hätten Sie den Wegweiser mit der Aufschrift ›Schauspiel‹ vielleicht nicht ignorieren sollen.«

# 16

Wiebke Nommsens Entgegnung spukt mir durch den Kopf, als ich in das Taxi steige, das sie für mich gerufen hat. Umkehren ist vielleicht ein guter Weg, aber nur, wenn man den falschen noch nicht zu lange gelaufen ist. Für mich wäre der Rückweg viel zu lang. Ich bin zweiunddreißig, da ist es zu spät, ganz von vorn anzufangen. Nach dem ersten Kilometer Fahrt beginne ich zu zweifeln, ob ich das nächste Lebensjahr überhaupt noch erreichen werde. »Ich werde nie wieder lügen, lieber Gott«, jage ich ein stilles Stoßgebet in den Himmel, »wenn ich heil in Dagebüll ankomme.« Ich halte mich mit der rechten Hand am Haltegriff der Taxitür fest, während sich meine linke in den Beifahrersitz krallt. Mein »Würden Sie bitte nicht so rasen!« hat der bullige Taxifahrer mit einem »Deern, ik fohr nie gauer, as mien Schutzengel fleegen kann!« kommentiert. »Bliev ruhig, geit doch blots graad ut.«

Ich weiß nicht, ob er mit mir friesisch, plattdeutsch oder außerirdisch gesprochen hat, ich beherrsche alle drei Sprachen genau gleich gut – aber das Wort Schutzengel habe ich verstanden. Und das macht die Sache nicht beruhigender. Auf jeden Fall scheint mein Schutzengel nicht am Strand zu liegen. Das Taxi, der Fahrer und ich kommen unversehrt beim Seeblick an. Mein Herzschlag bekommt allerdings keine Sekunde Pause zum Erholen. »Ich werde auch nie wieder meinen Neffen die Nägel lackieren, und wenn sie es sich noch so sehr wünschen«, spreche ich das nächste stille Gebet, während ich durch die Seitenscheibe zur Veranda hinaufstarre, »wenn die Miriam, die ich dort sehe, eine Fata Morgana ist.«

Ich bin froh, dass ich nur das Nagellackieren, das meine Schwester hasst, angeboten habe, denn natürlich ist Miriam keine Erscheinung, sondern aus Fleisch und Blut. Die Treppenstufen hinunterstapfendes Fleisch und kochendes Blut, wie es aussieht. Wieso, verdammt, ist sie schon hier? Moritz sagte doch, sie treffe erst heute Abend ein. Ich entlohne den Taxifahrer mit einem Fünfzigeuroschein und den Worten »Stimmt so!«. Sein freudiges »Veelen Dank, gern wedder!« für das fette Trinkgeld nehme ich kaum wahr. Ich eile auf Miriam zu, die ein kaftanartiges Gewand in Regenbogenfarben über Lederleggings und schwarzen kniehohen Stiefeln trägt.

»Audrey!«, stößt sie aus, als sie mich wahrnimmt. »Große Güte, bin ich froh, dich zu sehen. Was ist das hier nur für ein Kaff?« Sie umarmt mich und drückt mich an sich wie nie zuvor und deutet schließlich zur Eingangstür des Hotels. »Da drinnen steht ein grenzdebiler Riesenfriese an der Rezeption, der sich weigert, mich in Moritz' Zimmer zu lassen. Kannst du das glauben? Als ich ihm erklärte, dass ich Moritz Tannheims Verlobte bin, hat er gedroht, die Polizei zu rufen, wenn ich nicht sofort verschwinde. Als ich dann sagte, dass er das ruhig machen solle, hat er mich am Arm gepackt und zur Tür hinausgeschoben.« Sie streicht mit der Hand über ihren linken Arm. »Ich werde ihn wegen Körperverletzung anzeigen.«

Shit! Lambert hält Miriam natürlich nach wie vor für die Stalkerin, die Moritz auf den Fersen ist. Was mach ich denn jetzt nur? Ich kann doch Lambert nicht auch noch diese Lüge offenbaren, ich muss eine halbwegs plausible Erklärung finden. Ich mustere Miriams Gesicht mit den hektischen Flecken auf den blassen Wangen. Sie sieht gestresst aus. Ich habe das erste Mal in meinem Leben Mitleid mit ihr. Miriam scheint wirklich an Moritz zu liegen.

Mit stakkatoartigen Bewegungen beginnt sie mit ihren langen, blutrotlackierten Fingern auf dem Smartphone herumzutippen. »Wo steckt Moritz denn nur? Er geht nicht an sein Handy.«

»Er erwartet dich erst heute Abend«, bringe ich endlich etwas heraus. »Er ist in einer Scheune und hilft dort beim Dekorieren der Bühne. Er hat dir doch von den Bühnenbildern erzählt, die er gemalt hat?«

»Ja, aber …«

»Wieso bist du schon hier?«

»Ich konnte auf einen früheren Flieger umbuchen.« Sie schaut sich um und verharrt schließlich wieder auf dem Seeblick. »Moritz sagte, dass euer Vater diese Ruine kaufen will. Unglaublich. Und ihr wohnt dort auch noch. Das ist doch völlig unter eurem Niveau.«

»Darum quartieren wir dich auch im Strandhotel ein«, teile ich ihr mit, was ich mit Moritz besprochen habe. »Die haben noch ein Zimmer frei.« Als Miriam aufbegehren will, füge ich hinzu: »Moritz zieht natürlich für die letzten beiden Nächte zu dir. Und dann fahrt ihr sowieso nach Sylt weiter.«

»Und du nicht?« Sie sieht mich fragend an. »Ich dachte, du reist auch nach Sylt weiter.«

»Ich … äh … habe noch eine andere Angelegenheit zu regeln.« Ich kann ihr ja schlecht erzählen, dass ich Moritz' Pseudo-Verlobte und deren Großvater irgendwie nach Norwegen schaffen muss. Es ist Moritz' Aufgabe, sie über Frido und Esther und die Zusammenhänge aufzuklären. Geheim halten können wir es vor ihr nicht. »Steht dein Wagen auf dem Hotelparkplatz? Ich lotse dich zum Strandhotel.« Ich deute die Straße hoch. »Es ist dort vorn am Hafen. Moritz kann seine Sachen heute Abend zu dir ins Strandhotel bringen.«

Miriam nickt. »Aber vorher«, ihre für meinen Geschmack zu viel zu feinen Strichen gezupften Augenbrauen ziehen sich nach oben, »blasen wir diesem widerlichen Menschen da oben«, sie deutet die Stufen hinauf zur Eingangstür des Seeblick, »mal so richtig die Meinung. So weit kommt es noch, dass sich Miriam Schneider von einem Neandertaler aus einem Hotel werfen lässt. Komm!«

»Nein«, sage ich laut und kriege sie gerade noch am Arm zu fassen. »Wir lassen das jetzt auf sich beruhen. Lambert ist unser … äh … Theaterkollege, und wir dürfen ihn nicht verärgern. Das würde die Erbin des Hotels gegen uns aufbringen. Und das wollen wir nicht riskieren. Moritz hat dir doch bestimmt davon erzählt, dass wir nur deshalb noch hier sind, um für Papa das Hotel zu sichern?«

»Herrje, er hat so viel gefaselt und so wirr, das habe ich nicht wirklich verstanden. Aber deshalb lasse ich mich noch lange nicht beleidigen. Gerade jetzt nicht.« Ihre Stimme wird weinerlich, während sie wieder auf dem Smartphone herumzuwischen und zu tippen beginnt. »Moritz soll kommen und dem Schnösel da oben zeigen, wer hier König ist, nämlich der zahlende Gast.« Mit glasigen Augen presst sie das Handy ans Ohr und wartet, dass Moritz das Gespräch annimmt.

»Er hört das Klingeln nicht«, versuche ich Miriam zu beruhigen. »Moritz legt das Handy doch immer irgendwo ab.« Die Augen verdrehend, lächle ich sie an. »Du weißt doch, wovor er Angst hat. Die Strahlung könnte sein Sperma schädigen.«

»Mit seinem Sperma ist alles bestens«, erwidert Miriam und guckt mich mit großen Augen an. Sie lässt das Smartphone in die riesige schwarze Tasche fallen, die ihr über der Schulter baumelt.

»Ist doch auch nur ein Hypochonder-Spleen«, sage ich kopfschüttelnd. »Obwohl Unfruchtbarkeit in Moritz' Fall sogar ein Segen wäre. Oder möchtest du Moritz' Kind sein? Niemals durch Pfützen patschen dürfen, von ständigem Sagrotan-Nebel umhüllt sein, statt Kätzchen oder Kaninchen mit einem kalten schuppigen Aquariumfisch als Haustier aufwachsend, beim Essen …« Ich breche erschrocken ab, weil Miriam unvermittelt in hysterisches Weinen ausbricht.

Die drei Worte, die sie zwischendrin herausschluchzt, sind kaum zu verstehen. »Ich … bin … schwanger.«

Ich kann sie nur anstarren und kriege kein Wort raus, so lange, bis mir klarwird, dass ich Tante werde. Natürlich bin ich schon Tante bei meinen älteren Geschwistern, und ich liebe meine entzückenden Neffen, aber dies hier ist etwas anderes. Moritz wird Papa. Mein Moritz, mein Zwillingsbruder wird Papa!

»Ich werde Tante!« Ich lache fröhlich auf und drücke die schluchzende Miriam an mich. »Das ist so wunderbar, Miriam! Hör bitte auf zu weinen.« Ich küsse sie auf die Wange. »Und natürlich würde jedes Kind auf der Welt glücklich sein, Moritz zum Vater zu haben«, versuche ich zu retten, was zu retten ist, in Bezug auf das, was ich über das potenzielle Kind-von-Moritz-sein gerade von mir gegeben habe. »Es wird nie ein Spielzeug verlieren, weil es immer ein aufgeräumtes Kinderzimmer haben wird. Es wird immer kerngesund sein, weil es niemals ungeprüfte Lebensmittel und nur Eier von freilaufenden Hühnern essen wird. Und es wird den bestgeführten Impfpass der Welt haben.«

Miriam kriegt sich so schnell wieder ein, wie es aus ihr herausbrach. Sie schnieft nur noch ein wenig. »Glau… glaubst du, dass Moritz sich freuen wird?«

»Natürlich!«, beteuere ich, obwohl ich mir keineswegs sicher bin, ob es so ist. Ich habe mir Moritz und Miriam nie als Eltern vorgestellt. Vielleicht, weil Miriam bereits ihren vierzigsten Geburtstag gefeiert hat. Oder weil der Lebensstil, den die beiden pflegen, nicht familienkompatibel ist. Sie sind Langschläfer und Nachteulen. Sie lieben es, sich mit Freunden zu treffen, um zu essen, zu trinken und nächtelang über Kunst, Filme und Bücher zu diskutieren. Tja, dann wechselt Moritz jetzt also zu den Kackwindel-Gesprächskandidaten. Ich kann mir ein Grinsen nicht verkneifen.

Miriam pfriemelt zielsicher ein Päckchen Papiertaschentücher aus der Riesentasche, nimmt eines heraus und wischt die Tränenspuren von ihren Wangen. »Die Hormone spielen verrückt. Es ist ein Auf und Ab mit meinen Gefühlen. Ich bin momentan so unkontrolliert.«

»Na klar«, entgegne ich verständnisvoll und verzichte darauf zu sagen, dass sie auch im nicht geschwängerten Zustand unkontrolliert und unberechenbar ist.

Eine Stunde später liege ich auf meinem Hotelzimmerbett. Miriam habe ich im Strandhotel abgeliefert, das gerade noch ein Doppelzimmer frei hatte, und das auch nur, weil ein Paar krankheitsbedingt am Morgen eine Buchung storniert hat. Zufrieden seufze ich. Vielleicht hat das Schicksal endlich ein Einsehen, und ab heute kommt die Wende? Es scheint so. Frido und Esther sind für die nächsten beiden Tage gut untergebracht, Miriam ist vom Seeblick weit genug entfernt, und noch dazu bekommt sie ein Baby. Ich bin wahnsinnig gespannt, was Moritz sagen wird, wenn er es erfährt. Als ich Miriam verlassen habe, hatte sie ihn immer noch nicht erreicht.

Mit diesem Gedanken muss ich eingeschlafen sein, denn als ich die Augen öffne und nach meinem Smartphone auf dem Nachttisch greife, ist es schon nach siebzehn Uhr. Zufrieden kuschle ich mich noch mal unter die Decke. Ich bin dankbar, dass Jasper noch nicht zurück ist. So komme ich gar nicht erst in die scheußliche Situation, mir irgendetwas ausdenken zu müssen, um keinen Sex mit ihm haben zu müssen. Dafür ist jetzt nämlich keine Zeit mehr. Die Generalprobe steht kurz bevor.

»Ich weiß selbst, dass ich ihm nicht immer ausweichen kann«, pflaume ich Gertrud an, die ich unvorsichtigerweise angeguckt habe. »Aber ich kann einfach …« Ich breche ab und wende meinen Kopf, so dass ich die Decke anstarre. Ich kann es nicht aussprechen. Die Vorstellung, mit Jasper Sex zu haben, von ihm überall berührt zu werden, ruft Übelkeit in mir hervor. Ich sehe Gertrud wieder an. »Aber das ist nur vorübergehend.«

Leider ist sie nicht meiner Meinung. Vielleicht hängt ihr grimmiger Blick aber auch damit zusammen, dass sie sich nackt am Kopf fühlt. Lambert hat ihr das Kopftuch ordentlich über die Schulter gehängt. Der Stoff beginnt zu wehen, als sich die Zimmertür plötzlich schwungvoll öffnet.

Ich zucke zusammen, während Jasper ein fröhliches »Da bin ich wieder!« in den Raum ruft.

Meine Hand auf mein Herz legend, richte ich mich auf. »Meine Güte! Kannst du nicht anklopfen?«

Sofort verdunkelt sich sein Gesicht. »Anklopfen? Das ist jetzt auch mein Zimmer, oder? Ich klopfe doch zu Hause auch nicht an unser Schlafzimmer, wenn ich es betrete.«

Natürlich hat er recht, aber irgendwie gehört er für mich nicht in dieses Zimmer. Es ist, als wäre er ein Eindringling in eine Welt, in der er nichts verloren hat. Frido und Esther, Moritz, Lambert, Schwester Henni, sogar Bauer Dunkel sind Teil dieser Welt, aber nicht Jasper. Es gehört natürlich noch ein Mensch dazu. Mehr als alle anderen. Und leider gelingt es mir nicht, ihn auszublenden. Bei jedem Gedanken an ihn spüre ich seine warmen Lippen auf meinem Mund, berauschend und köstlich.

»Zu Hause gibt es auch keine weiteren Menschen, die unser Schlafzimmer betreten könnten«, verteidige ich mich patzig. »Hier könnte wer weiß wer eintreten. Es ist schließlich ein Hotel, in dem sich fremde Menschen aufhalten.«

Jasper pfeffert ein paar Einkaufstüten auf seine Bettseite. »Normale Menschen schließen sich darum ein, wenn sie in einem Hotelzimmer schlafen.«

»Ich habe nicht geschlafen«, lüge ich.

»Dann weiß ich nicht, warum du so zickig bist. Und das schon, seit ich hier bin.« Jasper zieht seine Jacke aus und wirft sie Gertrud über den Kopf. »Dir scheint die frische Luft hier nicht zu bekommen. Oder es ist die Langeweile. Es wird Zeit, dass du dein Studium wieder aufnehmen kannst.« Er knöpft sein Hemd auf, während er mich anblickt. »Hauptsache, du bist wieder normal, wenn wir verheiratet sind.«

»Vielleicht bin ich ja *un*normal, weil wir heiraten!« Der Satz ist raus, bevor der Verstand über den Ärger siegt. Einen Moment herrscht absolute Stille.

Jasper sieht mich an, nein, er scannt mein Gesicht, bevor er fragt: »Was ... was soll das? Warum sagst du das?«

Die Unsicherheit in seiner Stimme irritiert mich. Ich hätte eher einen verbalen Wutausbruch erwartet. Ahnt er, dass ich ihn betrogen habe? Aber würde er dann sein Hemd weiter so betont konzentriert – ohne mich anzusehen – aufknöpfen?

Was ist nur mit mir los? Warum suche ich bei ihm nach Auffälligkeiten? Schließlich bin ich diejenige, die unsere Beziehung in den Dreck gezogen hat. Mein schlechtes Gewissen lässt mich sagen: »Entschuldige, ich ... Es ist nichts. Linda meint, dass alle Bräute vor der Hochzeit nervös sind. Das ... das wird es sein.« Ich hasse mich für mein verlogenes Gestammel. Ich könnte mich krümmen vor Unwohlsein. Und zum ersten Mal spüre ich, dass ich mich mit den Lügen selbst viel mehr verletze als ihn. Sie fressen mich von innen auf.

»Alles ist gut, mein Schatz.« Jasper hat das Hemd ausgezogen. Er sieht erleichtert aus, als er sich über mich beugt und mich küsst. »Ich geh unter die Dusche. Dann packen wir aus, was ich geshoppt habe. Hier …«, er beginnt in einer Papiertüte zu wühlen und wirft mir ein hübsches kleines Päckchen zu, »… das darfst du schon mal auspacken. Ich hoffe, er gefällt dir.«

Ich bleibe auf dem Bett hocken, bis ich die Dusche laufen höre, und packe das Geschenk aus. Es ist ein leichter apricotfarbener Schal mit cremefarbenen Ornamenten. Schick und edel. Mit dem Schal in der Hand gehe ich zu Gertrud. »Du Arme«, murmle ich und nehme Jaspers Jacke von ihrem Kopf. Ich halte den Schal vor ihre Augen. »Hübsch, was? Jasper kennt meinen Geschmack genau.« Wir gucken uns an. »Also gut, überredet«, sage ich und binde ihr das Tuch um den Kopf. Dann wühle ich aus meiner Strandtasche die Valentino-Sonnenbrille mit den großen Gläsern heraus und setze sie ihr auf. »Nicht schlecht.« Ich trete einen Schritt zurück. »Jetzt müssen wir uns nur noch dein Kleid wegdenken.« Wenn Jasper nicht hier wäre, hätte ich ihr jetzt etwas von meinen Sachen angezogen, weil es so herrlich ablenken würde. Aber Jasper würde durchdrehen, wenn ich jetzt anfange, Gertrud umzudekorieren. »Ein andermal«, tröste ich sie und reiße Tuch und Brille wieder herunter, da die Dusche nicht mehr läuft. Jasper wird jeden Moment aus dem Bad kommen. Ein Blick auf die Uhr verrät, dass es auch für mich Zeit wird, mich fertig zu machen. Die Generalprobe beginnt in einer Stunde. Ein Kribbeln zieht durch meinen Körper. Ich werde Mark sehen.

»Interessant, kommt mal raus!«, sage ich mit hämischer Stimme zu Mark und Hanno alias Joe und Jerry, nachdem Mafioso Lambert den Verräter Zahnstocher-Charlie mit seiner Maschinenpistole durchsiebt hat. »Na los! Dalli, dalli, dalli!« Ich bin ganz in meiner Rolle, und doch scanne ich Marks Gesicht nach einer Regung ab, während ich spreche, nach etwas, das nicht in das Theaterstück gehört, sondern mir gilt, ein winziges Lächeln, ein warmer Schein in seinen Augen. Aber Mark spielt seine Rolle perfekt. Da ist kein Platz und – was wahrscheinlicher ist – auch kein Wille, mir etwas zu geben, das mir sagt: Ich denke an dich, Audrey. Ständig. Du bist allgegenwärtig in meinem Kopf.

Ich weiß, dass ich wahnsinnig ungerecht bin, schließlich bin ich diejenige, die alles, was sein könnte, blockiert. Dennoch wünscht sich alles in mir, dass ich in seinen Gedanken genauso allgegenwärtig bin wie er in meinen. Ich seufze manuskriptwidrig und bin darum froh, dass Zahnstocher-Charlies Leiche zu husten beginnt.

»Meine Güte, Jan-Ole.« Schwester Henni patscht mit ihrer Hand gegen den Souffleurkasten, in dem sie vor der Bühne hockt. »Dein Husten wird nicht besser.« Sie klingt dabei weniger besorgt als vielmehr ärgerlich. »Nimmst du denn das Hustenelixier nicht regelmäßig, das ich dir angemischt habe? Ich werde deiner Mutter sagen, dass sie dir morgen Mittag noch einmal eine richtig fette Hühnersuppe kochen soll. Das treibt die Krankheit raus.«

Mir tut der arme Jan-Ole leid. Die Grippe macht dem Gymnasiasten seit Tagen zu schaffen, und dennoch hat er keine Probe versäumt, denn Schwester Henni ist als Regisseurin unerbittlich. Sie erwartet von jedermann zu jeder Zeit vollen Einsatz, krank hin oder her. Und eine Leiche hat nun mal nicht zu husten.

Jan-Ole kriegt sich jetzt gar nicht mehr ein. Er setzt sich auf, und Kostümbildnerin und Mutter der Kompanie Inga kommt mit einem Becher angerannt, den sie ihm hinhält. Während Jan-Ole den Tee zwischen den langsam nachlassenden Hustenschauern schlürft, gleitet mein Blick ins Publikum, das sich aus einigen Familienmitgliedern der Spieler und ein paar Helfern zusammensetzt. Ich suche den Kontakt zu Moritz und Miriam.

Die beiden sitzen nebeneinander in der ersten Reihe. Mein Bruder strahlt wie das berühmte Honigkuchenpferd, und Miriam lächelt glückselig vor sich hin. Beide kriegen von dem Stück absolut nichts mit, das steht fest. Aber zumindest halten sie sich an meine Mahnung, nur ja keine Anzeichen von Vertrautheit zu zeigen. Schließlich gilt Moritz nach wie vor als Verlobter von Esther. Miriam hat er den anderen als befreundete Galeristin vorgestellt, was Miriam mit steinerner Miene hingenommen hat. Moritz muss mir unbedingt noch berichten, wie sie auf seine Beichte, dass es eine Pseudo-Verlobte gibt, reagiert hat. Einweihen musste er sie natürlich. Zumindest hat sie ihm kein zweites Matschauge gehauen.

Als Jasper und ich die Scheune betreten haben und ich sofort nach Moritz Ausschau hielt, um zu sehen, ob Miriam ihm schon die Wahnsinnsneuigkeit verkündet hatte, musste ich mich nicht lange gedulden. Moritz kam auf mich zugelaufen, riss mich hoch und schwenkte mich im Kreis herum mit den Worten: »Audrey! Ich werde …« Den Rest des Satzes brabbelte er gegen meine Hand, die ich ihm erschrocken auf den Mund presste, weil er mit seiner Herumwirbelaktion schon genug Aufmerksamkeit auf uns gelenkt hatte. Nachdem ich mit einem »Psst! Nicht so laut!« meine Hand weggenommen hatte, flüsterte er überglücklich: »Ich werde Vater! Ist das nicht unglaublich? Es … es ist ein Wunder.«

Ich hätte ihm antworten können, dass es absolut kein Wunder ist, ein Kind in die Welt zu setzen. Schließlich werden weltweit vier Kinder pro Sekunde geboren. Das hab ich mal in einer Statistik gelesen. Aber das habe ich mir natürlich verkniffen und gesagt: »Ein Wunder wär's, wenn dein Kind nicht in einem blauroten Ganzkörperanzug auf die Welt kommen würde. Handystrahlenverseuchtes Sperma hat bestimmt den gleichen Effekt wie der Biss einer radioaktiven Spinne.« Und dann habe ich ihm die Wangen abgeküsst vor Freude, dass er sich so freut, und vor Freude, dass ich Tante werde. Und darauf hustend, was die anderen denken.

»Weiter geht's, ihr Lieben!«, holt Schwester Henni mich zurück in die Generalprobe. Für Sekunden treffen sich Marks und mein Blick, und der Ausdruck in seinem lässt meine Bauchdecke kribbeln.

»Moment! Was glaubst du …«, sage ich und korrigiere mich schnell, »… was glaubt ihr, wohin ihr heute noch geht?«

Die weitere Probe verläuft pannen- und hustenfrei. Ich ertrage die Schlussszene, in der Mark und Imke sich küssend in den Armen liegen, nur, weil ich mir vorstelle, Imke zu sein. Zu sehen, wie seine Lippen auf ihrem Mund liegen, löst eine solche Sehnsucht in mir aus, dass mein ganzer Körper zu zittern beginnt.

Ich muss weg aus seiner Nähe. Noch während Schwester Henni »Vorhang!« ruft, gehe ich zu ihr.

»Ich habe wahnsinnige Kopfschmerzen«, sage ich. »Ich würde gern sofort gehen. Oder gibt es für morgen noch etwas Wichtiges zu besprechen, für das ich noch bleiben muss?«

»Sie sehen nicht gut aus, Kindchen. Sie machen mir doch nicht schlapp bis morgen?« Ihr sorgenvoller Blick gleitet über mein Gesicht, und ich frage mich, ob er wohl wirklich meiner Gesundheit gilt oder eher der Angst geschuldet ist, ich könnte ihr die Premiere versauen.

»Morgen bin ich wieder fit.« Ich lächle tapfer. »Ich weiß doch, wie wichtig Ihnen der morgige Abend ist.«

»Ihr Vater wird dabei sein.« Sie tätschelt meinen Arm. »Sie werden ihn begeistern.«

Wohl kaum. Als der liebe Gott beim Verteilen der künstlerischen Neigungen um entsprechende Handzeichen bat, war Papa auf dem Klo. Seine Ablehnungen, wenn Linda mit ihm in ein Konzert, ins Theater oder in ein Museum gehen möchte, sind so zahlreich wie die Sterne am Himmel. Nur dass seine Ausreden nicht deren Ausstrahlung haben. Wenn er sich wenigstens mal eine originelle Ausrede einfallen lassen würde. Linda fällt schon lange nicht mehr auf seine plötzlichen Besprechungen und Geschäftsessen rein, und somit muss er sie zwangsläufig begleiten. Für Papa ist das verschwendete Lebenszeit, die er lieber im Garten verbringen würde. Das Gärtnern ist neben dem Fliegen seine große Leidenschaft, wenn er gerade mal nicht arbeitet. Seine akkuraten Buchsbaumhecken und -büsche haben es sogar schon ins *Mein schöner Garten* geschafft, der *Vogue* der Gartenfreunde. Zum Glück war der Fotograf damals vor Ort, bevor Moritz und ich versuchten unserem grippekranken Vater eine Freude zu bereiten. Meine Gedankennotiz von damals ist immer noch präsent: Versuche niemals, eine Buchsbaumskulptur zu schneiden, wenn du deinen Vater nicht an einen Infarkt verlieren willst.

Der Babyelefant, den Moritz und ich seinerzeit schneidetechnisch erschaffen wollten, ist letztendlich eine Ente ohne Schnabel und Flügel geworden. Und mit sehr wenig Blättern. Eigentlich bestand sie nur noch aus einem Gestrüppgerippe. Papa hat zu den Grippemedikamenten noch ein Beruhigungsmittel bekommen.

»Ich freue mich auf morgen«, sage ich zu Schwester Henni. »Und für meinen Vater wird der Besuch hier ebenfalls eine Riesenfreude sein. Sie haben ihn mit Ihrer Entscheidung sehr glücklich gemacht.«

Sie nickt. »Ja, das sehe ich mit einem lachenden Auge genauso. Aber ein weinendes Auge gehört Mark. Ihn zu enttäuschen, ist mir nicht leichtgefallen. Es hat ihn mehr mitgenommen, als ich dachte.« Ich folge ihrem Blick zu Mark, der dabei ist, sein Saxofon in den Koffer zu legen. »Er sieht blass aus«, fährt sie fort, »aber vielleicht ist das auch durch die Trennung von Imke bedingt. Möglicherweise bereut er die Entscheidung.«

»Gute Nacht, Schwester Henni« ist alles, was ich dazu sage. Während meine Augen nach Jasper Ausschau halten, fällt mir ein, was ich Schwester Henni fragen wollte. »Hat mein Vater eigentlich erwähnt, wie er morgen anreist? Muss noch irgendetwas organisiert werden? Ich habe heute Nachmittag versucht ihn zu erreichen, aber die Verbindung kam nicht zustande.«

»Das hat er. Er sagte, er kommt mit seinem Flugzeug.« Lächelnd schüttelt sie den Kopf. »Es hat ein bisschen was von Hollywood. Ich kenne niemanden, der mit einem eigenen Flugzeug anreist.«

»Er kommt mit der Cessna?« Damit habe ich nicht gerechnet. »Wo ist denn hier der nächste Flugplatz?«

»Auf Föhr, meine Liebe. Ihr Vater hat sich daran erinnert und will deshalb dort landen. Mit der Fähre ist er dann schnell hier.« Ihre faltige Hand zupft einen Fussel von meinem Ganovenanzug. »Praktisch, wenn man selbst fliegen kann. Man ist schnell vor Ort und muss nicht fürchten, Opfer dieser lästigen Streiks zu werden. Verständnis für Tarifstreitereien hat man ja immer nur, wenn man selbst nicht betroffen ist. Ich verreise ja nicht, aber …«

Schwester Henni plappert noch weiter, aber ich höre nicht mehr, was sie sagt, denn ein Satz klingt in mir nach. Man ist *schnell* vor Ort und muss nicht fürchten, Opfer eines Streiks zu werden. Ich schlucke, weil ein zündender Gedanke mich durchfährt. Und auch kein Opfer von Straßensperren!

Ich verabschiede mich hastig von Schwester Henni und suche nach Moritz. Ich entdecke ihn auf der Bühne. Er steht mit Miriam vor dem Bühnenbild, das die Hotelszenerie zeigt. Sie betrachtet und belobhudelt gerade einen Kronleuchter, dessen einzelne gläserne Lichter alle einen strahlenden Heiligenschein tragen, während ein einsames Lichtlein in der Mitte aus zwei Hörnern blaues Licht verteilt. Es ist Moritz' Art, seiner Abneigung gegen LED-Lichter Ausdruck zu verschaffen. Ich schwinge mich auf die Bühne, greife Moritz' Arm und ziehe ihn ein Stück zur Seite. »Ich habe die Lösung!«

»Dafür, dass ich die empfindsame Mutter meines Kindes nicht mehr wie eine Fremde behandeln muss?« Er befreit sich aus meinem Griff.

Ich verdrehe die Augen. »Bitte keine Melodramatik. Die nächsten vierundzwanzig Stunden werdet ihr schon noch durchhalten.«

»Ich bin nicht melodramatisch.«

Miriam drängt sich wieder an Moritz' Seite. Sie zischt: »Für diese unglaubliche Farce schuldest du uns etwas, Audrey! Es ist demütigend, dass wir unsere Emotionen so überdecken müssen. Es ist grässlich für mich, von diesen Menschen«, sie wirft einen Blick durch die Scheune, »nicht als das wahrgenommen zu werden, was ich bin. Als Geliebte dieses«, ihre Augen verschlingen jetzt Moritz, »einmaligen, sensiblen Menschen und Künstlers.«

Moritz hat recht, *er* ist nicht melodramatisch.

»Ich werde meine Schuld in Form von Einhütabenden abgelten, wenn Mini-Tannheim auf der Welt ist«, biete ich an, um das Thema abzuschließen. »Aber jetzt sag mir eins, Moritz: Ist deine Fluglizenz noch gültig?«

»Meine Fluglizenz? Ja, schon. Hat mich meine ganze Überredungskunst gekostet, dass Papa die neue Cessna ab und an noch mal rausrückt. Ich war doch im Juni mit Miri in Rom.«

Ich nicke, obwohl ich von der Reise nach Italien nichts weiß. Bei Familienfeiern lassen er und Miriam sich selten blicken, und die Abstände, in denen Moritz und ich uns außerhalb dieser Feiern sehen, sind unendlich groß geworden. Das liegt zum größten Teil daran, dass Moritz Jasper nicht mag, Jasper ihn nicht und ich Miriam nicht. Allerdings, so übel finde ich Miriam momentan gar nicht. Aus ihren Augen spricht die Liebe, die sie für Moritz empfindet, und das berührt mich. Oder ist es genau das gewesen, was mich an ihr gestört hat? Dass sie die große Liebe meines Zwillingsbruders ist? Bin ich die ganze Zeit vielleicht nur eifersüchtig gewesen, weil sie diese Nähe zu ihm hat, die ich längst verloren hatte? Ich sollte meine Gefühle für sie überdenken. Andererseits …

»Du hättest Moritz nicht schlagen dürfen, Miriam!«

Beide sehen mich wegen des abrupten Themenwechsels irritiert an. Auf Miriams Hals bilden sich großflächige rote Flecken, die bis in ihr Dekolleté wandern.

»Ich … ich war einfach nicht Herrin meiner Sinne, sondern … Sondern meiner Hormone«, sagt sie erstickt. Sie klimpert mit den Wimpern, als wollte sie Tränen wegblinzeln, aber mein antrainierter Argwohn ihr gegenüber lässt mich vermuten, dass sie damit eher welche erzeugen möchte, um Mitleid zu erhaschen.

Was bei Moritz natürlich gelingt. »Oh, mein armer Liebling.« Er zieht sie in seine Arme, um sie zu küssen. »Spinnst du?«, faucht er Sekunden später, als seine Lippen sich auf meine Handinnen- und Miriams sich auf meine Handaußenfläche pressen, denn ich konnte meine Hand gerade noch zwischen ihre Münder schieben.

»Hier wird nicht geküsst«, sage ich panisch und sehe mich um, während ich an Moritz' Arm zerre, um ihn aus Miriams magnetischer Wirkung zu holen. Doch zum Glück schaut gerade niemand her. Die anderen sind mit Aufräumarbeiten beschäftigt.

»Warum fragst du überhaupt nach meiner Fluglizenz?«, will Moritz jetzt wissen.

Seine Augen funkeln warm. Es ist, als hätte das Wissen, Vater zu werden, eine Lampe in seinem Inneren entzündet, die ihn leuchten lässt. Ich muss mich zusammenreißen, ihn nicht an mich zu pressen. Ich möchte mich nie wieder so weit von ihm entfernen, wie ich es in den letzten Jahren war. Seit den paar Tagen, die wir hier gemeinsam verbracht haben, fühle ich mich Moritz nah wie lange nicht mehr. Und ich werde dafür sorgen, dass der Alltag mir dieses Gefühl nicht wieder nimmt. »Moritz, wenn wir zurück sind, also in Frankfurt, dann …«, ich schlucke und streichle über seine Wangen in dem geliebten hageren Gesicht, »dann komme ich dich besuchen. Öfter als bisher. Euch komme ich besuchen, wenn ich darf.« Mein Blick ist zu Miriam weitergewandert. Sie gehört zu ihm. Das muss ich begreifen und vor allem fühlen lernen.

»Bist du auch schwanger oder was? Du klingst so hormonell gesteuert.« Moritz versucht spöttisch zu klingen, aber ich merke, dass ihn meine Worte freuen.

»Papa kommt morgen mit der Cessna. Wenn ich ihn überzeugen kann, sie uns für einen Kurzurlaub zu leihen, würdest du sie dann fliegen?«

Er sieht mich verwirrt an, was bei meinen Gedankensprüngen durchaus legitim ist. »Ich flieg doch von hier nicht mit der Cessna. Nach Sylt kann ich rüberspucken. Wir nehmen den Wagen. Der Porsche ist aus der Werkstatt zurück. Hast du ihn nicht auf dem Hotelparkplatz gesehen?«

»Ich meine nicht Sylt.«

Seine Augenbrauen ziehen sich misstrauisch zusammen, weil ich mein strahlendes Alles-ist-ganz-wunderbar-Lächeln aufgesetzt habe, das er leider zur Genüge kennt und weiß, dass ich es einsetze, wenn ich Unangenehmes zu überspielen versuche.

»Ich möchte, dass du uns zum Nordkap fliegst.« Ich rede wieder einmal hastig, um ihn nicht zu Wort kommen zu lassen.

»Wir können zum Tanken in Dänemark und Norwegen zwischenlanden. Du suchst uns den nördlichsten in Frage kommenden Flughafen raus, von dort fahren wir dann mit einem Leihwagen den Rest des Weges. Das ist doch genial, oder? Oben in der Luft kommen uns keine Polizeisperren in die Quere.« Ich rüttle an seinem Arm. »Nun sag doch mal was!«

»Audrey, du spinnst.« Er schüttelt den Kopf, aber ich sehe, dass er über meinen Vorschlag nachdenkt. Das ist mehr, als ich erwartet habe. Vermutlich liegt es daran, dass er so wahnsinnig gern fliegt. »Möglich wäre es, aber für internationale Flüge muss ein Flugplan aufgegeben werden, und kontrolliert werden wir auf den Flughäfen, auf denen wir zwischenlanden, natürlich auch.« Moritz überlegt einen Moment. »Wenn wir uns beim Zoll anmelden, brauchten wir in Norwegen keinen internationalen Flugplatz anzufliegen. Das heißt, wir könnten auf einem kleinen Flugplatz nahe am Nordkap landen. Haben Esther und Frido überhaupt gültige Pässe bei sich?«

Ich nicke. »Esther hat das perfekt vorbereitet.«

»Alles schön und gut, aber Papa wird uns einen Strich durch die Rechnung machen. Er müsste dann nämlich mit dem Porsche zurückfahren.«

»Das regle ich schon.«

»Ich war noch nie am Nordkap«, sagt Miriam überlegend. »Ich glaube, das könnte mir gefallen.«

»Tja, da gibt es nur ein Problem. Die Cessna ist nur viersitzig, und mit Moritz, Frido und Esther sind bereits drei Plätze belegt.« Ich deute auf ihren Bauch. »Ist Fliegen nicht schädlich für Babys? Da gibt es doch diese Studie …«

Mein Plan geht auf. Da medizinische Studien für einen Hypochonder heiliger als die Bibel sind, reagiert Moritz wie erwartet. Sein entsetzter Blick wandert von mir zu Miriam. »Hast du mit deinem Arzt darüber gesprochen, Miri? Ich meine, wir sollten vielleicht wirklich kein Risiko eingehen. In drei, vier Tagen sind wir doch spätestens zurück. Du kannst in der Zeit lieber den Wellnessbereich unseres Sylter Hotels nutzen, anstatt …«

»Moritz, ich bin schwanger, nicht krank«, sagt Miriam genervt. »Alle schwangeren Frauen fliegen, wenn es keine Risikoschwangerschaft ist. Ich bin doch heute auch von Frankfurt nach Hamburg geflogen.«

Moritz ist mit seinen eigenen Gedanken beschäftigt. »Ist es nicht immer eine Risikoschwangerschaft bei Frauen um die vierzig?«

Nach dieser Frage herrscht einen Moment lang Stille. Ich weiß, dass Moritz sie ohne jeden Hintergedanken gestellt hat, nur aus Besorgnis, aber Miriam macht nicht den Eindruck, als sähe sie das genauso. Funken sprühen aus ihren Augen, während sie ihre Fäuste ballt. Dieses Mal habe ich sogar Verständnis für sie.

»Blödsinn«, sage ich deshalb schnell, um ein weiteres Matschauge zu verhindern. »Manche Zwanzigjährige würde sich wünschen, Miriams tollen Körper zu haben. So fit wie sie wäre jede Frau gern, mich eingeschlossen.« Das ist nicht mal gelogen. Miriam joggt drei-, viermal pro Woche und geht regelmäßig schwimmen. Am Anfang ihrer Beziehung mit Moritz habe ich sie mal ins Schwimmbad begleitet, um sie besser kennenzulernen. Ein bisschen Fitness, verbunden mit netter Plauderei, so hatte ich mir das vorgestellt. Aber da hatte ich die Rechnung ohne Miriam gemacht. Ihre Lieblingsdisziplin ist Schmetterlingsschwimmen. Sie hat das Wasser durchpflügt, dass ich dachte, sie teile es wie einst Mose das Rote Meer. Ich hatte schon beim Brustschwimmen meine Probleme. Den Anteil Wasser, den sie verdrängt hat, habe ich geschluckt. Wir waren nie wieder gemeinsam schwimmen.

»Dann müssen wir die Münze entscheiden lassen«, sage ich und halte Moritz' Blick.

Wissend, was ich von ihm will, nickt er. »Das ist gerecht.« Er strahlt Miriam an. »Einverstanden, Liebling?«

»Natürlich nicht, aber«, sie zieht eine beleidigte Schnute, »falls ich verliere, ist drei Tage Wellness eine adäquate Entschädigung.«

Moritz fingert ein Eurostück aus seiner Hosentasche und gibt es mir.

»Zahl – ich gewinne, Kopf – du verlierst«, sage ich zu Miriam und werfe die Münze bereits beim Sprechen hoch, damit sie nicht über das Gesagte nachdenkt. Ich fange sie auf und presse sie auf meinen Handrücken.

»Kopf«, sagt Miriam enttäuscht. »Ich hab verloren.«

Sie ist tatsächlich darauf reingefallen. Schwangerschaftshormone scheinen auch die linke Gehirnhälfte zu torpedieren. Moritz und ich haben uns als Kinder immer einen Spaß daraus gemacht, Spielkameraden mit dieser Variante zu beschummeln.

»Wahrscheinlich wird sowieso nichts daraus«, tröstet Moritz sie schnell. »Papa wird uns einen Strich durch die Rechnung machen.«

Miriams Entgegnung nehme ich nicht wahr, weil ich Mark hinterherblicke, der mit einem Winken in die Menge geht. Mich ignoriert er.

Das ist gut so, versuche ich mir einzureden und halte nach Jasper Ausschau. Er steht mit Jan-Ole und Hanno zusammen und trinkt ein Bier. Mit dem Finger taste ich unter meiner Nase herum, während ich zu ihnen gehe. Obwohl ich den Schnauzer sofort nach meiner letzten Szene abgezogen habe, habe ich immer noch das Gefühl, das er über meiner Oberlippe klebt. Mir kommt kurz der Gedanke, ihn wieder anzukleben. Dann hat Jasper bestimmt keine Lust, mich heute Abend noch zu küssen.

Aber – das stelle ich kurz darauf im Hotelzimmer fest – da besteht keine Gefahr. Im Gegenteil. Jasper dreht sich um und schläft gleich ein. Das ungewohnte Schnarchen verrät mir, dass er während der Generalprobe anscheinend auch schon die eine oder andere Flasche geleert hat. Ich bin dankbar, dass er sofort eingeschlafen ist.

Während ich mich hin und her wälze, ändere ich im Halbstundentakt meine Meinung, ob Papa uns die Cessna wohl geben wird oder nicht. Wenn nicht, haben Frido, Esther und ich eine lange Auto- inklusive Fährfahrt vor uns. Ein Zurück gibt es jedenfalls nicht. Das hätten die beiden nicht verdient.

»Und jetzt schlaf endlich, Audrey Tannheim«, murmle ich in die Dunkelheit. »Morgen musst du fit sein.« Ich drehe Jasper den Rücken zu und gestatte mir, was ich seit Stunden verdränge und was mir die Schlaflosigkeit beschert – meine Tagträume um Mark. Ich lasse zu, dass er mich in meinen Gedanken wieder küsst, meinen Namen sehnsüchtig flüstert, mich liebt.

# 17

Ich denke, hier wird Ihr Vater sich wohl fühlen. Was meinen Sie, Audrey?« Schwester Henni zupft am hellblau bezogenen Kopfkissen und lässt ihren Blick durch das Kapitänszimmer schweifen.

Ich öffne neugierig die hölzerne Seemannskiste vor dem Fußende des Bettes. Ich erwarte keinen Schatz, aber zumindest ein paar Bücher oder Seekarten oder einen Sextanten, aber sie enthält nur eine Nackenrolle. »Auf jeden Fall«, antworte ich Schwester Henni, während ich den schweren Deckel enttäuscht schließe. Da Papa dieses Hotel aus nostalgischen Gründen kaufen möchte, wird er auch das altertümliche Flair schätzen. Dem Kapitän – hier steht die Schaufensterpuppe neben dem Nachttisch – schlackert seine dunkelblaue, mit goldglänzenden Knöpfen besetzte Uniformjacke um den mageren Kunststoffkörper. Seine Mütze ist mit Heißwachs, das an den Seiten herausgequollen ist, an der fusseligen Perücke festgeklebt worden, vermutlich, damit sie ihm nicht über die Stirn rutscht. Ich frage mich, ob Inga ihn dekoriert hat, denn er trägt den gleichen Schnauzer wie ich als Gamaschen-Colombo. Allerdings hängt sein Schnauzer ein wenig schief über seiner Oberlippe. Das hätte Inga nie zugelassen. Der Kapitän schaut sehnsüchtig aufs Meer – er steht mit Blick zum Fenster –, und ich weiß, wie er sich fühlt. Sehnsucht, egal nach was, zerreißt einem die Brust.

Schwester Henni arrangiert zum Glück gerade die Buddelschiffe auf der Kommode neu, als ich den Schnauzer abziehe, um ihn zu richten. Der Klebestreifen über der Oberlippe ist so ausgetrocknet, dass der Schnauzer wieder abfällt, als ich ihn unter die Nase drücke, die für einen Seebären erbärmlich fein ist. Eilig sammle ich den Schnurrbart wieder auf und stecke ihn dem Kapitän, der jetzt mit Klebestreifen über der Lippe dasteht, in die Jackentasche.

Ich stelle mich vor die Puppe, als Schwester Henni fragt: »Werden Sie Ihren Vater am Fähranleger abholen?«

Allerdings werde ich das. Ich muss ihm auf dem Weg hierher schließlich beichten, was wir hier verzapft haben. Bei dem Gedanken daran gesellt sich zu meinem Sehnsuchtsschmerz das Bauchmonster. »Ja, er kommt mit der Zwölf-Uhr-vierzig-Fähre von Föhr rüber«, antworte ich, mich leicht krümmend.

»Dann ist er um halb zwei am Dagebüller Anleger.« Schwester Henni fährt mit dem Finger prüfend über das kleine Steuerrad an der Tür. Es scheint kein Staub darauf zu liegen, denn sie wischt den Finger nicht ab. Lächelnd sieht sie mich an. »Ich freue mich darauf, Ihren Vater kennenzulernen. Ich habe einen Apfelstreuselkuchen gebacken. Dazu gibt es leckere Schlagsahne. Hm.« Sie schließt genießerisch die Augen. »Schade, dass Herr Lörtsch und seine Enkelin umgezogen sind«, fährt sie fort, nachdem sie die Augen wieder geöffnet hat. »Ihr Vater hätte sich sicher gefreut, sie zu sehen.«

Um den hastigen Auszug der beiden aus dem Seeblick zu erklären, habe ich ihr erzählt, dass Frido jedes Mal, wenn er aus dem Fenster gesehen hat, zum Meer wollte, und dass Esther dadurch unter enormem Stress stand. Eine sehr dürftige Ausrede, aber Schwester Henni hat sie nicht in Frage gestellt. Ich denke, dass sie denkt, dass Moritz und Esther sich gestritten haben, denn sie hat betont unauffällig Fragen nach den beiden gestellt. Nun, ich lasse sie gern in dem Glauben. Im Grunde ist es sogar die viel bessere Ausrede.

»Ich habe Ihrem Bruder gesagt, dass seine Galeristin auch herzlich zum Kaffee eingeladen ist«, erklärt sie und öffnet die

Tür. »Mit Ihnen und Herrn Dr. Mehrens sind wir dann zu sechst.«

Ich sage »Ja« und folge ihr aus dem Zimmer, obwohl ich nicht sicher bin, ob Jasper dabei sein wird. Wir haben uns noch vor dem Frühstück fürchterlich gestritten, als ich ihm von meinen Nordkap-Reiseplänen erzählt habe. Er hat das Hotel ohne Frühstück verlassen. Ich habe keine Ahnung, wohin Jasper gefahren ist, aber er wird irgendeine Stadt finden, in der er Frustshoppen kann.

Um halb zwei stehen Moritz und ich am Fähranleger wie zwei Schulkinder, die dem Lehrer eine tote Ratte auf das Pult getackert haben und dabei erwischt wurden. Was würde der Vater zu dem blauen Brief sagen? Genau so fühle ich mich, als sich die Uthlande – und damit Papa – von Föhr kommend nähert. Das Fährschiff kämpft gegen die Ebbe an und fährt so langsam, dass sie kaum vom Fleck kommt. Meinetwegen kann sich das Wasser noch weiter zurückziehen, um die Fähre am Anlegen zu hindern, aber mehr geht kaum. Die Ebbe hat ihren Höchststand erreicht, wie die gerade stehenden Bojen auf dem Meer verraten. Jeden Moment wird Neptun den großen Schalter umlegen und die schlickige braune Wanne wieder volllaufen lassen.

Unser Vater geht als einer der Ersten von Bord. Er hat etwas Aristokratisches, obwohl er heute eine Feincordhose und die kurze schwarze Lederjacke, die er nur beim Fliegen nutzt, trägt. Sollte Steven Spielberg jemals einen Film drehen, in dem ein englischer Lord mitspielt, wäre unser Vater die perfekte Besetzung, respekteinflößend und doch gütig, groß, schlank und kraftvoll, das dunkle volle Haar noch nicht vollständig ergraut. Gut, Papas rechte Augenbraue zuckt manchmal, aber eigentlich nur in Stresssituationen. Beim echten Hochadel zuckt bestimmt noch viel mehr, schließlich haben die sich jahrhundertelang nur mit Verwandtschaft fortgepflanzt.

Wie er da, die kleine Reisetasche schwingend, auf uns zugelaufen kommt, würde man kaum vermuten, dass er im nächsten Jahr die siebzig erreicht. Als ich die Unmutsfalten auf seiner Stirn erkenne, stellt sich allerdings eher die Frage, ob Moritz und ich unseren dreiunddreißigsten Geburtstag noch erleben.

Seine Begrüßung ist so warm wie die Nordsee im Januar. »Und ich hatte noch dieses flaue Gefühl im Magen, als wir auf der Queen Mary eincheckten. Dann allerdings habe ich mir gesagt: Die beiden Chaoten werden doch wohl diesen kleinen Auftrag hinbekommen.« Sein Blick wandert von mir zu Moritz und zurück. Seine Augenbraue zuckt. »Ich wäre nicht überrascht gewesen, hättet ihr dem Bausatz eurer Unfähigkeiten ein neues klägliches Element hinzugefügt, aber anscheinend hat es ja trotz eurer langen Anwesenheit hier geklappt. Sonst hätte mich Henrike Morgenroth ja kaum angerufen und hierher eingeladen.«

»Guten Tag, Papa«, sagt Moritz steif. »Ich freu mich auch, dich zu sehen.«

»Hallo, Paps.« Ich klinge piepsig. Seine Worte haben mich getroffen. Ich ziehe ihn aus der Menschenmenge, die inzwischen die Fähre verlässt. »Hattest du einen guten Flug?«

Er stellt seine Reisetasche auf einer der Bänke an der Bushaltestelle ab, meine Frage ignorierend. »Mögt ihr mich aufklären, was Henrike Morgenroth damit meinte, als sie sagte«, er sieht Moritz an, »deine Verlobte und deren Großvater seien ebenfalls hier?« Er schüttelt den Kopf. »Linda war entsetzt, als sie hörte, du und Miriam hättet euch verlobt, ohne dass wir es erfahren.«

»Wir sind nicht verlobt«, presst Moritz heraus. »Und Miriams Großvater ist längst verstorben.«

Die buschigen Earl-Brauen ziehen sich zusammen. »Dann verstehe ich nicht …«

»Die Verlobte, die Schwester Henni meint, ist … ist eine erfundene Verlobte«, erkläre ich, um Moritz zu entlasten, der das Lügengespinst ja nicht aufgebaut hat. »Also, es gibt sie schon wirklich. Ich meine, sie heißt Esther. Und ihr Großvater heißt Frido …«

Ich breche ab, weil mein Vater fragt: »Wer ist Schwester Henni?«

Okay. Ich seufze tief. Wie es aussieht, muss ich ganz vorn beginnen.

Den Gedanken teilt Moritz mit mir. »Dann mal los, Schwesterchen. Am Anfang schuf Gott Himmel und Erde …«

Während wir langsam Richtung Hotel laufen, sprudelt alles aus mir heraus. Ich lasse kaum etwas aus. Und Papa lässt mich reden, zum Teil wohl auch, weil das Gehörte ihn sprachlos macht.

»Dann habt ihr das Hotel also dadurch für mich gerettet, dass ihr Henrike Morgenroth beim Theater unterstützt«, ist sein Fazit, als ich endlich, erschöpft durch die vielen Erklärungen, innehalte.

Das stimmt so natürlich nicht, aber ich habe den Teil weggelassen, der Mark und seinen Entschluss, sich von Imke zu trennen, betrifft. Denn nur darauf beruht Schwester Hennis Entscheidung.

Papa bleibt auf dem Bürgersteig stehen und lächelt zum ersten Mal. »Da habt ihr ja tatsächlich aus dem selbst verzapften Unglück noch einen Glücksfall gemacht. Bravo! Da will ich dann mal über diesen unfassbaren Unsinn mit dem alten Herrn und seiner Enkelin hinwegsehen.« Er schaut mich noch einmal streng an. »Ich kann mich doch darauf verlassen, dass diese beiden Menschen morgen aus eurem Leben verschwunden sind? Um nichts auf der Welt möchte ich mich Henrike Morgenroth gegenüber auch noch zum Baron von Münchhausen machen müssen.«

Ich spüre Moritz' Blick auf mir. Dass ich vorhabe, Frido und Esther zum Nordkap zu bringen, habe ich Papa verschwiegen, und vielleicht ist es besser, wenn ich es vorerst dabei belasse.

Als wir Richtung Hotel gehen, bleibt Papa alle naslang stehen, um seinen Blick über die rechter Hand liegenden Ferienhäuser und Geschäfte schweifen zu lassen. »Wie sieht es hier nur aus?« Enttäuschung klingt durch seine Stimme. »Alles ist so … so modern, so vollgebaut! Das war früher alles nicht da.«

»Was hast du denn erwartet?«, sagt Moritz unbeeindruckt. »Es ist fünfzig Jahre her, seit du hier gelernt hast.«

»Ja.« Papa nickt. »Aber eure Mutter und ich haben mit Pamela und Markus noch zweimal unseren Urlaub hier verbracht. Doch auch das liegt natürlich schon weit über dreißig Jahre zurück«, gibt er zu.

Das Seeblick fällt ihm schließlich schnell ins Auge, weil es auf der linken Seite das einzige Gebäude zwischen weiten Grünflächen ist, von der inzwischen reparierten Scheune einmal abgesehen. Tränen der Rührung treten in seine Augen, als wir schließlich vor den Stufen stehen, die zur Veranda des Hotels führen.

»Ja, so habe ich es in Erinnerung.« Er wiegt den Kopf ein wenig. »Vielleicht habe ich es ein bisschen größer in Erinnerung, aber ansonsten …«

»Es ist eine Baracke«, metzelt Moritz in Papas Kopfkino alles Schöne nieder, »ein verwesendes Haus, in dem die Geister der Vergangenheit muffig vor sich hin vegetieren.«

Papa strafft die Schultern und sieht ihn mit zuckender Augenbraue an. »Wo bleibt dein schöpferischer dunkler Kunstgeist, den du doch dein Eigen nennst? Verfallendes müsste dich doch inspirieren.«

Eins zu null für Papa.

»Schwester Henni wartet im Hummersalon mit Kaffee und selbstgebackenem Apfelkuchen auf uns«, dränge ich mich verbal dazwischen, um Moritz an einer Antwort zu hindern. »Lasst uns reingehen.«

»Der Hummersalon!«, sagt mein Vater fröhlich. »Den gibt es also auch noch. Ha, ist das schön.«

Die Begrüßung durch Schwester Henni ist warmherzig. Sie und Papa versuchen zu ergründen, warum sie sich in der Zeit seiner Lehre nie begegnet sind. Schwester Henni scheint in diesen Jahren in einem Krankenhaus in Afrika gearbeitet zu haben.

Ich schlucke, als mir klarwird, was sie in ihren achtzig Lebensjahren schon alles geleistet hat. Wenn ich nur ein wenig ihres Tatendrangs inhalieren könnte!

Sie bittet uns in den Salon, wo Miriam schon am hübsch eingedeckten Kaffeetisch auf uns wartet. Der köstliche Duft nach gebackenen Äpfeln und Streuseln, den der Kuchen verbreitet, lässt mich endlich wieder einmal einen Hauch Appetit verspüren.

Mein Vater begrüßt Miriam so, wie er die Galeristin seines Sohnes begrüßen würde, höflich, aber nicht herzlich. Da er jetzt eingeweiht ist, muss er das Spiel um Miriam wohl oder übel mitspielen. Allerdings hätte die Begrüßung kaum anders ausgesehen, wenn sie als Moritz' Freundin hier säße. Papas Zuneigung zu ihr hält sich in Grenzen, genauso wie es bei mir war. Ich hoffe für Moritz und Miriam, dass sich das ändert, wenn er erfährt, dass die beiden ihm einen Enkel bescheren. Ich für meinen Teil schenke Miriam ein Lächeln, das von Herzen kommt.

»Jasper ist auch gerade gekommen«, sagt sie. »Er zieht sich oben nur schnell um.«

»Oh, schön.« Ich hoffe, er hat sich einigermaßen beruhigt, und vor allen Dingen, dass er sich an meine Weisung hält, Papa kein Wort davon zu sagen, was wir mit der Cessna planen. Das muss ich Papa bei passender Gelegenheit allein fragen.

Ich setze mich an den Platz, vor dem die Kaffeekanne auf einem Stövchen steht. Wenn ich schon Tee trinken muss, möchte ich wenigstens Kaffeeduft riechen. Ich helfe Schwester Henni beim Einschenken. Als mein Vater sieht, dass sie nach Miriam auch mir einen Tee aus einer dickbauchigen Teekanne einschenkt, fragt er mich erstaunt: »Bist du krank, Audrey?«

Ich war Jasper niemals dankbarer als in diesem Moment, denn er betritt den Raum und ruft gutgelaunt: »Hallöchen, hier duftet es ja himmlisch!« Er eilt auf Papa zu und begrüßt ihn mit einer Umarmung. »Willkommen, lieber Georg!« Jasper wirkt überdreht, aber seine Wut auf mich scheint glücklicherweise verraucht. Er küsst mich auf die Wange. »Hallo, Maus.«

Die Kaffeerunde ist für mich eine Tortur. Jasper, Miriam und Papa sind gleich drei Kandidaten, die mit einem falschen Wort, einer falschen Frage oder in Miriams Fall mit einer falschen Geste oder Berührung mein wackliges Lügengebilde vor Schwester Henni zum Einsturz bringen könnten. Nicht einmal Moritz kann ich mehr über den Weg trauen. Zweimal trete ich ihm unter dem Tisch ans Schienbein, weil er Miriam dauergrinsend anhimmelt. Zeit zum Luftholen habe ich, als Papa hübsche kleine Anekdoten aus seiner staubigen Erinnerungskiste hervorkramt und damit Schwester Henni ein Leuchten in die Augen zaubert. Ich kann sie verstehen. Der junge Johann Morgenroth lebt in den Erzählungen wieder vor ihr auf. Auch ich würde mich über alle Maßen freuen, wenn mir ein Mensch von meiner Mutter Dinge aus ihrer Vergangenheit berichten würde, die ich noch nicht kenne.

Als Papa von Johann Morgenroths selbstgebranntem Kirschlikör schwärmt, steht Schwester Henni auf. »Herr Tannheim, davon existieren noch zwei Fläschchen oben in Johanns Schrank. Mein Bruder hat jedes Jahr seine Medizin, wie er es nannte, gebraut. Das ist ein wunderbarer Moment, eine Flasche davon zu öffnen. Ich selbst trinke keinen Alkohol, aber in dieser netten Runde ...« Sie strahlt uns an und setzt sich in Bewegung. Als sie die Tür des Hummersalons öffnet, um nach oben zu gehen, hören wir sie sagen: »Oh, wie schön! Da wird sich der Herr Tannheim aber freuen, Esther, Sie und Ihren Großvater doch noch zu sehen. Kommen Sie herein! Es ist noch Kuchen da.«

Mir stellen sich die Härchen auf den Armen auf. Esther und Frido sind hier?

In diesem Moment führt Schwester Henni die beiden auch schon herein. Esther wirkt entgegen ihrer sonstigen Art unsicher. Was wohl, verdammt noch mal, auch berechtigt ist! Warum ruft sie nicht an, wenn sie solche Aktionen plant? Da hätten sie ja gleich hier im Hotel bleiben können. Mir treten die Tränen in die Augen. So langsam bin ich am Ende.

Frido ist augenscheinlich nicht im Feenland unterwegs, obwohl sein Outfit vermuten lassen könnte, er sei auf dem Weg dorthin. Er trägt die senffarbene Fellkragenjacke, den Schal und die Mütze, die ich ihm auf Föhr gekauft habe. In seiner linken Hand hält er den hellblauen Koffer. Und anscheinend trägt man im Feenland Hausschuhe. Er ist mit seinen Filzpuschen hier!

Ihn stört das nicht. Er guckt uns durch seine Brille munter an. »Ach, es gibt Kuchen? Lecker.« Er stellt den Koffer einfach neben sich ab und kommt an unseren Tisch.

Schwester Henni hakt Esther unter, zieht sie mit sich neben Frido und deutet in die Runde. »Sie alle kennen sich ja, doch ich bin nicht sicher, wie es bei Ihnen aussieht, Frau Schneider.« Sie blickt Miriam an. »Aber vermutlich kennen Sie ja die Verlobte von Herrn Tannheim. Vielleicht auch deren Großvater, Herrn Lörtsch?«

Esther besinnt sich auf ihre Rolle. »Hallo … äh … Mo-Schatz.« Sie beugt sich zu Moritz hinunter und küsst ihn auf die Wange.

Moritz' »Hallo, Esther!« kommt aus einer Gruft.

Mir wird schwindlig. Ich muss mich mit beiden Händen an den Stuhl krallen, weil ich das Gefühl habe, zur Seite wegzukippen.

Miriams Wangen haben dieselbe Farbe angenommen wie ihre Lippen. »Nein, ich hatte noch nicht das Vergnügen«, kommt es eisig aus ihrem kirschroten Mund. Das nachfolgende »Sehr erfreut« klingt in meinen Ohren wie »Ich töte euch alle!«.

Esther sieht mich hilfesuchend an, aber dieses Mal kann ich ihr nicht helfen. Ich starre von meinem Vater, der mit zusammengepressten Lippen dasitzt, zu Frido, der verwirrt scheint, aber nicht aus Demenzgründen, sondern weil er wohl über die Worte von Schwester Henni nachdenkt. Ich sehe förmlich, wie es in ihm arbeitet und er sich fragt: Verlobte von Herrn Tannheim? Großvater Herr Lörtsch?

Glücklicherweise, und ich kann gar nicht von genug Glück reden, bezieht er die Namen nicht auf sich und Esther. Er sieht meinen Vater an. »Ach, Sie sind Herr Lörtsch. Ich glaube, ich hab schon von Ihnen gehört.« Dann betrachtet er Miriam, die er wohl für die Verlobte hält. Sein »Aha« lässt jede und keine Deutung zu. Ohne noch ein weiteres Wort zu sagen, nimmt er auf dem einzigen freien Stuhl – Schwester Hennis – Platz. »Gibt es jetzt Kuchen?«

Schwester Henni lacht auf. »Sehr gern, aber vorher möchten Sie doch bestimmt die Jacke ausziehen.«

Widerwillig steht er auf, als Esther seinen Arm nimmt und ihn hochzieht. »Der Kaffee wird kalt«, sagt er zu ihr.

»Er wollte unbedingt Bus fahren«, raunt Esther mir zu, als ich aufstehe, um ihr zu helfen. Sie drückt mir Schal und Mütze in die Hand, während sie Fridos Arm aus dem Jackenärmel hilft. »Heute Morgen ist er wieder weggelaufen. Er saß schon mit dem Koffer in der Bushaltestelle. Zum Glück fahren hier die Busse nicht so oft. Ich hab ihn eingesackt, aber seit heute Mittag drängelte er nur noch. Und wo sollte ich denn sonst mit ihm hin?«

»Wieso trägt er Hausschuhe?«, zische ich leise.

»Weil die Nordkap-Stiefel viel zu warm gewesen wären, und von seinen Sportschuhen war nur noch einer da. Ich weiß nicht, wo er den anderen hat.«

Jasper ist aufgesprungen, um zwei weitere Stühle zu holen, und Schwester Henni bringt zwei saubere Gedecke. Ich nutze diesen geschäftigen Augenblick, um Esther ein paar Worte zuzuflüstern. »Halt dich mit deinen Äußerungen Moritz betreffend zurück«, sage ich, »sonst ersticht Miriam dich mit der Kuchengabel, das garantiere ich dir.«

Sie wirft einen unsicheren Blick zu Miriam, die sie ebenfalls mustert. Ob Schnappatmung dem Baby schadet? Ich hoffe nicht.

Ich ziehe Esther auf den Stuhl neben mich. »Papa, erzähl uns doch noch einen Schwank aus deiner Lehrzeit«, sage ich, weil wieder ein unangenehmes Schweigen eingetreten ist, das Schwester Henni merkwürdig erscheinen muss. Dass sie eigentlich eine Flasche von Johann Morgenroths Kirschlikör holen wollte, hat sie wohl vergessen.

Papa zermalmt mit der Kuchengabel Streuselstücke auf dem Teller. Sein Blick kommt aus derselben Gruft wie Moritz' Stimme. »Berichte du doch lieber von eurem Theaterstück. Ich bin sehr gespannt, was mich heute Abend erwartet.«

Ich bin Papa dankbar, denn Schwester Henni lebt auf. »Herr Tannheim, ohne Ihre Kinder würde es dieses Theaterstück heute nicht geben. Moritz und Audrey sind beide großartige Künstler. Sie müssen unendlich stolz auf die beiden sein.«

Moritz' Rücken strafft sich, und er wirft unserem Vater einen Blick zu, der signalisiert: Da hast du es, du Ignorant! Andere wissen zu schätzen, was ich leiste!

Papa ist in Blickeverstehen so gut wie ich in Plattdeutsch, denn er sagt: »Jaja, ein hübsches Hobby. Ich hab's ja mehr mit dem Gärtnern. Da kann man die Seele baumeln lassen.«

Hätte Moritz jetzt eine Heckenschere in Händen, würde Papas Seele nicht mehr baumeln, sondern gen Himmel schweben. Er steht abrupt auf, und so greift Miriams Hand, mit der sie tröstend nach seiner greifen wollte, glücklicherweise ins Leere.

»Ich gehe jetzt besser, bevor …«, presst Moritz über die Lippen und guckt mich an, »… ich hier Klartext rede.«

»Ein klares Wort … zur rechten Zeit … erspart viel … Kummer und Herzeleid«, kommt es schmatzend über Fridos Lippen, denn er hat den Mund voll Kuchen.

»Habe ich etwas Falsches gesagt?«, stößt Schwester Henni erschrocken aus und blickt Esther an, die als Verlobte völlig versagt, weil sie nur ratlos die Schultern hebt, anstatt Moritz hinterherzueilen, so wie Miriam es gerade tut.

Jasper sieht mich an. Ich lese Triumph in seinen Augen, weil die Situation entgleist und das Lügengebilde zusammenzubrechen scheint.

»Nein, Sie trifft keine Schuld«, antworte ich wahrheitsgemäß. »Moritz hasst es einfach nur, wenn sein Lebensinhalt als Hobby abgetan wird.«

Sie nickt verstehend. »Künstler sind so empfindliche Seelen.« Dann sieht sie meinen Vater an. »Ich bin ja keine Expertin auf dem Gebiet, aber ich denke, Ihr Sohn ist wahrhaftig mehr als ein Hobbykünstler.«

Papa schaut sie verblüfft an und zwingt sich zu einem »Na, dann …«.

»Sie werden es heute Abend sehen.« Schwester Henni hat ihre gute Laune wieder. Mit einem Blick auf die Wanduhr sagt sie: »Wir sollten uns jetzt alle vorbereiten. In einer Stunde treffen wir uns bereits in der Scheune.« Sie steht auf. »Es wird fantastisch werden.«

»Ich zeige meinem Vater das Kapitänszimmer«, biete ich an.

Schwester Henni nickt. »Wunderbar. Fühlen Sie sich wie zu Hause, Herr Tannheim. Wir sehen uns heute Abend bei der Premiere und morgen zum Frühstück. Danach können wir dann zum geschäftlichen Teil übergehen.«

»Eine patente Frau«, sagt mein Vater anerkennend, während wir ihr hinterherschauen, wie sie mit flinken Beinen aus dem Raum eilt. Anschließend wendet sich sein Blick Frido zu, der gerade seinen Zeigefinger anleckt, um damit die letzten Krümel vom Teller zu sammeln. Papas Augenbraue beginnt zu zucken, dann starren er und Esther sich sekundenlang an, ohne ein Wort zu wechseln. Die beklemmende Stille wirkt noch verstärkt, als Frido unbedarft den letzten Rest Kaffee aus seiner Tasse schlürft. Als Jasper den Mund zum Sprechen öffnet, steht Papa auf, die Hand abwehrend gegen Jasper erhoben. »Ich will jetzt nichts mehr hören von euch, gar nichts. Ich gehe heute Abend zu diesem Theaterstück, weil Henrike Morgenroth das erwartet. Und ich werde dieses Haus morgen Vormittag verlassen, sobald ich mit ihr handelseinig geworden bin. Und bis dahin möchte ich nichts, aber auch wirklich nichts mehr von euch sehen und hören.«

Jaspers entsetztes »Aber Georg …« verklingt im Raum, als Papa mit festen Schritten hinausstapft. Ein eisiger Blick trifft mich, dann eilt Jasper Papa hinterher. Ich höre ihn rufen: »Georg, nun warte doch mal. Ich habe mit der ganzen Sache doch gar nichts zu tun.« Und ich stelle fest, dass es mir egal ist, was er Papa erzählt. Jasper ist mir egal.

Esther murmelt: »War wohl keine gute Idee, hier aufzutauchen.«

Frido guckt mich an. »Hast du noch Kuchen, Ordri?«

Ich lege ihm meinen nur zur Hälfte gegessenen Kuchen auf den Teller. »Morgen früh geht es los, Esther.« Ich sehe sie an. »Wir fliegen mit Papas Cessna nach Norwegen.«

»Wir …« Ihre Augen werden riesig. Dann zucken Frido und ich zusammen, denn sie kreischt, als hätte ihr Lieblingssänger Cro nur für sie seine Pandamaske abgenommen. »Wie endkrass ist das denn!« Sie springt auf und fällt mir um den Hals. »Mega, Audrey, mega!«

Frido hat das Kauen eingestellt. Er starrt Esther mit einem Blick an, der so klar wie frisches Quellwasser ist. Ich weiß nicht, ob er Esther als das erkennt, was sie ist, nämlich seine Enkelin, aber auf jeden Fall ist er sich in diesem Moment sicher, dass sie nicht Aurora ist, so viel steht fest.

Esther ist in ihrer Begeisterung nicht zu stoppen. Sie löst sich von mir, stellt sich hinter Fridos Stuhl und schlingt ihre Arme um seinen schmächtigen Oberkörper. »Wir fliegen mit einer Cessna zum Nordlicht, Opa! Ist das nicht toll?« Sie schmatzt ihm einen Kuss auf die Wange.

Esther registriert nicht, dass sie in ihrer Euphorie das Wort Opa benutzt hat. Ich schon. Und Frido auch. Verunsicherung und Zweifel lese ich in seinen Augen und in seiner Mimik. Und noch etwas anderes. Angst? Mein Herz läuft über vor Mitgefühl. Ich beuge mich über den Tisch und streichle seine

Hand, die immer noch die Kuchengabel hält. »Es ist alles gut, Frido.«

Sein Blick gleitet durch den Raum, seine Stimme klingt zittrig. »Wo ist Jochen? Ist Jochen auch hier?«

Ich seufze. Nach seinem Sohn fragt er, wenn er aufgeregt oder unsicher ist. Und ich kann es ihm nicht verübeln, weil er sich an Jochen erinnern kann. Ihn gab es schon vor den dreißig Jahren, die ihm in seiner Erinnerung fehlen.

Esther ist ebenfalls aufmerksam geworden. Sie kniet sich vor Frido und streichelt über sein Bein. »Nein, Frido, Jochen ist zu Hause. Es geht ihm gut.«

Frido mustert sie intensiv. Er sagt kein Wort dabei.

Esther lächelt ihr Pausbäckchenlächeln, und Frido lächelt zurück. Seine Finger gleiten über Esthers Wange. »Deine Grübchen. Die hab ich so gern. So gern.«

Mir wird warm in der Brust. Es ist so schön, dieses Lächeln an Frido zu sehen. Ein Lächeln, das nichts Seniles oder Verwirrtes an sich hat, sondern tief aus seinem Herzen kommt und die Liebe für den Menschen widerspiegelt, der da vor ihm sitzt. Esther … Aurora … es spielt keine Rolle.

Auch Esther erkennt, dass sie in diesem wunderbaren Moment tief geliebt wird. In ihren Augen glitzern Tränen.

Und in diesen Moment hinein platzt Jasper. »Audrey!« Er steht in der Tür zum Hummersalon und tippt mit dem Finger auf das Ziffernblatt seiner exklusiven Armbanduhr, als wollte er SOS morsen. »Willst du nicht endlich nach oben gehen und dich fertig machen? Ihr trefft euch doch gleich in der Scheune. Und die Premiere willst du doch wohl nicht auch noch versauen.«

Esther, Frido und ich starren ihn an – wortlos.

Jasper erwidert unsere Blicke, schüttelt sich und geht.

»Arschloch«, sagt Esther, und ich habe nicht vor, sie zu korrigieren.

Ich küsse Frido und Esther auf die Wangen. »Wir sehen uns heute Abend bei der Premiere. Ich muss noch Vorbereitungen für unsere Reise treffen. Und ihr nehmt euch ein Taxi und packt schon mal. Gleich nach dem Frühstück geht es morgen früh los. Aber Frido hat ja schon gepackt.« Mit einem schiefen Grinsen deute ich auf den hellblauen Koffer, der einsam im Raum steht. Im Flughafen hätten sie Bombenalarm ausgelöst.

Esther schüttelt den Kopf. »Der ist leer. Aber mitnehmen wollte er ihn trotzdem.«

Ich deute auf Fridos Füße. »Frag bitte Schwester Henni, ob es noch ein Paar Schuhe von Johann Morgenroth gibt, die sie Frido heute Abend leihen kann. Er kann ja schlecht mit den Puschen zur Premiere kommen. Und hier …« Ich fummle einen Geldschein aus meiner Hosentasche und drücke ihn Esther in die Hand. »Fahrt mit dem Taxi zurück nach Ockholm. Heute Abend könnt ihr ja vielleicht mit Wiebke Nommsen zur Premiere fahren.«

»Hat sie uns schon angeboten. Und …« Esther umarmt mich, dann spuckt sie mir dreimal über die linke Schulter. »Toi, toi, toi! Das macht man doch so beim Theater, oder?«

Ich nicke und blicke auf den Boden hinter mir. »Allerdings deuten die meisten Menschen das Spucken nur an.«

Papa hat das Kapitänszimmer auch ohne mich gefunden. Als ich nach einem leichten Klopfen die Tür öffne, sitzt er auf dem Bett, das Handy ans Ohr gepresst. Er winkt mich herein, während er weiter mit Linda telefoniert. Ich höre sofort, dass es meine Stiefmutter ist, mit der er spricht. Papas Stimme hat dann immer so einen munteren Klang. Was wohl zum Teil darin begründet ist, dass Linda von Haus aus eine Pessimistin ist und er immer bemüht ist, dagegen zu steuern.

»Nein, Lindchen, Audrey hat keinen Sonnenbrand.« Er mustert mich über seine Brille, während er das Handy kurz mit der Hand bedeckt und mir zuflüstert: »Sie hat Angst, dass du knallrot und mit abblätternder Haut in deinem Brautkleid dastehen wirst.«

»Du kannst sie beruhigen, das werde ich nicht.« Und wenn es so wäre, wäre es mir völlig egal. Das Warum packe ich schleunigst in meine Darüber-denke-ich-später-nach-Hirnschublade, denn heute muss ich Theater spielen.

Ich deute auf Papas Reisetasche, während er weiterspricht. Er nickt. Ich darf sie also für ihn auspacken. Dass ich bei der Gelegenheit nach dem Schlüssel und den Papieren für die Cessna suche, weiß Papa ja nicht. Ich sortiere seine Wäsche in die Kommode ein und nehme die Reisetasche mit ins Bad. Dort stelle ich ein paar der Dinge aus dem Reisenecessaire auf dem kleinen Regal ab und durchwühle die Seitentaschen der Reisetasche nach dem Cessnaschlüssel und werde fündig. Ich klemme mir die dünne Mappe mit den Papieren hinten in den Hosenbund, den Schlüssel stopfe ich vorne in die Jeans. Dann betrachte ich mich im Spiegel und ziehe eine Grimasse. Ich muss es heimlich tun. Wenn ich Papa jetzt von meinen Plänen berichte, dreht er mir den Hals um. Seufzend mache ich von der weißen Aftershave-Flasche den Deckel ab und schnuppere daran. So riecht Papa, seit ich denken kann – Tabac Original. Nicht ein einziger teurer Designerduft konnte Papa im Lauf der Jahrzehnte überzeugen, die Marke zu wechseln. Ich könnte mir auch keinen anderen Duft an ihm vorstellen. Genauso wie ich Mamas Duft nach Rosen und Jasmin nie vergessen werde, wird es mir auch einmal mit Papa gehen.

»Ich versuche noch zwei Stündchen zu schlafen«, sagt Papa im Nebenraum. Das Telefonat scheint beendet. »Mir steckt der Flug aus den Staaten noch in den Knochen.«

Als ich aus dem Bad komme, nimmt er mein Gesicht in beide Hände und drückt mir einen Kuss auf die Stirn. »Ich weiß, dass ich ein alter Brummbär bin«, er sieht mich an, die Hände weiter um mein Gesicht gelegt, »aber manchmal treibt ihr es auch wirklich zu bunt. Ich bin froh, dass du Jasper hast, Audrey. Er wird dich glücklich machen.« Meine Wangen brennen, als er mich loslässt und sich auf das Bett setzt. »Jetzt müssen wir nur noch eine vernünftige Frau für deinen Bruder finden. Eine, die ihn nicht schlägt. Obwohl, kann man es ihr wirklich verübeln? Ich möchte das manchmal auch.« Er wippt auf und ab, um die Matratze zu testen. »Ich werde schlafen wie ein Dachs, oder wie heißt das Tier, das immerzu schläft?«

»Siebenschläfer?«

Als ich die Tür hinter mir zuziehe, fühle ich mich nicht mehr so leicht. Warum kann ich kein Siebenschläfer sein?

# 18

Mein Herz flattert, als ich zum gefühlt hundertsten Mal durch den Bühnenvorhang linse. Ausverkauft! Hundertvierzig Zuschauer sitzen dicht an dicht in der Scheune und warten darauf, dass es losgeht. In zehn Minuten ist es so weit. Am Ende des Abends wird sich dann zeigen, ob *Friesen mögen's heiß* die Gunst der Zuschauer erworben hat. Durchatmend genieße ich die Atmosphäre. Die Leute sitzen auf Klappstühlen und Partybänken. Es scheint eine Menge Stammgäste zu geben, denn viele haben sich ein Kissen mitgebracht. An den Seiten sind Strohballen aufgestellt worden. Dort tummeln sich vorwiegend die wenigen Kinder. Wie Glanzfäden einen dicken Schal durchweben, zieht sich das Stimmengemurmel durch die stickige Luft. Bauer Dunkel öffnet in diesem Moment das riesige Scheunentor, um vor dem Beginn des Stücks noch einmal Frischluft hineinzulassen.

»Sitzt dein Schnauzer auch fest?« Flüsternd zieht Inga mich am Arm vom Vorhang fort und kontrolliert den Sitz meines Bärtchens. Sie nickt zufrieden und läuft gleich weiter zu Hanno, um seine Fliege zurechtzurücken. Mark steht neben ihm. Ich schlucke. Er sieht perfekt aus in seinem weißen Hemd, schwarzem Anzug und schwarzer Fliege. Sexy, männlich. Wenn er mich doch nur einmal ansehen würde! Er ignoriert mich, seit ich die Scheune betreten habe. Einzig ein »Hallo« hat er mir höflichkeitshalber zur Begrüßung geschenkt. Ich seufze noch einmal still in mich hinein, weil die Schmetterlinge in meinem Bauch sich einen harten Kampf mit meinem Bauchmonster liefern. Die Leichtigkeit, die ich vor

Stunden verspürt habe, hat sich aufgelöst wie Nebel in der Sonne.

Was soll ich nur tun? Ich kann doch nicht einfach zu Mark gehen und sagen: Ich werde Jasper nicht heiraten. Deinetwegen.

Ich kann es nicht sagen, weil es nicht die ganze Wahrheit wäre. Meine Gefühle für Mark haben der Beziehung zu Jasper vielleicht den letzten Stoß versetzt, aber gestorben ist unsere Liebe einen schleichenden Tod. Von uns selbst verursacht. Unsere Liebe hat sich über die Jahre hinweg abgekühlt, das weiß ich jetzt. Aus dem rauschenden Feuer der Verliebtheit wurde zwar eine beständige Flamme, die lange gebrannt hat, aber irgendwann – eigentlich schon in den letzten zwei Jahren – ist ihr der Sauerstoff ausgegangen. Wir haben uns auseinandergelebt, obwohl wir zusammengelebt haben. Vielleicht, weil uns von Anfang an der Brennstoff fehlte, der Magie heißt? Ich kann mich nicht entsinnen, für Jasper irgendwann so empfunden zu haben, wie ich es für Mark tue. Nicht einmal am Anfang unserer Beziehung.

Mark bückt sich zum Instrumentenkoffer und greift nach seinem Saxofon. Wir müssen unsere Plätze einnehmen. Das Stück beginnt mit der Bar-Szene, in der ich mit Lambert am Tisch sitze, während Mark und Hanno als Joe und Jerry in einer kleinen Männerband spielen. Als Mark das Saxofon an die Lippen setzt, treffen sich unsere Blicke kurz. Ich schenke ihm mein Audrey-Lächeln. Das Lächeln, das in keine Kategorie gehört und keinen Zweck verfolgt. Mein Lächeln, direkt aus dem Herzen.

Sein Gegengeschenk ist ein kaum wahrnehmbares Kopfschütteln, verbunden mit einem tiefen Durchatmen. Aber was erwarte ich? Ich hätte an seiner Stelle kaum anders reagiert.

Lambert räuspert sich lautstark. Weil er mich ungern anspricht, ist das seine Aufforderung an mich, mich endlich zu ihm zu setzen. Alle anderen haben ihre Plätze auf der Bühne bereits eingenommen. Ihm schenke ich mein Alles-paletti-Lächeln, bevor ich noch einmal durch den Vorhang schaue. Es ist so aufregend!

Papa und Jasper sitzen in der ersten Reihe. Frido und Esther auch, aber nicht direkt neben den beiden. Wiebke Nommsen und Hannos Freundin sitzen dazwischen. Dann kommen drei Frauen, die ich nicht kenne, und schließlich Moritz und Miriam. Es ist gut, dass sie nicht alle nebeneinanderhocken, so kommt es wenigstens nicht zu irgendwelchen Eskalationen. Papa ist schon grimmig genug, Jaspers Laune ist ebenfalls zum Davonlaufen, und Miriam betrachtet Esther, wie sie auch eine Kröte betrachtet hätte. Frido rutscht unruhig auf dem Klappstuhl hin und her. Ich sehe, dass Esther ihn an der Hand hält. Er trägt polierte schwarze Halbschuhe. Esther hat sie Schwester Henni also tatsächlich abgeschwatzt, bevor sie zurück nach Ockholm gefahren sind.

Schwester Henni wedelt im Souffleurkasten mit der Hand. Sie sieht, dass jemand am Vorhang steht, obwohl alle in Position zu sein haben. Schnell nehme ich meinen Platz auf dem knarzenden Stuhl neben Lambert ein.

Eine Minute später öffnet sich der Vorhang. Applaus begrüßt uns, und das Lampenfieber fällt von mir ab wie der Nabel eines Säuglings. Und ich fühle mich auch wie neugeboren. Ich bin Gamaschen-Colombo, der fieseste Chicagoer Mafioso, den die Welt je gesehen hat! Na gut, zumindest die Welt in der Scheune von Bauer Dunkel. Ich bin mehr als zufrieden mit meiner Leistung. Nein, ich bin geradezu im Fieber! Wir spielen wie die Götter, sind ein eingeschweißtes Team. Die Zuschauer geben immer wieder Szenenapplaus und amüsieren sich. Ihre Begeisterung, wenn das Orchester spielt, ist deutlich zu spüren und wird durch lang anhaltendes Klatschen bekräftigt.

In der Kuss-Szene von Mark und Imke fange ich am Bühnenrand an zu weinen – vor Anspannung und vor Sehnsucht. Ich beneide Imke um diese Szene, wie ich noch nie einen Menschen um etwas beneidet habe. Ich würde meine Schuhschränke hergeben für einen einzigen zärtlichen Kuss von Mark Nommsen.

Gerade als Imke sich erneut über Mark bückt, zieht Inga mich weg. »Keine Ahnung, warum du heulst, Süße«, flüstert sie, »aber hör bitte damit auf. Dein Make-up verläuft, und man sieht die nassen Flecken auf deinem Anzug.« Als sie meine Wangen neu überschminkt hat, stelle ich mich wieder an den Bühnenrand. Zum Glück ist die Kuss-Szene beendet. Meine frisch gepuderten Wangen werden heiß vor Aufregung, weil ich gleich wieder rausmuss. Es ist meine letzte Szene. Die Mafiosi-Versammlung im Hotel in Miami. Und schon fällt kurz der Vorhang, damit wir uns in der Hotelkulisse aufstellen können.

»Geburtstag? Ich habe erst in vier Monaten Geburtstag«, sage ich mit tiefer verächtlicher Stimme zu einem verfeindeten Mafioso und starre auf die Riesentorte, die hereingeschoben wird. Gleich werde ich erschossen. Ich bereite mich innerlich auf das Umfallen vor. Hoffentlich schaffe ich es, den Stuhl mit umkippen zu lassen. Wenn nicht, ist es auch nicht schlimm. Die Zuschauer wissen schließlich nicht, dass er aus dramaturgischen Gründen umstürzen soll.

Ein unauffälliger Blick nach hinten zeigt mir, dass ich den Stuhl beim Aufstehen leider sehr weit zurückgeschoben habe. Mist. Aber das ist nicht das einzige Problem, das sich gerade auftut. Unter dem Tisch, vor dem ich stehe, hocken Hanno und Mark, verdeckt von dem riesigen weißen Tischtuch. Als Joe und Jerry verstecken sie sich dort laut Skript vor ihren Verfolgern. Bis ich tot umfalle, haben die beiden unter dem Tisch zu bleiben, doch irgendetwas tut sich dort unten. Ich höre Hanno etwas sagen. Oder vielmehr stöhnen. Was auch immer es ist, er hat ruhig zu sein! In diesem Abschnitt hat er keinen Text.

Auch Schwester Henni ist aufmerksam geworden. Sie hockt in ihrem Souffleurkasten wie ein Kuckuck in seiner Uhr, und ich erwarte jeden Moment, dass ihr Kopf vorschnellt. Ihr Gesichtsausdruck lässt jedenfalls darauf schließen. Ihre Augenbrauen sind ärgerlich zusammengezogen, ihre Nasenlöcher scheinen sich aufzublähen. Sie sieht mich an. Ich zucke hilflos mit den Schultern, als das Stöhnen noch einmal zu hören ist. Mark redet unter dem Tisch leise auf Hanno ein. Zum Glück bekommen nur die ersten Reihen im Publikum mit, dass etwas vor sich geht, was nicht sein soll. Ich höre vereinzeltes Kichern. Schwester Henni auch, denn ihr Gesichtsausdruck wird immer finsterer.

Glücklicherweise setzt nun der He's-a-jolly-good-fellow-Gesang ein, und die Zuschauer konzentrieren sich auf die Torte, aus der jeden Moment der Killer mit seinem Maschinengewehr springen wird, um mich zu erschießen. Doch nicht nur unter dem Tisch herrscht Unruhe, auch in der ersten Reihe tut sich etwas, das meinen Blick dorthin lenkt. Ein schwarzer Herrenschuh landet mit einem dumpfen Laut am Souffleurkasten. Ein paar Leute kichern, mein Vater und Jasper sehen aus, als wünschten sie sich ein Loch im Boden herbei, in das sie versinken könnten. Ich bin froh, dass Schwester Henni nur den Blick nach vorn hat, ansonsten würde sie Frido mit ihren Blicken erdolchen, denn der zieht sich gerade den anderen Schuh aus. Esther flüstert auf ihn ein und versucht zu verhindern, dass er auch den zweiten Schuh von sich wirft. Zu spät. Diesmal trifft er wenigstens nicht den Souffleurkasten.

Johann Morgenroths Schuhe sind zweifelsohne keine Wohlfühlschuhe. Ich kann sehen, wie Frido genüsslich seine Zehen in den Socken bewegt. Und ich sehe, wie Jasper verächtlich den Kopf schüttelt.

Nein, hämmert es in meinem Kopf. Nein!

Und mit dieser Erkenntnis fühle ich mich von einer Sekunde zur anderen wunderbar leicht, wie ein bunter Seidenschal, den der Sommerwind mit sich nimmt. Fast ist mir, als könnte ich hören, wie eine eiserne Klammer von meiner Brust scheppernd zu Boden fällt. Nein. Das ist die Antwort, die ich dem Pastor geben werde. Die ich ihm geben *würde*, denn die Hochzeit wird nicht stattfinden. Ich will meine Zehen frei bewegen.

Ich weiß, dass ich Jasper tief verletzen werde, aber diese Wunde wird heilen. Ich würde ihm viel mehr weh tun, wenn ich ihn heiraten würde. Ein verlogenes »Ja« von mir wäre ein Messer, das er immer spüren würde, ohne zu wissen, dass ich es in sein Herz gerammt habe.

In diesen Gedanken hinein springt der Mafioso aus der Torte und knattert mit seinem Maschinengewehr, was das Zeug hält. Der Schreck, mit dem ich zusammenzucke, ist echt. Doch ich bin gleich wieder im Stück. Ich röchle, kralle meine Finger in Bauch und Hals und falle mit einer Drehung, um den Stuhl in den Fall mitzunehmen.

Warum? Warum nur habe ich den Stuhl nicht gelassen, wo er ist? Diese Frage stelle ich mir, als sich meine Hand in das Tischtuch krallt und ich es mit mir ziehe, als ich statt des geplanten Falles unkontrolliert stürze. Mit einem fürchterlichen Scheppern kracht zu Boden, was sich auf dem Tisch befindet – Porzellanteller, Gläser, Besteck, Kerzenleuchter …

Dumpf dringen die begleitenden Geräusche durch den Schock zu mir hindurch – die Aufschreie Schwester Hennis und der Kollegen hinter der Bühne, das Gelächter der Menschen. Ich starre, genau wie die Zuschauer, auf Hanno und

Mark, die in gekauerter Haltung, jetzt nicht mehr von der Decke versteckt, unter dem Tisch hocken.

Hanno stellt sein Stöhnen einen Moment ein. »Oh, Scheiße«, sagt er mit schmerzverzerrtem Gesicht und blickt von dem Chaos um uns zu den Zuschauern, die weiter lachen. Seine rechte Hand umklammert seinen rechten Unterschenkel, soweit das in der gekrümmten Haltung möglich ist.

»O nein, o nein …« Ich kann nicht aufhören, das zu sagen, während mein Blick an Mark hängenbleibt, der mich in einer Mischung aus Unglauben und Mitleid ansieht. Seine Stimme klingt trocken.

»Warum bin ich nicht verwundert?«

Hanno hat damit begonnen unter dem Tisch hervorzukrabbeln, was ihm erhebliche Schwierigkeiten bereitet. Mark wendet seinen Blick von mir ab und löst sich aus seiner gekauerten Haltung. Er kommt unter dem Tisch hervor, um Hanno zu helfen, der »Au, au!« wimmert. »Scheißkrampf! Au!«

Das Ganze wird untermalt von dem nur langsam ruhiger werdenden Publikum und dem wilden Klopfen von Schwester Henni. Sie pocht gegen den Souffleurkasten, den Kopf herausgestreckt. »Holt mich aus dem Ding raus!«

Zwei Helfer eilen zu ihr und schieben den Kasten ein Stück zur Seite, damit sie herauskann. Sie macht zwei Schritte, starrt von der Bühne zum Publikum und wieder zurück – zu mir.

Ich habe mal ein Semester in griechische Mythologie reingeschnuppert. Und in genau diesem Moment erinnere ich mich an Nemesis, die Göttin der Rache. Schwester Henni ist vor Wut nicht in der Lage, ein Wort herauszubringen.

Ich schlucke. Ist es ratsam, jetzt an ihre Nächstenliebe zu appellieren, die sie doch verinnerlicht hat? Besser nicht. Beim Theaterspielen kennt Schwester Henni keine Freunde, Glaube hin oder her.

Jetzt setzt sie sich in Bewegung. Sie läuft zu dem Treppchen, das auf die Bühne führt. Mein Blick wandert über die erste Reihe. Mein Vater zieht ein Gesicht, als stünde ich mit einem Fünfzehn-Zentimeter-Absatz auf seinem nackten Fuß. Jasper hat die Lippen hässlich verzogen. Dazu schüttelt er wieder verächtlich den Kopf. Esther liegt halb auf dem Klappstuhl und hält sich – wie mein lieber Bruder – vor Lachen den Bauch, nur dass Moritz dabei vornübergebeugt sitzt. Frido hat die Chance genutzt, Esthers Hand zu entkommen. Er ist aufgestanden und klatscht. Dabei lacht er über das ganze Gesicht und sagt etwas zu mir, aber ich kann durch die Geräuschkulisse hindurch nicht hören, was es ist. Mein Blick fällt auf seine Socken. Und dann muss ich auch lächeln. Seine Füße fühlen sich wohl. Er fühlt sich wohl.

Ich rapple mich auf. Das kaputte Geschirr um mich herum scheppert dabei, als wollte es mich noch einmal an mein Versagen erinnern. Während ich vorsichtig durch die Scherben gehe, stockt mir das Herz. Meine Augen sind auf die hintere Scheunentür gerichtet, die sich geöffnet hat. Zwei Personen treten ein. Es sind die beiden Polizisten, die nach Frido und Esther gesucht haben. Während der eine verwundert zu uns auf die Bühne starrt, gleitet der Blick des anderen suchend über die hinteren Stuhl- und Bankreihen. Sie kommen dabei langsam näher. Mein Kopf schnellt zu Frido herum, den Esther glücklicherweise auf den Stuhl zurückgezogen hat. Mein Gefühl sagt mir, dass sie ihretwegen hier sind.

Ich wimmere leise. Das soll es jetzt gewesen sein? Keine vierundzwanzig Stunden, bevor es losgehen soll, müssen wir uns geschlagen geben?

Nein! Nein, nein und noch mal nein. Mein Kampfgeist erwacht. Der Krieg ist schließlich erst verloren, wenn die letzte Schlacht geschlagen ist. Ohne zu zögern, trete ich nach vorn an den Rand der Bühne. »Moritz!«, rufe ich durch den Tumult meinem Bruder zu. »Gefahr auf neun Uhr!«

Moritz wendet verwirrt den Kopf in die entsprechende Richtung. Der Anblick der Polizei reicht hoffentlich, um ihn in Alarmbereitschaft zu versetzen.

Einer der Polizisten guckt mich an, als ich Moritz weiter zurufe: »Plan B tritt in Kraft.« Es gab zwar nie einen Plan B, aber er unterscheidet sich auch nur unwesentlich von Plan A. »Alles läuft wie besprochen, nur der Abflugzeitpunkt hat sich soeben verschoben.« Ich muss vorsichtig sein in dem, was ich sage, um nicht das Augenmerk auf Frido und Esther zu lenken. »Herr und Fräulein Lörtsch müssen umgehend abreisen.« Mein Kopf deutet ruckend zu den Polizisten, um die Dringlichkeit für Moritz zu verstärken. »Schnapp dir die Lörtschs und verschwindet hier!« Ich ignoriere Jasper, der aufgestanden ist und mit einem scharfen »Audrey! Hör jetzt auf mit dem Unsinn!« an die Bühne tritt, und tippe auf mein Handgelenk, als trüge ich dort eine Uhr. »Ihr kriegt die letzte Fähre noch«, sage ich Moritz, der aufgestanden ist. Ich springe von der Bühne, wühle in der Sakkotasche des verdutzten Jaspers herum, bis ich unseren Zimmerschlüssel in den Fingern habe, und gehe die paar Schritte zu Moritz. »Du musst hier mit Frido und Esther verschwinden. Hol mit ihnen das Gepäck aus Ockholm und aus meinem Zimmer den Cessna-Schlüssel und die Papiere. Sie liegen in der Nachttischschublade. Dann fahrt ihr nach Föhr rüber. Nehmt euch ein Hotelzimmer oder schlaft im Porsche, Hauptsache, ihr fliegt morgen früh vor dem ersten Hahnkrähen ab, bevor irgendjemand mitkriegt, wo ihr seid.« Ich sehe Miriam an, die meinem Monolog mit zusammengezogenen Augenbrauenstrichen gefolgt ist, greife ihre Hand und drücke sie in Moritz' Hand. »Und du fliegst mit. Dass das Fliegen schädlich fürs Baby ist, hab ich mir nur ausgedacht, weil ich unbedingt mitwollte.«

Hinter uns erklingt auf der Bühne Schwester Hennis Stimme. Sie bittet um Entschuldigung und einen Moment Geduld. »*Friesen mögen's heiß* wird gleich fortgesetzt, meine Damen und Herren.«

Das Publikum applaudiert.

»Was ist los?« Moritz sieht mich verwirrt an. »Heißt das, du kommst nicht mit?«

»Wie denn?« Ich deute in das Chaos. »Ich kann hier nicht einfach verschwinden. Ich … ich …« Schluckend sehe ich zu Jasper, der auf meinen Vater einredet, dann zu den Polizisten, die die Stuhlreihen absuchen. »… werde endlich tun, was ich schon längst hätte tun müssen.«

Dann gehe ich vor Esther und Frido in die Knie. »Ihr müsst hier umgehend verschwinden. Moritz und Miriam fahren mit euch nach Föhr rüber. Sofort.« Ich deute mit dem Kopf an die Längsseite der Scheune, wo die Beamten immer näher kommen.

»Scheiße!«, entfährt es Esther, als sie die Polizisten wahrnimmt. Automatisch rutscht sie mit dem Oberkörper in den Stuhl hinein. Ihr Blick signalisiert reine Panik. »Was … was nun? Wir können doch jetzt nicht verschwinden. Die … die sehen uns doch.«

Ich schüttle den Kopf. »Das wird schon klappen. Hinter dem Platz, wo das Orchester sitzt, gibt es noch eine Tür, die nach draußen führt.« Ich deute auf die Musiker, die ihre Instrumente in Händen halten und zu Schwester Henni starren, ob und wann sie das Startsignal zum Weitermachen gibt. »Ich werde die Aufmerksamkeit der Leute auf mich ziehen, dann habt ihr die Chance zum Verschwinden.« Ich greife nach ihrer Hand. »Alles klar? Oder möchtest du die ganze Sache abblasen?« Mein Daumen streichelt ihre Handoberfläche. »Das wäre völlig in Ordnung. Wahrscheinlich wäre es sogar sehr vernünftig.«

»Eher küss ich Justin Bieber, als dass ich aufgebe. Das kannst du mir glauben.«

»Gut. Dann schauen wir mal, ob das Schicksal auf unserer Seite ist.«

Ich sehe Frido an, der nicht begreift, was vor sich geht, aber über beide Backen strahlt. »Das ist wie Willi-Millowitsch-Theater. Sehr lustig.« Er nickt begeistert. »Sehr lustig.« Dann deutet er mit dem Finger auf mich. »Und Sie, junger Mann, haben die gleiche Stimme wie Ordri.« Er sieht Esther an. »Wo ist Ordri? Und das Kätzchen?«

Im ersten Moment bin ich verwirrt, aber woher soll Frido auch wissen, dass ich unter dem Gamaschen-Colombo-Kostüm stecke? Er hat mich vorher nie darin gesehen. Ich streichle über seinen Arm. »Es ist sogar dieselbe Stimme«, sage ich leise.

Frido deutet jetzt zur Bühne. »Und das ist Ordris Mann.«

Unsere Blicke fallen auf Mark, der am Rand der Bühne an Hannos Bein zieht. Hanno liegt mit dem Rücken auf dem Bühnenboden. Sein Gesicht ist immer noch schmerzverzerrt.

»Audrey!« Jasper zieht mich am Oberarm aus der Hocke hoch. »Schwester Henni ruft nach dir. Hörst du das denn nicht?«

Meine Augen gleiten über sein vertrautes Gesicht. Ich atme tief durch. »Es tut mir leid, Jasper, aber … ich kann dich nicht heiraten. Du hast etwas Besseres verdient.« Ich deute auf die Schuhe, die vor der Bühne liegen. »Du wärst für mich immer ein Schuh, der drückt.«

Unter seinen vor Ärger geröteten Wangen wird er blass. »Was soll das? Spinnst du jetzt, Audrey Tannheim?« Seine Rechte packt mich am Oberarm. »Ich lass mich hier nicht einfach abservieren wie ein dummer Junge.«

Ich befreie meinen Arm aus seinem Griff und schwinge mich auf die Bühne, wo Inga, Jan-Ole und Bäcker Wolke damit beschäftigt sind, die Scherben fortzuräumen.

»Es tut mir unendlich leid«, sage ich auch zu Schwester Henni, deren weißes Häubchen schief auf dem grauen Knoten thront. Sie scheint sich die Haare gerauft zu haben, denn einzelne Strähnen haben sich aus dem Knoten gelöst. Sie hält einen Besen in Händen und hofft, dass wir das Stück gleich zu Ende spielen können. »Es tut mir wirklich leid, aber ich kann jetzt nicht weiterspielen, denn ich muss Frido und Esther zur Flucht verhelfen. Die beiden müssen ihren Traum verwirklichen.«

»Was reden Sie da, Audrey?« Ihre Stimme klingt mehr verzweifelt als wütend. Entsetzt sieht sie zu, wie ich mir den Schnauzer mit einem Ruck abziehe und dann die Perücke herunterreiße. Ich fahre mit den Fingern in mein Haar, nehme die Spangen raus, mit denen Inga mein Haar zum Halten gebracht hat, und schüttle es schließlich durch, bis es auf meine Schultern fällt. Ich bin nicht mehr Gamasche. Ich bin Audrey Tannheim.

Ich stelle mich an den Rand der Bühne und hebe meine Arme. Das Publikum reagiert und wird langsam ruhig. Aus dem Augenwinkel sehe ich, dass Schwester Henni und die anderen beim Aufräumen innegehalten haben. Ich lächle mit klopfendem Herzen in die Menge. »Liebe Gäste, entschuldigen Sie bitte die Unannehmlichkeiten. Im Fernsehen würden Sie jetzt das Störungsbild sehen, aber hier erleben Sie ein Live-Programm, und da passieren manchmal Dinge, mit denen man nicht rechnet. Auch … auch mir ist hier in Dagebüll etwas passiert, mit dem ich nicht gerechnet habe, als ich vor acht Tagen hier ankam. Etwas, das mit Liebe zu tun hat. Magischer Liebe und … auch mit Betrug. Betrug an dem Menschen, der doch eigentlich der Partner fürs Leben sein sollte.« Mein Blick wechselt zu Jasper, der gerade von Papa auf den Stuhl gezogen wird. »Und darum kann ich dich nicht heiraten, Jasper.«

Schon mit meinem ersten Satz ist die Ruhe langsam ins Publikum zurückgekehrt, aber spätestens jetzt, da Jasper aufspringt, haben wir auch die Aufmerksamkeit des letzten Menschen in der Scheune, inklusive der Polizisten, wie mir ein schneller Blick zu ihnen verrät.

Statt der erwarteten Wut oder Verletztheit drückt Jaspers Gesicht allerdings Verzweiflung aus. »Das … das war ein Ausrutscher, Audrey! Ein verdammter Ausrutscher. Es hat mir nichts bedeutet. Sie bedeutet mir nichts. Gar nichts!«

Ich starre Jasper an. Das Gesagte hängt zwischen uns, aber ich kann es nicht greifen. Was redet Jasper da?

Anscheinend wollen die Zuhörer nichts von dem Gesagten verpassen. Das Geraune nach Jaspers Bekenntnis ist wieder verstummt. Alle starren auf uns.

»Komm da bitte runter«, sagt er leiser und tritt an die Bühne. »Das klären wir draußen. Nicht hier. Wo… woher weißt du es überhaupt?«

Ich kann immer noch nicht glauben, was gerade passiert. »Aber … aber *ich* habe *dich* betrogen«, stammle ich verwirrt.

Jasper steht mit offenem Mund da. *»Du mich?«*

»Komm … da … sofort … runter!«, ertönt Papas Stimme. Die Pausen zwischen den einzelnen Wörtern sind gefüllt mit Wut. Er ist aufgestanden. Deutlich steht ihm ins gerötete Gesicht geschrieben, wie grauenhaft er es findet, seine Familie im Fokus des Publikums zu wissen. Fremde, die wie Filzläuse am Intimsten der Familie teilhaben.

Auch Jasper scheint das bewusst zu werden. Er dreht sich um, und sein Blick wandert über das Publikum. Als er die Polizisten bemerkt, stutzt er. Dann hebt er plötzlich die Hand und ruft über die Köpfe der Menschen hinweg: »Hier! Hier sind sie! Frido und Esther Goldig sitzen hier vorn.« Seine Hand deutet auf die beiden.

Bis ich begriffen habe, was vor sich geht, haben sich die Polizisten wieder in Bewegung gesetzt.

Ich springe von der Bühne und drehe Jasper am Arm zu mir herum. »*Du* hast die Polizei informiert? Du hast ihnen gesagt, dass Frido und Esther … heute Abend … hier … sein werden?« Mit vor Tränen erstickter Stimme kann ich den Satz kaum beenden.

»Ja!«, ruft er triumphierend. »Wenigstens das kann ich dir noch vermasseln. Du hast verdient zu scheitern.« Er lacht gehässig auf. »Aber das ist ja sowieso deine Paradedisziplin.«

Das aufgeregte Gemurmel und Getuschel des Publikums verhindert, dass das klatschende Geräusch wahrgenommen wird, mit dem meine Hand auf Jaspers Wange landet. »Für deinen Verrat«, sage ich unter Tränen. »Du hättest es nicht Frido ausbaden lassen müssen, wenn du mich bestrafen willst.«

Und dann höre ich die Stimme meines Bruders laut und kräftig. »Ratten!« Ich starre zu ihm, während er weiter schreit: »Da! Eine Ratte! Und da! Hilfe!« Er klettert auf den Stuhl. Miriam kreischt und klettert auf ihren Stuhl.

Wie fallende in einer Reihe stehende Dominosteine setzen sich das hysterische Geschrei und der Ruf »Ratten!« fort. Reihe für Reihe erklimmen Frauen ihre Stühle, Männer springen auf.

Ratten? Sind jetzt alle verrückt geworden?

Moritz hilft Miriam vom Stuhl herunter. »Nimm deinen Opa!«, ruft er Esther zu, die verwirrt mit Frido an der Hand das Chaos um sich herum betrachtet. Moritz winkt mir grinsend zu. »Du hast ja versagt mit deinem Ablenkungsmanöver. Da müssen dann die Profis ran.«

Ich sehe zur Scheunenseite, wo eben noch die Polizisten zu sehen waren. Nun sind sie verdeckt von den auf Stühlen steigenden und nach draußen flüchtenden Menschen. Und im Gegenzug sind auch Frido und Esther vor ihren Blicken versteckt.

Verwirrt, verwundert, stolz, so blicke ich Moritz hinterher, der Miriam an der Hand hält. Mit ihren Rücken decken sie Frido und Esther zusätzlich. Sie suchen sich ihren Weg durch die aufgeschreckten Menschen hindurch zur Scheunentür hinter dem Orchester. Die Posaunen und zwei Saxofone stehen ebenfalls auf Stühlen und kreischen.

»Ihr steht mir jetzt Rede und Antwort«, stößt mein Vater aus, der sich zwischen mich und Jasper gestellt hat.

Jasper fängt sofort an zu reden. Er gibt wirre Entschuldigungen von sich, die ich kaum wahrnehme, weil ich die Bühne nach einem Menschen absuche. Meine Theaterkollegen starren fasziniert, entsetzt und zum Teil sprachlos in das Publikum, das die Show übernommen hat. Mir ist das alles egal. Wo ist Mark? Mein Herz klopft wie wild, als unsere Blicke sich kreuzen. Ich kann den Ausdruck in seinen Augen aus der Entfernung nicht deuten. Er steht am Rand der Bühne und hält Schwester Henni im Arm. Sachte streichelt er über ihren zuckenden Rücken.

Zwei große Gefühle streiten in diesem Moment in mir um die Vorherrschaft. Schuld, beißende Schuld, die mein Bauchmonster aktiviert. Ich habe Schwester Henni die Premiere versaut. Aber so richtig!

Andererseits … Da ist diese Erlöstheit in mir, dieses großartige Gefühl, frei zu sein für ein Leben, das ich neu ordnen kann und muss. Und dazu gehört Mark. Ich löse meinen Blick und gehe die paar Schritte zur Bühne, um mich hinaufzuschwingen. Mein Fuß stößt dabei an ein Hindernis. Ich bücke mich und nehme Fridos Schuh auf, der ja eigentlich Johann Morgenroths Schuh ist. Der Geruch von Schuhcreme streift mir um die Nase, während ich über das glatte Leder streiche. Fridos Schuhphilosophie hat mich gestärkt. Dafür werde ich ihm immer dankbar sein. Ich lege den Schuh auf den Boden zurück, ziehe mich auf die Bühne und suche wieder Marks Blick, während ich mich aufrichte. Er ist auf dem Weg zu mir. Schwester Henni hat er an Hanno weitergereicht, dessen Krampf verschwunden zu sein scheint.

In meinem Bauch beginnt es herrlich zu kribbeln, als ich Mark auf mich zukommen sehe. Schmetterlinge.

Ist es Sehnsucht, was ich in seinen Augen lese? Als er vor mir steht, möchte ich alles zusammen – ihn küssen, ihn streicheln, ihn einfach nur ansehen. Und ihm vor allem eines sagen.

»Ich liebe dich.«

Schweigen.

Ich ziehe an meinem Hemdkragen, weil mir der Hals eng wird. Sein Gesichtsausdruck signalisiert mir, dass es wohl doch keine Sehnsucht war, die ich in seinen Augen zu sehen glaubte. Ich schlucke. Nein, ganz bestimmt war es keine Sehnsucht. Das, was aus seinen Augen spricht, ist Wut, pure Wut. Und seine Worte bestätigen das.

»Du liebst mich? Das fällt dir hier und jetzt so plötzlich ein?« Seine Hand fuchtelt herum. »In diesem Chaos, das du hinterlassen hast?«

Meine Lippen beginnen zu zittern. So hatte ich mir das nicht vorgestellt. Ich wollte in die Arme gerissen werden, seinen wunderschönen Mund auf meinem spüren, süße Worte flüsternd.

»Das … das ist mir nicht gerade eingefallen«, flüstere ich, die Hand auf meinen Bauch pressend, in dem die Schmetterlinge sich in eine dunkle Ecke verkrochen haben. »Das weiß ich schon lange. Aber …«

»Was aber?« Sein Blick wandert mit einem Ausdruck von Verzweiflung über mein Gesicht. »Audrey, du weißt doch selbst nicht, was du willst und fühlst. Du kommst hier an und verursachst nur Chaos. In mir. Und hier.« Er deutet in das Tohuwabohu. »Was erwartest du von mir? Dass ich dich in meine Arme reiße und dankbar küsse, weil du in diesem Moment glaubst, mich zu lieben? Weil dein Verlobter dich betrogen hat?« Seine Lippen verziehen sich bitter. »Tut mir leid, ich brauche Offenheit und Vertrauen. Und du hast mir bisher wenig Grund gegeben, bei dir daran zu glauben.« Ich habe das Gefühl zu sterben, als er seine Hand an meine Wange legt und sagt: »Bring dein Leben in Ordnung, Audrey. Ich habe nicht das Gefühl, dazuzugehören.«

Er dreht sich um und geht. Meine Knie sind so zittrig, dass ich mich auf den Boden setzen muss. Ohne sich noch einmal umzuwenden, verschwindet Mark hinter der Bühne. Ich versuche vernünftig zu atmen, um das Gefühl des Schwindels loszuwerden. Tränen laufen mir über die Wangen, aber mir ist kein Moment der Besinnung vergönnt.

»Das ist sie«, höre ich Jasper voller Genugtuung sagen. »Audrey Tannheim. Sie hat Herrn Goldig und seine Enkelin hier in Dagebüll versteckt.«

Durch den Tränenschleier starre ich auf die Polizisten vor der Bühne.

»Ich habe sie nicht versteckt«, erkläre ich. »Esther und Frido haben freiwillig eine Woche hier mit uns verbracht. Eine wunderbare Woche.« Ich merke, wie ich hysterisch werde und immer schneller rede. »Er war glücklich. Und Esther auch, weil sie für ihn da war. Und jetzt sind die beiden auf dem Weg zum Nordkap. Und ich wünsche ihnen, dass sie das schönste Nordlicht sehen, das der Polarkreis zu bieten hat.«

»Kommen Sie bitte von der Bühne«, sagt einer der Polizisten zu mir. »Sie werden uns jetzt einige Fragen beantworten.«

»Allerdings«, stimmt mein Vater ihm zu, der Jasper zur Seite geschoben hat und mich jetzt mit zuckender Augenbraue ansieht. »Komm da runter. Es gibt etliches zu klären.«

Habe ich eigentlich immer getan, was die anderen von mir verlangt haben? Ich sehe meinen Vater an. »Nein, Papa, ich werde die Bühne nicht verlassen. Ganz im Gegenteil, sie wird mein zukünftiges Berufsleben bestimmen, denn ich werde kein BWL-Masterstudium anfangen. Ich werde mich an einer Schauspielschule bewerben!«

Papas Augenbrauen tanzen Samba. Der Mund klappt ihm auf und zu. Als er endlich etwas sagen will, kommt ihm der ältere der Polizisten zuvor. »Sie sagen uns jetzt, wo sich Herr Goldig und seine Enkelin befinden. Die Eltern von Esther Goldig sorgen sich um ihre Tochter und den Vater. Geht das in Ihr Hirn?«

»Es ist beiden nie bessergegangen«, antworte ich mit kräftiger Stimme. »Sagen Sie Jochen und Anke Goldig, dass sie eine wunderbare Tochter haben, auf die sie sehr stolz sein können. Und sagen Sie ihnen auch, dass Fridos Augen in der Zeit hier geleuchtet haben. Er hat die Feenwelt oft verlassen. Er hat Seehunde gesehen, Muscheln gesammelt und ist mit Esther am Meer spazieren gegangen. Er hat Schiffstouren unternommen, ist Trecker gefahren und hat sich in meine Katze verliebt.«

»Kommen Sie jetzt da runter?« Der Polizist verliert die Geduld.

Ich nicke und stehe auf. Meine Beine zittern noch, doch zum Weglaufen wird es reichen. »Sorry, aber ich habe noch etwas zu erledigen.« Ich drehe mich um und laufe hinter die Bühne. »Frau Tannheim!«, höre ich den erbosten Ausruf des Polizisten, aber das ist mir egal. Ich quetsche mich an der Seite hinter dem Orchester zur versteckten Scheunentür hindurch. Draußen atme ich einmal tief durch. Die frische Luft kühlt meine heißen Wangen, während ich die Scheune umrunde. Die Geräuschkulisse vor dem Haupteingang der Scheune ist beträchtlich. Die Masse des Publikums steht mittlerweile hier draußen und kommentiert das Geschehen untereinander. Gesprächsfetzen, Lachen und Schimpfen umwehen mich gemeinsam mit dem Zigarettenqualm der Raucher, während ich mich durch die Leute hindurchdränge.

»Tolle Show«, ruft mir ein Mann hinterher.

Ich drehe mich nicht um. Als ich die Straße erreiche, beginne ich zu laufen, denn ich muss vor halb elf an der Fähre sein. Ich kann die vier Nordkapler nicht fahren lassen, ohne mich von ihnen zu verabschieden.

»Bitte, Sie müssen noch fünf Minuten warten«, sage ich zum Fahrkartenkontrolleur der *Nordfriesland*. Die Fähre liegt beleuchtet in der Dunkelheit des Dagebüller Hafens, bereit zur Abfahrt nach Föhr. »Mein Bruder kommt jeden Moment.« Die wenigen Autos, die um diese Uhrzeit mit der Fähre fahren, sind längst darauf. Fußgänger waren es weitaus mehr. Besucher unserer Premiere, wie mir viele spöttische Kommentare bestätigt haben. Da ich immer noch meinen Gamaschen-Colombo-Anzug trage, haben sie mich natürlich erkannt. Ein Shuttlebus hat sie von der Dunkel'schen Scheune hierhergebracht. Hätte ich geahnt, dass ich hier so lange warten muss, hätte ich auch den Bus genommen.

Das Wasser schwappt leise und kontinuierlich ans Hafenbecken, ein Geräusch, das in der Nacht ganz anders wirkt als am Tag, unheimlicher. Aber vielleicht liegt es auch nur daran, dass das Wasser jetzt schwarz aussieht.

Wo bleiben die vier nur? Als ich schwitzend und keuchend hier ankam, war noch keine Spur von ihnen zu sehen. Das war vor über einer halben Stunde. Mittlerweile hat sich mein keuchender Atem wieder normalisiert. Ich ärgere mich, dass ich kein Handy dabeihabe und auch kein Geld. Dann hätte ich schon mal die Fahrkarten am Automaten kaufen können.

Der Kontrolleur lässt seinen Blick – zum gefühlt hundertsten Mal – über meinen Anzug gleiten. »Irgendwie kommen Sie mir bekannt vor.«

Ich nicke. Ich habe ihn gleich erkannt. »Ich bin die, die vor ein paar Tagen ihren Opa von Bord holen wollte.«

»Stimmt!« Die Erleuchtung steht ihm ins Gesicht geschrieben. »Der Opa, der am Koffer dran war.« Er lacht.

Ich lache mit, weil ich ihn bei Laune halten muss. Aber in diesem Moment kommt der Porsche durch die Stöpe gefahren. Ich atme erleichtert auf. »Das sind sie.«

Dieses Mal ist der Kontrolleur gnädig. Er lässt Moritz die Zeit, die Fahrkarten zu holen.

»Warum hat das so lange gedauert?«, frage ich Miriam, die auf dem Beifahrersitz hockt und die Seitenscheibe heruntergelassen hat.

»Na, du bist lustig«, antwortet sie kopfschüttelnd. »Schließlich mussten wir noch in dieses Kaff Ockholm fahren und das Gepäck der beiden«, sie nickt nach hinten, »holen. Und dann mussten Moritz und ich ja auch noch in unser Hotel und packen.«

»Entschuldige, da hast du natürlich recht«, gebe ich zu. Ich öffne die hintere Wagentür. Frido guckt mich an. Und ich freue mich unendlich darüber, dass er im Moment des Abschieds da ist.

»Ordri!«, begrüßt er mich. Dafür, dass er eine hektische Flucht- und Packaktion hinter sich hat, wirkt er erstaunlich munter.

Eine Träne läuft mir die Wange hinab. Ich greife nach seiner Hand und sage: »Jetzt ist es so weit, Frido. Jetzt beginnt die letzte Etappe deiner Reise. Und wir müssen uns voneinander verabschieden.«

»Ach.« Traurig sieht er nicht aus. »Komm doch mit«, schlägt er vor.

»Das geht leider nicht.« Ich mache eine Pause, bevor ich weiterrede. »Morgen fahrt ihr zum Nordkap, Frido. Aber nur, wenn du das möchtest und die Kraft dazu hast. Oder du sagst: Ich will zurück nach Hause. Dann fahrt ihr nach Hause, nach Göttingen. Versprochen.«

Ich sehe zu Esther. Ihr Mund öffnet sich, doch sie hält sich zurück. Sie hat begriffen, dass Frido entscheiden muss und nicht sie, so gut ihre Absichten auch sind.

Fridos buschige weiße Brauen ziehen sich zusammen, aber nicht, weil er überlegen muss, sondern weil er anscheinend an meinem Verstand zweifelt. »Ich will zum Nordlicht«, klingt es empört aus seinem Mund. Er wendet sich Esther zu. »Geht's denn jetzt endlich los, Aurora?«

Esther lacht auf. »Ja, Frido, ja.« Sie umarmt ihn und drückt ihn an sich. »Jetzt geht es los!«

»Allerdings«, knurrt Moritz neben mir. Mit den Fahrkarten in der Hand deutet er zum Kontrolleur, dessen Zeigefinger auf seine Armbanduhr pocht. »Wenn wir noch mitwollen, müssen wir uns sputen. Die Fähre legt ab.« Er drückt mich an sich und flüstert: »Ich bin sehr, sehr glücklich, Audrey. Ich weiß gar nicht, ob ich überhaupt jemals so glücklich war, seit Mama tot ist.« Er lässt mich los und lächelt sein wunderbares Bruderlächeln. »Und es ist nicht nur, weil ich Vater werde. Nein, auch weil die Zeit hier mit dir schön war. Es waren tolle Tage, Schwesterherz.«

»Ich hab dich lieb«, schluchze ich. »Passt auf euch auf.« Und in einem strengeren Ton füge ich hinzu: »Und besonders auf Frido!«

Esther ist ausgestiegen. Sie fällt mir um den Hals. »Ich wünschte, du würdest uns begleiten.« Nach einem Schmatzer auf beide Wangen löst sie sich von mir. »Dann würdest du auch dem ganzen Chaos hier entkommen. Hau einfach mit uns ab,

Audrey! Wir passen bestimmt auch zu fünft in die Cessna. Wenn du zurückkommst, haben sich alle beruhigt.«

Ich küsse sie auf die vor Aufregung roten Wangen. »Glaub nicht, dass ich dieser Verlockung leicht widerstehe, aber … ich habe das Schlimmste hinter mir, denn ich habe es ausgesprochen. Ich habe allen gesagt, was ich aus tiefstem Herzen fühle und möchte.« Ich seufze, weil mir die Erinnerung an Marks Reaktion einen Bauchstich versetzt. »Ich muss jetzt die Scherben zusammenkehren, die ich hinterlassen habe. Und das sind nicht wenige.«

Ich winke dem Wagen hinterher, als Moritz ihn auf die Fähre lenkt. Esther hängt mit dem Oberkörper aus dem Fenster. »Wir werden dein Smartphone mit Fotos bombardieren, Audrey«, schreit sie mir zu. »Mo und Mi haben ja ihre Handys dabei.«

Mo und Mi! Lachend wische ich mir die Abschiedstränen von den Wangen. Esther wird den beiden die Reise zur Hölle machen.

# 19

Dan…ke, Lam…bert«, schniefe ich und greife nach dem riesigen Taschentuch, das er mir hinhält. Ich sitze an einem zum Frühstück eingedeckten Fenstertisch im Hummersalon. Ich bin der einzige Gast, den das Seeblick noch hat. Jasper ist abgereist. Als ich gestern Abend in unser Zimmer zurückkam, standen die Schranktüren offen. Sein Koffer war weg. Und Jasper auch.

Ich schneuze mich laut und kräftig in das Taschentuch. Es ist gut, dass es so groß ist, denn ich werde vermutlich nie wieder aufhören zu heulen. Ich starre auf das Gedeck mir gegenüber. Papas Gedeck. Ein halb aufgegessenes Camembertbrot und zwei verloren wirkende Weintrauben auf dem Teller zeugen von Papas Zustand, als er gegangen ist. Georg Tannheim isst seinen Teller immer leer. Immer. Auch wenn der Dritte Weltkrieg ausbricht oder Maulwürfe seinen Wimbledon-Rasen okkupieren.

Ich bin noch niemals von Papa so zusammengestaucht worden wie gerade eben. Er war schon auf hundertachtzig, als ich mich zu ihm gesetzt habe, bereit, das Donnerwetter entgegenzunehmen, nachdem wir gestern Nacht nicht mehr aufeinandergetroffen sind. Ich habe mich nicht getraut, an seine Zimmertür zu klopfen, obwohl ich es zu gern schon gestern hinter mich gebracht hätte. Schlafen konnte ich sowieso nicht. Papa auch nicht, wie er mir gerade entgegengeschrien hat. Ein Gespräch, das er heute Morgen mit Schwester Henni führen wollte, hat sie abgelehnt. Durch Lambert hat sie ausrichten lassen, Familie Tannheim möge sie bitte nicht ansprechen. Und – was ich nach dem gestrigen Desaster natürlich erwartet habe – dass sie davon absehe, das Hotel an Papa zu verkaufen.

Papa ist an seiner Wut auf mich fast erstickt. Ich habe ihm nicht nur den Hotel-Deal vermasselt. Mit hochrotem Kopf hat er mir entgegengeworfen, dass ich und Jasper schuld wären, wenn Linda einen Herzschlag bekäme. Die Schande der geplatzten Hochzeit würde sie Jahre ihres Lebens kosten.

Ihn selbst muss die Tatsache, dass Jasper nicht sein Schwiegersohn wird, auch sehr getroffen haben, schließlich hat er ihn sehr gerngehabt. Aber die Tatsache, dass nicht nur ich Jasper, sondern Jasper auch mich während seiner USA-Reise betrogen hat, lässt ihn meine Entscheidung zumindest hinnehmen.

Als ich dann auf die Schauspielschule zu sprechen kam und klargemacht habe, dass mein Entschluss unumstößlich sei, hat Papa eine zweite Blutdrucktablette eingeworfen und mir gesagt, dass ich ab sofort zusehen könne, wie ich meine infantilen, abstrusen Ideenwucherungen, meine berufliche Zukunft betreffend, finanziert bekomme. Er stehe nicht mehr zur Verfügung. Dann ist er aufgesprungen und hat verkündet, dass er jetzt umgehend abreise. Und wenn er mit der Cessna abstürze, könne ich mir das auch zuschreiben.

Puh, das war ein grausiger Moment.

»Du kannst nicht mit der Cessna abstürzen«, habe ich gepiepst.

Sein »Warum nicht?« war das Grollen von Atlantis, als es im Meer versank.

Als ich mit meiner Beichte fertig war, hat Papa mich einen Moment lang stumm gemustert. Dann hat er das Messer genommen und gegen mich gerichtet. Das war nicht halb so unheimlich wie das Zischen seiner Stimme. »Sei dankbar, Kind, dass ich zivilisiert bin, ansonsten …« Er hat das Messer auf den

Teller fallen lassen, hat sich umgedreht und ist aus dem Raum gestürmt.

Gerade ist das Taxi, das ihn zum Bahnhof nach Heide bringt, mit ihm abgefahren.

Ich wische mit dem Taschentuch über meine Augen. »Glaubst du, dass ich … in die … Hölle komme, Lambert?«

Lambert räuspert sich. »Das … äh … liegt im Bereich des Möglichen.«

»Du bist … so … ehrlich«, schluchze ich. Ich sollte mir von Lambert eine fette Scheibe abschneiden.

»Möchten Sie noch frühstücken, Frau Tannheim?«

Ich schüttle den Kopf. »Muss … muss ich gleich raus aus dem Zimmer, oder reicht es, wenn ich … von Föhr zurück bin? Ich … muss ja noch den Porsche vom Föhrer Flugplatz abholen.«

Lambert beginnt abzudecken. »Natürlich, Frau Tannheim.«

Es ist achtzehn Uhr dreißig, als ich den Porsche vor dem Seeblick parke. Ich bin stundenlang am Meer gewesen. Föhr ist wunderschön. Mit Blick auf die Insel Amrum und die Warften der Hallig Langeneß bin ich den Spülsaum am Südstrand entlanggelaufen. Ich spüre noch den feinen Sand zwischen meinen Zehen und rieche die frische Meeresbrise nach Tang und Salz. Es war reinigend, durch das kühle Wasser zu waten und den Möwen zuzusehen, deren einziges Bestreben zu sein scheint, Menschen wie mir mit ihrem Kreischen und den eleganten Flugbewegungen die trüben Gedanken aus dem Kopf zu waschen.

Das ist nur zu einem Bruchteil gelungen, aber ich fühle mich so viel stärker als heute Morgen. Als ich die paar Schritte vom Parkplatz zum Hotel gehe, kommt Biskuit um die Ecke getappt. Ihr Fell klebt feucht am Bauch, aber wenigstens hat sie kein totes Tier im Maul. Sie macht einen sehr zufriedenen Eindruck, als ich sie aufnehme und an meine Brust drücke. »Na, du Rumtreiber, hast du das Landleben noch mal genossen? Es heißt jetzt Abschied nehmen.« Sie schnurrt. Als wir das Hotel betreten, ist Lambert nicht zu sehen. Im Friesenzimmer öffne ich ein Schälchen Futter und fülle es Biskuit in den Napf. Auf dem Bett hockend, sehe ich Gertrud an. »Ah, Frau Martens war hier und hat dein Tuch gebunden. Hübsch siehst du wieder aus.« Ihre Laune ist trotzdem nicht besser als sonst. Düster mustert sie mich. »Ja, ich geh ja schon«, sage ich und springe auf. Auf dem Flur nehme ich nicht die Treppe nach unten, sondern in den dritten Stock. Ich kann nicht abfahren, ohne den Versuch unternommen zu haben, Schwester Hennis Verzeihung zu erbitten. Das ist mir am Meer klargeworden. Ich poche zweimal an die Tür und rufe dabei: »Schwester Henni, sind Sie da? Ich würde so gern mit Ihnen reden, bevor ich fahre.« Jetzt weiß sie, dass ich es bin, und hat die Möglichkeit, mich zu ignorieren. So fair muss ich sein, schließlich hat sie heute Morgen gesagt, dass sie niemanden aus der Familie Tannheim sehen möge.

Gerade als ich wieder gehen will, höre ich ein Geräusch hinter der Tür, dann öffnet sie sich. Schwester Henni sieht wieder akkurat aus. Ihr Häubchen sitzt gerade auf dem feinen grauen Haar. Ihre klugen Augen mustern mich streng, aber nicht so wütend, wie ich erwartet habe.

»Darf ich?« Ich deute ins Innere der Wohnung.

Einen Moment scheint sie zu zögern, dann tritt sie zur Seite. »Nun kommen Sie schon rein, Sie Unglücksmensch.«

Ich nehme in dem Sessel im Wohnzimmer Platz. Von dem Foto an der Wand winkt mir wieder Johann Morgenroth von der Hotelveranda zu. Wären wir in einem Harry-Potter-Film, würde Johann jetzt wohl aus dem Bild laufen, weil ich seiner Schwester das Leben so schwergemacht habe.

»Wo sind Herr Goldig und seine Enkelin jetzt?«, fragt sie, als sie sich setzt.

»Auf dem Weg nach Norwegen«, antworte ich. Esther hat mir vor einer Stunde ein Wolken-Foto geschickt. »Es geht ihnen gut. Frido freut sich unendlich.«

Schwester Henni nickt. »Das habe ich Ihnen immer wieder zugutegehalten heute Nacht, als ich nicht schlafen konnte. Dass Ihre Lügen darauf beruhten, dass Sie Herrn Lör… Herrn Goldig und seiner Enkelin helfen wollten. Ob das jetzt verantwortungsvoll war, lassen wir mal außer Acht. Und wohin Lügen führen, haben Sie ja am eigenen Leib erfahren. Lambert hat mir berichtet, wie zornig Ihr Vater war und wie sehr Sie geweint haben.« Ein winziges Lächeln umspielt ihre Lippen. »Das renkt sich schon wieder ein, Kindchen. Aber … warum haben Sie mich angelogen, als ich fragte, ob Sie und Mark …?« Sie lässt die Worte in der Luft hängen.

»Ich … ich war feige. Zu feige, um die Schuld auf mich zu nehmen, dass Mark mit Imke Schluss gemacht hat. Und ich war ja selbst noch so verwirrt. Ich habe mir meine eigenen Gefühle nicht eingestehen können. Aber Mark ist«, ich lächle, »magisch. So, wie Sie es gesagt haben, Schwester Henni, so empfinde ich für Mark. Magische Liebe.« Ich merke, wie sich meine Augen wieder mit Tränen füllen. »Entschuldigen Sie«, sage ich, »ich will Sie nicht vollheulen, aber«, jetzt laufen die Tränen, »ich habe in dieser Woche hier so viel geweint wie seit ewigen Zeiten nicht.«

Schwester Henni nickt. »Die Tränen haben wohl einiges an die Oberfläche gespült, Audrey. Noch heute Morgen war ich furchtbar enttäuscht von Ihnen, ich wollte Sie nicht sehen und auch sonst niemanden von Ihrer Familie, aber über den Tag ist mir klargeworden, dass Sie selbst das größte Opfer Ihrer eigenen Lügen waren. Hören Sie auf damit, Audrey. Und versuchen Sie immer Sie selbst zu sein. Nur dann ist wahres Glück möglich. Und nur, wenn Sie selbst glücklich sind, können Sie auch andere glücklich machen.«

Ich nicke und wische über meine Wangen.

»Ach, Kindchen.« Sie schüttelt den Kopf. »Was … was sagt denn Mark?«

Ich ziehe die Schultern und den Rotz in meiner Nase hoch. »Das Gleiche wie Sie. Dass ich mein Leben in Ordnung bringen soll.«

»Er liebt Sie auch, Kindchen. Schon die Tatsache, dass er die Beziehung zu Imke abgebrochen hat … Und dass er rumläuft wie das wandelnde Unglück. Sie haben ihm ganz schön den Kopf verdreht.«

»Glauben Sie wirklich?« Hoffnungsvoll blicke ich sie an.

»Gehen Sie zu ihm.«

»Aber gestern …«

»Gestern war gestern«, unterbricht sie mich. »Gestern hätte ich Sie auch nicht hereingebeten, sondern am liebsten«, sie wendet ihr Gesicht zur Zimmerdecke, »der Herr möge mir vergeben, erwürgt.«

»Mir möge er bitte auch vergeben«, murmle ich und schaue ebenfalls zur Zimmerdecke hoch. Ob Schwester Henni auch die Spinnweben gesehen hat?

»Haben Sie heute schon etwas gegessen?«

Schwester Hennis unerwartete Frage lässt mich ein erstauntes »Was?« herausstoßen.

»Essen und Trinken hält Leib und Seele zusammen.«

»Auf Föhr hatte ich einen Teller Milchreis.«

»Dann schmiere ich Ihnen jetzt eine Stulle, damit Sie was Vernünftiges im Magen haben, wenn Sie zu Mark rübergehen.«

Als sie mir zehn Minuten später ein Käsebrot vor die Nase stellt, verspüre ich tatsächlich etwas Appetit. Das, was sie mir gesagt hat, hat mir unendlich viel Erleichterung verschafft. Als sie dann noch einen Becher Tee neben den Teller stellt, bin ich in einem fürchterlichen Zwiespalt. Soll ich ihr sagen, dass ich

Tee hasse? Nein, entscheidet die dunkle Seite in mir. Zu viel Ehrlichkeit ist möglicherweise im Stadium der Wiederannäherung unangebracht.

»Ich werde wohl Ihren Vater anrufen«, sagt Schwester Henni in diesem Moment. »Vielleicht war meine Entscheidung etwas übereilt. Ich werde sie noch einmal überschlafen. Morgen entscheide ich dann, was ich tue.«

Es verschlägt mir die Sprache. Mein Blick gleitet über Schwester Henni, über ihr zartes, faltiges Gesicht.

»Ich liebe Kaffee.«

Verwirrt sieht sie mich an. »Ich verstehe nicht … Haben Sie nicht gehört, was ich gerade gesagt habe? Ich werde das Hotel wohl Ihrem Vater verkaufen. Johann hätte gewollt, dass es ein Hotel bleibt.«

Ich nicke. »Ich habe das verstanden. Sie sind so ein guter Mensch, Schwester Henni. Ich werde nicht ansatzweise einmal so sein wie Sie, aber ich will es wenigstens versuchen. Und dazu gehört auch meine Lüge mit dem Kaffee.« Ich deute auf den Becher. »Ich mag gar keinen Tee. Das habe ich an dem Tag, als wir hier ankamen, nur gesagt, um bei Ihnen zu punkten.«

Ihr herzliches Auflachen lässt mich hoffen, dass ich auf der Himmel-Hölle-Treppe eine Stufe nach oben genommen habe.

»Damit haben Sie ja niemandem weh getan«, entgegnet sie unter Lachen, »nur sich selbst.«

Ich bin dankbar, dass sie nicht böse ist. Und weil Ehrlichsein sich anscheinend auszahlt, sollte ich gleich damit weitermachen, auch wenn Papa mich wieder mit einem Messer bedrohen würde, sollte er jemals erfahren, was ich Schwester Henni hier gerade vorschlage.

»Schwester Henni, ich …« Ich spiele mit einem Krümel auf dem Brotteller, »ich finde es ganz großartig, dass Sie meinem Vater das Hotel doch noch anbieten möchten, aber …«

»Aber was?« Sie ist wieder ernst.

»Ich denke, es gibt da jemanden, der mit noch sehr viel mehr Herzblut am Seeblick hängt als mein Vater.«

»Nun?«

Ich lächle. »Lambert.«

»Lambert?« Ihr Erstaunen könnte nicht größer sein. »Aber Lambert hat mir gesagt, ich soll mir keine Sorgen machen, er würde schon Arbeit finden. Er hat nicht einen einzigen Ton davon gesagt, dass *er* …« Sie schüttelt den Kopf, danach suchend, ob sie etwas übersehen hat.

»Ja, so ähnlich klang es auch, als ich mit ihm über den Verkauf des Hotels sprach. Aber die Liebe zum Seeblick klang durch jedes seiner Worte. Natürlich würde er den vollen Kaufpreis nicht bezahlen können, zumindest nicht sofort, aber …« Ich mache eine bedeutsame Pause. Lambert ist ein kleiner Angestellter, der kaum viel Geld beiseitelegen konnte. Doch vielleicht ist Schwester Henni das in diesem Fall egal? Sie braucht keine Reichtümer, um ein glückliches Leben zu führen.

»Lambert …« Schwester Henni scheint immer noch entsetzt darüber, dass sie diese Option nicht selbst ins Auge gefasst hat. »Wenn das wirklich stimmt, Kindchen, wenn er es sich tatsächlich vorstellen könnte, das Seeblick zu übernehmen, dann würde ich ihm natürlich mit dem Preis und den Zahlungsmodalitäten entgegenkommen.« Sie dreht sich auf dem Sofa um und schaut zum Foto ihres Bruders. »Gütiger Gott, Johann, da hättest du mir aber auch einen kleinen Hinweis hinterlassen können.« Sie wendet sich wieder mir zu. »Johann und Lambert waren ein eingespieltes Team, und gerade in den letzten Jahren wäre Johann ohne Lambert verloren gewesen. Er hat das Hotel am Laufen gehalten. Johann war alt und körperlich ausgelaugt. Ich werde morgen sofort mit Lambert reden. Und Ihnen, meine Liebe, danke ich für den Hinweis. Dass ich nicht selbst darauf gekommen bin!« Sie schüttelt noch einmal den Kopf. »Das Naheliegendste übersehen wir oft.«

Zurück im Zimmer, knutsche ich erst einmal Biskuit und Gertrud, mit dem Unterschied, dass Gertrud als Erwiderung nicht schnurrt. Ich bin so wahnsinnig erleichtert. Schwester Henni ist nicht mehr böse auf mich. Und ich bin voller Hoffnung.

Mark! Ich muss zu ihm, jetzt und sofort.

Ich dusche, creme mich sorgfältig ein, benutze einen Hauch Parfum und föhne mein Haar, bis es glänzend über meine Schultern fällt. Vor dem Kleiderschrank muss ich nicht lange überlegen. Ich greife nach einer Bluejeans und einem engen weißen Shirt, in dem mein Busen besonders gut zur Geltung kommt. Einen Moment überlege ich, Sneaker zu tragen, aber dann entscheide ich mich doch für High Heels.

Schließlich stürme ich die Treppen hinunter. Auch auf dem Bürgersteig werde ich nicht langsamer. Als ich den Klingelknopf neben Marks Haustür drücke, bin ich ein wenig außer Atem, aber voller Energie. Buster kläfft hinter der Tür.

Kurz spüre ich ein Unwohlsein. Was, wenn er gar nicht da ist? Und was, wenn er bei Imke ist? Wenn er es sich anders überlegt hat?

Ich komme nicht dazu, mir weitere Katastrophen vorzustellen, weil Mark die Tür öffnet. Buster drängt sich an meinen Beinen vorbei nach draußen und läuft zum Hühnergehege. Kläffend tobt er um den Maschendrahtzaun, während Mark und ich uns ansehen.

Mir wird noch schlechter. Vor lauter Liebe für ihn. Er sieht so umwerfend gut aus, so männlich, so blass, so verletzlich … so erstaunt.

»Du bist noch da?«, fragt er, und ich sehe dabei etwas in seinen Augen aufleuchten, das mich hoffen lässt, nicht umsonst hier zu sein. Er deutet auf die gegenüberliegende Straßenseite. »Euer Porsche, er war weg. Ich dachte, du wärst abgereist.«

»Ich war auf Föhr und hab dort den Wagen wieder abgeholt«, sage ich atemlos. »Moritz und Miriam sind vom Föhrer Flughafen mit Frido und Esther losgeflogen – zum Nordkap.« Ich lächle vorsichtig. »Ich bin vor einer Stunde zurückgekommen.«

Er nickt. »Möchtest … möchtest du reinkommen?« Er tritt zur Seite.

Ich gehe an ihm vorbei, bleibe jedoch unentschlossen im Flur stehen. »Ich bin hier, weil ich dir sagen möchte, dass ich mein Leben in Ordnung bringen werde. Aber …« Ich schlucke und suche in seinen Augen nach etwas Beruhigendem, doch im Flur ist es zu dunkel. Ich gehe ins Wohnzimmer. Mark folgt mir.

»Aber was?«, fragt er.

Hier ist es hell genug, seine Blicke zu deuten. Ich stelle mich vor ihn, ganz nah, so dass ich ihn riechen kann und die pochende Ader an seinem Hals sehe. »Aber ich kann nicht ohne dich sein, während ich mein Leben ordne. Ich liebe dich, Mark Nommsen. So sehr.« Ich wehre mit einer Handbewegung ab, als er etwas sagen will. »Lass mich ausreden, bitte. Ich weiß, dass wir sehr verschieden sind, aber ich weiß auch, dass wir alle Gegensätze überwinden können. Ich bin nicht die verwöhnte Göre, für die du mich hältst. Nun, jedenfalls nicht nur.« Ich deute auf meine Pumps. »Erst wollte ich Sneaker anziehen, weil ich dachte, das würde dir besser gefallen, aber dann hätte ich mich wieder verstellt, denn die Wahrheit ist, dass ich schicke Schuhe und Kleidung liebe und nicht auf sie verzichten kann. Ich werde sie auch hier in Dagebüll tragen. Also, falls ich hier jemals wohnen sollte, was … was ich mir sehr wünsche. Und … und derjenige, wegen dem ich dann hier wäre, der … der müsste mich schon so lieben, wie ich bin.« Ich muss meinen Finger auf seinen Mund legen, um ihn erneut am Reden zu hindern. »*Ich* möchte *dir* jetzt den zärtlichen Kuss geben, den wir uns noch schuldig sind.« Ich schlinge meine Arme um seinen Hals, und dann küsse ich ihn. Ganz zart liegen meine Lippen auf seinen. Er schmeckt wunderbar. Ich verstärke den Druck ein wenig, spiele mit seinen Lippen, bis ich merke, dass keine Erwiderung kommt. Er erwidert den Kuss in keiner Weise.

Ich löse meinen Mund von seinem und kann kaum atmen, als er sagt: »Ich spüre nichts.«

Mir wird heiß. Er liebt mich nicht! Doch als ich ihn ansehe, lache ich erleichtert auf, denn seine Augen strahlen, während er versucht ein Lächeln zu unterdrücken und ernst zu bleiben.

Er spielt nur. Er spielt die Szene, in der Sugar ihren Joe küsst, der sich als frigider Millionär ausgibt. Die Szene, die er hundertfach mit Imke geprobt hat. Die Szene, für die ich alles gegeben hätte, um *sie* zu sein. Ich lächle. Jetzt darf ich Sugar sein.

Ich greife nach Marks Hand und lotse ihn zu seinem Sofa. Ernst wie Tony Curtis im Film legt er sich darauf und schließt die Augen.

Ich gehe vor ihm in die Knie, küsse ihn leicht und frage: »Spüren Sie etwas?«

Er schüttelt den Kopf. »Ich danke Ihnen trotzdem.«

»Dürfte ich es noch mal versuchen?«

Ich küsse ihn wieder, lang und zärtlich. »Und?«, frage ich verzweifelt, als ich meinen Mund wieder löse. Ich bin gut als Sugar, aber wahrscheinlich nur, weil ich mir wirklich sehnsüchtig wünsche, Mark würde endlich meinen Kuss erwidern.

»Ich habe ein komisches Gefühl in meinen Zehen«, erwidert Mark skriptkonform. »Als ob sie über einer kleinen Flamme geröstet würden.«

»Werfen wir noch ein Stück Holz ins Feuer«, sage ich mit Sugar-Lächeln und küsse ihn. Dieses Mal nehme ich meine Lippen nicht so schnell weg. Ich beginne an seiner Unterlippe zu knabbern. Als ich meine Zunge ganz leicht über sie gleiten lasse, ist es vorbei mit seiner Zurückhaltung. Endlich. Ich hätte es keine Sekunde länger ertragen.

Er erwidert meinen Kuss mit einer Leidenschaft, die mir im wahrsten Sinne des Wortes den Atem nimmt. Ich atme heftig, als er mich von sich wegschiebt. Allerdings nur, um mich auf das Sofa zu ziehen. Er drückt mich in die Kissen und presst seine Lippen auf meinen Hals, mein Dekolleté und wieder meinen Mund. Auf den Ellbogen gestützt, liegt er über mich gebeugt und lässt mir irgendwann wieder Zeit zum Luftholen. »Es ist mir egal, Audrey Tannheim«, murmelt er an meinen Lippen, »ob du in Gummistiefeln rumläufst oder in High Heels. Ich liebe die Frau, die darin steckt.« Seine Finger wandern unter mein Shirt und beginnen zärtlich über meine Brüste zu streichen. »Und ich werde dir jeden Wunsch von den Augen ablesen.«

»Tatsächlich?«, frage ich außer Atem und presse mich gegen seine Hand. »Was möchte ich denn gerade?«

Er tut so, als würde er angestrengt den Ausdruck meiner Augen deuten. »Hm, das sieht aus wie der Wunsch nach einem Kaffee …«

»Du bist ein miserabler Augenausdruckleser«, murmle ich an seinem Mund. Ich habe seinen Kopf wieder zu mir heruntergezogen.

»Bin ich nicht.« Er lacht leise. »Du lässt mich nur nicht ausreden. Ich meine einen Kaffee *danach*.«

»Klingt fast perfekt«, flüstere ich.

»Nur fast?«

»Etwas fehlt noch.«

Er streicht mit seinem Zeigefinger über meine Lippen. »Ich liebe dich, Audrey. Mehr, als du dir je vorstellen kannst.«

Jetzt ist alles perfekt.

Nicht steril perfekt wie in Frankfurt, sondern Dagebüll-Leben-perfekt. Buster kläfft draußen die Hühner taub, während Mark und ich die Welt um uns herum vergessen.

Ich bin zu Hause.

# Epilog

»Moritz, bitte, nimm deinen Mundschutz ab!«, zische ich, während wir einen breiten Flur entlanglaufen, dessen Wände kanarienvogelgelbe Tapeten zieren, unterbrochen von vereinzelten Wandtattoos in Rot, Blau und Grün.

»Garantiert nicht, hier riecht's doch bestimmt nach Urin und Gebrechlichkeit«, sagt Moritz leise, den Blick nicht von den bunten Wänden nehmend. »Am besten besorg ich mir auch noch zwei Augenklappen. Hier wird man ja blind.«

»Alte Menschen sehen nicht mehr so gut«, mutmaße ich drauflos. »Hier erkennen sie bestimmt alle Farben. Und es ist freundlich und … farbenfroh eben.«

Ich fühle mich ins Seeblick zurückversetzt, als ich die Türen, an denen wir vorbeikommen, betrachte, nur dass hier die Zimmernamen nicht in Buchstaben an der Tür stehen, sondern in Bildern.

»Schmetterlingszimmer«, murmle ich erfreut, als wir eine Tür passieren, an der zwei unterschiedlich große Pfauenaugen kleben. Und sie flattern in meinem Bauch, sobald ich Mark nur ansehe.

Mein fröhliches »Guten Tag«, das ich einer entgegenkommenden alten Dame im Rollstuhl sage, wird nur von dem Pfleger erwidert, der sie schiebt. Sie stiert vor sich hin, den Mund geöffnet. Ich schlucke. Im Feenland ist viel los.

»Moritz«, ich deute mit dem Kopf auf den Geschenkkarton, den ich in beiden Händen halte, »öffne bitte noch mal den Deckel.«

Mein Bruder steckt beide Hände in die Hosentaschen. »Den hab ich gerade im Fahrstuhl geöffnet. Das ist zwei Minuten her. Was glaubst du denn, wie viel Luft die braucht? Meinetwegen können wir den Deckel auch festleimen.«

»Das meint er nicht so, Prinzesschen«, murmle ich dem Karton zu.

Ein Fauchen aus dem Inneren beweist, dass Biskuit noch nicht erstickt ist. Da ich nicht sicher war, ob Katzen – auch wenn es nur eine Besuchskatze ist – hier erlaubt sind, habe ich mir den Trick mit dem Geschenkkarton einfallen lassen. Zum Glück hat meine Prinzessin nicht gefaucht, als wir uns bei der Pflegerin am Empfang angemeldet haben.

»Wo ist der Aufenthaltsraum?«, fragt Moritz, während er den größtmöglichen Bogen um einen alten Herrn macht, der hustend aus einem der Zimmer tritt, an denen wir vorbeigehen.

»Laut der Pflegerin müsste es die nächste Tür links sein«, sage ich, weil ich mitgezählt habe. Die Tür steht offen, und leise Musik klingt auf den Flur. Weil Moritz freiwillig seinen Mundschutz abnimmt, kriegt er ein dankbares »Du bist ein Schatz!« von mir. Er hat kaum an die offene Tür geklopft, da fällt mir auch schon ein kreischendes Etwas um den Hals.

»Juchhu, ihr seid schon da! Mega, Audrey! Das ist so mega, dass wir uns hier wiedersehen!« Esther schmatzt mir einen Kuss auf die Wange und lässt mich los. Während sie Moritz die gleiche Begrüßung zuteilwerden lässt, signalisiert Biskuit durch ein erneutes Fauchen, dass sie die Art des Transports nicht schätzt.

»Ich freu mich auch riesig«, erwidere ich strahlend, den Blick bereits auf Frido gerichtet, der mit zwei Frauen an einem

Tisch sitzt und durch uns hindurchsieht. Ich hatte mir gewünscht, dass er da ist, wenn wir kommen. Enttäuscht stelle ich den Karton neben dem Tisch ab und gehe vor ihm in die Hocke. Ich streichle über seine Hand, die lasch auf einem Bein liegt. »Hallo, Frido!«

»Der ist weggetreten«, erklärt die alte Dame neben ihm mitleidlos. »Sie müssen warten, bis Frido wieder klar im Kopf ist. Das kann 'n bisschen dauern. Wenn Sie mögen, können Sie für ihn einspringen.« Sie hält die Karten in ihrer Hand hoch.

Die ihr gegenübersitzende Frau – sie trägt eine Perücke, die noch grauenhafter ist als Gertruds – jedoch sagt: »Aber dieses Spiel spielen wir beide erst zu Ende, Grete. Ich gewinne nämlich.« Triumphierend legt sie eine Karosieben auf einen kleinen Stapel in der Tischmitte. »Zwei aufnehmen.«

»Pah«, macht Grete und nimmt zwei Karten auf, »das kannst du dir aber auch im Kalender rot anstreichen.«

Ich stehe lachend auf. »Spielen Sie nur. Ich unterhalte mich mit Fridos Enkelin.«

»Die Esther ist eine Liebe«, sagt die Perückenfrau, bei der es sich bestimmt um Frau Maier handelt. Frido hat von ihr gesprochen. Sie lächelt Esther zu. »Sie klauen uns den Frido doch nicht wieder weg, oder? Und falls doch, dann nehmen Sie uns aber mit, was?« Sie kichert. Grete zeigt ihr einen Vogel.

»Und, hast du den Unterrichtsstoff wieder aufgeholt?«, frage ich Esther, während ich zu einem Sofa blicke, auf dem ein Herr um die neunzig mit einem imaginären Taktstock den Song aus dem Radio, »Ein Hoch auf uns«, dirigiert. Dass er den Luftstock allerdings völlig außer Takt schwingt, liegt vielleicht daran, dass der Song von Andreas Bourani hier in diesem Pflegeheim so unendlich fehl am Platz wirkt. »Ein Feuerwerk aus Endorphinen …« Hier gibt es kein Feuerwerk mehr. Allerhöchstens bei Frau Maier glimmt ein kleines Fünkchen auf, weil sie gerade freudig »Mau-Mau!« in den Raum ruft.

»In Mathe hapert's noch«, gibt Esther grinsend zu. »Ich hab 'ne echte Scheißreise gemacht, aber geflogen bin ich nicht. Die Mutter des Direktors liegt auch in einem Pflegeheim. Schwerbehindert. Ich glaube, er fand das toll, dass ich mit Frido am Nordkap war. Darf er nur nicht zugeben.«

Moritz stellt sich an das geöffnete Kippfenster, um durchzuatmen. »Und was ist mit deinen Eltern? Als sie euch am Flugplatz in Empfang genommen haben, wirkten sie ziemlich entspannt.«

Esther verzieht das Gesicht zu einer Grimasse. »Da waren sie noch froh, dass Frido und ich wieder heil zu Hause angekommen sind. Das Donnerwetter gab's erst am nächsten Morgen.«

»Du lebst ja noch«, sagt Moritz leichthin.

»Ja, so krass drauf wie Mi sind die nicht. Die haben mich noch nie geschlagen.«

Moritz sieht aus, als hätte man ihm eine Zitronenscheibe auf die Zunge getackert. »Miriam. Sie heißt Miriam. Und sie ist nur *so krass drauf* gewesen, weil sie schwanger ist. Verstanden?«

Esther nickt. »Klar.« Mir flüstert sie ins Ohr: »Hauptsache, sie schlägt ihr Kind später nicht.«

»Wenn es nach Moritz kommt, kann ich für nichts garantieren«, flüstere ich zurück.

Wir lachen beide. In diesem Moment kommt vom Tisch ein heiseres »Aurora?«.

»Frido!« Esther geht vor ihm in die Knie. »Sieh mal, wer zu Besuch gekommen ist. Audrey und Moritz!«

Sein Blick wandert zu Moritz, der vom Fenster winkend ein freundliches »Hallo, Frido!« herüberruft, dann sieht Frido zu mir. Sein Gesicht verrät, dass er überlegt. Ich scheine ihm bekannt vorzukommen, aber es ist eindeutig, dass er mich nicht zuordnen kann, obwohl es noch keine drei Wochen her ist, dass wir zusammen in Dagebüll waren.

Ich kämpfe meine leise Enttäuschung nieder und ahne einmal mehr, wie schmerzhaft es für Esther sein muss, wenn er sie mit diesem skeptischen Blick mustert.

»Moritz war doch mit uns am Nordkap, Frido«, versucht Esther ihm auf die Sprünge zu helfen. Sie geht zu Moritz und zieht ihn an der Hand direkt vor Frido. »Und mit Audrey waren wir in Nordfriesland in dem hübschen Hotel. Erinnerst du dich, Frido? Audrey hat Ausflüge mit dir gemacht.«

Ausflüge? Er ist ständig weggelaufen, und ich durfte ihn wieder einfangen. Aber Esther hat natürlich recht, Ausflug klingt viel hübscher. Und letztendlich ist es ja auch immer ein richtig schöner Ausflug geworden.

»Komm, wir gehen in dein Zimmer.« Esther nimmt Frido am Arm und zieht ihn sachte hoch. »Dann kannst du Audrey die Bilder zeigen, die Moritz dir letzte Woche geschickt hat.«

Frido guckt Grete an, die zackig die Karten mischt. »Ist denn das Spiel schon zu Ende?«, fragt er heiser.

»Geh ruhig, Fridolin«, antwortet Grete. »Wir warten auf dich.«

Noch während Frido zur Tür schlurft – er trägt die Puschen, die wir auf Föhr gekauft haben –, teilt Grete Karten an Frau Maier und sich aus.

»Frido hat das Eulenzimmer«, erklärt Esther und deutet auf eine Tür schräg gegenüber dem Aufenthaltsraum. Drei bunte Eulen blicken uns von einem Ast entgegen. Neben der Tür befindet sich ein schmuckloses Schild.

»Fridolin Goldig« lese ich den Namen hinter der Folie. Ich schlucke. Es ist dieses Schild, das mir bewusst macht, dass irgendwann das kleine Pappstück mit dem Namen herausgeschoben und durch ein neues ersetzt wird. Dieses Zimmer ist die letzte Station im Leben seiner Bewohner. Wer mag vor Frido hier gewohnt haben? Wer wird nach ihm hier einziehen?

Als Frido vor uns hineingeht, bin ich einfach nur dankbar, dass die vermutlich aufregendsten zwei Wochen seines Lebens in die Zeit fielen, in der er hier lebt. Frido hatte nichts zu verlieren. Und darum war es gut, dass Esther gepokert hat. Sie haben beide gewonnen.

Fridos weißgestrichenes Zimmer ist nicht groß. Ein Bett hat darin Platz, ein Nachttisch und ein Kleiderschrank. Diese Möbelstücke sind aus hellem Holz und vermutlich Inventar des Heims. Eine kleine Kommode aus Kirschholz hat Frido wohl mitgebracht. In einem Schüsselchen darauf liegen die Herzmuscheln, die er mit Esther am Strand in St. Peter-Ording gesammelt hat. Auch der Sessel am kleinen Fenster sieht abgewohnt aus. Neben dem Fenster hängen ein Wandkalender mit einem Stadtmotiv Göttingens und das Hochzeitsfoto von Frido und Aurora an der Wand. Auroras Ähnlichkeit mit Esther ist wirklich frappant.

»Ich habe noch einen Besucher mitgebracht, Frido«, sage ich und stelle den Karton auf seinem Bett ab.

»Ach.« Er kommt neugierig näher. Als ich den Deckel abnehme, dauert es ein paar Sekunden, bevor ein Lächeln über sein Gesicht gleitet. »Kätzchen!«

Die angelegten Öhrchen signalisieren mir, dass ich Biskuit besser noch nicht anfassen sollte. »Wir holen sie gleich raus, Frido«, sage ich und setze mich neben den Karton auf das Bett. »Biskuit ist ein bisschen empfindlich.« Im gleichen Moment springe ich wieder auf. »Mein Gott! Ist das … ist das schön!« Ich weiß gar nicht, wo ich zuerst hingucken soll. Die Wandflächen neben der Tür sind gepflastert mit Bildern, die Moritz gemalt hat – Kohlezeichnungen, Öl, Tusche.

Fridos Knubbelnase leuchtet mir rot aus einem Porträt entgegen. Sein winziges Gesicht mit der riesigen Brille ist umrahmt vom Fell der Kapuze. Man sieht förmlich den scharfen Wind, der ihm ins Gesicht bläst, denn das lange Haar des Fells weht in eine Richtung. Auf zwei weiteren Bildern hat Moritz der Aurora Borealis ein Gesicht verliehen. Zauberhaft in der wahren Bedeutung des Wortes erscheinen mir die Farben und Formen des Nordlichts. Es ist, als hätten die Feen extra für Frido ihren Feenstaub an den Nordkap-Himmel gepustet.

»Wunderschön. Ich habe etwas verpasst«, sage ich berührt.

Moritz stellt sich neben mich. Täusche ich mich, oder hat er Tränen in den Augen? Als er spricht, bin ich beruhigt. Er ist nicht von seinem eigenen Können so berührt, sondern von der Erinnerung. »Du hättest das Licht und seine Farben sehen müssen, Audrey. Einmalig in seiner Ausdruckskraft. Ich wünschte, ich hätte es besser einfangen können.«

Ich greife nach seiner Hand. »Besser? Die Bilder sind unglaublich, Moritz. Du musst sie unbedingt ausstellen. Vielleicht kann Frido sie irgendwann einmal zwei Wochen entbehren.«

Seine Wangen röten sich vor Freude über die schwesterliche Anerkennung.

»Ordri!«

Ich drehe mich um und strahle Frido an. Er erinnert sich!

Frido guckt von mir zu Moritz und wieder zurück. »Wo ist dein Mann?«

Ich lächle breit. Moritz würde wohl sagen, ich lächle dümmlich, aber so lächle ich nun mal, wenn ich an Mark denke. »Mark ist zu Hause in Dagebüll, Frido. Er ist Tierarzt und arbeitet in seiner Praxis. Ich fahre heute Abend noch zurück zu ihm.«

»Ach.« Damit ist Mark dann auch schon für Frido abgehakt. Es würde ihn auch nicht interessieren, dass ich in den vergangenen Wochen meine Angelegenheit in Frankfurt geregelt habe. Jasper behält unsere Wohnung mit den Möbeln. Ich habe nur ein paar Kleinigkeiten, meine Kleidung und Biskuits Sachen mitgenommen. Papa hat sich – wie immer, und dafür liebe ich ihn – wieder beruhigt. Dass Lambert jetzt Hausherr des Seeblick ist, habe ich ihm erzählt, allerdings nicht, dass es auf meinen Hinweis hin geschehen ist. Verschweigen ist nicht lügen. Linda hat mir bei der Absage der Hochzeit und allem, was dazugehört – und das war nicht wenig –, geholfen, nachdem sie gesehen hat, dass ich mit Mark und mit meinen Vorsprechterminen bei zwei Schauspielhäusern über alle Maßen glücklich bin. Ich hoffe, dass es in Hamburg klappt, dann kann ich immer schnell bei Mark sein.

Frido holt mich aus meinen Gedanken. »Schau mal, Ordri.« Sein Finger tippt auf einer Zeichnung herum, auf der er mit Esther zu sehen ist. Hand in Hand stehen sie da, den Blick in den Himmel gerichtet. Moritz hat sie im Halbprofil gezeichnet. »Da stehen Aurora und ich und gucken zum Licht. Aurora Borealis.« Er sieht mich an. »Meine Frau hat ein eigenes Licht.«

Ich lache. »Das hat wirklich nicht jeder.«

Gemeinsam betrachten wir ein paar Fotos, die Esther geschossen hat und die zwischen Moritz' Bildern hängen. Sie zeigen den berühmten Nordkap-Globus, weitere Skulpturen – laut Esther von Kindern geschaffen –, das schroffe Felsgestein der Klippe und den Blick auf das weite glitzernde Meer. Auch das Foto von der Schiffstour in Friedrichstadt, das Mark ihm geschenkt hat, klebt zwischen den anderen. Ein Foto zeigt Moritz und Miriam, wie sie umschlungen dastehen und sich küssen.

»Mo und Mi am Knutschen«, kann ich mir nicht verkneifen zu sagen.

Moritz zeigt mir seinen Mittelfinger.

Fridos Blick gleitet über die Wand. Er scheint etwas ganz Bestimmtes zu suchen.

»Das hier«, er bohrt seinen Finger auf eine Kohlezeichnung, »das ist mein Lieblingsbild.«

Ich sehe zu Esther, und sie lächelt mir zu. Das Bild zeigt sie. Es ist ein Porträt ihres Gesichts. Ihre Augen leuchten darauf, und sie strahlt den Betrachter an.

»Ich liebe ihre Grübchen«, sagt Frido, in das Bild vertieft. »Die hatte Aurora auch.«

Mir läuft es kalt über den Nacken. Da ist wieder einer dieser Momente, in denen Frido weiß, dass es Aurora nicht mehr gibt. Ich wechsle einen schnellen Blick mit Esther. Es ist so schade für sie, dass er nicht tief genug in seine Erinnerungen hineingraben kann, um seine einzige Enkelin zu finden.

Aber Esther lächelt tapfer. Ich drücke ihre Hand. »Ganz tief drinnen weiß er es«, versuche ich sie zu trösten. »Er empfindet es, aber er kann es nicht sehen und benennen.«

Jetzt läuft doch eine Träne über Esthers Wange. »Das versuche ich mir auch immer zu sagen«, flüstert sie und wischt die Träne fort. »Damit es nicht so weh tut. Er wird immer ein Weltenwanderer sein und mich nie ganz haben.«

Ich nicke. Ihr Schmerz wird bleiben, auch wenn sie gelernt hat, damit umzugehen.

»Und hier siehst du Frido, Miriam und mich«, sagt Moritz, und ich bin ihm dankbar, dass wir den traurigen Gedanken wieder entfliehen können. Er deutet auf eine Kohlezeichnung, und ich lache laut heraus.

»Das hab ich gezeichnet.« Esther betrachtet stolz ihr Werk. »Gar nicht schlecht, oder?«

Es ist miserabel, aber das behalte ich natürlich für mich. »Es ist … besonders«, antworte ich, um nicht zu lügen. Ich starre auf die drei Figuren, die auch ein Kind im Grundschulalter gezeichnet haben könnte. Frido erkenne ich an der Brille, Miriam an ihrem Haar. Die dritte Person ist eindeutig Moritz. Äußerlich ist er nur knapp von Frido zu unterscheiden – von der Brille einmal abgesehen –, aber in einer Sprechblase neben seinem Mund steht geschrieben: »Ich spüre meine Zehen nicht mehr. Was, wenn sie absterben?«

»Das hast du nicht ernsthaft gesagt?«, frage ich Moritz.

Er sieht mich entrüstet an. »Es war saukalt dort, und ich hatte schließlich keine Winterstiefel.«

»Das Bild heißt ›Drei Freunde im Schnee‹«, erklärt Esther.

»Und wo ist der Schnee?« Ich starre auf das Bild.

»Das Blatt ist doch schon weiß«, sagt sie. »Wie soll ich denn da noch Schnee malen?«

Ich sehe grinsend zu meinem Bruder. »Das hätte Meister Mo dir zeigen können.«

Frido deutet auf weitere Bilder. Moritz hat ihm auch das Strandkorbbild geschenkt und die Kohlezeichnung, die er im Seeblick gemalt hat – Frido auf der kleinen Bank im Foyer, mit Biskuit auf dem Schoß.

Frido lässt kein Bild aus. Bei einigen verharrt er länger in der Betrachtung. Moritz hat alles festgehalten – das Meer und die Berge, Touristen und die Busse, in denen sie zum nördlichsten Punkt gekarrt wurden, und die Cessna. Frido tippt mit dem Finger darauf. »Das war schön. Ab in die Luft ging es. Junge, Junge.« Er strahlt mich an. »Ich bin geflogen. Wie ein Vogel!«

Eine Textzeile des Songs von Andreas Bourani kommt mir wieder in den Sinn. »… ein Augenblick, der uns unsterblich macht …«

Vielleicht gehört dieser Song doch hierher. Hoffentlich kann Frido die Momente der Unsterblichkeit noch lange in sich abrufen.

Ich kann mich an den Zeichnungen nicht sattsehen. Ich lobe Moritz über alle Maßen, und er genießt es. Frido hat genug vom Bildergucken. Er tappt zu seinem Sessel und setzt sich. Esther, die die schnurrende Biskuit bereits auf dem Arm hat, legt sie Frido auf den Schoß. Biskuit dreht sich mehrmals um ihre eigene Achse, dann rollt sie sich unter Fridos Händen zusammen und lässt sich von ihm streicheln. »Feines Kätzchen.«

Esther geht vor ihm in die Knie. »Das war eine tolle Reise, die wir gemacht haben, nicht wahr, Frido? Ohne Moritz und Audrey hätten wir das nie geschafft.« Sie steht wieder auf, hockt sich auf die Sessellehne und legt ihren Arm um seine schmalen Schultern. »Jetzt ist dein großer Traum in Erfüllung gegangen.«

»Ja.« Frido nickt zufrieden. »Ja, einer ist in Erfüllung gegangen. Schön. Sehr, sehr schön.«

Esther starrt ihn an. »Einer? Hast … hast du denn noch einen Traum?«

Frido guckt aus dem Fenster. »Als junger Mann wollt ich ja immer nach Rom reisen. In Rom gibt's die besten Schuhmacher der Welt. Und schönes Leder.«

Esther springt auf. »Rom? Wie mega ist das denn, Frido?« Sie überlegt drei Sekunden, bevor sie murmelt: »Im Mai bin ich mit dem Abi durch.« Dann greift sie nach Fridos Hand und sieht Moritz und mich an. »Was meint ihr?«

Unsere Antwort kommt zwillingsgeschwisterlich. »Neiiinnn!«